春盡江南

格非——著

烏托邦裡的荒原

——格非《春盡江南》

王德威

格非曾是八〇年代大陸先鋒小說的健將，成名作是一九八七年的〈迷舟〉。這個中篇小說以民初軍閥戰爭為背景，寫一場不明所以的軍事任務和情欲冒險。淒迷的背景，神祕的巧合，出人意表的轉折，格非筆下的歷史如此曲折隱晦，裂痕處處，以致拒絕任何微言大義。相對的，歷史也因此湧現各種可能，成為一種誘惑，一種充滿隱喻的誘惑。這誘惑挑逗格非的人物和讀者尋求真相，卻也埋伏著挫折和凶險。

對格非而言，以小說書寫歷史無他，就是呈現時間和敘述的危機，和危機中不請自來的詩意。正如〈迷舟〉主角在軍事任務的旅途中：「回憶起往事和炮火下的廢墟」，竟「湧起了一股強烈的寫詩的欲望。」[1]

歷史、敘事和詩的踫撞是先鋒小說的敘事核心。大歷史從來標榜嚴絲合縫，一以貫之。先鋒作家

1 格非，〈迷舟〉，《相遇》（台北：遠流出版，一九九三），頁六一。

反其道而行，他們直搗敘事的虛構本質，一方面誇張文字想像的無所不能，一方面又拆解任何符號表演的終極意義；一方面揭發現實的荒謬，一方面「打著紅旗反紅旗」、放肆荒謬的想像。這樣二律悖反的姿態代表作家面對歷史的惶惑與抗爭的方式，但更重要的，也投射了一種烏托邦的辯證。

評者陳福民論格非早期創作有如下的看法：他的小說在形式探索與語言試驗之外：「關涉到形成敘述與敘述行為憂鬱品格的隱祕的詩學立場……從而突出人與歷史本身聯繫，最終重現一個純粹自我存在的烏托邦衝動。」[2]在人民共和國歷史語境裡，我要說這一「烏托邦衝動」是審美的，也是政治的；是「純粹自我的」，也是關乎群體的。格非早期小說之所以迷人，正是因為在這一語境裡，他以動人的文字演繹烏托邦的——也是詩的——魅惑與反挫，追尋與悵惘。

〈迷舟〉之後格非的一系列中短篇小說像〈青黃〉、〈褐色鳥群〉、〈呼哨〉都是膾炙人口的作品。九〇年代初格非也開始寫作長篇如《敵人》、《邊緣》、《欲望的旗幟》等，這些作品延續以往的風格，但也許因為是寫作形式和「形勢」的改變，力道不如以往。一九九四年，格非的創作嘎然中斷，而且一擱就是十年。當他再度提筆時，新世紀已經來臨。二〇〇四年格非寫出《人面桃花》，繼之以《山河入夢》(二〇〇七)，以及本文介紹的《春盡江南》。這三部小說形成一個系列，論者或謂之「烏托邦三部曲」，或謂之「江南三部曲」。不論如何，格非的烏托邦意識就此浮上台面。作為三部曲的壓軸，《春盡江南》如何呼應前兩部的主題，又如何與先鋒時代格非的烏托邦詩學對話，是以下討論的焦點。

1

格非的「烏托邦三部曲」以《人面桃花》、《山河入夢》、《春盡江南》涵蓋百年中國追尋現代經驗的起伏。《人面桃花》以辛亥革命為背景，《山河入夢》將場景轉到五、六〇年代各種運動中的社會主義中國，《春盡江南》則描寫世紀末中國「具有社會主義特色」的市場化現象。這三部作品中的人物關係有某種傳承，但這不是格非的重點；他顯然無意我們熟悉的家族三代接力式的大河小說。相反的，人物之間如有似無的關係反而加深了我們對歷史斷裂，人生無常的感觸。在第一部裡，知書達理的少女陸秀米因緣際會、捲入革命狂潮，成為一個不可思議的革命者。第二部裡，紅色幹部譚功達（陸秀米的兒子）一心為國黨報效，然而他的熱情和理想過猶不及，注定成為政治的犧牲。在述說政治寓言外，格非更想要傳達在詭譎的歷史氛圍裡，個人身不由己的命運與抉擇。辛亥革命拋頭顱灑熱血同時，也關乎陰錯陽差的啼笑因緣；社會主義運動雖然「毫不利己，專門利人」，種種私密欲望卻是此起彼落，只能以非常手段因應。

格非的故事並不讓我們意外，他的敘事風格和他要講述的內容所形成的反差才更吸引我們。格非的文字典麗精緻，令人發思古之幽情，想想《人面桃花》、《山河入夢》這樣的小說題目就可以思過半矣。但格非將這樣的風格嫁接在後現代／後社會主義式的情景上，陡然喚生突兀和荒唐的氛圍。在很大意義上，這一風格延續了他先鋒時期的標記：在特定歷史轉折點，暴力與混沌架空了常態表意結

2 陳福民，格非《錦瑟》序（台北：遠流出版，一九九四），頁六。

構，卻也激發出了始料也是「史」料未及的詩情。

如上所述，在描寫史與詩交會點的同時，格非投射自己的烏托邦想像。在以往作品裡，烏托邦總是以隱喻形式表現，愛欲、物象，聲音、顏色、古典詩歌等。而觸動烏托邦想像的人物不論身分如何，內心總耽溺在飄忽的欲想裡。他們有著詩人易感的氣質，外在歷史風暴如何強大，也無礙他們自己的追求——哪怕是一場徒勞。他們的姿態有時讓我們想起了存在主義式荒謬英雄。

但在《人面桃花》、《山河入夢》裡，烏托邦成為一個具體空間或政治設置。《人面桃花》裡桃花島上花家舍原來是化外江湖之地，卻成為革命興革的理想倒影。而《山河入夢》中的花家舍則是一個完美到了可怕的人民公社式所在。無論是陸秀米還是譚功達都被推向台前，直接介入這些烏托邦的構造。我以為格非這樣的場景、事件安排失之過露。但我更要探問的是格非將過去的隱喻的烏托邦寄託和盤托出時，他的敘事策略是什麼？

這一問題到了《春盡江南》變得無比明顯。《春盡江南》的主人翁譚端午（譚功達的兒子）是個詩人，在八〇年代末的南方小城裡小有名氣，到了九〇年代顯然難以為繼。所幸端午的妻子龐家玉是個精明能幹的律師，也就得過且過。家玉其實有段過去：當她還叫李秀蓉的時候是個文藝女青年，和端午有過一夜激情，事後端午偷了她的錢一走了之。數年之後，秀蓉改頭換面成了家玉，居然和端午成了夫妻。家玉的「變臉」當然有點匪夷所思，但格非應該是有意為之。中國從八〇年代到九〇年代的改變之劇烈往往讓人有恍若隔世的錯覺，一個小人物的改頭換面又算得了什麼？

九〇年代以後的花家舍的改變又何嘗不是如此。小說中段，我們得知花家舍已經成為高級銷金窟，外觀高雅，裡面人欲橫流。這是社會主義市場化突飛猛進的成果。不僅如此，格非也告訴我們

《人面桃花》裡作為革命盜匪窩的花家舍已經成為舞台表演項目，而五、六〇年代作為毛記「美麗新世界」的花家舍也被包裝成紅色遺產，專供旅遊觀光客參訪。一百年來中國對烏托邦的追求，從辛亥革命到共產革命再到後社會主義「和諧社會」，原來不過如此。在新世紀的第一個十年裡寫他的《烏托邦三部曲》，格非的感慨不可謂不深。

《春盡江南》寫烏托邦的幻滅，尚不止於對花家舍作為一個理想空間的一再傾覆。格非花了更多篇幅描寫後社會主義種種怪現狀，包括端午夫妻各自經歷的情欲誘惑，學界到商場的爾虞我詐。小說後半段寫到家玉投資的房子居然讓租戶霸占，拒不搬遷，最後做律師的她必須動用黑道力量才能擺平。在這些情節裡格非所運用的筆調完全是現實主義路數，甚至有了辭氣浮露的痕跡。比起《人面桃花》、《山河入夢》，《春盡江南》距離格非早期那種如夢似幻的，神祕而且抒情的風格更遙遠了。這本小說給我們最大的震撼是讀來「不像」是格非了。當烏托邦與現實開始對號入座，烏托邦作為隱喻的力量消失。而烏托邦的失落莫非也正是一種詩意的失落？

這讓我們再一次思考小說題目《春盡江南》的反諷意義。「江南」在格非的心目中當然有特殊意義，這是桃花島花家舍的所在，也是世外桃源的延伸。作為地域、文化，甚至意識形態的座標：「江南」在五胡亂華、北方世族南下後開始浮出歷史地表，千百年來明媚豐饒的形象早已深植人心。而相對中原所代表的密不透風的正統，江南的風流天成尤其是詩詞歌賦詠嘆的對象。然而到了二十一世紀，格非卻要寫《春盡江南》了。舉目所見，他的江南空氣污染，建築醜陋，各種華洋事物雜亂無章。傳說中的江南才子佳人早已無從得見，有的是跳梁群丑，或像譚端午這樣無所事事的廢人。對照《人面桃花》、《山河入夢》裡的革命情節，我們理解江南更有一層政治含義。從元代以來江南就是遺民聚散之地，明清之際更是孤臣孽子盤桓的淵藪，以致在清初帝王眼中，江南「不僅是各種反清運動的頻發地，亦是悖逆言辭生產的策源地」。[3]果如此，格非想像現代烏托邦試驗發源於此，也就不足為怪。然而春盡矣。如今的江南偽士當道，市儈橫行，還談什麼革命理想，批判精神？江南不再是烏托邦，而是「荒原」。

2

譚端午不僅是《春盡江南》的主人翁，也是格非構想中承載當代歷史精神的主體。如果與歷史宿命對抗的「烏托邦衝動」必須有詩意作為後盾，譚端午以詩人的面貌在小說中出現，自然是順理成章的事。反諷的是，《春盡江南》不是烏托邦小說，而是為烏托邦預作悼亡的小說。這使譚端午的角色變得曖昧起來。

譚端午出現在小說開始時，很能代表格非想像的八〇年代末的文人姿態。他醉心文藝，倜儻不羈；他可能並沒有太多才氣，但在小城的情境裡已經足夠使喚。他輕易就勾引了女青年李秀蓉上床。但要不了多久，譚端午就開始見識到現實的壓力。他的工作無趣，人際關係貧乏，他與「變臉」之後的秀蓉或女律師家玉的婚姻也乏善可陳。比起周遭人物，譚端午其實明白自己的困境，也偶有掙扎改變現狀的心思。然而他既無動力，也無能力。他每天抱著《新五代史》消遣時光，彷彿自己也就是那個混沌不明的時代的傳人。

論者已經指出，譚端午的塑造延續十九世紀俄國小說的「多餘者」。[4]他們夾處歷史裂變中，有理想卻沒有能量，最後只能為時代所遺棄。即使如此，我以為這個角色還可以更複雜飽滿一些。對格非而言，詩人的無所作為代表了烏托邦向當代歷史的臣服。想想「烏托邦三部曲」前兩部裡的人物，辛亥之際的陸秀米或是五、六〇年代的譚功達雖然未必完成他們的理想，但他們以肉身之軀挺向革命狂潮，見證了時代的巨變。陸秀米和譚功達不是詩人，但他們的抉擇與成敗卻透露詩意。此無他，他們的「烏托邦衝動」成就了他們的想像力和勇氣。但格非眼裡的九〇年代後的中國不再提供這樣的條件。

詩人是怎樣在當代中國消失的？小說前段處理了一九八九年詩人海子（一九六四－一九八九）之死。海子崛起於八〇年代中期，他的詩歌風格質樸、意象恢宏，帶有社會主義詩歌的雄渾，卻又體現「新時期」對審美烏托邦的渴望。一九八九年三月二十六日，海子在山海關臥軌自殺，震驚他的崇拜者。他的死被視為是「新時期」結束的象徵，一個屬於詩的年代的消逝。兩個多月以後，天安門事件爆發。事件平息以後，中國天翻地覆的改變剛剛開始——告別革命，進軍市場。

由海子所象徵的「詩人之死」因此成為《春盡江南》的潛台詞。藉由譚端午的例子，我們見證的卻是「詩人不死」。詩人不死，但詩人的生活卻是行屍走肉，在在暗示了這個時代又掉入魯迅嘗謂的「無物之陣」。這也正是格非的烏托邦辯證盡頭的最大的無奈。無獨有偶，當代大陸另一位小說家蔣

---

3 見楊念群的討論，《何處是江南：清朝正統觀的確立與世林精神世界的變異》（北京：三聯書店，二〇一〇），頁三五〇。

4 劉月悅，〈從格非三部曲論小說創作的轉變：兼評《春盡江南》〉，http://www.360doc.com/content/12/0326/18/9145754_198017022.shtml。

韻的新作《行走的年代》（二〇一二）也同樣處理了「詩人不死」的弔詭命題。蔣韻也視八〇年代為一個詩的時代，一個天地曠遠的「行走的年代」。她的小說中也有一段不可思議的「變臉」的情節，在此存而不論。所可注意的是，小說中曾經行走四方的詩人到了市場時代搖身一變，成了房地產商人，而他最新的廣告詞不是別的，就是海子生前最後一首詩，〈面朝大海，春暖花開〉。

比起蔣韻那位成為「成功人士」的詩人，譚端午的落寞可能更讓我們心有戚戚焉。唯其如此，譚端午的何去何從也更讓我們關切。但這個角色沒有完全發揮。格非企圖從譚的無所作為折射社會的市儈與醜陋，從而銘寫當代中國「多餘者」的悲哀。問題是，當端午成為一個社會怪現狀的折射鏡的同時，他的詩情，不論好壞，也被小說敘事擱置了。小說最後暗示端午會走上寫小說的路子，而書末附錄他早年詩歌作為一種對詩人前世「遺骸」的悼念。

從「三部曲」的計畫來看，《春盡江南》既然寫的是烏托邦的失落，因此所呈現的敘事變得平鋪直述，似乎也就理所當然。但我認為這卻讓作品本身的複雜度降低。格非觸及的其實不應只是社會怪現狀，而更應是小說敘事和詩歌在文類本體學上對話的難題。詩人以文字意象觸動電光石火的靈機；小說家在敘事流變中追蹤生活曲折無盡的長河。但兩者之間又不必是絕然對立。回到陳福民論格非早期小說的特色，在於「關涉到形成敘述與敘述行為憂鬱品格的隱祕的詩學立場，……從而突出人與歷史本身聯繫，最終重現一個純粹自我存在的烏托邦衝動」。我要說譚端午是個失敗的詩人是一回事，格非寫譚端午這個失敗的詩人又是一回事。[5] 我理解格非對當代中國「烏托邦衝動」不再的感嘆，但作為曾經的先鋒創作者，他如何保持自身「隱祕的詩學的立場」，而不完全向現實以及現實主義敘事撒手，應該是他寫三部曲的初衷。如此，《春盡江南》的烏托邦辯證——也是詩的辯證——就有繼續發揮的餘地。

我想到一九六四年兩位西方左翼陣營大師阿多諾(Theodor Adorno)和布洛赫(Ernst Bloch)的一場對話。[6]阿多諾指出資本主義文化工業無所不在，複製一成不變的「今天」，儼然完成一種令人無所逃遁的「烏／惡托邦」。布洛赫反駁阿多諾，認為「美麗新世界」無論多麼完美，總不能排除有些我們心嚮往之的事物仍然付諸闕如（something is missing）；而只要我們仍有對那尚未實踐的，難以命名的事物有所憧憬，烏托邦的衝動就縈繞不去。

回到《春盡江南》的敘事。我認為格非所希望傳達的當代歷史危機感，正是那種有關烏托邦想像辯證的膠著狀態。「三部曲」的結局似乎是悲觀的。但我們要問詩人「不死」，是否只是因為詩人已經完全被當代社會馴化？抑或是詩人隱匿了身分，徐圖大舉？就著《春盡江南》的敘事邏輯，格非寫出了烏托邦裡的荒原。但在時間的另一個轉折點上，詩人未嘗不可能寫出荒原裡的烏托邦。

---

5 張定浩，〈失敗者格非〉http://book.douban.com/review/5114109/。

6 Molly Nesbit, Hans Ulrich Obrist, Rirkrit Tiravanija “What Is A Station?”,http://www.e-flux.com/projects/utopia/about.html.

目次

第一章

招隱寺

1

「現在，我已經是你的人了。」

秀蓉躺在地上的一張草席上，頭枕著一本《聶魯達詩選》，滿臉稚氣地仰望著他。目光既羞怯又天真。

那是仲秋的夜晚。蟲聲唧唧。從窗口吹進來的風帶著些許涼意。她只有十九歲，中學生的音容尚未褪盡，身體輕得像一朵浮雲。身上僅有的一件紅色圓領衫，已經被汗水浸得透濕。她一直緊抿著雙唇，閉上眼睛，等待著他的結束，等待著有機會可以說出這句話。她以為可以感動天上的星辰，可對於有過多次性愛經歷且根本不打算與她結婚的端午來說，這句話簡直莫名其妙。既幼稚又陳腐，聽上去倒更像是要脅。他隨手將堆在她胸前的圓領衫往下拉了拉，遮住了她那還沒有發育得很好的乳房，然後翻身坐起，在她邊上抽菸。

他的滿足、不屑和冷笑都在心裡，秀蓉看不見。

他們有好長一段時間沒有說話。窗外的月亮又大又圓。院子裡的頹牆和井台，被月光照得白白的，就像下了一層霜。更遠一點的暗夜中，有流水的汩汩聲。秀蓉將臉靠在他的膝蓋上，幽幽地對他說，外面的月亮這麼好，不如出去轉轉？

他們來到了院外。

門前有一個池塘，開滿了紫色的睡蓮。肥肥的蓮葉和花朵擠擠簇簇，舒捲有聲。池塘四周零星栽著幾棵垂柳。可惜秀蓉既不知道莫內，也從未聽過德布西的《貝加莫斯卡》。吃驚之餘，端午又多了一個可以看輕她的理由。秀蓉想當然地沉浸在對婚後生活的憧憬之中。木槿編織的籬笆小院；養一隻小狗；生一對雙胞胎；如果現在就要確定結婚旅行的目的地，她希望是西藏。

她的絮絮叨叨開始讓端午感到厭煩。她對眼前令人心醉的美景視而不見，可謂暴殄天物。只是可惜了那一塘蓮花。不過，端午對她的身體仍然殘留著幾分意猶未盡的眷戀。每走幾步就停下來與她擁吻。不論他要求對她做什麼，不論他的要求是多麼的過分和令人難堪，她都會說：隨便你。欲望再度新鮮。她的溫和和慷慨，把內心的狂野包裹得嚴嚴實實。

到了後半夜，秀蓉發起高燒。雖然端午不是醫生，可他立即用不容置疑的口吻對她做出診斷，宣布那是由於浮涼和疲勞而引起的普通感冒，而感冒是可以被忽略的。凌晨時分，端午趁著秀蓉昏睡不醒的間隙，悄然離去，搭乘五點二十分的火車重返上海。臨走時，他意識到自己身無分文，就拿走了她牛仔褲口袋裡所有的錢。這當然不能算偷。在上世紀八十年代，詩人們的日常生活中，從別人的口袋裡拿錢，不僅不是一種冒犯，相反是一種友誼和親密的象徵。

他留下了一首沒有寫完的詩，只有短短的六行。題為《祭台上的月亮》。它寫在印有「招隱寺公園管理處」字樣的紅欄信箋上。不過是臨別前的糊塗亂抹，沒有什麼微言大義。秀蓉一廂情願地把它當作臨別贈言來琢磨，當然渺不可解。但詩中的「祭台」一詞，還是讓她明確意識到了自己作為「犧牲者」的性質，意識到自己遭到拋棄的殘酷事實。而那個或許永遠消失了的詩人，則既是祭司，又是可以直接享用供品的祖先和神祇。

但端午並沒能消失很長時間。

一年零六個月之後，他們在鶴浦新開張的華聯百貨裡再度相遇。譚端午裝出不認識她的樣子，但沒有成功。

又過了一個月，他們迫不及待地結了婚。

婚姻所要求的現實感，使得那個中秋之夜以及隨後一年多的離別，重新變得異常詭異。雙方的心裡都懷著鬼胎。他們盡量不去觸碰傷痛記憶中的那個紐結，只當它根本就沒有發生過。

後來，在連續兩次人工墮胎之後，面對婦產科大夫的嚴厲警告，夫妻倆一致同意要一個孩子。

「也就這樣了。」這是他們達成的對未來命運的唯一共識。

再後來，就像我們大家所共同感覺到的那樣，時間已經停止提供任何有價值的東西。你在這個世界上活上一百年，還是一天，基本上沒有了多大的區別。用端午略顯誇張的詩歌語言來表述，等待死去，正在成為活下去的基本理由。彼此之間的陌生感失去控制地加速繁殖、裂變。

隨著孩子一天天長大，秀蓉會如何去回憶那個夜晚，端午不得而知。但端午總是不免要去猜測在他們分別後的一年零六個月中，秀蓉到底出了什麼事。這給他帶來了懷舊中常有的恍惚之感。

他甚至有點懷疑，那天在華聯百貨所遇見的，會不會是另外一個人。

2

約在兩個多月前，家玉去了北京的懷柔，參加律師行業協會的一個司法研討班。正逢「五一」長假，兒子被送到了梅城的奶奶家。難得的清靜，不像他原來想像的那樣美妙。除了可以無所顧忌地抽菸之外，妻子離開後留給他的自由，並沒有派上什麼實際的用場。

端午將兩個枕頭疊在一起，把後背墊高。這樣，他就可以透過朝東的窗戶，看到伯先公園的溜冰場，看到更遠處的人工湖面和灰暗的天空。那些在空中盤旋的烏鴉，鐵屑一般。看不見明澈的藍天並不讓他吃驚。偶爾看見了，反而會觸目忧心。他一支接一支地抽菸，將菸灰彈在床頭櫃上昨晚吃剩的速凍餃子上。

家玉原本學的是船舶製造，但她在畢業後很長一段時間中卻滿足於擺地攤，倒賣廉價服裝。她還開過一家專賣綠豆糕的小店，很快就倒閉了。譚端午用一瓶假茅台做誘餌，艱難地說服了文聯的老田，想讓家玉去實際上已搖搖欲墜的《鶴浦文藝》當編輯。家玉最終還是拒絕了。她已經摸到了時代跳動的隱祕脈搏，認定和那些早已被宣布出局的酸腐文人搞在一起，不會有什麼好結果。經過高人指點和刻苦自學，她如願取得了律師執照，與人合夥，在大西路上開辦了一家律師事務所。儘管譚端午至今仍然弄不清律師如何賺錢，但家庭經濟狀況的顯著改善，卻是一個不爭的事實。當他們家的富裕程度已達到需要兩台冰箱的時候（另一台專門用來儲存茶葉和咖啡），端午開始感到了眩暈。

一天傍晚，家玉在未事先告知的情況下，開回了一輛紅色的本田轎車。端午按照妻子的吩咐，從樓下的雜貨鋪買了一大捆鞭炮，在社區門口麻木地燃放。家玉什麼時候學會了開車，並不重要。重要的是，她在追趕成功人士的道路上跑得太快了，已經有了跑出他視線的危險。接著，家裡有了第一位保母（家玉習慣上稱她為傭人）。很快，他們只用農夫礦泉水泡茶。很快，他們的兒子以全年級排名倒數第二的成績，轉入了全市最好的鶴浦實驗小學。很快，他們在市郊的「唐寧灣」購買了一棟帶花園的住房。譚端午以一種冷眼旁觀的態度被動地接受著這一切，似乎這些變化都與他無關。他仍在鶴浦地方志辦公室上班，只要有可能就溜號。每月兩千多一點的工資只夠他抽菸。他仍然在寫詩，卻羞於拿出去發表。對家玉罵他「正在一點點爛掉」的警告充耳不聞。

兩個多月前，家玉為要不要去北京參加研討班頗費躊躇。她輾轉反側，依違難決，轉而徵求丈夫的意見。

端午「唔」了一聲，就沒有了下文。

家玉追到他的書房，明確要求丈夫對開會一事發表意見，端午想了一會兒，字斟句酌地回答道：

「不妨去去。」

已經過了上午十點。牆角的矮櫃上，擱著一只養熱帶魚的玻璃缸。紫色的照明燈一直亮著。自從妻子離開後，他就沒給魚餵過食。換氣泵像是被水草塞住了，原本靜謐的泄水聲中，混入了微型電機刺耳的嗡嗡聲。那尾寵家玉特別疼愛的、取名為「黃色潛水艇」的美人鯊已死去多日。

他看了一會兒歐陽修的《新五代史》。

他賴在床上遲遲不肯起身，並非因為無事可幹，而是有太多的事等待他去處理。既然不知道先做哪一件，那就索性什麼都不做。

4S店的一位工作人員通知他，妻子的那輛本田轎車已經脫保。對方催促他去與保險公司續約。不過，既然妻子已經離開了鶴浦，車輛實際上處於閒置狀態，他完全可以對他們的威脅置之不理。

母親昨晚在電話中再次敦促他去一趟南山。他的同母異父的哥哥王元慶，正在那裡的精神病防治中心接受治療。以前母親每次打來電話，端午都騙她說已經去過了，可這一次的情形有點不同。母親向他哭訴說，哥哥在春節前，出現了令人擔憂的自殘行為。端午當即給精神病院的周主任打電話核實，卻被證明是無稽之談。母親酷愛編故事。

他要去一趟郵局。福建的「發燒友」蔡連炮給他寄來了一對電子管。那是美國西電公司（West Electric）一九九六年生產的複刻版的300B。端午是古典音樂的愛好者，對聲音的敏感已經到了病態的程度。他意識到了自己的病態，卻無力自拔。他打算用西電的這對管子，來取代原先湖南產的「曙光」。據說西電生產的300B，能夠極大地增加揚聲器低中頻的密度，並提升高頻的延展性。蔡連炮在電子郵件中吹噓說：

> 用我這對管子聽舒伯特的〈冬之旅〉，結像效果會讓你目瞪口呆！你幾乎能夠看得見迪斯考的喉結；聽海頓的〈日出〉，你甚至可以聞到琴弦上的松香味。你能感覺到日出時的地平線，曉風拂面。而瓦爾特報紙版的〈貝六〉又如何呢？急者凄然以促，緩者舒然以和，崩崖裂石，高山出泉，宛如風雨夜至。

這當然有點言過其實，不過端午還是寧願相信他。每天聽一點海頓或莫札特，是譚端午為自己保留的最低限度的聲色之娛。

每天墮落一點點。

他還要去一趟梅城，將兒子從母親家接回來。「五一」長假就要結束了。而在此之前，他還得去同仁堂替母親買點藥。她的便祕已持續三週。端午向她推薦的芹菜汁療法沒有什麼作用。起風了。黃沙滿天。屋外的天色再度陰沉下來，似乎又要下雨。他最好立即動身，否則等雨下起來，他也許根本打不到計程車。

當然，在所有的這些瑣事之外，還有一件更為棘手的麻煩在等著他。他家在唐寧灣的房子被人占了。這件事雖然剛剛發生，但其嚴重程度卻足以顛覆他四十年來全部的人生經驗。他像水母一樣軟弱無力。同時，他也悲哀地感覺到，自己與這個社會疏離到了什麼地步。

他躺在床上，把這件事翻來覆去地想了好幾遍，直到聽見有人按門鈴。這是一個冒失的來訪者。既按門鈴，又敲門，想以此來強調事情的緊迫程度。

3

來人名叫駱老駱，自稱是龐家玉的鄉下表叔。他來自鶴浦所屬長洲新區的官塘鎮。此人面容蒼老，卻又染了一頭烏髮，使端午很難判斷他的實際年齡。他的一個兒子死了，另外一個兒子和一個姑娘則被派出所的人抓了進去。

「我那姑娘是一個啞巴，你是知道的（端午其實並不知道）。國勝是從六樓的陽台上摔下來的，他的舅舅是一個殺豬的。而事情壞就壞在那個從新加坡回來的大學生身上。醫院的外科主任一口咬定，毛毛處於植物人狀態，可以隨意處置。毛毛不是別人，正是龐家玉的小學同學。小時候，兩家的大人還提過娃娃親。國勝叫龐家玉的父親為岳父大人，村裡至今還記得這段老話。」

老駱一會兒眼淚汪汪，一會兒強作笑顏，把事情說得顛來倒去。他倒不是故意的。長洲一帶是下江官話與吳方言的混合區，老駱的話音很不好懂。他根本不理會端午遞過去的餐巾紙，而是將眼淚和鼻涕偷偷抹在自己的褲襠裡。為了弄清楚整個事情的原委，譚端午不得不多次打斷了老駱的陳述，通過不斷的提問，將那些片言隻語，小心翼翼地縫合在一起，使它們符合時間上的先後關係和邏輯上的因果鏈。

老駱的二兒子名叫駱國勝（小名或許叫毛毛），起先在長江上經營挖沙的生意。有了一筆積蓄之後，就在長洲鎮上買了一套兩室一廳的商品房。拿鑰匙的那天，國勝辦了一桌酒席，將父母、哥哥和妹妹都請來吃喜酒，一家人歡天喜地的。飯後，兄弟倆靠在臥室的陽台上抽菸閒聊，趁機消化一下滿腹的食物，以及喬遷新居所帶來的喜悅和妒忌。國勝是一個大胖子，陽台的鍍鉻欄杆吃不住他的體重。它悄悄地鬆動，變形，乃至垮塌。國勝在完成了一套業餘的高台跳水動作之後，從六樓栽了下來。他被送到醫院後，並未馬上死去。醫院財務室對帳單上的債務已經超過了十萬，可他還在那硬挺著，不肯離開這個世界。

有點不太懂事。

最後，極富道德感和同情心的外科主任也有些看不下去了。他把駱老駱夫婦，還有國勝那過門不到一年的新媳婦叫到了監護室門外的走廊裡，對他們暗示說，即便最後能搶救過來（這樣的概率微乎其微），也是植物人無疑。這樣拖下去，銀子嘩啦啦地流走，什麼意思嘛？

聽他這麼一說，國勝他娘一連暈過去了三次。

最後出面解決問題的是國勝的大舅。他是個殺豬的，心硬如鐵。他走到國勝的床邊，捋了捋袖子，趴在他外甥的耳邊，平生第一次用溫柔的語調對他說：「國勝啊國勝，你這麼硬撐著，有意思嗎？俗話說，甜處安生，苦處花錢，你上路去吧。這事不要怨你舅舅，實在是你娘和你媳婦的主意。」說罷，他抱住那「討債鬼」的頭和腳，往中間一窩，老二抖了抖腿，這才嚥了氣。

本來這事就算完了。可偏偏在這個時候，村裡的一個大學生從新加坡回來探親。他聽說了這件事，就對國勝的哥哥獻計說，新建商品房的陽台欄杆經人輕輕一靠，就塌了個屌了，這在文明程度如新加坡一般的國家，是斷然不能想像的。毫無疑問，開發商負有不可推卸的責任。大兒子一聽，腦子一熱，連夜就叫齊了一百多人，將開發商的銷售中心圍了起來。他們在門外喊了一夜，也沒能見到開發商的半個人影，倒是把派出所的人招來了。

「派出所與狗日的開發商是勾著的，這個你曉得的？」端午搖頭，表示他並不曉得。老駱最後道，「警笛一響，一百多號人一哄而散。可憐我那老大，還有啞巴姑娘，都被派出所捉了進去。人到現在還沒放。」

老駱的故事，與互聯網上類似的社會新聞相比，實在沒有多少新意。端午連茶也沒給客人泡，心裡暗暗盼望著他早點離開。他心煩意亂地告訴老駱，他的妻子龐家玉此刻並不在鶴浦。她到北京學習去了。而他本人，則「對法律一竅不通」。隨後，他刻意地保持沉默。一聲不吭，是他的絕招。他知道駱老駱支持不了多一會兒。他的冷漠和心煩意亂都不是裝出來的，因而更加令人生畏。

老駱帶來的禮物，一網兜品相不好的水果、一袋黑芝麻、兩瓶「藍色經典」洋河白酒，莊重地擱在淡藍色的玻璃茶几上。

兩個人僵持了一陣，老駱並沒有感到任何不自在。他不無誇耀地提到了農村的新變化。正在進行的大規模的拆遷。新建的航空工業園外，甚至停著一架報廢的麥道八二飛機。八車道寬敞的馬路，三個小時可達杭州。亞洲最大的造紙廠。鎮上的瑞典籍工程師。他甚至還提到了在四星級賓館門前公然拉客的妓女。說起這些變化，老駱的臉上不無驕傲之色。端午只得明確地提醒他，自己一會兒還得出門辦事。

老駱臨走前，再次提到了死者的那個舅舅。他想出來的解決辦法是，由他（舅舅）出面，將國勝的遺體從醫院的太平間取出來，在夜幕的掩護下，將它悄悄地運到派出所，堵在派出所的門口。詐他娘的一回屍。舅舅的見識是：派出所再厲害，也不太可能拘留屍體，等到他們找上門來，事情的主動權說不定會悄然易手。老駱讓端午幫他合計合計，這樣做會不會有什麼不可控制的後果。

端午想了半天，字斟句酌地回答道：「也不妨試試。」

「你確定？」老駱馬上反問道。

端午疑心自己一旦說出「確定」二字，對方的「恭喜你，答對了！」就會脫口而出。看得出，老駱對中央電視台「快速搶答」一類的綜藝節目，早已諳熟於心。

看見老駱一隻腳在門裡，一隻腳在門外，眼巴巴地望著自己，端午不禁動了惻隱之心。他認真地把舅舅的計畫想了一遍，建議做出如下改動：

「你們不妨大張旗鼓地為死者辦喪事。殯儀館的靈車繞道至派出所的門口，由母親出面，懇請派出所准許你的大兒子和啞巴姑娘參加葬禮。必要的時候，可以下跪。只要人放出來，事情就可了結。」

「你的意思是不是說，等辦完了喪事，我們再把人還回去？」老駱問。

端午的心一下就揪緊了。他有點不太相信自己的耳朵。看來，中國社會正在發生的巨大變革，已經遠遠地超出了駱老駱們的理解力。

4

兩年前，母親張金芳就正式地向端午提出來，她們要從梅城搬到鶴浦來住。她要讓孫子若若在她的視線中長大成人。母親所說的她們，除了張金芳本人之外，還有一個安徽籍的保母小魏。當端午試著與妻子商量這件事的時候，龐家玉不假思索地斷然拒絕：「想都別想！你讓她趁早死了這個心吧。」

家玉當時就是這麼說的。

端午只能勸母親「緩一緩」。張金芳雖說遠在梅城，可她閉上眼睛都能想像出「緩一緩」這三個字背後隱藏著什麼樣的關節。她知道，又是「那個屄」在作怪。她並不著急。她有的是修理兒媳婦的祖傳祕方。隨便使出一兩手陰招，龐家玉很快就招架不住了。

「要不，我們另買一套商品房給他們住？」家玉終於退了一步，主動提出了她的折中方案。「南京，上海，甚至蘇州的房子，都快漲瘋了。鶴浦這邊暫時還沒什麼動靜。即便從投資的角度考慮，也是一個不錯的時機。你說呢？」

事情就這樣定下來了。去銀行辦理按揭，以及接下來的裝修，都由龐家玉一手操辦。她知道端午指望不上。用她的話來說，端午竭盡全力地奮鬥，不過是為了讓自己成為一個無用的人。一個失敗的人。這是她心情比較好的時候所說的話。在心情不那麼好的時刻，她的話往往就以反問句式出現，比如：

「難道你就心甘情願，這樣一天天地爛掉？像老馮那樣？嗯？」

她所說的老馮，是端午所供職的地方志辦公室的負責人。他是一個鰥夫，有點潔癖，酷愛莊子和蘭花。他有一句名言，叫做：「得首先成為一個無用的人，才能最終成為他自己。」句式模仿的是馬克思，彈的還是「君子不器」一類的老調。

與譚端午相反，家玉凡事力求完美。她像一個上滿了發條的機器，一刻不停地運轉著。白天，她忙於律師事務所的日常事務，忙於調查、取證和出庭；到了晚上，她把所有的精力都用來折騰自己的兒子。她逼兒子去背《尚書》和《禮記》，對兒子身上已經明顯表露出的自閉症的兆頭卻視而不見。她自學奧數、華數和概率，然後再回來教他。她時常暴怒。摔碎的碗碟，已經趕上了頂碗雜技訓練的日常消耗。她的人生信條是：一步都不能落下。

家玉所挑選的樓盤位於西郊的北固山下。家玉很滿意「唐寧灣」這個名稱，因為它是從英文Downing演化而來的。另外，她也沒來由地喜歡英國。儘管至今沒去過，但她已經開始頻繁地流覽英國各大學的官方網站，為將來送兒子去劍橋還是牛津猶豫不決。

新房是個底層帶花園的單元。沒有家玉所厭惡的「窮光蛋回遷戶」。周圍五公里範圍內沒有化工廠和垃圾焚燒站。樓上的住戶姓白，是個知識分子家庭。不養狗，不打麻將，據說兒子還在中央電視台工作，可惜名字不叫白岩松。

還好，一切都稱心如意。

可是，當新居裝修完畢，夫妻二人準備將老太太接到鶴浦來住的時候，張金芳卻冷冷地要求他們「再等一等」。她的理由合情合理，不容辯駁：裝飾材料和新家具裡面暗藏著甲醛、二甲苯和其他放射性物質，半衰期長達七年，「假如你們不想讓我早死的話，就將房子空關個一年半載再說」。那些複雜的化學名詞與專業術語從母親的嘴裡毫不費力地說出來，讓夫妻二人面面相覷。看來，母親成天躲在陰暗發黴的臥室裡，手握遙控器，控制著那台二十五寸電視機的螢幕時，她實際上也在控制著整個世界。

眼看著就到了家玉去北京學習的前夕。臨走前，家玉琢磨著房子空關在那兒有點可惜，就囑咐丈夫，不如將它先租出去。一個月的租金就按兩千五百算，一年下來就是三萬。端午把自己的那點可憐的工資與期待中的租金一比較，沒有任何底氣去反駁妻子的建議。

「這事就交給我來辦吧。」他主動承擔了這一重任。在妻子離開後的第二天，就去北固山一帶漫無目的地轉悠去了。

他還真的發現了一家經營房屋租售的公司，名為「頤居」。就在唐寧灣社區的邊上。簡易的活動板房，白色的牆板，藍色的屋頂。幾個小青年正在裡邊嗑瓜子，打撲克。接待他的業務員是個女孩，親熱地稱呼端午為「譚哥」。他喜歡她的小虎牙，喜歡她曖昧、冶豔的笑容，很快就和他們簽訂了代租合同。月租金果然是兩千五，每三個月支付一次。

當他辦完了手續回到家中，雙腿擱在茶几上，舒舒服服地欣賞貝多芬的晚期四重奏時，才猛然想起房產證忘在了頤居公司。小虎牙將它拿去複印，忘了還給他。看看天色還早，他打算聽完了貝多芬的那首升C小調的一三一，就回去取。其間他接到了三個電話，其中兩個是騙子打來的，另一個則來自他的同事小史。小史知道他老婆不在，她那輕鬆而無害的調情，旁逸斜出，沒完沒了。

當他再次想起房產證這回事，已經是三個星期以後的事了。

他去牙科醫院拔智齒。回家的途中，趁著麻藥的勁還沒過，就讓出租司機繞道去了唐寧灣社區，打算取回他的房產證。可頤居公司忽然不見了。白牆藍頂的簡易房早已不知去向。原先活動板房所在的地方，如今已變成了一塊新修的綠地。一個白髮蒼蒼的老頭，手握橡皮水管，正在給新鋪的草皮澆水。看來，社會發展得太快，效率太高，也不總是好事。

當時，譚端午也沒有意識到問題有多麼嚴重。他捂著隱隱作痛的臉頰，來到唐寧灣B區的新居前，發現自己的鑰匙已經無法插入門上的鎖孔了。他按了半天門鈴，無人應答。他只得繞到單元樓的南邊，透過花園的薔薇花叢，朝裡邊窺望。

自己家的花園裡，齊膝深的茅草已被人割得整整齊齊。花園中央還支起了一把墨綠色的太陽傘，傘底下的木椅上坐著一個戴墨鏡的女人。她正在打電話。

端午嚇了一跳，下意識地貓下腰來，躲在了鄰居家薔薇花叢的後邊，似乎做了什麼見不得人的虧心事。

他沒有立刻把這件事告訴遠在北京的龐家玉，而是首先向他在《鶴浦晚報》當新聞部主任的的朋友徐起士求助。起士讓他不要慌。他在電腦上飛快地查了一下，很快就回電說，鶴浦的確有一家名叫頤居的房屋租售仲介公司，只是兩個電話都無人接聽。公司的總部在磨刀巷二號。

「沒什麼可以擔心的。」起士安慰他道，「你把房子租給了仲介公司，公司又將房子租給了別人。這很正常。我沒覺得有什麼問題。」

「可我的感覺不太好。」端午道。他又補充說，在這個時代，不好的感覺總是要被應驗，成了一條鐵律。

起士拿他的感覺沒辦法。

傍晚時分，兩人心急火燎地趕往磨刀巷，正遇上拆遷戶撒潑鬧事。一家老小渾身上下澆滿了汽油，威脅自焚。大批的員警在巷子口設立了安全線，他們根本進不去。根據徐起士的分析，既然整個巷子都在拆遷，頤居公司自然也不會正常辦公。他們決定重返唐寧灣社區，找租家先問問情況再說。

他們在門口守候了兩個小時，堵住了下班回家的女主人。這個女人是個高個子，從一輛現代「索納塔」轎車上下來，胳膊上挽著一只冒牌的LV坤包。她的態度十分蠻橫，根本不愛搭理他們倆。她說，房子是她從「某公司」合法租下的，並有正式合同。她預先付清了兩年的房租。

兩年。她說得清清楚楚。

徐起士低聲下氣地問她，能不能去家裡略坐片刻，雙方好好溝通溝通，那女人反問道：「可我憑什麼讓你們進屋？現在的社會治安這麼亂，我知道你們是什麼人？」

起士早已將自己的名片掏了出來，恭恭敬敬地雙手遞給她。那女人看都不看，眼神中透著嫌惡和不屑。於是，此刻已變得有點氣急敗壞的徐起士，腆著臉問她「貴姓」，在哪裡上班，那女人就猛地摘下墨鏡，將頭髮早已謝頂，狀態頗顯猥瑣的徐起士打量了半晌，用純正的北方話對他道：

「你他娘的算是哪根蔥啊？裝他媽的什麼大尾巴狼？」

趁徐起士被嚇得一哆嗦，稍一愣神的工夫，那女的早已進了屋，門「砰」的一聲就撞上了。

唐寧灣社區邊上，有一家揚州人開的小館子。很髒。他們在那吃了晚飯。啤酒泛出杯沿，都是泡沫碎裂的聲音。起士說，那女的長得有點像孫儷，只可惜臉上多了幾個雀斑。端午根本不知道孫儷是誰，但他知道起士喝多了。起士又問他，有沒有留意她臀部很大，腰卻很細。他愈說愈下流，猥褻。他喜歡臉上有雀斑的女人。他說，到目前為止，他最大的遺憾是，還沒有和臉上有雀斑的女人上過床。

第二天下班後，端午再次來到了磨刀巷二號。頤居公司所在的那棟老樓，已拆掉了一半。黑黑的椽子外露，像X光片下的胸肋。

5

駱老駱走後，端午把莫札特的那首〈狩獵〉又聽了一遍。感覺不像以前那麼好。太多的煩心事像枯葉一樣堆積在他的內心。他知道，痛苦從根本上說，是無法清除的，只能用一個新的來蓋住那個舊的。為了把自己從這樣一個有毒的心緒中解救出來，他決定立即動身去梅城接兒子。

梅城原是鶴壁專區所屬的一個縣，由於發電廠、貨運碼頭和備戰船廠的修建，一九六二年拆縣建市，成為計畫單列市。一九六六年至一九七六年，梅城先後更名為永忠市和東方紅市。一九八八年，梅城重新劃歸鶴壁管轄，成為一個新型化工區。鶴壁也和臨近的浦口合併在一起，改名為鶴浦市。

一九七六年十月，十四歲的譚端午陪伴母親和哥哥，將父親譚功達的遺體送去火化。那是他記事後第一次看見父親。從梅城模範監獄到城外的火葬場，只有不到八公里的路程，他們竟然走了差不多整整一天。滂沱大雨淹沒了狹窄的煤屑公路，也多少沖淡了裝載屍體的平板車上發出的陣陣惡臭。平板車被一輛熄了火的運煤大卡車擋住了去路。那時，他們已經能夠看見火葬場的煙囪了。

它被一道絢麗的彩虹映襯著，顯得壯美無比。

端午願意用他尚未充分展開的一生作抵押，渴望大雨停止，渴望盡快抵達那裡，渴望早一點擺脫那具正在腐敗的死屍。在以後的日子裡，每當他想到火葬場，心中奔騰著的情感竟然首先是渴望抵達的朦朧希望。或者不如說，它就是希望本身。母親除了用惡毒的語言高聲咒罵父親之外，也顯得束手無策。哥哥王元慶儘管與父親沒有血緣關係，卻在關鍵時刻扮演了救世主的角色。他將父親已經有點腐爛的屍體從板車上卸下來，背在背上，淌水步行，終於在太陽落山之前，將父親送進了火葬場的焚屍爐。王元慶也就此確立了自己作為未來家長的牢固地位。

在他面前，母親開始變得柔眉順眼，迅速地蛻變成一個受他保護的小女孩。

這座殯儀館仍在原先的位置。它位於鶴浦至梅城高等級公路的正中間。高大的煙囪依然懾人心魄，只是記憶中的彩虹不再出現。在殯儀館的正前方，一座現代化的婦嬰保健醫院正在拔地而起。雖說殯儀館早已廢棄不用，但尚未來得及拆除的煙囪仍以一個睿智而殘酷的隱喻而存在：彷彿呱呱墜地的嬰孩，剛一來到人世，就直接進入了殯儀館的大門，中間未作任何停留。

剛過了五月，天氣就變得酷熱難當了。計程車內有一股陳舊的菸味。司機是個高郵人，不怎麼愛說話。道路兩邊的工廠、店鋪和企業，像是正在瘋狂分裂的不祥的細胞，一座挨著一座，掠窗而過，將梅城和鶴浦完全焊接在一起。

金西紙業。梅隆化工。華潤焦化。五洲電子。維多利亞房產。江南皮革。青龍礦山機械。美馳水泥。鶴浦藥業。梅賽德斯特許經銷店……

雖然是晴天，端午卻看不見太陽的位置。它在，你卻看不見它。也看不到一隻鳥。他聽見手機響了起來，卻未馬上接聽。他在心中反覆斟酌，艾略特那首廣為人知的〈The Waste Land〉，究竟應該譯作〈荒原〉，還是〈被廢棄的土地〉？好像這事真的很要緊。

龐家玉從北京打來了電話。端午問她，為什麼鬧哄哄的？他什麼也聽不清。

「我和朋友正在中關村的沸騰魚鄉吃飯。我出來了。現在聽得清楚嗎？」家玉似乎有點興奮。她提到了上午聽過的一個報告。報告人是一個姓余的教授。他講得太好了。從全國各地來的學員們在吃飯時仍在爭論不休。報告的題目似乎叫做「未來中國社會的四大支柱」。

由於夫妻二人本來可聊的話就不多，再加上龐家玉在明顯的激動中情緒亢進，端午只得假裝自己對所謂的「四大支柱」發生了強烈的興趣。

「哪四大支柱啊？能不能簡單地說說？」

「第一是私人財產的明晰化，第二是憲法的司法化，第三是……後面兩個，怎麼搞的？我這豬腦子，等我想想。」

「是不是代議制民主和傳媒自由啊？」端午提醒她。

「沒錯，沒錯。就這兩條。咦，你是怎麼知道的呀？神了，你又沒聽過上午的報告。」

「狗屁不通的四大支柱。不過是食洋不化的海龜們的老生常談。」端午刻薄地譏諷道，「你可不要瞎激動，人家余教授的支柱可是美國福特基金會。」

聽他這麼說，家玉在電話那頭立刻就不作聲了。短暫的靜默過後，家玉問他房子被占的事有沒有進展。端午說，他前天下午又去了一趟唐寧灣，那個臉上有雀斑，長得像孫儷的女人威脅說，如果他膽敢再去敲門，她就立刻報警。

就好像那房子原本就是他們家的。

「這事你就別管了，一切等我回來再說。別忘了去梅城接孩子。早晨要看著他把雞蛋吃完。還有，你每天都要檢查他的作業。仔仔細細地檢查，尤其是奧數……」

端午告訴她，此刻他就在趕往梅城的計程車上。

若若的肩頭站著一隻虎皮鸚鵡。綠色的羽毛像銅鏽，紅色的冠頂像雞血。牠叫佐助。端午不知道兒子為什麼要給牠取上這麼一個古怪的名字，也懶得去打聽。若若正在給牠餵瓜子。小魏手裡捏著一把香蔥，從廚房裡出來，朝他怯怯地一笑。

這個小姑娘來自安徽的無為，是家玉從家政公司雇來的保母。端午不能容忍在寫作時有人在他眼前晃悠，就在張金芳七十大壽那天，將她作為生日禮物轉讓給了母親。每次見到她，端午都會有一種莫名其妙的悲憐之感。她伺候母親還不到兩年，孩子氣的口吻，眼中亮晶晶的光芒，身體裡掩藏不住的活力，都一併消失不見了。嘴角的線條變得僵硬而鋒利，小動物般的眼神既警覺又卑怯。

母親在臥室裡用撲克牌算命。電視機開著。桌上的茶盤裡放著幾塊餅乾。看到端午走進來，她就用遙控器調小了電視機的音量，立即向他抱怨起自己的肚子來。她的肚子脹得像一面鼓。敲上去咚咚響，拉出來的屎一粒一粒，硬硬的，就像羊屎豆一樣。還得小魏一點一點地替她往外摳。除了便祕之外，她也健忘得厲害，剛說的話，一眨眼就忘記了。

「家玉怎麼沒一起來？」母親問道。

「她去北京了，還得有一個月才能回來。她剛剛給我打過電話，還讓我代她問你好。」

「那就多承她這份好心。」母親不冷不熱地道，「你去看過元慶了嗎？」

「過陣子就去。」端午說，「這兩天太忙了。」

「總是忙。也難怪，你們年輕人都有自己的前程。我不妨礙你們。到了我這把年紀，活一天，算是兩個半天，遲早是個死。你們不用放心上。就當是家裡養了條老狗。有人定時餵點食，我就知足了。」

端午見她愈說愈不是滋味，眼見得又要哭哭啼啼，只得趕緊找話來打岔。

「昨天晚上我又夢見元慶了，」母親說，「真是日鬼。他不是你爹親生的，每走一步，都踩著那個瘋子的腳印。人站在地上，腦子卻飄在雲頭裡，真是日鬼。當初我就不高興他出錢去修什麼精神病院，結果呢？精神病院蓋好了，他自己頭一個住了進去。」

母親說著那些不著邊際的話，朝正在門口探頭的若若招了招手：「快過來，你老子要帶你走了，過來親親奶奶。」說著，她扶著桌沿，艱難地站起身來。

若若朝她跑過去，一頭撲在她懷裡，差點把她撞倒。母親俯下身子，摟著他，將臉側過來讓他親了一下。

「不行！兩邊的臉都要親。」母親笑著又把臉轉向另一側。

計程車開出去很遠了。坐在後排的若若隔著防護欄，用手指捅他的肩膀。

「老爸，恐怕我們還得原路返回。」

「為什麼呢？又要作什麼怪？」端午扭過身去。若若肩頭上的那隻虎皮鸚鵡，正在威嚴地望著自己。

「我的PSP遊戲機忘在奶奶家了。」兒子說。

「沒關係，忘了就忘了吧。過幾天我們還要過來。你正好收收心。」端午不假思索地說。不知為何，他害怕再見到母親。

「可是，老爸，你最好還是回奶奶家一趟吧。」兒子不緊不慢地說。

「到底怎麼回事？快說！」

「因為，PSP是裝在書包裡的呀。」

「你是說，你把書包也落在奶奶家了？」

「本來就是。」

端午只得嘆了口氣，苦笑著，吩咐司機掉頭。

當計程車來到母親家社區的大門口時，他看見小魏正提著兒子的書包，在馬路邊四處張望。

6

一九八五年七月，譚端午從上海一所師範大學的中文系畢業，留在了該校的第三附屬中學教語文。當時，他作為詩人的名聲已經給他的戀愛帶來了不小的便利。不斷更換女友的原因，據說是為了找到自命不凡的愛情，可其中夾雜著多少對肉體的迷戀和貪婪，也只有他自己知道了。很長一段時間中，他始終找不到比性交更好的事。

一天下午，他去校門口的銀行取錢。在窗口排隊等候時，他遇見了自然辯證法研究所（簡稱自辯所）的一位教授。譚端午在本科階段苦讀《資本論》時，曾多次登門向他求教。此人已離開了自辯所，成了新創建的哲學系的系主任。他極力慫恿譚端午離開三附中，報考他的研究生。那時的端午還未學會拒絕別人的好意，就一口應承下來，進入了哲學系，攻讀碩士學位。

等到畢業答辯的那個學期，發生了一件席捲全國的大事。他每天只睡三、四個小時，在任何時候都顯得情緒亢進、眼睛血紅、嗓音嘶啞。他以為自己正在創造歷史，旋轉乾坤，可事實證明，那不過是一次偶發的例行夢遊而已。從北京回來不久，他就開始了頗為誇張的自我放逐（不管從哪個角度來考慮，此舉都完全沒有必要）。北上陝甘寧，南下雲貴川，折騰了半天，最後回到了他的老家梅城。

母親張金芳差一點沒認出他來。在聽了兒子的離奇經歷後，張金芳眼睛裡含著激動的淚光，一遍遍地撫摸著兒子的肩胛骨，笑道：「兒啊，你都快要變成姚佩佩那個小瘟屄了。」

當時，譚端午對於母親口中的這個姚佩佩不甚了了，也根本沒有心思去刨根問柢。他在鶴浦的詩友徐起士和陳守仁一路打聽，來到了家中，力邀他前往鶴浦暫住。因為那裡「相對比較安全」。陳守仁的母親是鶴浦園林局的副局長，很容易就在南郊的山坳裡為他找到了一處隱身之地。

他所居住的那個行將坍塌的小院，名為聽鸝山房，是古招隱寺的一部分。起士說，一千七百年前，昭明太子蕭統也曾在這個小院中編過《文選》。竹篁清絕，人跡罕至。院外有一方寬闊的池塘，養著睡蓮，四周長滿了蘆荻和菖蒲。白天，他在炎炎夏日的蟬鳴和暴雨中酣睡。晚上的時間，則用來閱讀他心愛的聶魯達和里爾克。

起士和守仁很少來看他。據說也是為他的安全著想。

那是他一生中最愉快的三個月。這種甜蜜和愉悅，不僅來自城市山林的清幽闃寂、風物幽美，不僅受惠於晨昏顛倒的無拘無束和無所事事，也來自於他對人生的全新領悟：他置身於風暴的中心，同時又處於風暴之外。端午甚至於暗暗期盼著，能一直在這裡生活下去。夏去秋來，朝雨暮雲；花發花落，直至終老。當然他也知道，如果沒有外力的強制，這幾乎是不可能的。當時，他已經在痛苦地思考這樣一個令他震驚的悖論：沒有強制，其實根本就談不上任何自由。

中秋的濛濛細雨很快將他拽回到現實之中。離開鶴浦的前一天，徐起士口袋中揣著一瓶「雙溝大麯」，前來向他告別。他的手裡拎著一隻血水淋漓的蘆花雞，他還帶來了鶴浦船舶工程學院的兩個女生。一個略胖，一個清瘦。據說，她們都酷愛寫詩。

那天下午，端午領著三位客人，把招隱寺所有的遺跡都轉了個遍。但端午很少說話，女孩們的出現，使得依依惜別的情感越發濃郁。另外，仔細地比較這兩個女生的氣質與長相，也耗費了他太多的精力。最後，他們來到一條快要乾涸的溪流邊。徐起士命令兩個女生轉過身去，以便他們對著「夢溪秋泛」的摩崖石刻撒尿。兩個女生都捂著嘴笑。在她們轉過身去的時候，起士神祕地對端午小聲說道：

「如果在這兩個女孩當中，你可以留下一個過夜，無需考慮後果，你會挑誰？」

端午當時並未清楚地意識到，自己在抖褲子的一剎那，未來的命運就此改變，而是虛偽地推託說：「這怎麼可以？我連她們的名字都還沒記住呢。」

兩個女孩都很迷人。選擇一個，就等於是放棄另一個。他還是更鍾情於長得略胖的那個。至少看上去頗為開放，言談舉止有一種成熟的、落拓不羈的美。她穿著暗紅色花格子西裝短褲。裸露的大腿已無需驗證。另一個女孩，一說話就臉紅，稚氣未脫，面目清純。哪怕是動一動「不好」的念頭，都給人以一種很強的犯罪感。

既然譚端午一直表白自己不好意思，徐起士只得替他挑選。從端午那些發表的詩歌來看，起士斷定端午對「純潔」有著非同一般的迷戀。於是，傍晚時分，在濃密的樹林中，徐起士帶著胖女孩（後來端午知道，她叫宋蕙蓮）「突然失蹤」。

後來，端午也知道，徐起士離開招隱寺後，就帶她去看電影了。在光線昏暗的電影院裡，徐起士有些突兀的試探很不成功。看上去「很好弄」的宋蕙蓮，在給了他一記兇狠的耳光之後，還用刺耳的蘇北話當眾罵了他將近十五分鐘，迫使印度電影《奴裡》的放映一度中斷。

與此同時，在招隱寺池塘邊的小院裡，李秀蓉坐在電爐前，正在為鋼精鍋盛不下一隻蘆花雞而發愁。她一臉茫然地望著譚端午，笑道：「把雞頭按下去，雞腿就頂了出來，怎麼辦？」

端午就借機把臉湊向她的耳邊，用一種他自己也覺得陌生的古怪腔調對她說：「我這裡，也有什麼東西要頂出來了……」

秀蓉一時沒聽懂他的流氓話。她轉過臉來，仰望著他，冒失地問道：「什麼東西？能不能讓我看看？」

話音剛落，她的臉一下就紅了。眼睛裡露出驚駭和難以置信的表情。端午就把她手裡緊緊拽著的一雙筷子拔了出來，順手扔進了牆角，然後抱住了她。

她的掙扎也在他意料之中。他知道，她的羞恥心和道德感堅持不了多長時間。他緊緊地摟著她，一聲不吭。在悲哀和憐憫中，等待著她僵硬的身體慢慢變軟。等待著她雙唇微啟，雙目緊閉，喘息聲一點點加劇，任由他擺布。

事情比他預想的還要順利得多。可他並沒有就此忘掉另一個女孩。即便是在進入她身體的那一刻，他的腦子裡仍想像著夕陽中閃閃爍爍的花格子紅短褲。甚至，他有些冷酷地想到，要是換成了另一個女孩，會不會感覺更好。

他問她疼不疼，秀蓉的回答讓他不由得一陣揪心：

「不用管我！」

事後，她有些撒嬌地將手掌攤在燈光下給他看。端午在拔去她手中筷子的時候，由於用力過猛，竹稜竟然在掌心上留下了一條長長的口子。好在傷口不深，流出來的一點血，也早已凝固。端午就順便誇她的手好看。不知為什麼，秀蓉的眼淚一下子就湧了出來：

「好不好看，反正它已經是你的了。」

端午聽她這麼說，猛不丁地嚇了一跳。他心裡一直猶豫著，要不要將自己第二天一早離開鶴浦的事告訴她。直到秀蓉再次把頭靠在他的膝蓋上，對他說：「外面的月亮這麼好，要不要出去走走？」於是，他們出了院門，來到門外的荷塘邊。她那隻受了傷的手，一直在他的口袋裡與他十指相扣。初秋的風，冷卻他發燙的臉。他甚至能聽見紫色的睡蓮在夜間開放的聲音。

在返回上海的火車上，一種深深的擔憂沉重地壓在他的心頭。他無法假裝不知道，秀蓉還在發燒。他從她牛仔褲口袋裡掏出來的錢，還剩下十二塊零八角。他買了一瓶礦泉水，第一次意識到自己的手在發抖。他從這些錢幣中還發現了一張小紙條。紙條上寫著他的名字和地址。

昨天下午，他們剛一見面，胖姑娘宋蕙蓮就向端午索要上海的通訊位址。秀蓉明顯地猶豫了一下，大概是覺得自己如果不也要一個，似乎有點不太禮貌，就勉強地提出了她的要求。現在，這張寫有自己名字和地址的紙條，又回到了端午的手中。這就意味著，假如秀蓉意識到自己被遺棄之後，甚至無法給他寫信。

「難道我還希望她給我寫信嗎？」端午克制不住地一遍遍問著自己。經過意志力的反覆作用，答案顯然是否定的。她不過是一個小地方的女孩子。一切都結束了。兩個人未來的道路，沒有交會點。

學校裡一切如常，就像是什麼事都沒發生過。沒人追究他長達四個月的神祕失蹤；沒人向他問起他在那場暴風雨中究竟扮演了怎樣的角色；沒有人讓他寫檢查，或協助審查；甚至就連自己的導師，對他的突然失蹤，也隻字不提，諱莫如深。

又過了兩個月，論文答辯在延期了半年後終於再次舉行。他順利地拿到了哲學碩士學位。導師讓他在繼續攻博，或者去上海教育出版社就職之間做出選擇。很不幸，這一次譚端午對導師的真實意圖做出了錯誤的判斷。他開始全力以赴地準備第二年四月份的博士考試，對師兄弟們旁敲側擊的善意提醒置若罔聞。最後，他以筆試總分第一的成績，在最後的面試中敗北。導師將來自黑龍江的一位女進修教師納入自己帳下。

不過，導師總算沒有忘記他。

在「五一」節的家庭便宴上，已升為副校長的導師又提出兩個單位，供他挑選。一個是上海博物館，另一個則是寶鋼集團的政策研究室。譚端午一直都想找個機會與導師決裂，便當著眾人的面，堅決地予以拒絕。隨後，師徒二人發生了激烈的爭吵。端午完全失控，「暮年心熾，不忘榮寵」一類的蠢話，也連帶著脫口而出，連他自己都覺得有點過分。導師的臉被氣得煞白，訓斥他的時候，連髒話都帶出來了：

「冊那！儂格小赤佬，哪能格能副樣子！儂以為儂是啥寧，弗來三格！」

管他來三弗來三，既然端午已決定不食周粟，不接嗟來之食，拂袖而去，只能是最終的選擇了。他後來四處投遞簡歷，都沒有回音。他還兩次去過用人單位的招聘會，都沒有獲得面試的機會。很快，宿舍的管理員領著保衛處的兩個彪形大漢，來到他的寢室，責令他在一個星期之內，從第一學生宿舍消失。

他偶爾也會想起秀蓉。想起她略帶憂戚的清瘦面容。她那清澈的眼神。她那天穿著的紅色的圓領汗衫。還有，那隻受了傷的手。她在招隱寺池塘邊跟他耳鬢廝磨時說過的話，像流水一樣漫過他的全身。百感交集之中，親人般的情愫，哽在他的喉頭。

事實上，他也曾給徐起士打過一次電話，詢問秀蓉的近況。起士因為宋蕙蓮的指控（她堅持認為，起士在電影院中侵犯她的私密之處，並非乳房，而是乳頭），在派出所待了十五天。端午一提起秀蓉，起士就馬上用「往事不堪回首」一類的話來搪塞。他顯然被嚇壞了。端午還嘗試往鶴浦船舶工程學院寄過一封信，可很快就被退了回來。

到了這年的六月初，他的橋牌搭檔，中文系古代文獻專業的唐伯高，向他透露了一個重要訊息。鶴浦礦山機械廠要到他們系來招一位中文祕書，待遇優渥，可沒人願意去。伯高說，有人漏夜趕科場，有人風雪還故鄉，你既是鶴浦人，與其在這裡飄著，不如歸去來辭個他娘的毬的。端午心裡縱有一百個不願意，也只得答應試試看。事情進展之順利，遠遠超出了他的預想。

一個月後，他已經在學校的辦公樓，辦理戶口和糧油關係的轉移手續了。所有的人都對他笑臉相迎，所有的辦事員都手執圓頭圖章，身體後仰，隨時準備在他送上的表格上給予重重的一擊。只有當他想起秀蓉，沉浸在與她共處一個城市這樣虛幻的親切感之中時，他的心裡才略微好受一些。

礦山機械廠位於鶴浦市三十公里外的一個荒僻的小鎮上。到處塵土飛揚。除了每天陪廠長喝酒之外，基本上無事可幹。他向起士抱怨說，他來到的這個鬼地方，似乎並不是就業，簡直就是被劫持，跟蹲監獄沒什麼本質的差別。陳守仁和徐起士使出了吃奶的力氣，才將他的檔案關係轉到了鶴浦地方志辦公室。

端午來到鶴浦之後，並未立即去找秀蓉，甚至也不想這麼做。起士嘗試著要給他介紹新的女友，端午也沒有拒絕。直到一年後，他與秀蓉在華聯百貨二樓的周大福金店再次相遇。當時的秀蓉已經改名為龐家玉了。

當時，端午已經清楚地意識到，秀蓉在改掉她名字的同時，也改變了整整一個時代。

7

這是週末的一天。吃過晚飯，端午將兒子叫到餐桌邊坐下，一邊撫摸著他那柔軟的頭髮，一邊鄭重其事地告訴他，自己要出去一會兒，可能很晚才能回來，問他能不能一個人「勇敢地」待在家中。

「那我能玩PSP嗎？」兒子提出了他的交換條件。

「當然可以。你想玩多久，就玩多久。」

「我能不能看《火影忍者》？」

「看吧。」

「那，我能不能帶上佐助，去戴思齊她們家……」

「不行，絕對不行！」譚端午斬釘截鐵地打斷他，「你不能出門，也不能讓任何人到家裡來。爸爸帶著鑰匙。無論什麼人按門鈴，你都必須裝作聽不見。你還記得去年冬天咱們社區十三號樓發生的滅門案嗎？一家五口，包括不到兩歲的……」

端午沒再說下去，因為他發現兒子下意識地摟緊了那隻鸚鵡，眼睛裡早已流露出明顯的驚恐之色。

徐起士下午打來一個電話，告訴他晚上在「呼嘯山莊」有一個聚會。而且，國舅也會到場。「你們可以好好談一談。既然你找不到頤居公司，不如讓國舅來弄她。」端午不知道國舅是誰，也不太清楚起士為何要讓他們見面。正想問個明白，起士匆匆就將電話掛了。

「呼嘯山莊」是陳守仁建在江邊的別墅。離廢棄的船塢碼頭不遠。守仁總能窺見市政府的底牌。他知道五年後的船塢碼頭一帶會變成什麼樣子，就以極低的價格從江邊的漁民手裡買下了大片的宅基地，鑿池引水，蓋樓圈地，忙得不亦樂乎。他和主管城建的一位副市長去了一趟義大利，就異想天開地要讓江邊骯髒的棚戶區變成另一個蘇蓮托。前年冬天，別墅剛落成的時候，端午和家玉就曾去過。他也時常去那兒釣魚。不過，那一帶暫時還看不出什麼燈紅酒綠的樣子。蘆蒿遍地，荒草叢生，加上江風怒吼，野兔出沒，讓人更覺淒涼。

端午在馬路邊一連攔了三輛計程車，可沒有人願意去那個「鬼地方」。最後，在一旁窺望多時的一個摩的司機，推著摩托車來到他跟前，陰沉著臉對他道：

「日你媽媽！來噢，五十塊錢，阿去啊？」

端午猶豫了一下，只得上了他的車，摟著他那肥肥的啤酒肚，朝江邊碼頭方向疾馳而去。

與前一次來的時候相比，守仁的莊園還是有了不小的變化。「呼嘯山莊」這個名稱似乎可以改成「畫眉田莊」了。花園的東南角新建了一座八角涼亭。涼亭邊有一座太湖石堆砌的假山，只是剛栽的紫藤和蔦蘿還沒來得及將它覆蓋。涼亭與別墅之間，有一條用鵝卵石鋪成的小徑，小徑旁甚至裝上了蘑菇狀的路燈。草坪大概剛剛修剪過，端午還能從草香中聞到陽光特有的味道。花園裡原先有一個挖了一半的水坑，守仁曾想修一個露天游泳池，現在則在四周砌上了青石，養起了蓮花。

緊挨著東邊鐵門的鐵蒺藜院牆邊，密密地栽了幾排泡桐。雖說才一年多，泡桐已經長得很高了。起士說，守仁當初栽下這些泡桐的目的，就是圖它長得快，希望這些泡桐長成一道密不透風的樹籬，將他的別墅與不遠處混亂骯髒的棚戶區隔開。守仁崇尚病態的「唯美」和「虛靜」。那些打著赤膊的窮光蛋，讓他一看就心煩。這些人的存在，會嚴重地干擾守仁「靜修」時的心境。

園子的西邊有一大塊空地，一直延伸到過江的高壓線塔的邊上。守仁將他的鄉下老婆小顧，從泰州接了過來，在那片空地上種植「絕對不用農藥和化肥」的有機蔬菜。黃瓜、大豆、番茄、扁豆、茄子、大蒜，應有盡有。除了供應一日三餐之外，還能分贈好友。家玉曾用小顧送來的韭菜做了一次春餅，結果由於吃得太多，反而拉起了肚子。

小顧在燈光幽暗的門廊下迎候他。儘管端午再三表示自己已吃過晚飯了，可守仁還是執意讓夫人給他下了一碗灣仔餛飩。

下沉式的大客廳裡坐了一屋子的人。煙霧繚繞。他們分成幾撥在聊天。除了文聯主席老田和幾位鶴浦畫院的畫家之外，端午基本上都不認識。其中或許不乏當地的政府官員，因為他們要麼不說話，要麼淨說一些不著調的廢話，末了還感嘆：「現在的老百姓，真是不太好弄。」

當守仁向老田感慨說，這年頭還是保命要緊時，老田突然把身體向沙發上猛地一靠，笑道：「日你媽媽！這命，是你想保就能保得住的嗎？」

他們正在探討養生經。水不能喝，牛奶喝不得。豆芽裡有亮白劑。鱔魚裡有避孕藥。銀耳是用硫磺熏出來的。豬肉裡藏有$\beta 2$受體激動劑。癌症的發病率已超過百分之二十。相對於空氣污染，抽菸還算安全。老田說，他每天都要服用一粒兒子從加拿大買來的深海魚油，三粒複合維生素，還有女兒孝敬他的阿膠。

端午問守仁，怎麼沒看見起士？

守仁大概是沒聽見，正向老田推薦他最近研製的養生新配方：用冬蟲夏草、芡實、山藥、蓮子和芝麻磨成粉，用燕窩、蜂漿和駱駝奶調勻了，放在蒸鍋裡蒸。

老田問他，是單峰駱駝還是雙峰駱駝，旁邊坐著的一個身穿開襟毛衣的女孩：「噗哧」一聲就笑了起來。她的臉上，有一種令人傷心的抑鬱，也有一種讓中年男人立刻意識到自己年華虛度的美。

守仁還是聽見了端午剛才的問話。因為他此時笑著對那個女孩說：「綠珠啊，你到樓上去，把徐叔叔叫下來。」

原來，起士正在樓上打牌。

很快，徐起士醉醺醺地從樓上下來了。他的身後跟著一個身穿黑西裝的人。此人長得又矮又胖，卻十分敦實。留著小平頭，基本上沒脖子。大概他就是起士在電話中提到的那個「國舅」了。

起士沒有朝客廳這邊過來。他站在樓梯口的一缸棕櫚樹下，向端午招手。

那個叫綠珠的女孩沒有跟他們下樓來。

三個人出了別墅的大門，逕直走到了對面的涼亭裡。起士讓端午將唐寧灣房子被占的事向國舅說一說，讓國舅帶人「撲過去」，替他把那個長得像孫儷的女人轟走。端午倒不是懷疑國舅的能力，而是覺得這樣做過於魯莽。他猶猶豫豫地剛開了個頭，國舅就很不耐煩地打斷了他。

「這種事情大同小異。你不說吾也曉得呢！不要說這些亂七八糟的東西。她怎麼占了你的房子，吾沒得屌興趣。這樣好不好，你直截了當，你媽告訴吾，你想怎麼弄她？」國舅手裡捏著一支粗大的雪茄，在鼻孔下面轉動，手上戴著的那枚方方的大戒指十分顯眼。

端午瞅了瞅國舅，又求援似的看著起士，怔在那裡，一時不知如何作答。

「你媽！這世上就沒得王法了。你發個話，想怎麼弄她就怎麼弄她，吾要壓不出動，一出動就是翻天覆地。你發個話吵！」國舅仍在那裡催促他。

徐起士見狀趕緊對國舅道：「你媽媽，事情還不曾做，不要先把人嚇死掉。房子的事，就由你去擺平，讓他們滾蛋就行，以不傷人為原則。」

國舅道：「這個吾曉得呢，有數呢，沒得事的。」

正說著，忽然看見小顧沿著鵝卵石小徑，朝這邊急火火地走過來。小顧說，守仁請了兩個評彈演員前來助興，計程車在經過棚戶區的沈家巷時，軋死了一條小狗，被村民們圍住了。小顧讓國舅趕緊過去看看。「多把人家幾個錢，先把人給領回來。」

「屌毛！」國舅一聽，就從石凳上蹦了起來，一邊掏出手機打電話，一邊罵罵咧咧地跟著小顧走了。

「國舅這個人，今天喝了點酒，有點激動。」國舅走後，起士對端午道。

「這事最好不要讓他插手。」端午正色道，「家玉這個人，你是知道的，平常最看不慣吆五喝六的人。她還有一個月就從北京回來了，此事等她回來再做商議。事情還沒到那個火燒眉毛的程度。無非是損失幾個房租罷了。萬一火上澆油，國舅這邊再生出什麼事來，反而不好收拾。」

聽端午這麼說，起士又想了想，道：「那就先緩一緩？」

「緩一緩。」端午道，「你們怎麼叫他國舅？他是個什麼樣的人？」

「嗨，他本名叫冷小秋，是鶴浦一帶有名的小混混，近來靠上了守仁這棵大樹。平常手下養著七、八十號人馬，一旦房屋拆遷遇到麻煩，房地產商往往會來請他去『主持正義』，他就指揮著手底下的那幫小嘍囉，一哄而上，見雞殺雞，見狗殺狗。當地百姓都怕他。去年，他還被全市的房地產行業評為『拆遷能手』。其實，地方上有時候也暗中找他幫忙。」

徐起士笑了笑，又接著道：「他有個妹子，上高中時與我和守仁同班，人長得漂亮，有個外號叫『楊貴妃』。她既然是皇妃，小秋不就成了國舅了嗎？」

「我怎麼從沒聽你說起過？那個楊貴妃後來如何？」

「嫁給一個復員軍人，兩口子都依著守仁，在他公司裡做事。聽說守仁還跟貴妃生過一個兒子，也不知真假。」

兩個人在涼亭裡又聊了一些別的事。起士起身，仍舊去樓上打牌。

端午很想早一點離開，又苦於打不著計程車，只得回到客廳找老田，想讓他的那輛破「奧拓」捎他一段。可老田卻沒有立刻就走的意思。他瞇縫著眼睛，對端午道：

「唱評彈的兩個小妞，不是還沒到嗎？」

不知什麼時候，守仁已經離開了。客廳裡剩下的幾個人，正圍著兩個軍迷，討論殲14的掛彈量，未來航母的艦載機型號，99型主戰坦克的作戰性能，以及萬一南海發生戰事，是先打越南，還是先打菲律賓。端午對軍事一竅不通，也沒什麼興趣，硬著頭皮聽他們聊了一會兒，就有點後悔把兒子一個人放在家裡。他給家裡打了一通電話，沒人接。他只得假設若若已經在床上睡熟了。

國舅已經去了很長時間，可還是沒有立竿見影地把那兩個評彈演員救回來。可見他也沒有自己所吹噓的那麼神通。

8

循著一縷幽暗的桂花香，端午把走廊牆上掛著的油畫逐一看了個遍。不覺中，他已走到了大廳西側的廚房。小顧正在指揮著兩個廚子做夜宵。廚房裡水汽繚繞。小顧竟然也聽說了唐寧灣房子被占的事。她熟練地搓著糯米小圓子，裹上白糖和桂花，放到油鍋裡去炸。隨後，又將一只裝有酒釀的玻璃瓶子遞給端午，讓他幫忙打開。

端午一邊和小顧說著閒話，一邊裝出對烹調很有興趣的樣子，不時問上一兩個連他自己都深感無聊的問題。比如豆沙餡裡為何要拌入豬油？這個季節哪來的桂花等等。他看見廚房裡有一扇通往北邊花園的小門，就從那兒踱了出去，來到了屋外。

「呼嘯山莊」建在江邊一個平緩的草坡上。順著青石板鋪成的小路往前走，可以一直走到草坡底端。那裡有一片幽光粼粼的水面。它不過是長江的內江，為洩洪而開鑿的人工河。河邊有一把收起的遮陽傘，兩張木椅。那是平時守仁釣魚的地方。端午和起士偶爾也來湊趣，在那兒垂釣、喝茶。

內河中有一道被青草覆蓋的攔水壩，通往對面的長江大堤。黑暗中，河水有一股難聞的腥味。他能聽見魚的唼喋聲。

端午拂去木椅上的露水，正準備在那兒坐一會兒，忽然看見對面的江堤上站著一個人，正在向他揮手。

當他沿著攔水壩，朝對岸走去的時候，身後的別墅裡終於傳來了咿咿呀呀的唱評彈的聲音。只是琵琶聲聽不太真切。攔水壩上有泄水漫過，水流的聲音把它蓋住了。

「你帶菸了嗎？」那人蹲在大堤上，朝他遠遠地喊道。

此時，端午已經認出她來，就站在水壩中央，對她說：「你的意思是不是說，假如我沒有帶菸的話，就可以原路返回了？」

綠珠就咯咯地笑了起來。

她和守仁沾著點親。她叫小顧姨媽，卻奇怪地稱守仁為「姨父老弟」，不知為何。平常聚會的時候，守仁也偶爾帶她過來。端午和綠珠從來沒有說過話。她有一點目空一切的矜持，不愛搭理人。她眼中的任何人都是另一個人。用守仁的話來說，彷彿一心要掩蓋自己的美貌，她總是故意將自己弄成邋裡邋遢、鬆散隨便的樣子，永遠是一副睡不醒的神態。

在點菸的時候，火光照亮了她的臉。她的眼眶紅紅的，似有淚光閃爍。端午只當沒有看見。兩個人隔著兩、三米遠的距離，並排坐在江堤上，看著江面。地上散落著幾枝細長的白色菸蒂。

端午問她為何一個人待在這裡，她也不答話。

「據說這一帶就是過去看廣陵潮的地方。」綠珠忽然道，她的聲音裡還夾雜著童稚的清亮。

「長江從這裡入海，」端午道，「這一帶，過去就叫海門。」

江面上起了霧。江堤往下，是大片的蘆葦灘和幾塊漂浮在江邊的沙洲，似乎一直延伸到江中心的水線處。看不到過往的船隻。劈劈啪啪的引擎聲和低沉的汽笛，在暗霧中遠遠地傳來。黃色的霧靄隔絕了對岸的城市燈火，甚至就連對岸發電廠的三個高聳入雲的大煙囪，也變得隱隱綽綽。

沒有月亮。

「你看見前面那片漁火了嗎？」綠珠朝遠處指了指，「會不會是江邊的漁民正在下網捕魚？」

順著她手指的方向，端午果然看見江堤的西邊有燈火閃動。像夏夜的螢光一樣，似有若無，閃爍不定。

「想不想去看看？」

「那地方看著近，實際上遠得很。」端午道，「都說看山跑死馬，說不定走到天亮，我們也走不到那兒。」

「反正也沒事嘛。」綠珠此刻已經站起身來，「你要不來，我一個人可不敢去。」

端午聽見她說話嘟嘟囔囔的，就問她嘴裡吃著什麼。

「口香糖，你要不要？」她把口香糖遞給端午的同時，順手把他從地上拉了起來。她的手涼涼的。

他們沿著江堤，往西走。

綠珠的老家在泰州。父母都是生意人，分別經營著各自的電解鋁和硫酸銅公司。父親死後，她在十七歲那年與母親大吵一架，開始離家出走。遊遍了大半個中國之後，她到了甘肅的敦煌。她不想往前走了。她喜歡戈壁灘中悲涼的落日。她唯一的伴侶就是隨身攜帶的悲哀。她說，自從她記事的時候起，悲哀就像一條小蛇，盤踞在她的身體裡，溫柔地貼著她的心，伴隨著她一起長大。她覺得這個世界沒意思透了。

那年夏天，守仁利用他從德國拷貝來的技術，在西寧投資了一家生產塑鋼門窗的企業。他和小顧處理完西寧的業務，閒來無事，就去了一趟鳴沙山的月牙泉。途中經過一個名叫「雷音寺」的戈壁古剎，無意中撞見了綠珠，彼此都嚇了一大跳。當時，綠珠正和一個從峨嵋山來的「游方僧」在香煙裊繞的天井裡悠閒地喝茶。他們連哄帶騙，將綠珠帶回了鶴浦。

當小顧喜滋滋地撥通姊姊的電話，向她請功賣好的時候，綠珠的母親只說了一句「我沒這個丫頭」，就把電話給掛了。

「知我如此，不如無生。」綠珠囔著鼻子道。

他們已經走到了一處廢棄的船塢邊上。空氣中瀰漫著一股甜腥的鐵鏽味。她隨便就能引用《詩經》裡的句子，讓端午不由得暗暗吃驚。

「你當時待在雷音寺，是想出家嗎？」端午拉著她的手，從巨大的鋼梁的縫隙中穿過，以防她不慎掉入深不見底的塢槽之中。她的經歷聽上去那麼荒誕不經，更像是一個傳奇。

「我對出家沒什麼概念，」綠珠道，「我只是想找個乾淨的地方死掉。我喜歡那裡的深房小院，喜歡地上的青苔和大樹的濃蔭。院子的牆角有一叢木槿花，那不過是很普通的花。在我們老家，家家戶戶都用木槿來編織院子裡的籬笆。正因為它太普通了，我從來沒有好好地看過它，其實它挺漂亮的。乳白色的花瓣，花底有黑斑，像蝴蝶的翅膀。那天下午，雷音寺裡正好沒什麼遊人，我就一個人站在那兒傻看。一個光著腳的峨嵋僧人打那兒經過。他老得不成樣子，忽然對我說了一句話。這句話，讓我哭了好半天。後來我就想，出家也許真是一件挺不錯的事。」

「那個和尚跟你說了什麼話？」

「他先是嘿嘿地笑了一下。我回頭看看，發現他嘴裡的牙齒都掉得差不多了。嘴巴癟塌塌的。他說，松樹千年朽，槿花一日歇。我開始沒聽清楚，想讓他再說一遍，那老頭早已走遠了。」

她說，當她在雷音寺遇見「姨父老弟」時，游方僧已經答應收她為徒，並給了她一個法號：舜華。她特別喜歡這個法號。因為在《詩經》中，舜華正是木槿的別稱。

綠珠跟著守仁回到鶴浦。沒待幾天，冷靜下來的母親還是從泰州趕了過來。她倒沒有執意將綠珠領回去，而是將她託付給了妹妹小顧。臨走時，給她留了一張銀聯卡。後來，守仁就和小顧商量，用卡裡的錢送她去澳大利亞的一所會計學校讀書。綠珠在墨爾本只待了不到半年，就去了歐洲。當她把銀聯卡裡的錢花得差不多時，就又回到鶴浦來了。她說國外也沒勁。哪兒都他媽的沒勁。

守仁只得給她在公司安排了一個職位。可綠珠從不去公司上班，有興致的時候，就陪著她的姨媽，侍弄那一園子的花草和蔬菜。

他的手機響了。

雖然端午心裡早有準備，可家玉的態度之嚴厲，還是超過了他的估計。他不想當著綠珠的面與她吵架，不由得壓低了聲音，故作輕鬆地與她周旋。這顯然進一步激怒了家玉。

「你在哪兒？我是問你現在在哪兒？和誰在一起？什麼朋友？叫什麼名字？你現在是愈來愈有出息了！嗯？你竟然把孩子一個人留在家裡！都快十二點了，還不回家！什麼是啊是啊！你別裝糊塗。我告訴你，在美國，你這是違法的！你知不知道？」

最後這一句話把端午惹火了。

去你媽的美國。他在心裡罵了一句，對家玉的怒罵答非所問地敷衍著，嘴裡說著「好啊好啊，以後再談」，隨後就關掉了手機。

他們已經沿著江堤走了好長一段了。當他們回過頭去，已經看不見剛才經過的船塢的鐵塔了。很快，他就聞到了一股刺鼻的臭味，而且愈往前走，臭味就愈加濃烈。端午幾次建議她原路返回，可綠珠卻興致不減：

「就快要到了嘛！快到了，再堅持一會兒。說不定，我們還能從漁民手裡買點活魚帶回去，說不定還有螃蟹呢！」

他們最終抵達的地方是一個巨大的垃圾填埋場。就在長江堤壩的南岸，垃圾堆成了山，一眼望不到邊。沒有張網捕魚的漁民。沒有鮮魚和螃蟹。想像中的漁火，就是從這個垃圾填埋場發出的。通往市區的公路上，運送垃圾的車輛亮著大燈，排起了長隊。在垃圾山的頂端，幾十個人手拿電筒，穿著長筒的膠靴，擠成一堆，在那翻揀垃圾。離他們不遠的堤壩下，是一個用垃圾圍成的場院，裡面有一家小吃店。幾個垃圾清運工正在露天圍桌而坐，大聲地說著話，喝著啤酒。

綠珠並沒有顯露出大失所望的樣子。她向端午要了一根菸，在江堤上坐了下來，呆呆地望著那幾個正在喝酒的司機。

端午也只得強忍著難聞的臭氣，挨著她坐下來。不知道哪一個念頭觸動了她的傷情，綠珠的情緒再度變得抑鬱起來。端午正想著找什麼話來安慰她，忽聽見她低聲地說了一句：

「媽的，就連這幾個非人，也過得比我好。」

「什麼叫『非人』？」

「就是爛人。」

「人家好端端的，又沒惹你。」端午笑了起來，「另外，你怎麼知道他們過得比你好？」
「他們至少還能及時行樂……」
「難道你就不嫌臭嗎？」過了一會兒，端午像哄小孩一樣地問她。
「我無所謂。」綠珠說。
「難道我們就守著這個垃圾場，一直待到天亮？」
「我無所謂。真的，怎麼都無所謂。」她還是那句話。
「就像《紅樓夢》裡的林黛玉和史湘雲？」他開玩笑地對綠珠說。
這時，綠珠抬起淚眼婆娑的臉，飛快地看了他一眼，笑道：
「只可惜，沒有妙玉來請我們喝茶。」

9

端午從呼嘯山莊回到家中，已經是第二天上午五點多了。
守仁親自開著他那輛凱迪拉克，一直將他送到家門口的單元樓下。守仁還送給他兩條「黃鶴樓」牌香菸，一袋黑龍江「五大連池」的大米，當然，也少不了小顧為他準備的一大網兜新鮮蔬菜。他在灰濛濛的晨曦中向守仁道別時，忽然覺得這個呵欠連天的老朋友，也不像他以前想像的那樣俗不可耐。

他在燈下補寫昨天的日記。開頭的一句竟然是：

美好的事物撲面而來。

緊接著的一句話與第一句毫無關聯：

最使人神往的，莫過於純潔和寧靜以及對生死的領悟。

連他自己看了，都覺得莫名其妙。

他在給兒子準備早餐的時候，若若已經刷完了牙，正在給鸚鵡餵食。自從家玉從川西的藏區帶回了這麼個寶貝之後，兒子就一次也沒有睡過懶覺。他擔心佐助餓著。他給牠餵松仁、葵花子、南瓜子、黃小米，給牠喝蔬菜汁。為了給牠增加營養，他還時不時在瓜子、松仁的外面裹上一層烤化的黃油。

「老爸，本來，我昨天想替你說謊來著。可惜失敗了。」在餐桌上，若若把煎雞蛋塞在麵包裡，討好地對他說。

「什麼意思？」

「昨晚老媽九點鐘打來一個電話。我撒了個謊，說你正在洗澡。她說那好吧，就掛了。可問題是，她在十一點多又打來一個電話……」

「那又怎麼呢？」

「我還說你在洗澡。」兒子不好意思地笑了，「老媽就說，嗯？他兩個小時都還沒把澡洗完嗎？」

「然後呢？」端午摸了摸他的頭，又替他把脖子上的紅領巾拽了拽，問道。

「我說了實話，老媽發了飆。」

兒子的話讓他再度陷入到令人厭惡的煩悶之中。他不得不考慮，如何向家玉解釋昨晚的事。虛構故事，已經讓他感到深深的厭倦。當然，他也意識到，與綠珠相識所帶給他的那種靈魂出竅的魔力，正在一點一點地變得遲鈍。

送走兒子之後，端午仍然毫無倦意。他靠在客廳的沙發上，聽了會兒音樂。巴赫的〈平均律〉。自從換上了蔡連炮寄來的膽管之後，顧爾德的鋼琴聲果然更加飽滿，且富有光澤。他甚至能夠看見遺世獨立的顧爾德，坐在一張母親為他特製的小矮凳上，誇張而古怪地彈著琴，旁若無人地發出多少有些病態的哼唱。端午喜歡一切病態的人。他想起兩年前，他曾和歐陽江河去蒙特利爾參加一個詩歌節。旅途中，同行的詩人沒有一個人知道顧爾德。他們最關心的，是尋找白求恩的雕像。

可他沒能聽多一會兒，就睡著了。十點多，單位的同事小史給他打來電話。她壓低了聲音對他說：「剛才馮老頭到資料室來找你。他來過兩次了，好像有什麼急事。我替你說了一個謊，說你去文管會了。」

「別老說去文管會啊。我還可以去別的單位啊，比如文物局啊，計委啊，發改委啊，當然，必要的時候，我還是可以生病的。」端午笑著對她道。

她說的謊並不比兒子高明多少。

「馮老頭剛走，老鬼就來了。他中午要請我去天天漁港吃刀魚，你說怎麼辦？」

「那就去唄！」端午笑道。

小史「呸」了一聲，就把電話掛了。

10

地方志辦公室所在的那棟三層灰色小洋樓，位於市政府大院的西北角。房子年久失修，古舊而殘破。不知何人所修，不知建於何年何月。灰泥斑駁，苔蘚瘋長，牆上爬滿了藤蔓。它是各類小動物天然的庇護所：老鼠，蟑螂，白蟻，壁虎，七星瓢蟲，不一而足。自從有一天一條被當地人稱為「火赤練」的無毒花蛇被發現以後，原先在這裡駐紮的婦女聯合會決定連夜搬家，給正發愁無處棲身的方志辦騰出了地方。

端午剛來的時候，因單位沒能提供宿舍，他被默許臨時住在辦公室過夜。那年冬天，他用電爐煮麵條時，不小心燒穿了木地板。剛剛出生的小老鼠一個接著一個從焦黑的地板洞裡鑽了上來，一共五隻，顫顫巍巍地爬到了端午的棉鞋上。那些肉色的、粉嫩的、楚楚可憐的小傢伙，讓他徹底改變了對於老鼠的不良印象。他還從中挑了一隻最小的，養在筆筒裡，每天餵以殘菜剩飯，希望牠像傳說中的隱鼠一樣，為他舔墨。明顯是營養過剩，小老鼠被他養得又肥又壯。等到牠有足夠的力氣頂翻筆筒上蓋著的那本《都柏林人》，便逃之夭夭，不知了去向。

那是一段寂寞而自在的時光。百無聊賴。灰色小樓裡的生活，有點像僧人在靜修，無所用心，無所事事。在這個日趨忙亂的世界上，他有了這麼一個托跡之所，可以任意揮霍他的閒暇，他感到心滿意足。唯一困擾著他的，是一種不真實感，他覺得自己有點像《城堡》中的那個土地測量員。

那麼，鶴浦市政府到底需不需要一個地方志辦公室這樣的常設機構？自從一九九〇年八月他從鶴浦礦山機械廠調到這裡的那天起，端午就一直為這個問題感到困惑，迄今為止，沒有答案。

除了李鬥的《揚州畫舫錄》和劉侗的《帝京景物略》等有限的幾本書之外，端午對於方志掌故一類的文獻，並沒有多少瞭解。他只是隱約地知道，過去的地方志通常是由個人編撰的，如被稱為「淮左二俞」的俞希魯和俞陽。這就給他造成了一個錯覺：他調入地方志辦公室，是給地方上的某個「村野學究」當助手。完全沒想到的是，它竟然是一個地方上的局級單位。在編的工作人員就多達二十餘名。不僅有主任、副主任，還下設編審科、編撰一科、編撰二科、檔案科、資料科等諸多部門。

一般來說，地方志差不多三十至五十年才會重修一次，這是慣例。可市政府最近創造性地提出了所謂「盛世修志」的設想，將修志的間隔縮短為二十年。但即便如此，在無志可修的年月裡，這麼多人擠在那座陰暗潮濕的小樓裡，如何打發時間？

好在還有「年鑑」一說。

既然中國發展得那麼快，新鮮事那麼多，每時每刻都在變化的統計數字，又那麼的龐雜和激動人心，社會發展的成就，自然需要在年鑑中得到反映。再說，年鑑的編輯和整理，也可以為日後大規模地重修地方志準備必要的資料。

儘管這裡的工資待遇甚至還比不上礦山機械廠；儘管除了他本人之外，辦公室的其他人員一律在五十歲以上，且心理狀態都有些不太健康；在小史調來之前，方志辦竟沒有一位女性；當他每次去市政府的各個職能部門組織年鑑編寫時，對方的神色既憤怒又不屑；儘管，每當家玉與他吵架時，都會諷刺他「正在那個小樓裡一點點地爛掉」，可是說實在的，端午倒有點喜歡這個可有可無、既不重要又非完全不重要的單位，有點喜歡這種「正在爛掉」的感覺。

他慢慢地就習慣了從堆積如山的書卷和紙張中散發出來的黴味。一到下雨天，當他透過資料科辦公室的南窗，眺望著院牆外那片荒草叢生的灘塗，眺望那條烏黑發亮、臭氣逼人的古運河，以及河中劈波斬浪的船隻，他都能感覺到一種死水微瀾的浮靡之美──它也在一定程度上哺育並滋養著他的詩歌意境。

地方志辦公室的主任已換過三個。去年剛來的這一位，名叫郭杏村，原來是市文化局的局長。因為一件鬧得沸沸揚揚又無法查證的風化案，他不得已同意了市里平級調動的方案。和他差不多同時調入方志辦的小史，雖說人有點笨，但作為這裡唯一的年輕女性，還是頗得郭主任的青睞。老郭經常來資料科，找她暢談人生。有時候，據說半夜裡還把她從床上叫起來，去茶室打牌。

小史在背地裡叫他「老鬼」。

老郭既然是主要領導，當然就有理由什麼事都不做。真正業務上的負責人是鶴浦一中的一位退休的語文教研組長。他是方志和年鑑實際上的主編和終審，名叫馮延鶴。這是一個做事一絲不苟、性格古怪的小老頭。

他有一種病態的潔癖。為照料辦公室裡的幾盆蘭花，為毫無必要地定期清理他的房間，耗去了太多的精力。他常年戴著一副洗得發白的藍色袖套，因擔心別人將細菌傳給他，從不跟人握手。他又擔心別人說話時會將唾沫星子濺到他臉上，因此按照不成文的規矩，每一個向他彙報工作的下屬走到他身邊時，都必須自動後退兩步，他才跟人家慢條斯理地說話。端午還曾為他寫過一首詩，題為《鶴浦方志辦的顧爾德先生》。

可惜他不會彈鋼琴。

馮延鶴對下屬的業務能力很不信任。他從來不屑與端午說話。半年前，趁著一年中最為空閒的夏秋之交，他將全體工作人員召集到會議室，見樣學樣地搞了幾次「集體學習」。他從鶴浦師範學院請來了一位研究古漢語的副教授，說是要給大家補一補古文字方面的課。沒有人把這種小學生過家家似的學習當回事。第一次上課，就有超過一半的人趴在桌上睡大覺。馮延鶴的臉上有些掛不住了。他中斷了教授的講課，親自走過去，把正在睡覺的人一一推醒，然後，他隨手在小黑板上寫下了一組古代的人名，諸如伍員、皋陶、酈食其、萬俟卨之類，向在場的每一個人宣布說：如果有人全部正確地讀出這些人名，那麼他現在就可以回家睡覺，而且以後也無須參加這一類的集中學習……

在小史的竭力慫恿和推搡之下，在惡作劇的掌聲之中，譚端午渾渾噩噩地站了起來，忐忑不安地把黑板上的那些名字讀了一遍。他讀完了之後，全場鴉雀無聲。只有小史低聲地對他表達了自己愚蠢的擔憂：

「親愛的，我怎麼覺得你把每個人的名字都念錯了呀？」

當馮延鶴宣布端午全對，並詢問他畢業於哪個大學時，小史的臉紅得像發了情的雞冠，惱羞成怒地在他的胳膊上狠狠地擰了一下。

雖然端午獲得了立刻離開會議室的權利，可他並不打算將它兌現，而是頗為謙恭地縮在會議室的一個角落裡，乖巧地望著他的領導。這就給了馮延鶴一個錯覺，誤以為他是一個謙虛好學、要求上進的好青年，並從此對他關愛有加。

當然，通過這一次集體學習，馮延鶴也確立了自己毋庸置疑的絕對權威。彷彿握有別人案底似的，可以一勞永逸地從下屬們自慚形穢的銀行中，支取穩定的利息。

其實馮延鶴十分健談，也喜歡下圍棋。雖說他自稱是業餘三段，可譚端午以業餘初段的棋力，想要故意賣個破綻輸給他，都要頗費一番腦筋。有一次，下完棋復盤的時候，馮老頭讓他「無所顧忌，直言無隱」地談一談對方志辦工作的看法。端午頭腦一熱，就大發了一通牢騷，並認為方志辦根本沒有必要存在，應予以取締。

馮延鶴皺起了眉頭。他建議端午好好地去讀一讀《莊子》。因為：「凡事都是一個『混沌』，它禁不住刨根問柢。」他給端午講了一番勿必、勿我、勿固、勿執的大道理，隨後，又開始大段引用莊子的語錄。什麼天下莫大於秋毫之末啦；什麼醉者墜車，雖疾不死啦；什麼以天下為沉濁，不可與莊語啦，諸如此類。

儘管端午是中文系畢業的，對他的那些話也聽得似懂非懂。但最後那句話，他聽得十分清晰，而且悄悄地將它記在了心裡：

「無用者無憂，泛若不繫之舟。你只有先成為一個無用的人，才能最終成為你自己。」

馮老頭六十多歲了，可記憶力卻十分強健。每次端午去閒聊，老馮都要跟他談上半天《莊子》。奇怪的是，馮老頭每次所引用的內容都不一樣，絕少重複。這樣一來，不到半年，端午等於是將《莊子》重讀了一遍。

依照端午的觀察，儘管馮老頭嘴上說得好聽，張口閉口不離《莊子》，可聖賢的那些話對他做人的修養，卻沒有發生什麼實際的效用。這也是讓端午感到絕望的地方。下棋的時候，每當端午吃掉他三、五個子，要將死子從棋盤中提去的時候，馮老頭就會本能地去抓端午的手，不讓他動，好像是挖了他心肝似的。至於悔棋，更是家常便飯。有一次在食堂打飯，端午借了他兩塊五毛錢的菜票，馮老頭兩個月之後竟然還記得催他還錢。

不過，端午還是很喜歡這個精瘦的小老頭。

他隔三差五地不去上班，躲在家裡讀書、寫詩或乾脆睡大覺，馮延鶴從來不聞不問。而郭主任因為常常要去找小史談理想，嫌他礙手礙腳，因此對他的無故曠工，也樂得視而不見。即便是碰到負責考勤的副主任來查崗，小史只要替他撒個謊，事情就對付過去了。

每年的年終考評，端午竟然都是「優秀」。

久而久之，在縣志辦，端午漸漸就成了一個地位十分特殊的人物。在這個惡性競爭搞得每個人都靈魂出竅的時代裡，端午當然有理由為自己置身於這個社會之外而感到自得。

11

譚端午走進那座灰色的磚樓，正碰上小史和「老鬼」從樓上下來。已經到了吃午飯的時間，看來他們正打算去天天漁港吃刀魚。「老鬼」拿著手機，正和什麼人通話，端午就有了不和他打招呼的藉口。小史卻可憐巴巴地望著他，眼睛中露出了獵物落入陷阱時的那種恐懼的清光，彷彿在無聲地央求他一塊去。

這當然是不現實的。

上樓的時候，端午又回過頭去打量了小史一眼。他發現，至少從她頎長而性感的背影來看：「老鬼」不惜花費鉅資，請她去品嘗剛剛上市的刀魚，還是有些道理的。

他沒有去資料科的辦公室，而是逕直去了二樓的總編室。

馮延鶴站在書架前，一邊哼著小曲，一邊將書架上那些厚重的書籍取下來，用濕抹布小心地拭去灰塵。他聽不清馮老頭嗚嚕嗚嚕哼著什麼曲子，反正十分難聽就是了。似乎是淮劇，仔細一聽又像是滬劇或揚劇，可當他走近了才發現，原來他們領導唱的，竟然是「洪湖水浪打浪……」。

端午擔心嚇著他，就輕輕地咳嗽了一聲。沒想到，還是把馮老頭嚇得直打哆嗦。

「鬼呀！一點聲音都沒有。嚇我一跳！」馮老頭將手裡的抹布向他揮了揮，「你先坐。我這裡一會兒就完事。」

他將最後幾本書仔仔細細地擦乾淨了，不緊不慢地將抹布放在臉盆的清水裡搓洗，然後平平整整地將它攤在窗台上去曬。他在放了一個婉轉的響屁之後，端起臉盆，拿了一塊肥皂，去了盥洗室。

馮老頭做事自有他刻板的節奏，不允許有絲毫的苟且和紛亂。但在端午看來，這也未嘗不是強迫症的某種症候。

「你是抽菸的吧？」馮延鶴拉開抽屜，從裡邊拿出兩條裝在塑膠袋裡的「蘇菸」，推到端午的面前，「拿去抽。我不懂菸，也不曉得這菸好不好。」

「您這是幹麼？這怎麼好意思？」端午慌忙道。

「我們都是南方人，你也就別跟我您您的！聽了讓人彆扭。莊子說，天無私覆，地無私藏，這菸也是旁人送我的，你我之間還客氣什麼！不過呢，菸你也不能白抽，得幫我點小忙。」

馮延鶴笑了笑，將茶缸裡泡著的假牙拿出來，甩了甩水，塞到了癟塌塌的嘴裡，猛地一下，那張臉又恢復了往常的尊嚴。端午忽然明白過來，剛才馮老頭唱歌跑調，除了天生的五音不全之外，大概也與他沒戴假牙有關。

「是不是最近又寫詩了？」端午一臉茫然地望著他的領導。

他想起馮延鶴曾經給過他幾首古體詩，請他幫忙介紹出去發表。那些詩在好幾家詩刊社轉了一圈，最後又給退了回來。最後，端午只得求徐起士幫忙，後者從中任意挑出兩首，替他登在了《鶴浦晚報》的娛樂版上。

「最近可沒心思弄那玩意。不如這樣，我們先去吃飯。最近刀魚剛剛上市，我聽說，人民路上有家天天漁港……」

「不了不了。我昨晚一宿沒睡。現在就想找個地方躺下來睡一覺。」端午不得不打斷了他的話。他擔心，假如他們真的去了天天漁港，就有撞見老鬼和小史的危險。

「那我就有話直說了。」馮老頭想了想，笑道，「是這樣的，我呢，在鄉下有一個兒子，去世好幾年了。幾天前呢，我那兒媳婦帶著我那小孫女找到城裡來了。我知道她們大老遠來找我，準是沒什麼好事。果然。孫女去年小學畢業，成績在班上不說太好吧，也在十名之內，排名在她後面的好幾個人，都上了重點中學，我那孫女呢，竟被分到了一個野雞學校。這倒也不去說它了，沒想到上學第一天，她就被學校高年級的幾個搗蛋鬼帶到操場邊的樹林裡，將她身上的幾個零用錢都摸了去。你說什麼事啊！我那小孫女，平常膽子就小，經這麼一嚇，就再也不敢去上學了。我那兒媳婦，就帶著她找到鶴浦來了，讓我無論如何，在鶴浦一中替她想想辦法——」

「你原來不就是從鶴浦一中出來的嗎？」端午不解地問道。

「問題就在這。」馮老頭苦笑了一下，又接著道，「都以為我是鶴浦一中出來的，還當過語文教研組長，如今呢，不管真的假的，又被返聘到市政府工作，好像我有什麼通天的能耐！其實呢，你知道的，我有個屁辦法！鶴浦一中的校長是新調來的小年輕，我腆著這張老臉，去找他求情，你曉得那畜生跟我說什麼？他說，你也是做教師的出身，竟如此為老不尊，帶頭壞了學校的風氣。倘若人人都像你這樣，還談什麼公平公正？談什麼教書育人、師道師德、和諧社會？這畜生，呸！也配跟我談師德！從他嘴裡冒出來的排比句，刀刀見血，扎得我渾身上下都是血窟窿。後來就有那曉事的跟我說：這事也怨不得校長，找他通門路的條子，裝了滿滿一抽屜，他也沒得辦法。這事要能成，你這張老臉沒用，非得有狠人出面不可。」

說完，馮延鶴眼巴巴地看著端午。

端午被他盯得莫名其妙，尷尬地低了頭，不無譏諷地對老馮道：「你看我這樣一個人，夠得上你說的『狠人』的級別嗎？」

「這個我自然清楚。」馮延鶴忙道，「你跟我一樣，都是這個社會的絕緣體，百無一用。不過，若是尊夫人肯出面幫忙，打個招呼，也就一兩句話的事。」

「要說狠人吧，她平常在家，對我倒是挺狠的。」端午其實已經提前知道，馮老頭要說什麼了，甚至也知道他會以怎樣的方式去說。但他還是硬著頭皮，勉強笑道，「她不過是一個律師，你讓她跟誰去打招呼？」

馮延鶴的眼神飄忽不定，漸漸地就生出一絲同情來。他的眉毛輕輕往上一挑，笑道：「你懂的！」

他沒有說出口的話，有太多的皺褶需要展開。像鬆鬆垮垮堆在腹部的脂肪，藏污納垢。彷彿他略過不提的那個名字，是一個人人都該明瞭的平常典故。笑容像冷豬油一樣凝結在端午的臉上。

這一類的話端午倒也不是第一次聽說。徐起士曾收到過一封蹊蹺的讀者來信，寫信人指名道姓地檢舉家玉為了讓兒子進入鶴浦實驗學校：「用金錢或金錢以外的特殊方式」，向教育局的侯局長行賄。這封信當然被起士壓了下來。不過，同樣的話，被這個成天嚷嚷著「修德就賢，居於北海之濱，以待天下之清」的馮延鶴暗示出來，似乎更為猥褻。端午不免慚怒交加，沒有理會馮延鶴遞過來的餅乾桶。

略微定了定神，端午還是故作輕鬆地向他的上司表示，他可以給家玉往北京打個電話。試試看。片刻的沉默過後，馮延鶴走過來拍了拍他的肩膀，問他是在他辦公室睡一會兒，還是回資料室去睡？

這個問題，倒是很容易回答的。

回到資料科的辦公室，端午拉上窗簾，將幾張椅子拼在一起，在腦袋底下墊了兩本年鑑，躺了下來。可他一分鐘也沒能睡著。滿腦子都是家玉一絲不掛的樣子。

他想起了那年在華聯百貨再次見到她的情景。那時，她的一隻手插在別人的口袋裡，腦袋撒嬌般地靠在那人肩頭，在一種靜靜的甜蜜中，打量著玻璃櫃中琳琅滿目的珠寶。她的臉比以前紅潤了一些。馬尾辮上紮著一條翠綠色的絲綢緞帶。她身邊的那個男人，長得十分彪悍，即便是背影，也讓人不寒而慄。他們也許正在挑選結婚用的戒指。男人摟著她，手裡舉著一枚鉑金戒指，在燈光下細細地察看。家玉忽然就僵住不動了。她從牆上一塊巨大的方鏡中看見了端午，驚愕地張大了嘴。然後，那個男人緩緩地轉過身來，也看到了他。他的塊頭那麼大，而家玉的身體卻是那麼單薄。

一種他所諳熟的憐惜之感攫住了他的心。

端午看著鏡子中的那張臉，看著她那疑惑、明亮而驚駭的眼神，同時也看到了命運的玄奧、詭祕和壯麗。

他裝出沒認出她的樣子，迅速轉過身去，消失在了自動扶梯旁擁擠的人流中。

在以後的婚姻生活中，夫妻二人對這個邂逅的場景很少提及。端午還是忍不住會讓自己的回憶一次次停留在那個時刻。因為正是在那一時刻，他的世界再次發生了重要的傾斜、錯亂乃至顛倒。其實，不論是龐家玉，還是從前那個羞怯的李秀蓉，他都談不上什麼瞭解。前者因為熟悉而正在一天天變得陌生起來，而後者，則在他的腦子裡蛻變為一個虛幻的暗影……

一陣劣質香水的氣息，漂浮在午後滯重的寂靜之中。他知道，小史回來了。她捏他的鼻子，歪著腦袋，望著他笑。

她告訴他，單位又發食用油了，她剛才路過工會，幫端午也領了一桶。

「怎麼樣？全身而退？」端午從椅子上坐起來，對她道。

他讓小史趕緊去把窗簾拉開。要是老郭冷不防闖進來，感覺就有點曖昧。

「曖昧一點怕什麼？」小史咧著嘴傻笑，「反正你老婆也不在家。」

這是一個沒心沒肺的傻丫頭。喜歡跟他逗悶子。她跟端午幾乎無話不談。比如，在一次關於偉哥是否有用的爭論中，小史為了證明自己的觀點，得意地向端午炫耀說，她的第二個男朋友，綽號叫「小鋼炮」的，因為服用偉哥過量，一個晚上與她「親熱」的次數竟達六次之多。她這樣說，多少有點讓人心驚肉跳，從而生出不太健康的遐想。雖說她有口無心，但這一類的談笑，使本來輕鬆無害的調情，有了腐敗變質的危險。

「怎麼這麼高興？不會是老郭又給了你什麼新的許諾了吧？」

「你還別說。」小史已經回到自己的辦公桌前，手裡舉著一面小圓鏡，正在補妝。鏡子反射出一個圓圓的光斑，在牆上跳動著。她側了一下臉，又抿了抿紅紅的嘴唇，接著道，「我問老鬼能不能借錢給我開飯店，他說，可以考慮考慮。」

「你要真的能把飯店開起來，我就辭職跟你去端盤子，怎麼樣？」

「端盤子這樣的事，哪捨得叫你去做？」小史道，「不如跟我合夥吧。你出一半的錢，坐地分贓怎麼樣？我在大市街還真的看中了一間店面，月租金只有四千多一點。我想把它盤下來，可以先開一家魚餐廳，你曉得我爸爸……」

「端盤子還可以接受，」端午打斷了她的話，笑道，「合夥當老闆就算了吧。」

「那有什麼分別嗎？」

「這年頭，做個小老闆，基本上跟判無期徒刑差不多啊。」

「那你在這個單位死耗著，就不是無期徒刑啊？」

「那不一樣，」端午成心逗她，「至少，從理論上說，我還是自由的，可以隨時辭職啊。」

「你是說，從一所監獄，跑到另一所監獄？」

端午一時語塞，倒也想不出用什麼話來反駁她。她能說出這樣的話，證明小史或許也不像自己想像的那麼傻。

自從來方志辦上班的第一天，小史就嚷嚷著要在鶴浦開一家飯館。這是她這輩子最大的夢想。她的家在江邊的漁業巷。父親是個打魚的，每天出沒於長江的風波浪尖之上。如果能開一家餐廳，至少魚是不用發愁的。開飯店的念頭，在她的心裡扎了根，成了她的一塊心病。她曾發誓賭咒般地對端午說，如果哪位有錢人願意給她的飯店投資，她就毫不猶豫地嫁給他。可在端午看來，她顯然把這當中的邏輯關係弄反了。因為，對於有錢人來說：「嫁給他」，早已不是一種恩惠，反而成了一種威脅。而且，嫁給一位有錢人，要比在鶴浦開一家飯館困難得多。

「噢，對了，馮老頭今天早上那麼著急上火地找你，到底是什麼事？」小史剪完了指甲，用指甲刀的反面挫著手指的稜角，不時地用嘴吹一下。

「一個老鬼還不夠你煩的嗎？別管這麼多閒事行不行？」端午沉下臉來，語調多少有點生硬。他抓起電話，讓樓下的「永和豆漿」店給他送外賣。

包子。油條。還有豆漿。

「你說馮老頭那個人，這麼大歲數了，真能幹出那樣的事來？」半晌，小史又道。
端午一愣，轉過身去，吃驚地望著她：
「你是說什麼事？」
「媽的，你也有好奇心！是不是？」小史冷笑道，目光有點鋒利。過了一會兒，又接著說，「我看他病怏怏的，連撒泡尿都費勁，真不信還能生出兒子來。」
端午被她一激，終於沒好意思再問。不過，他對於正在單位風傳的那些閒言碎語，也並非沒有耳聞。

12

轉眼間就到了六月中旬。陽光並不是很熾烈，太陽被雲層和煙霾遮住了，遠遠看上去就像一張曝光過度的底片。空氣污染帶來的好處之一，就是你在任何時候都可以直視太陽而不必擔心被它灼傷。
天氣仍然又悶又熱。
大概正是麥收時節，郊區的農民將麥秸稈燒成灰做肥料。煙霧裹挾著塵埃，籠罩著伯先公園，猶如一張巨大的毯子，懸停在旱冰場的上空。伯先公園內僅有的鳥類，烏鴉和麻雀，在骯髒的空氣中飛來飛去，堅忍不拔地啁啾。蟬鳴倒是格外地吵鬧，在散發著陣陣腥臭的人工湖畔的樹林裡響成了一片。

假如是在冬天，每當西伯利亞的寒流越過蒙古草原和江淮平原，驅散了鶴浦化工廠那骯髒的空氣，掃蕩著數不清的灰塵、煙霾和懸浮物，送來清冽的寒風，伯先公園的天空將會重新變得高遠，將會重現綠寶石般的質地。

現在是夏天，他能指望的，只有天空滾過的雷聲和不期而至的暴風雨。暴雨過後，烙鐵般的火燒雲會將西山襯得輪廓分明，近在咫尺，彷彿觸手可及。

在那個時刻，即便站在自己臥室的陽台上，端午都能看見山上被行人踩得白白的小徑，看見上山燒香拜佛的老人。

每當這個時候，端午總會貪婪地呼吸。彷彿長久憋在水中的泳者，抬頭到水面上換氣。他的內心，會湧現出一種感激的洪流——那是一種他習以為常的偷生之感，既羞愧，又令人慶幸。

這天傍晚，兒子從學校放學回來，一進門就對他說，他們的班主任鮑老師想請他去學校做一次演講。

「這麼說，你們的班主任也知道我？」沉睡在他心底的虛榮心，再度甦醒、氾濫，令他感覺良好。

「那當然！」兒子此刻已經把佐助腳上的鐵鏈子解了下來。他讓鸚鵡趴在自己的肩頭，輕輕地拍打著牠那綠松石一般的羽毛。「是暴君親口對我說的。」

他們的班主任姓鮑，學生們都管她叫暴君。

「那麼，什麼時間呢？還有，你們老師讓我講什麼題目？」端午想摟住兒子親一下，卻引起了佐助的嫉妒心，牠的尖喙毫不猶豫地啄向端午的手背。

「這我就不知道了。要不，你給暴君打個電話問問？」有一種亮晶晶的光芒，在兒子的眼中飛快地閃了一下。

可若若並不知道鮑老師的手機，他只記得辦公室的電話。因擔心老師們下班，端午猶豫了半天，還是決定往辦公室打個電話。接電話的是一個老頭。他說鮑老師正在隔壁的會議室，給參加全省奧林匹克競賽的隊員們做報告。不過，他還是決定去隔壁叫她。

「您哪位？」鮑老師的聲音冷冰冰的，為自己的報告被打斷而露出明顯不悅的口氣。

「我是譚良若的家長，我叫——」

「您有什麼事？」她的聲音明顯更為嚴厲，而且不客氣地打斷了端午的自我介紹。這清楚地表明，她對他的名字沒有什麼興趣。

端午的心猛地往下一沉，不由得回過頭去，打量起自己的兒子來。若若此刻正在用一種崇敬而期盼的目光望著他。他的眼珠黑黑的，亮亮的，眼神中半是畏葸，半是狡獪。端午只得硬著頭皮和暴君周旋，一心盼望著，盡快結束與她的通話。

「沒有哇，我們何曾請你來演講……這孩子，沒影子的事，怎麼能胡編亂造？再說了，現在學校都快放假了，我這邊又要忙著送孩子去南京比賽，沒有時間安排你來演講。我忙得，唉，忙得連上廁所的時間都沒有。不過——」

「大概是孩子弄錯了。」這一次輪到端午打斷她的話了。「那就算了吧。鮑老師，再見。」

「哎，你等等——」在電話的那一端，暴君試圖阻止他掛斷電話。與此同時，她的聲音也變得稍微柔和一些了：

「你孩子無端說謊，這可不是小事！這學期，我們的確邀請了幾位家長來學校演講，可那都是成功人士。你不在被邀請之列，也許你兒子會覺得受到了冷落。他希望你到學校來露露臉，這可以理解，但不能無中生有。我明天會找他來辦公室談話。如果有必要，他還得寫檢查。關於這一點，希望家長配合我們。不過，雖然我們事實上沒打算請你來演講，既然您自告奮勇地打來了電話，我們倒不妨給你安排一場演講。我想問一問，你是學什麼的？」

儘管端午當時大腦一片空白，既羞愧又憤懣，但他清醒地意識到，他正在面對的不是別人，而是兒子的班主任。他必須克制自己，忘掉他那個自命不凡的自我，忘掉這個世界上還有羞恥二字。

「我是學文學的。」他囁嚅道。同時，他齜牙咧嘴，使得整個臉部的肌肉徹底變形，藉此自我解嘲，緩解壓力。

「我的意思是，你能講什麼？你來給孩子們講講童話怎麼樣？等等，讓我再想想，孩子們都喜歡張曉風和鄭淵潔，你選一個，給孩子們談談你的閱讀體會可以嗎？喂，可以嗎？那就這麼定了。明天上午十點半，我把我的一節語文課讓給你。因為要準備期末考試，我們只能給你一節課的時間。」

「可是，我，鮑老師，本來——」

「你就別謙虛了。明天上午見。我這裡正忙著呢，對不起，我先掛了。」

晚上，龐家玉打來電話檢查兒子的家庭作業，並讓他在電話中背一下司馬遷的《報任安書》。

端午跟她說了第二天要去學校演講的事。

「那多好啊！」家玉興奮地對他喊道，「你終於肯出山了。太好了。正好借機與鮑老師溝通溝通。幾次開家長會，你都不肯去。這是一個難得的機會。太好了。顏顏的爸爸剛去過，他是個大畫家，上星期去講過人物素描；淘淘的爸爸是工商銀行的副行長，剛開學的時候，他就去學校做了一個關於如何使壓歲錢增值的報告；丫丫的爸爸是博物館的館長，他將孩子們帶到博物館參觀，給他們講解青銅器；露露的爸爸是國資委的……哎，他們請你去講什麼呀？不會是詩歌吧？這至少說明，你還是有點影響的，是不是？」

端午只得將傍晚與鮑老師通電話時極為尷尬的情景，向家玉說了一遍。

他不想去。因為這種自己找上門去的感覺太過惡劣。更何況，他既不喜歡張曉風，也不喜歡鄭淵潔。沒什麼道理。就是反感。他們的作品，他連一個字也沒讀過。家玉半天沒說話，她在想什麼，端午並不清楚。過了好一會兒，他聽見妻子輕輕地嘆了口氣，對他說：

「你這個人太敏感了。這個社會什麼都需要，唯獨不需要敏感。要想在這個社會中生存，你必須讓自己的神經系統變得像鋼筋一樣粗。不管怎麼說，這是一次很好的機會。不要老想著你的那點面子，那點自尊心。它像個氣球一樣，鼓得很大，其實弱不禁風，一捅就破。既然鮑老師跟你說定了演講的時間，你得去。無論如何都得去。俗話說，寧可得罪十君子，不能得罪一小人，寧可得罪十個小人，也不能得罪孩子的班主任。學期快要結束了，今年上半年的禮還沒送，我擔心等我回來，學校大概早已放假了。趁著明天去演講，你快想一想，給老師帶點什麼禮物好？」

龐家玉提到了幾個化妝品的名字。ＣＤ。蘭蔻。古奇和香奈兒。可她又擔心，像鮑老師那樣死抱住韓國品牌不放的人，不一定能知道這些化妝品的真正價值。既然鮑老師那裡要送，數學老師和英語老師也不能怠慢。否則的話，萬一穿了幫，就不好辦了。可數學老師是個男的，送他香水和化妝品，顯然不合適。所以，還沒等端午發表什麼意見，家玉自己就把香水方案否決了。

那麼，送加油卡又如何呢？

鮑老師開著一輛「奇瑞」，送加油卡倒是挺合適的。可問題是，另外兩個人是否開車卻不很清楚。如果他們沒車，加油卡還得設法變現，這等於是給人家添了一堆麻煩。他們心裡一煩，禮物也就失去了原有的價值。所以，這個方案也不太可行。當然，直接送錢也不太好。因為，在這三位老師之中，假如有一位道德感尚未最終泯滅（家玉補充說，這樣的可能性事實上很小），那麼，在面對赤裸裸的金錢時，總會或多或少地有一點犯罪感……

家玉提出了她的最終方案：去家樂福超市購買三張購物卡，每張卡充值一千五百元。

「家樂福超市九點鐘要關門，你得趕緊去。如果你放下電話就打車去的話，應當還來得及。」

既然端午已打定主意不去家樂福，也不打算給暴君他們帶什麼禮品（因為假如是那樣的話，演講反而就變成了一個送禮的藉口，這是他無論如何不能忍受的），就爽爽快快地答應了她。

吃過晚飯，他開始在互聯網上搜索張曉風和鄭淵潔的作品。兒子竟然不用人督促，自己就去洗了個澡，還把自己最喜歡的SNOOPY圖案的T恤衫從衣櫃中翻了出來，穿在身上，對著鏡子，梳了半天的頭。

好像第二天要去學校演講的，正是他本人。

端午的感受正好相反。他在某種意義上正在變成瘦弱的兒子。想像著兒子對這個世界所抱有的小小希望和好奇心像泡沫那麼璀璨而珍貴，他只能徒勞地期望這些泡沫，至少晚一點碎裂。

當他坐在電腦前苦讀張曉風的作品時，兒子早已歪在床邊睡著了。他張著嘴，鼾聲應和著海頓四重奏的節奏，使一種神祕的寂靜，從潮濕而悶熱的夜色中析離出來。他忽然有些明白，為什麼中國古代就有「絲不如竹，竹不如肉」的說法。海頓的音樂再好聽，也比不上兒子在黑暗中綿延的呼吸讓他沉醉。

他覺得自己為兒子付出的所有的煎熬、辛勞乃至屈辱，都是值得的。

這樣一想，就連張曉風或鄭淵潔的文字，彷彿也陡然變得親切起來，不像他原先想像的那般不可卒讀。

直到海頓的那首〈日出〉放完，端午才意識到，自己在床邊看了兒子多久。

第二天上午，下起了小雨。他乘坐十六路公共汽車來到兒子的學校，在門口接受保安禮貌而又嚴格的詢問和檢查。

這期間，綠珠給他發來了一條短信，約他在一個名叫「荼蘼花事」的地方見面。他聽徐起士說起過這個地方，可從來沒去過。他簡單地回覆了一個「好」字，就把手機關了。

沿著空蕩蕩的走廊，端午探頭探腦地來到了六年級五班的教室門口。鮑老師正在給學生訓話。她梳著齊耳短髮，脖子又細又長，可臉上的下頜部居然疊著三層下巴。時間已經過了十一點。他站在教室門口，透過窗戶，目光依次掃過學生們的臉。在最後一排的牆角裡，他發現了自己的兒子。若若也在第一時間看見了他。為了讓父親看見自己，若若從座位上猛地直起身子，可是他擔心這一舉動遭到老師的責罵，又遲疑地坐了下去。

他的臉，被前排的一個高個子女生擋住了。

鮑老師終於講完了話，從教室裡走了出來，嚴肅地將端午從頭看到腳，眼神就有點疑惑。她還是衝他點了點頭，輕輕地說了聲：「開始吧。」然後，就抱著她的那台筆記本電腦，回辦公室去了。

教室裡一片靜穆。因為意識到留給自己的時間已經不多了，端午臨時決定將自己精心準備的不乏幽默的開場白省去，開始給學生講課。

兒子若若突然像箭一般地衝上了講台，把他的父親嚇了一跳。

原來是黑板沒擦。

端午轉過身，看見黑板上密密麻麻地寫滿了英文單詞。若若的個子還太小，就算他把腳踮起來，他的手也只能搆到黑板一半的高度。端午朝他走過去，在他耳邊輕輕地說了句「爸爸來吧」，可若若不讓。他堅持要替父親擦完黑板。搆不到的地方，他就跳起來。端午的心頭忽然一熱，差一點墜下老淚。他知道，孩子是為自己感到驕傲。可若若還不知道的是，他為父親感到驕傲的那些理由，在當今的社會中已經迅速地貶值。「詩人」這個稱號，已變得多少有點讓人難以啟齒了。

在講課的過程中，他望見兒子一直在笑。兒子不時得意地打量著周圍的同學們，揣摩著他們對父親講課的反應。他不時地將身體側向過道的一邊，以便讓父親能夠看到他——可在講課的過程中，端午根本不敢去看他。

他的心裡沉甸甸的。

等到他終於講完了課，走到教室外的走廊裡，發現鮑老師已經在那兒等他了。端午有些回憶不起來，剛才在他講課的時候，鮑老師是否一直站在窗外，遠遠透過窗戶，注視著教室內的一舉一動。鮑老師說，因為這次演講是臨時安排的，不在學校的計畫之內，她無法說服財務科給他支付報酬，不過：

「我剛剛出版了一本小書，你就留著它做個紀念吧。」她把書遞給端午，端午趕緊誇張地道謝並佯裝欣喜。

書名挺嚇人的：《通向哈佛的階梯》。

雨忽然下大了。

鮑老師又問他，有沒有時間聽她「彙報」一下孩子最近的表現。鮑老師原本打算請他去辦公室談，端午將手機向她晃了一下，抱歉地對她說，他約了一個朋友，恐怕沒有多少時間了。事實上也是如此，綠珠一連發了六條短信來催他。

「你見過驢拉磨嗎？」鮑老師對他的推脫未予理會，忽然笑著問他。

「沒有啊。」端午不解地答道。

即便這會兒沒有短信過來，他還是不時地查看手機的螢幕，故意顯出心不在焉的樣子。

「我的意思是說，你知道為什麼驢在拉磨的時候，我們通常要給牠蒙上眼睛？」

「不知道啊。不過，為什麼呢？」

「首先，你給驢子蒙上眼睛，牠在拉磨時就不會犯暈。這一點我們都知道。其次，蒙上了眼睛，驢子在工作中就更為專注。一旦眼睛蒙上了，牠會把所有的心思都放在拉磨上，就不會發現自己其實一直在原地打轉。這樣，驢子的工作就更有效率。你曉得的，一旦驢子發現自己是在重複地做一件枯燥乏味的事情，牠馬上就會厭倦的。而蒙上了眼睛，牠會誤以為牠在走向通往未來的富有意義的道路。只要牠願意，牠甚至會任意地想像沿途的風景：山啦，河流啦，花花草草啦……」

端午發現，鮑老師的嘴角兩側各有一團唾沫，擠成兩個圓圓的小球，浮在嘴角，但就是不掉下來。而且，據他觀察，她的脖子特別細長。也就是說，假如有人要去掐它，很適合把握。

他揣摩鮑老師的意思，是不是在暗示自己，也要像對付拉磨的驢子那樣，把孩子們的眼睛蒙上？可又不敢問。

好在鮑老師馬上就向他解釋說，這不過是一個小小的比喻而已。也許不很貼切。但隨後，她又自相矛盾地補充說，不僅僅是孩子，其實我們做大人的，眼睛也應該蒙上。

13

「荼蘼花事」是一家私人會所，位於丁家巷僻靜的舊街上，由一座古老的庭院改建而成，大門正對著運河。店名大概是取《紅樓夢》中「開到荼蘼花事了」之意。

大雨將街上的垃圾沖到了河中，廢紙、保麗龍、礦泉水的瓶子、數不清的各色垃圾，滙聚成了一個移動的白色的浮島。河水的腥臭中仍然有一股燒焦輪胎的橡膠味。不過，雨中的這個庭院，仍有一種頹廢的岑寂之美。

「荼蘼花事」幾個字，刻在一塊象牙白的木板上。字體是紅色的，極細。門前的簷廊下，有一缸睡蓮，柔嫩的葉片剛剛浮出水面。花缸邊上，擱著一個黑色的傘桶。牆角還有一叢正在開花的紫薇。院中的青石板，讓雨水澆得鋥亮。

庭院的左側是一座小巧的石拱橋，通往西院。過了季的迎春花垂下長長的枝蔓，幾乎將矮矮的橋欄完全遮住了。店中沒有什麼客人，一個身穿旗袍的姑娘替他打著傘，領他穿過石橋，走過一個別致的小天井。

他看見綠珠正趴在二樓的窗檻上向他招手。

綠珠今天穿著一件收腰的棉質白襯衫——領口滾著暗花，衣襟處有略帶縐褶的飾邊，下身是一條深藍色的絲質長裙。看上去，多了幾分令他陌生的端莊。那張精緻而白皙的臉，也比以前略顯豐滿，添了一點嫵媚之色。端午還是第一次這麼近地打量她。不知道為什麼，他還是喜歡她過去的那副隨心所欲的慵懶樣子。

桌上有一盆烤多春魚，一塊鵝肝。幾片麵包裝在精緻的小竹籃裡。桌子中央有一個青花的香碟，插著一枝印度香，香頭紅紅的。裊裊上升的淡淡香氣，很容易讓人一下子靜下來。

「怎麼，你要出遠門嗎？」端午瞅見她身邊的牆角裡，有一個深黑色的尼龍登山包，便立刻問她。

「和姨父老弟鬧翻了。」綠珠纖細的手指捏著一片檸檬，將汁擠在多春魚上。桌上的一瓶白葡萄酒已喝了差不多一半。「我們昨晚大吵一架。我以後再也不回那裡去了。」

「是不是因為，姨父老弟對你動手動腳？」

本想開個玩笑，可話一出口，端午就後悔了。剛見面坐定，就和她開這樣的玩笑，不免給人以某種輕浮之感。好在綠珠不以為意，她冷冷地笑了一聲，給端午斟上酒，然後端起杯子，抿了一口，道：「他的偽裝，甚至沒能保持二十四小時。」

端午聽出她話中有話，就不敢再接話。朋友間的祕密，總讓他畏懼。可綠珠既然開了口，她是沒有任何忌諱的：

「跟你說說也無所謂。從雷音寺的僧房裡遇見他和姨媽，到他在火車上要搞我，前後不到二十四小時。我晚上起來解手，他就把我堵在了廁所裡。我謊稱自己來了例假，他說他不一定非要從那兒進去。我說我不喜歡亂倫的感覺，他說那種感覺其實是很奇妙的。還說什麼，愈是不被允許的，就愈讓人銷魂。我就只得提醒他，如果我大聲叫喊起來並報警的話，火車上的乘警，是不會認得他這個董事長的……」

「這個地方真不錯。」端午環顧了一下這個幽寂的房間，有意換個話題，「樹蔭把窗子都遮住了。要是雨再大一點，似乎更有味道。」

「這是鶴浦最美的地方。」綠珠果然丟下了關於姨父老弟的恐怖故事，憂悒地笑了笑，喃喃道，「深秋時更好。遲桂花的香氣釅釅的，能把你的心熏得飄飄欲仙。完全可以和西湖的滿覺隴相媲美。人在那種氣氛下，就覺得立刻死去，也沒有什麼遺憾的。我常常來這兒喝茶，讀點閒書，聽聽琵琶，往往一坐就是一個下午。」

「你打算去哪兒？回泰州老家嗎？」

「去你家呀！」綠珠用挑逗的目光望著他，「你老婆不是去北京學習了嗎？」

他以為綠珠是在開玩笑。可她那目含秋水的眼睛一直死盯著他，似乎是期待著他有所表示。端午感覺到自己心房的馬達正在持續地轟鳴，身上的某個部位腫脹欲裂。他已經很久沒有這樣的感覺了。

「她很快就要回來了。當然，我家也不是不能住。但這，不是什麼長久之計。」他的聲音很輕，帶著讓他自己都感到厭膩的羞怯。

「我不會白住的。」綠珠不依不饒。稍稍停頓了一會兒，她更加露骨地對他說，「你也用不著假裝不想跟我搞。」

「這地方，還真是不錯。」端午再次環顧了一下房間。

「這話剛才你已經說過一遍了。」綠珠詭譎地笑了笑，提醒他。

端午臉憋得通紅，有些不知所措。他將那本被雨水淋得濕乎乎的《通向哈佛的階梯》朝她晃了晃，正打算換個話題，跟她說說去兒子學校演講的事，手機滴滴地響了兩聲。

有人給他發來了一條短信。

端午飛快地溜了一眼，臉色就有些慌亂。當然，綠珠也將這一切都看在了眼中。

「老婆來的吧？」

「不不，不是。」端午忙道，「天氣預報，天氣預報。」

「逗你玩的啦。你放心好了。我才不會住到你家去呢！」綠珠咯咯地笑個不停，給他的盤子裡夾了一條多春魚。「剛才我已經打電話訂好了一家酒店，你不用擔心。我最不喜歡你們五、六十年代出生的這幫人。畏首畏尾，卻又工於心計。腦子裡一刻不停地轉著的，都是骯髒的欲念，可偏偏要裝出道貌岸然的樣子。社會就是被你們這樣的人給搞壞的。」

穿旗袍的女服務員來上菜，端午就問她洗手間在哪兒。

「在樓下的花園邊上，我這就領你去。」服務員朝他嫣然一笑，聲音極輕，聽上去竟然也有幾分曖昧。

端午從洗手間出來，回到樓上，看見桌上的酒瓶已經空了。綠珠正在吃藥。她將抗憂鬱的藥片小心翼翼地抖在瓶蓋裡，數了數，又從裡邊撿出一粒，仍放回瓶中，然後就著杯中的一點葡萄酒，一仰脖子就吞了下去。不一會兒的工夫，她幾乎完全變了個人，就像陽光在草地上突然投下的一片雲影，籠了一片灰暗的陰翳。

「我現在就靠它活著。」綠珠的眼神有點迷離，「早晨吃完藥後，就一心盼著五、六個小時的間隔趕緊過去。」

「為什麼？」

「好再吃第二次啊。這藥和毒品沒什麼兩樣。」

「你吸過嗎？」

「什麼？」

「毒品啊。」

「海洛因之類的，我沒試過。」綠珠點了一根香菸，「我只吸過大麻，兩、三次而已。沒什麼癮的。」

「有沒有想過試著練練瑜伽？」端午道。

「練過。瑜伽，靜坐，泡溫泉，包括什麼飢餓療法，我都試過，沒什麼用。」

「我聽說有一個日本人，用行為矯正的方法治療憂鬱症。」

「你說的是森田正馬？我試過兩個月，確實有點效果。但我沒耐心，堅持不下去。我知道自己的問題在哪兒。比如說，有一步，你是萬萬不能跨出去的。跨出去再想收回來，那就難了。我本來也和其他的人一樣，假裝什麼都看不見。安全地把自己的一生打發掉。」

「蒙上眼睛？」

「對，蒙上眼睛。」

綠珠的話，聽上去多少有點令人費解。端午幾次想問她，所謂的第一步，是怎麼跨出去的？在泰州那樣的小地方，她與她的父母之間，究竟發生了什麼事？但最後他還是克制住了自己的好奇心。他對她其實並不瞭解。僅僅是在江邊的大堤上散過一次步，發過五、六封Email。如此而已。有過一、兩次，綠珠把她寫的詩發給端午看，都十分幼稚。

雨似乎已經停了。不時有水珠從桂花樹上滾落，重重地砸在地面的青石板上，每一聲都那麼的沉。

「以後打算怎麼辦？畢竟，你不能一輩子待在酒店裡吧？」端午心事重重地看著她，語調中的冷漠和敷衍連他自己都聽得出來。

「這個我不知道。」綠珠說，「每天早上我從床上醒來，直到依靠安眠藥的作用昏沉沉地睡過去。腦子裡一直擺脫不掉一個念頭。」

「什麼樣的念頭？」

「你知道的。」

綠珠的聲音輕得讓人幾乎聽不到，就如一聲嘆息。她的目光既哀矜，又充滿挑逗。端午誤以為她說的是性，其實他想岔了。

「當我把最好的和最不好的死法，全部都想過一遍之後，才會安靜下來。不過，我是不會自殺的。最好的死法，就是走在大街上，走在陽光下，走著，走著，腳一軟，隨隨便便倒在路邊的什麼地方，倒在垃圾桶邊上，眼睛一閉，就算完事。」

「那麼，最不好的死是什麼？」

「死在醫院裡。」綠珠毫不猶豫地回答道，「你的氣管被切開了。裡面插滿了管子，食物通過鼻子流進胃臟。每隔半小時，讓人吸一次痰。大小便失禁——哦，那是一定的。可問題是，你的意識還是清醒的。你知道你的親人，哪怕是最親的所謂親人，耐心也是有限度的。最糟糕的，當漂亮的女護士給你插尿管的時候，模糊的欲望竟然還能使它勃起……」

「喂，我說你能不能不用『你』這個詞？」端午笑著提醒她。

「對不起。我說的不是你，而是我父親。他當時只有四十三歲。我把他那溫熱的大便從長滿褥瘡的股溝之間用紙包起來，握在手裡，它就像一段剛剛出爐的烤腸。儘管我願意自己死上一百次，換回他的生命，但說實話，在那一刻，我心裡其實在盼著他早點死掉。」

綠珠忽然不吱聲了。

她那白得發青的脖子扭向窗外，回過頭來，目光迅速地掃過端午的臉。眼睛中的疑惑和驚駭很快變成了燃燒的憤怒。

端午看見小顧和陳守仁各自拿著一把傘，站在樓下的天井裡，正朝樓上望。他們身邊還站著一個司機。

「是你告訴他們我在這兒的，是不是？」

綠珠的嘴角浮現出一絲怪異的笑容。

「你剛才接到一個短信，竟然騙我說是天氣預報！那時候你已經打定了主意出賣我，是不是？然後你就去了洗手間，你他媽的站在小便池上，一隻手忙著手淫，一隻手給陳守仁打電話，是不是？你一開始就打定主意要出賣我，是不是？我甚至已經把你看成是朋友，看成是大哥哥，你心裡很清楚。陳守仁是一坨什麼樣的狗屎，他是個什麼東西，你心裡很清楚。可是，你還是決定要出賣我，是不是？」

綠珠開始了嘔吐，把剛剛吃下去、還沒有來得及消化的藥丸都吐了出來。端午趕緊去扶住她，一邊幫她捶背，一邊手忙腳亂地從紙盒裡取餐巾紙，替她擦嘴。綠珠的臉靠在他肩頭。在嘔吐物的刺鼻氣味中，仍有一縷淡淡的香水味。她臉上的肌膚涼涼的，像綢緞那樣光滑。她輕聲地朝端午笑了笑：「可你還是想搞我，是不是？最好是我自己撲上去，你不用擔任何心事，甚至還可以半推半就，是不是？」

小顧已經上了樓。她將綠珠像嬰兒般地摟在懷裡，哭道：「珠啊，就為這幾句話的事，你就鬧成這樣！從早上四點到現在，你姨父連飯都沒顧上吃一口，人都急瘋了呀！珠啊，有話我們回去慢慢說，好不好？」

綠珠根本不搭理她。她一動不動地看著端午。一縷亂髮飄散在額前，淚水無聲地流過臉頰：

「你已經忘了在Email裡跟我說過的話了嗎？你這個猶大！你連西門慶都不如。西門慶亂搞女人，至少還有情有義，你呢？最多一個應伯爵，連陳守仁都不如。還有臉談什麼西比爾的籠子，什麼艾略特，什麼枯草的歌唱，水流石上的輕響，什麼畫眉鳥隱隱在松林裡高歌，淅瀝淅瀝，瀝瀝瀝，瀝你媽個頭！陳守仁至少還有勇氣作惡，你連這點勇氣都沒有。一個漂浮在海上死去多年爛得不能再爛的水母！跟在人家後面揀點吃剩的殘渣。什麼『命運注定了我們要同舟共濟』，你媽放屁！」

小顧和司機一邊一個，架著綠珠下樓，可她仍不時地扭過頭來衝著端午大罵。兩個穿旗袍的侍者傻傻地站在樓梯口，其中的一個用手遮住了嘴。臉上、心裡都在笑。

「這丫頭，有點不太好弄。」守仁望著她，搖了搖頭，嘆了口氣。由於他戴著寬大的墨鏡，端午看不見他臉上的表情。

「不是跟你們說好，讓我慢慢勸她回去，你們不要出面的嗎？怎麼還是心急火燎地趕了過來？」端午一臉木然。

「嗨，小顧的性子，你又不是不曉得。她甚至已經通知了公安局和刑警大隊，急得像熱鍋上的螞蟻。她擔心綠珠要是出了鶴浦的地界，這輩子怕是再也找不回來了。一得著你的信，就像房子著了火，攔都攔不住啊！」守仁用餐巾紙將登山包上的嘔吐物擦掉，將它背在背上，對端午一晃腦袋，示意他下樓。

「到底因為什麼事？你們又鬧成這樣。」

「請你說話注意用詞，好不好？不是又。」守仁字斟句酌地糾正他，「其實這丫頭一直跟我們處得挺好。以前我們從沒吵過架。唉，這事，一時也說不清，我以後再找機會給你慢慢解釋。」

他們來到了樓下的院子裡，他看見小顧和司機怎麼也無法將綠珠弄到車上去。她拚命地用手捶打著車窗的玻璃。

「這車的玻璃，別說是用拳頭，就是用錘子砸，也砸不碎。」守仁嘿嘿地笑了兩聲，朝門口站著的兩個穿制服的小伙子努努嘴。他們立即會意，趕緊過去幫忙。

「這麼一折騰，你這個青年導師的形象，可算是徹底破產啦。至少，豬大這個惡名，你這輩子就別想洗清啦。這丫頭倔得很。」

過了一會兒，守仁又笑著對他小聲道：「你也真是的，跟她吹什麼牛不好，偏偏要談艾略特！我提醒你，你這可是班門弄斧啊！這屁丫頭，能把《荒原》從頭背到尾，不論是查良錚版、趙蘿蕤版，還是裘小龍版，都能一字不落，你信不信？」

端午的腦子裡空空的。他還在想著綠珠生氣時的樣子。彷彿從她眼睛裡不斷湧出的不是淚水，而是她的整個靈魂。他的心有點隱隱作痛。他看見那幾個人已經將綠珠按在了汽車後排的坐墊上。她的雙腿仍然在不停地亂踢亂蹬。手忙腳亂之中，藍色的裙子被攪翻了。端午不經意中看到了白色的襯裙中露出的底褲。儘管只是短短的一瞬，他還是能夠清楚地分辨出她大腿根部的肌膚，顏色要深一些。

他趕緊轉過身去。

幾個人已經成功地將綠珠塞進了車裡。小顧退下車窗玻璃，把腦袋伸出來，朝守仁喊了一聲「鞋」。

守仁在端午的肩上拍了一下，走到車邊，撿起綠珠掉下來的那隻紅色半高跟皮鞋，看了看，又放在鼻子前嗅了嗅，隨後打開車門，坐進了前排。

凱迪拉克轟鳴著飛馳而去，濺起了一片泥漿。

端午茫然若失地站在「荼靡花事」的簷廊下，手裡還捏著那本鮑老師送給他的《通往哈佛的階梯》。

他經過運河邊的街角，順手將它扔進了一個蒼蠅亂飛的垃圾桶裡。

14

需要提請有關方面注意：如果我有一天被殺，兇手一定是張有德。

月亮下的金錢，從來未使忙碌的人類有過片刻的安寧。

老實人總吃虧。

幸福是最易腐敗的食物，它不值一文。

我們其實不是在生活。連一分鐘也沒有。我們是在忙於準備生活而成天提心吊膽。

苦縣光和尚骨立，書貴瘦硬方通神。

15

這是哥哥王元慶在最近給他的一封信上所寫的話。

每隔一段時間，元慶就會給他寄來一封信。這些文字用小楷抄在一張宣紙信箋上。豎寫。字跡雋秀，一筆不苟。雖說文字之間缺乏應有的邏輯，但也在一定程度上反映了哥哥目前思想的悸動。端午憑藉這些警句格言式的瘋話，也能對哥哥的精神病發展到了怎樣的程度，進行判斷和監控。

他們是同母異父的兄弟。元慶的父親在上世紀五〇年代的一次群體性械鬥事件中，失足墜崖而死。關於事件的細節，端午所知不多。據母親說，元慶的父親是一個聰明絕頂的木匠。話不多。一生中說過的話，加起來還不如她一個晚上說的多。出事前不久，他給村裡的一戶人家打了一張婚床，同時，給另一戶人家打了一副棺材。按照迷信的說法，這被認為犯了忌。

王元慶繼承了父親的聰慧和沉默寡言，這沒有什麼好奇怪的。讓人有點不解的是，他的秉性中的異想天開和行為乖張，竟然與譚功達如出一轍。他們畢竟沒有血緣關係，而且，元慶與譚功達也並無太多的接觸（後者生命的最後十年是在監獄中度過的）。母親將這一切都歸咎於上天的安排。這使她更有理由日夜詛咒那個陰魂不散的瘋子，並一直拒絕在清明節給他上墳掃墓。

元慶多少有點戲劇性的經歷，足以列入地方志的《奇人傳》。可事實上，端午對哥哥瞭解甚少。

在寂靜而漫長的小學和中學時代：「拖油瓶」這個綽號一直跟元慶如影隨形，如音隨身，直至被另一個綽號徹底覆蓋，那就是「天才」。全縣作文競賽一等獎的證書，讓母親高興不起來，反而讓她憂心忡忡。在高二那一年，他所寫的一個獨幕劇，被梅城縣錫劇團搬上了舞台，成為轟動一時的新聞。

可元慶不久以後就因肝炎輟學了。

母親在元慶病癒後，讓他跟一個瘸腿的福建裁縫學習縫紉。梅城中學的教導主任三番五次地光顧他的裁縫鋪。他可不是來找元慶量身裁衣的，而是希望他重返校園。因為根據他剛剛掌握的小道消息，中斷了十年之久的全國高考，將在一九七七年恢復。他甚至向元慶母親暗示，要將自己最漂亮的二女兒嫁給元慶，以換取她同意元慶參加高考的允諾。見識短淺的母親當然不為所動。其中最重要的原因是，元慶作為一名裁縫的名望，已經開始給她帶來數額不小且相當穩定的收入。母親當時最大的夢想，就是盼望大兒子有朝一日將裁縫鋪從福建瘸子的手裡盤過來，自立門戶。很快，福建瘸子就「很識趣」地因心肌梗塞而猝死。可元慶也隨之對裁縫這一行當失去了原有的興趣。

元慶開始和縣城裡的一些不三不四的人交往。用自己改裝的短波收音機收聽「美國之音」和鄧麗君。有的時候，一連數天夜不歸宿。後來，他乾脆從眾人的視線中消失了，直到公安機關將他們的那個自以為是的「祕密組織」一舉破獲，把他從南京押回梅城。

母親還得透過那個「死鬼」譚功達的生前好友，去相關部門疏通關節，最後勉強使元慶「免於處置」。

當時，元慶的第一首詩已在《青春》雜誌發表。這首詩在端午讀書的那所中學悄悄地流傳，附帶著也使端午異想天開的寫詩衝動變得新鮮而迫切。他們同住一個屋簷下，但兄弟倆很少交談。王元慶那洞悉一切的清澈目光，也很少在弟弟身上停留。因此，他無從得知譚端午對他深入骨髓的崇拜，也無從知道弟弟在暗中對他的一舉一動，都在刻意模仿。

一九八一年，端午考取了上海一所大學的中文系。母親一高興，就有點犯糊塗。她問元慶，能不能抽時間，陪伴端午去上海的學校報到。上海那麼大，端午又從未出過遠門，她擔心他一下火車，就會被人販子拐跑。元慶倒也沒有明確拒絕，而是豎起食指，指著自己的鼻尖，像個小流氓似的向母親步步逼近。他向前邁一步，母親就向後退一步。

「什麼？你是說我？讓我？讓我陪他？去上海？」

一連串的疑問句已經很能說明問題。他性格中的褊狹和強烈的嫉妒心，終於露出了苗頭。

有一年放暑假，端午從上海回到了梅城。哥哥正為他的長詩被編輯退回一事憤憤不平，就低聲下氣地將蠟印的詩稿拿給弟弟，請他提提意見。端午粗粗地翻閱一遍，很不恰當地直話直說：

「不怪編輯。寫得很差。確實不值得發表。你寫的那些東西，確實，怎麼說呢？已經過時了。」

「是這樣嗎？這麼說，我已經不行了？確實不行了嗎？」

這句話不是當著端午的面說的，而是來自於隔壁洗手間。他一邊撒尿，一邊發出令人擔心的喃喃低語。

從那以後，他日復一日地望著天花板，一言不發。王元慶急遽的衰老速度，一度甚至超過了母親。端午不假思索地說出的這番話，對元慶的打擊超過了他的預料。他甚至不再跟端午說話。等到母親終於弄清了兄弟倆之間到底發生了什麼事，就用哀求的眼神迫使端午改口，對那首長詩重新估價：「反正說兩句好話，又不用花什麼力氣」。端午違心地使用了「傑作」、「偉大」或「空前絕後」一類的字眼，但已為時太晚。

九十年代中後期，元慶曾有過一段短暫的發跡史。他依靠倒賣鋼材起家，在梅城擁有了自己的成衣公司和一棟酒樓。隨後他開始涉足印刷和水泥業，公司總部也搬到了鶴浦的竇莊。他每年捐給學校和慈善機構的款項，動輒數百萬，可從來沒有給過端午一分錢。用元慶的話來說，那是出於對知識分子的尊重。

這話怎麼聽，都有點不太入耳。

後來，他遇到了四川人張有德。兩人合夥，把竇莊對面的村莊和大片土地整個盤了下來。這個村莊名叫花家舍。南邊臨湖，北邊就是鳳凰嶺，原本是一個大莊子，可近年來，隨著青壯年外出打工，這個地方日益變得荒涼而破敗。兩個人以十分低廉的價格將它租了下來，打算將它建成一個與世隔絕的獨立王國。

元慶與合夥人對重建花家舍這個項目一拍即合。可是，在制訂獨立王國未來藍圖並設計它的功能的時候，兩個人產生了無法彌合的分歧，甚至連項目名稱都無法達成一致。合夥人醉心於水上遊樂專案，一心想打造依山傍水的高檔別墅區，或者乾脆開發娛樂業。原則只有一個：來錢快。他從四川招來了大批的川妹子，有意將花家舍改造為一個合法而隱蔽的銷金窟。張有德還給這個項目取了一個名字，就叫伊甸園。

元慶更傾向於「花家舍公社」這個名稱。至於這個「公社」未來是個什麼樣子，元慶祕而不宣，端午也無從知曉。有一天晚上，一家人難得有機會聚在一起吃飯。元慶張口閉口不離花家舍。說起花家舍「大庇天下寒士」的宏偉遠景，新婚的家玉不客氣地打斷了大伯子的話，笑道：「你眼前就有兩個窮光蛋在這兒擺著，什麼時候也順便庇護一下子？」元慶自然沒有接話。

哥哥和張有德終於鬧到了不可收拾的地步。凡是張有德堅持的，哥哥就堅決反對。反過來，也是一樣。元慶的身邊，也漸漸地聚起了一班人馬，都是當年「祕密組織」的骨幹。當時，這些人大都潦倒、失意，滿足於在老田主持的《鶴浦文藝》上發表一些「豆腐乾」文章，換點稿費貼補家用，對於金錢沒有什麼抵抗力。他們很快被張有德悉數收編，對哥哥反戈一擊，自然也在情理之中。

元慶終於想到了弟弟。他曾找端午談過一次，勸他離開地方志辦公室，跟他去花家舍「主持教育」，助他一臂之力。端午敷衍說，他要好好考慮一下，實際上也是一種委婉的拒絕。

元慶似乎並不把他與張有德的分歧放在眼裡。他先後去了安徽的鳳陽、河南的新鄉和江蘇的華西，進行了幾個月的考察，結果讓他大失所望。他對於掛羊頭賣狗肉一類的勾當深惡痛絕。最後，他在日本的岩手縣，終於找到了一個差強人意的公社範本。當他從日本回來，興致勃勃地向合夥人展示他所拍攝的照片時，後者已經在考慮如何說服元慶撤資了。

張有德已找到了新的投資人。在元慶雲遊四方的同時，花家舍的拆遷事實上已經開始了。甚至，從新加坡請來的設計師已經畫出了施工草圖。四川人暗示元慶撤資，但沒有什麼效果。只得委婉地請出鶴浦市政府的一位祕書長，向元慶明確攤牌。王元慶當然一口回絕。他連夜找到了剛剛拿到律師執照的龐家玉，請她擔任自己的法律顧問，並商量提起訴訟。

眼見得事情愈鬧愈大，張有德便在鶴浦最豪華的「芙蓉樓」，請元慶吃了一頓晚飯，履行「仁至義盡」的最後一個環節。兩個人最終還是不歡而散。家玉以法律顧問的身分，參加了那次晚宴。四川人在飯桌上的一番勸慰之詞，日後成了龐家玉訓斥自己丈夫時隨時引用的口頭禪：

「老兄，你可以和我作對。沒關係。但請你記住，不要和整個時代作對！」

接下來不久，一連串的怪事相繼發生。

在戒備森嚴的公司總部，三個來歷不明的黑衣人居然在光天化日之下，衝進了元慶的辦公室，打斷了他的兩根肋骨，迫使他在醫院住了四個月。

他收到一封裝有獵槍子彈的恐嚇信。

緊接著，王元慶莫名其妙地遭到了公安機關的逮捕，雖說兩天後被公安機關以「抓錯了人」為由平安釋放。

元慶從看守所出來的當天晚上，就給合夥人張有德發了一封Email，誠懇地向對方表示，因為「資金週轉」及身體方面的原因，他宣布退出花家舍專案。而張有德甚至都懶得去掩飾自己作為幕後指使人的角色。他的回信既張狂又露骨，只有短短的四個字：

早該如此。

據說，公安局的一位警員在送元慶走出看守所大門時，曾微笑著告誡他：放你出去，是為你好。你不要得了便宜還賣乖。我知道你們這些人是怎麼起家的。每個人都是有原罪的。原罪你懂不懂？不是能不能抓你的問題，而是什麼時候抓你的問題。你人模狗樣，牛逼哄哄，其實算個屌。你想讓我們道歉，門兒都沒有。公安機關向誰道過歉？你腦子進水了。只要我們想查，你就是有問題的。這一次沒問題，不等於說下次也沒有問題。好好想想。

哥哥的最後一筆投資後來成了人們長時間談論的話題。他看中了鶴浦南郊「城市山林」附近的一塊地。他集中了幾乎所有的資金，與鶴浦市政府和紅十字會合作，在那兒新建了一所現代化的精神病治療中心。他認為，伴隨著社會和經濟的發展，精神病人將會如過江之鯽，紛至遝來，將他的中心塞得滿滿當當的。

事實證明，他最後的這一決策，頗有預見性。精神病療養中心落成的同時，他本人就不失時機地發了病，成了這所設施齊全的治療中心所收治的第一個病人。

16

早晨起來，端午給若若煮了兩個粽子，一個鹹鴨蛋。粽子和鴨蛋是母親昨天特地讓小魏送來的。滿滿一籃子。小魏還帶來了一些艾草和菖蒲，讓他插在門上辟邪。母親親手縫製的一雙繡有「王」字圖案的老虎鞋，顯然太小了，兒子就用它來裝了硬幣。

家玉明天就要從北京回來了。若若一連幾天都顯得很興奮。他在出了家門之後，又把門打開，將他那小小的腦袋從門裡伸了進來，祝他生日快樂。

端午去單位打了個晃，隨後就悄悄地溜出了市府大院。他搭乘二十四路公共汽車至京畿街，然後換乘特三路環城觀光專線，前往南郊的招隱寺公園。他要去那裡的精神病療養中心探望哥哥。

公園南門外有一個巨大的露天古董市場。地攤上擺著數不清的玉雕、手鐲、瓷碗、銅爐、字畫以及舊書。賣家和買家都知道，那些東西全是假的，可並不妨礙生意的興隆火爆。

穿過古董市場往東，是古運河的一段廢棄的航道。那裡彩旗飄飄，人聲鼎沸。「咚咚」的鑼鼓聲震得地動山搖，大概是正在舉行一年一度的龍舟競渡。大約半個小時之後，當身後的鼓聲漸漸地聽不見了，端午在路邊看到了療養中心的那個被刻意漆成綠色的指示木牌。

在夾竹桃的樹林中，一條柏油馬路沿著山體蜿蜒而上，在百十米開外的地方，消失在蓊蓊鬱鬱的密林之中。山路的右側是一條深達數丈的山澗。由於正逢雨季，層層疊疊的溪水從亂石和倒伏的枯樹中奔瀉而出，發出巨大的喧響。燕子在澗底來回穿梭，都是黑色的。這一代最有名的白燕，如今已難得一見。高大的樹木一度遮住了天空，濃蔭間透出銅錢大小躍動的光斑。山澗上偶爾可以看見一、兩座朽壞的木橋，覆滿了厚厚的青苔。

澗流的另一側，有一道鏽跡斑斑的鐵絲網，在蔥綠的樹木和盛開的夾竹桃掩映之下，很不容易分辨。只有當寫有「軍事重地，嚴禁翻越」的牌子出現在視野之內，才會提醒人注意到對面駐軍的存在。不過，軍分區的營房同樣隱伏在密林深處。能夠看見的，是山頂上矗立著的雷達站。

除了兩個挎著竹籃，頭戴綠色方巾的老婦人向他兜售香料之外，端午在這條山路上竟然沒有遇見一個遊客。山林中有一種神祕的墓園般的寂靜。

最近兩、三年來，隨著這片山林被劃入了國家森林公園的地盤，這一帶成了鶴浦和鄰近地區有錢人的集中居住區。數不清的樓盤和私家別墅，擠滿了山腳的每一個角落。隨著附近的幾家鋼鐵廠、焦化廠和紙漿廠迅速完成了搬遷，南郊也從一個污染重災區，一夜之間變成了「負氧離子」的同義語，變成了鶴浦童叟皆知的「城市之肺」，變成了原生態宜居的「六朝遺夢」。

每次到這裡來探訪兄長，端午的心裡都會時不時湧現出一股不可遏制的羨慕之情。當然，其中也夾雜著對哥哥毫無保留的敬佩。元慶為自己挑選地方的天才眼光，足以與軍分區首長相媲美。他所看中的寶莊，當初只是一處散發著惡臭的蚊蠅滋生地，如今早已成了高檔樓盤的代名詞，甚至吸引了不少上海和南京的富商；他對南郊的發現，比起一般社會公眾，幾乎提前了整整十年。

在他神經系統行將崩潰的前夕，他做出了一生中最後一個正確的決定：將自己合法地安置在風光綺麗的山林深處，不受任何打擾地安度餘生。在他頭腦還算清晰的那些日子裡，他一反常態地與市政府簽訂了一份協定，並對協定的內容字斟句酌。家玉參與了協議制訂的全過程，對哥哥的神祕動機頗費猜測。在這份荒唐而古怪的協定中，將近四千萬的投資完全不要任何回報，就連市政府的官員都覺得不可思議，以至於在簽字之前，他們反過來「好心地」提醒他慎重考慮。

元慶的唯一要求，就是在療養院給他留個單間，以便「萬一哪天得了精神病之後，可以入院治療」。按照協議，他擁有這個房間五十年的使用權；在他入院後，他將得到免費治療以及一切相應的照料；即便他本人強烈要求出院，院方亦不得同意。

「這等於說，你哥哥用三、四千萬替自己買了一個監獄，怎麼回事啊？」

那些日子，家玉一直心事重重地對端午念叨著這句話。這件事，已經怪誕到像是霍桑小說中的情節了。等到哥哥真的發了瘋，再回過頭去琢磨那份協議，倒也沒有什麼不可理解的地方。元慶不過是提前預知了日後的患病，並為自己安排了一個一勞永逸的容身之地，如此而已。

他的發瘋令母親悲痛欲絕。聯想到哥哥在所謂的花家舍專案上所受到的一連串打擊，端午不勝唏噓。家玉卻冷漠地將元慶的發病，歸因於他的神經系統過於脆弱。她多少有點助紂為虐的口吻，讓端午頗感不悅。

穿過一排低矮的松樹林，一段深紅色的石牆出現在眼前。鑄鐵的大門兩側各有一塊門牌。左邊的一塊是新加上去的，同樣白底黑字：

鶴浦市心理危機干預中心

大門敞開著，院內停著一輛警車。崗亭邊的保安無所事事，正在和兩位病人家屬聊天。他從一位身穿阿曼尼T恤的小伙子手中接過香菸，一個勁兒地向他擺手：「沒有床位。等著住院的病人已排到三百多名。什麼人都進不來了，除非是市里掛號的三無病人……」

端午從大門進去的時候，沒有人讓他登記或要查看證件。

哥哥住在緊挨著職工宿舍區的一棟小樓裡。端午必須穿過收治重症病人的第二病區，以及女病人集中的第四病區。樹蔭底下的長椅上，三三兩兩地坐著的，都是正在沉思的病人。他們不約而同地抬頭打量端午，促使端午加快了步伐，儘管遭到他們攻擊的可能性很小。另外，他也擔心，帶給哥哥的一包粽子由於天太熱而變了味。

在第四病區的院子裡，有一排橘黃色的露天健身器材。他看見幾個醫生和護士正在圍捕一名赤身裸體的中年婦女。她繞著健身器材，與醫生們捉起了迷藏。護士手裡拿著一件斜紋布的套頭衫，跑得上氣不接下氣，不住地用手捶打著胸脯，對她喊道：「你兒子沒死，等著你去餵奶呢。」

那婦女一聽，將信將疑地站住了。她托起沉甸甸的乳房，輕輕地往外一擠，一股乳汁猛地滋了出來。

哥哥住在一座白色三層小樓的底層，屋外還有一個二十平方米左右的小院。院子的圍牆上爬滿了扁豆藤、絲瓜以及藍色的牽牛花。房門半開著，一位清潔工正在替他清掃房間。她圍著紅色的塑膠圍裙，手臂上戴著黃色的橡膠手套，正在費力地擰著拖布。她告訴端午，王董事長剛出去了「沒多一霎」。至於去了哪裡，她也說不好。可能是到辦公樓找周主任下棋去了。端午將手裡的粽子放在進門口的電視櫃上，隨後就去了辦公樓。

哥哥沒在那下棋。他繞過護士站的藍色板房，遠遠地看見周主任正在住院部門口與兩個員警握手道別。周主任很快也認出了他，示意他略等一會兒。他一直將客人送到林蔭大道的下坡處，才返身往回走。

周主任一臉沮喪地告訴端午，他幾乎一夜沒有闔眼。昨天晚上，一病區有個人自殺了。他是個復員軍人，是在去北京上訪的途中被人攔住，直接送過來的。這樣的事倒不是第一次發生。不過，什麼人都往這兒送，也讓他感到十分頭疼。畢竟，這裡不是監獄。

「那麼，這個人到底有沒有精神病？」端午問道。

「這話叫我怎麼個說法呢？從醫生的立場來看的話呢，你就是到大街上隨便拉個人來，讓我們給他做診斷，你說他精神上一點毛病都沒有，那是絕對不可能的。現在的生存壓力這麼大，你是曉得的。人這個東西，其實脆弱得很。比方說，前些日子來了一個司機，家人說平常好好的，就是一天深夜開車，壓了一個黑色的塑膠袋。他以為是壓了人，就發了病。

「你哥哥當年建這所醫院的時候，我是參與論證的。當時的設計床位六百個，很多人都反對，說太大，可現在怎麼樣呢？我們增加了三百個床位，還是遠遠不夠。每天都有人往這裡送條子，走關係，把各色各樣的人往這裡送。

「可人既然送來了，我們也無權放他走。阿是？前天送來的這位老兄，他的抗拒和不合作，不出我們所料。正因為他的身分特殊，大夫們反而放鬆了警惕。他是用鞋帶上吊的。不過，你哥哥倒是沒什麼事。」

周主任苦笑著搖搖頭，朝遠處的一個樹林指了指，說道：「他這會兒多半在開放病區打乒乓球呢。要不，我陪你去找他，阿好？」

「不用了吧。我一會兒就得走。」端午趕緊道。

「你哥哥的病，這個東西，叫我怎麼個說法呢？好也好不到哪裡去，壞也壞不到哪裡去。好的時候，和正常人沒什麼兩樣。前兒個中午，他來找我下棋，讓了我一個馬和一個炮，還把我贏了呢。發病的時候呢，也還好，不瞎鬧。就是有一點，他老是擔心有人要謀害他。」

「老母親總擔心他出意外，怕他吃不好。」

「那就請老太太一千二百個放心，沒得事，他不是一般的人。再說了，這座醫院都是在他手裡建起來的。我們會照顧好他的。在他神智清楚的時候，我有什麼事委決不下，還找他商量呢。至於你說的意外，首先一點，自殺是不會的。他惜命得很。」

端午也笑了起來。

周主任笑呵呵地接著道：「他在食堂吃飯，都擔心有人往他的飯菜裡頭下毒，這樣的人怎麼會自殺呢？至於說到其他的暴力行為，大不了就是乒乓球打輸了，把球踩癟了撒氣。不礙事。他到這裡也已經三、四年了，從來沒打過人。沒什麼大不了的。他的性格有點褊狹，這個你是曉得的。」

周主任要留他一起吃飯，見端午再三推辭，也就沒再堅持。臨走前，周主任叮囑他，下次來探訪的時候，最好多帶幾本字帖來。哥哥最近迷上了書法。

「他曾經認真地問過我，如果他從現在起就下狠心，每天練上五小時，十年後，他的書法造詣能不能超過王羲之？嘿嘿，這個人還是滿有意思的，阿是啊？」

與周主任告別之後，端午沒有按原路返回山下，而是像往常一樣，經由家屬區的一個側門，穿過公園管理處的花圃，進入招隱寺公園。

因為是端午節，窄窄的山道上擠滿了去招隱寺焚香的人流。招隱寺的廟宇和寶塔，已被修葺一新，聳立在山巔。遠遠看上去，就像是浮在綠色的煙樹之上的虛幻之物。

「聽鸝山房」雖然還在原來的位置，它現在已經被改建成了一個三層樓的飯莊。有人在唱卡拉OK。尖利而嘈雜的〈青藏高原〉。因結尾的高音上不去，照例是一陣哄笑。

門前的那處池塘似乎比原先小了很多。池塘四周的柳蔭下，支著幾頂太陽傘。一個大胖子光著上身坐在帆布椅上，一邊摳著腳丫子，一邊在那釣魚。渾濁的水面上不時有魚汛漾動。

沒有睡蓮。

端午呆呆地站在烈日之下，猶豫著要不要在飯莊裡吃飯。

他很快就離開了那裡。

第二章

葫蘆案

1

龐家玉厭惡自己的婆婆。甚至在心裡，暗暗地盼著她早死。從理論上說，婆婆每次生病，都隱含著某種希望。遺憾的是，她的那些病，或輕或重，她總有辦法讓自己康復。每當家玉被這種惡毒的念頭所控制的時候，她都會深陷在一種尖銳的罪惡感之中，並為自己的不孝和冷酷感到恐懼。這種罪惡感在折磨她的同時，也會帶來完全相反的效果：家玉會盡己所能，對婆婆表示善意和關心，來抵消自己內心的那種不祥的罪惡感。

這當然顯得做作而虛偽。

飽經風霜、目光犀利的張金芳自然不會看不出來。通常的情形是，龐家玉對婆婆愈好，她們之間的冷漠與隔閡也就愈深。這種壓力積累到一定程度，家玉又回到了她的起點——她覺得這樣的人，還是早一點死掉的好。

端午曾勸她將婆婆當成她自己的母親來侍奉，所謂隨遇而安，逆來順受。對此，家玉完全不可接受。

她自己的母親，在家玉五歲那年就死去了。家玉對她的記憶，僅限於皮夾子中多年珍藏著的一枚小小的相片。母親永遠停在了二十九歲。一度是她的姊姊，近來則變成了妹妹。父親嗜酒如命，在母親去世後的第二年，就帶著她搬進了鄰村一個年輕的寡婦家。後來，通過人工受孕，還給那寡婦生了個兒子。家玉是在喝斥和冷眼中長大的，在任何時候都會有一種無所依傍的礙事之感。她與端午結婚後，父女倆更少來往。每次父親到鶴浦來看望女兒，僅僅是為了跟她要錢。後來，隨著家玉的經濟條件大為改觀，她開始定期給父親匯款，父親基本上就不來打攪她了。

與許多婆媳失和的家庭不同，龐家玉對婆婆的邋遢、嘮叨和獨斷專橫都能忍受，最讓她受不了的，是婆婆的說話方式。如果與元慶或端午說話，婆婆通常會直截了當，無所顧忌，甚至不避粗口。而對家玉就完全不同了。她總是以一種寓言的方式跟她說話，通常是以「我來跟你說個故事」這樣的開場白起始，以「你能明白我說的話嗎」來結束。故事的主人公往往都是動物，最為常見的是狗。在大部分情形之下，婆婆那些離奇而晦澀的故事中的「微言大義」，並不容易領會。每次去梅城看望她，家玉都會像一個小學生面對考試一樣惶惶不安。那些深奧莫測的故事難以消化，憋在她心裡，就像憋著一泡尿。

端午對她的遭遇不僅沒有絲毫的同情，反而因此對她冷嘲熱諷：「你現在知道了吧，在日常生活中，法律和邏輯其實是解決不了什麼問題的。」

在她和端午剛結婚的那段日子裡，婆婆就給她講了一個公狗和母狗打架的故事，沉悶而冗長。根據端午事後的解釋，這個故事儘管情節跌宕起伏，枝蔓婆娑，其中的寓言倒也十分簡單。母親的意思無非是說，在家庭生活中，母狗要絕對服從公狗。

另有一次，婆婆跟家玉講了這樣一個故事（主角換成了公羊和母羊）：公羊和母羊如何貪圖享受，生活放縱，如何不顧將來，只顧眼前，最後年老力衰，百事頹唐，落得個竹籃打水一場空的悲慘結局。這一次，家玉似乎很快就搞清楚了婆婆的意圖，她喜滋滋地把故事向丈夫複述了一遍，然後得出了她的結論：

「媽媽的意思，會不會是告誡我們，婚後要注意節約，不要鋪張浪費，免得日後老了，陷入貧窮和困頓。」

端午卻苦笑著搖了搖頭，對她道：「你把媽媽的話完全理解反了。」

「那麼，她的意思是不是要我們注意環境保護，不要對地球資源過度開發利用？」

「她哪有那麼高的見識。」

「那她到底是個啥意思？」

「她的意思，唉，無非是希望我們要一個孩子。」

「媽的！」

家玉輕輕地罵了一句，只能又一次責怪自己的愚昧和遲鈍了。

還有一次，家玉去梅城調查一名高中生肢解班主任的案件，順道去看望婆婆。婆婆將家玉叫到自己的床邊坐下，花了足足三個小時，給她講述了一條老狗被人遺棄在荒郊野嶺：「因心臟病發作」無人知曉，最終悲慘死去的故事。由於婆婆那時受健忘症的影響，她把這個故事一連講了三遍。家玉百思不得其解，最後只得向端午求教。端午只聽了個開頭，就打斷了她的複述，笑道：「這個故事同樣沒什麼新意。她是想搬到鶴浦來，和我們一起住。這話她已經跟我提到過好幾次了。」

「想都別想！」家玉似乎完全失去了理智，「如果你不想跟我馬上離婚的話，就請你老娘趁早打消這個念頭吧。」

話雖這麼說，家玉心裡其實也十分明白：在婆婆那深不可測的大腦中所閃過的任何一個念頭，都是不可能「打消」的，需要打消的，恰恰是自己脆弱的自我和自尊。婆婆的懲罰如期而至。這一次，她可不願意多費口舌，講什麼羊啊狗啊一類的寓言故事，而是乾脆對她不予理睬。婆媳之間的「禁語遊戲」，竟持續了一年零三個月。甚至在大年初一，家玉去給婆婆拜年時，她照樣裝聾作啞。

在這之後，龐家玉倒是確實考慮過與端午離婚的事，甚至為離婚協議打了多次腹稿。因為，她覺得自己一分鐘都不能忍受了。當她試著向端午提出離婚一事的時候，令她吃驚的是，端午一點都不吃驚。他只是略微沉默了一小會兒，就以極其嚴肅的口吻對妻子道：

「你這麼說，是認真的嗎？」

家玉不得不再次收回自己剛才的話，找了個地方痛哭了一場。婆婆懲罰她的手段總是如此高明，往往還未出手，家玉就自動崩潰了。婆婆從不屑於直接折磨對方，而是希望對方自己折磨自己。龐家玉只能屈服。

經過慎重考慮，家玉主動向端午提出了一個替代性方案：在鶴浦另外購置一套住房，把老人家和小魏一起接過來住。

事情總算解決了，可屈辱一直在她的心裡腐爛：「為什麼自打我出生起，恥辱就一直纏著我不放？沒完沒了，沒完沒了……」

這天晚上，家玉蜷縮在端午的懷裡喁喁自語。淚水弄濕了他的汗背心。

「親愛的，要想在這個世界上生存而不感到恥辱，對任何人來說，都是不可能的呀！」端午像對待嬰兒一樣，輕輕拍打妻子的肩膀。

他的安慰，從來都是這樣的不得要領。

在接下來的日子裡，每逢雙休日，夫婦二人就帶著若若去四處看房。龐家玉一度沉浸在即將擁有第二套房子的亢奮之中，對兒子在學校排名的直線下降既痛心又熟視無睹。她幾乎將所有的業餘時間都用來看房，比較各個樓盤的交通狀況、配套設備、容積率、升值潛力、與化工廠的距離、周邊環境、有無回遷戶……有時甚至通宵達旦。用端午的話來說，好像她要挑選的，不是一個鋼筋水泥建成的房子，而是她的整個未來。

的確，幾乎沒有一個樓盤的名稱能讓家玉感到滿意。什麼「維多利亞」啦，什麼「加州陽光」啦，「藍色多瑙河」啦，「南歐小鎮」啦，帶有強烈的自我殖民色彩，讓家玉感到一陣陣反胃；而「帝豪」、「皇都」、「御景」、「六朝水墨」一類的樓盤名稱，與它們實際上粗劣的品質恰好構成反諷；至於「秦淮曉月」、「海上花」或「戀戀麗人」一類，則簡直有點誨淫誨盜了。

一個月看下來，只有一個樓盤的名稱讓她勉強可以接受，它的名字叫「金門寺社區」。比較中性。可律師事務所的同事徐景陽卻不失時機地提醒她，金門寺三個字與「進門死」諧音，聽上去有點嚇人。「不要說長期住在裡面，就是我到你們家去串個門，都有背脊發涼的感覺，不吉利啊！」經過徐景陽這麼一提醒，龐家玉再把那社區看了一遍，也發現了新的問題：那房子的屋頂一律是黑色的，怎麼看都像是個棺材蓋。她只得放棄。

考慮到婆婆生活的便捷，考慮到自己對園藝的興趣（婆婆遲早會故去的），特別是自己手頭尚不十分寬裕的資金，家玉想挑選一個底層帶花園的公寓房。因為她怕狗；因為她討厭那些面目可疑的回遷戶——到了夏天，這些人光著大膀子，在社區裡四處晃蕩，無疑會增加她對生活的絕望感；因為她厭惡樓上的鄰居打麻將；因為她擔心地理位置過於偏僻而帶來的安全隱患；特別重要的，她害怕化工廠和垃圾處理廠附近的空氣和污染的地下水會隨時導致細胞的突變，因此，挑選房子的過程，除了徒勞地積累痛苦與憤懣之外，早已沒有什麼樂趣可言。

四個月之後的一天，她在大市街等紅燈。一頁剛剛開盤的樓盤廣告，由一隻油膩骯髒的黑手，通過她的車窗玻璃的縫隙，被塞了進來。她麻木地看著手裡這張散發著難聞油墨味的廣告，莫名其妙地動了真情。第二天傍晚，家玉下班之後，帶著端午和昏昏欲睡的兒子，匆匆趕往這個名為「唐寧灣」的社區。急性子的家玉已經徹底喪失了耐心。

「媽的！難道這麼大的一個鶴浦，竟然就找不到一處我中意的房子嗎？」她飛快地看了丈夫一眼。

「恐怕情況就是如此。」端午道。

「那好，就它了！」家玉怒氣衝衝地說。「無論這個房子事實上如何，就它了。他媽的。唐寧灣。就它了。我再也不想看什麼狗屁房子！」

她就像是與自己賭氣一樣，駕著車在沿江快速路上狂奔。速度之快，甚至撞死了一隻麻雀。

家玉決定閉上眼睛。

他們到了空蕩蕩的售樓處，也不要求看房，也不詢問任何與樓盤有關的資訊，甚至都沒有討價還價，主動要求支付訂金，銷售處的工作人員在一連問了兩遍「你確定？」之後，臉上夢遊般的疑雲，久久不去。

在等待端午簽約的間歇，家玉坐在一盆綠蘿的後面，心情壞到了極點。四個月來對新居的美好憧憬，如今已變成了一堆冰冷的餘燼。家玉忽然意識到，購房的經歷，也很像一個人漫長的一生：迎合、順從、猶豫、掙扎、抗爭、憂心忡忡、未雨綢繆、凡事力求完美，不管你怎麼折騰，到了最後，太平間或殯儀館的化妝師，用不了幾分鐘，就會把你輕易打發掉……

當然還有愛情。

她曾經無數次地想像過自己要嫁給的那個人。英姿勃發的飛行員。劉德華或郭富城。中學裡年輕的實習老師。去了美國的表哥。穿著白色擊劍服的運動員。可是在招隱寺，當她第一次見到與自己單獨相處的陌生人，就毫不猶豫地把自己交了出去。

這個人，此刻，就站在售樓處的櫃檯邊。襯衫的領子髒兮兮的。臨睡前從不刷牙。常把尿撒到馬桶外邊。這個人，像個毫無生氣的木偶，又像是一個剛剛進城的農民——售樓小姐纖細的手指指向哪裡，他就在哪裡簽字。

「總算結束了！」在回家的路上，對著暮色四合的江面，端午如釋重負地鬆了一口氣。

「結束了。」過了很長時間，家玉猛吸了一口氣，哀哀地低聲敷衍了一句。

他們決定去湯氏海鮮酒樓吃飯，借此「慶祝」一下。端午點了昂貴的龍蝦。可是，除了喜出望外的小東西之外，兩個人都高興不起來。

2

手機鈴聲突然響起來的時候，家玉赤身裸體地從床上蹦了下來。她迷迷瞪瞪地從地板上那一堆衣物中尋找她的「諾基亞」。她隨手用一件絲質的睡袍遮住了下腹，而忘了這樣做是否有必要。她的腹部有一條因剖腹產手術而留下的刀疤。它像一條蜈蚣，藏在腹部兩道隆起的溝壑之間。

剛才，陶建新對她說，除了這個刀疤之外，她的身體堪稱完美無缺。他喜歡年齡大一點的女人，喜歡她的豐腴，喜歡那種熟透了的杏子的味道。他覺得自己已經化了。像一捧雪，化在了深不見底的水井裡。

現在，他正靠在床頭抽菸。

電話是端午打來的。他告訴家玉，房子倒是租出去了，不過，目前似乎遇到了一些麻煩。很大的麻煩。

「等會兒再說好不好？我現在正在上課。」家玉不假思索地道。

她輕輕地走到窗前，掀開窗簾的一角，看到外面的夜色，暗自吃了一驚。相當長的靜默過後，手機中又傳來了端午那潮濕而略顯沙啞的聲音：「好吧，那你上課吧。我剛給你發了一個Email，你抽空看看吧。」

「我已經到了走廊上，你說吧。」

端午已經把電話掛斷了。

她當然感覺到了端午的聲音裡淡淡的譏諷味。她下意識地瞥了一眼桌上的鬧鐘，覺得丈夫的譏諷是有道理的。問題是，她剛才睡得太沉了。雁棲湖的四周已經亮起了燈。湖面上飄著一縷輕霧。對岸的山谷裡，是一片農家小院薄暗的光影。培訓部大樓外，有幾個學員正坐在樓前的台階上聊天。聲音很大。

「誰來的電話？」建新笑著問她。

「我老公。」

「你不該對他說你正在上課。已經是晚上十一點了。」

「我睡糊塗了。」家玉打了個哈欠，嘟嘟囔囔地道，「怎麼會睡得這麼沉？我已經有好多年沒有睡過這麼甜的覺了。不過沒關係。」

建新此刻已經在床頭櫃上的菸缸裡掐滅了菸頭，精赤條條地下了床。怎麼看都像是個大男孩。兩腿間的棍子可笑地聳立著。他從背後摟住她，手指夾著她的乳頭。他笑著告訴她，從下午五點到現在，他連一分鐘都沒睡著。不過，這並沒有影響到他精力的迅速恢復：「我一直在等你醒過來，你餓不餓？」

「是有點。可在懷柔這地方，這麼晚了，到哪兒去弄吃的？我這兒有點小餅乾，你要不要吃？」

建新沒有說話。他把她的臉扳過來，故意顯出粗魯的樣子，吻她的嘴。

他知道她喜歡這樣。

「我和他，誰好？」建新終於停止了親吻，在她耳邊悄悄地問道。

「你說什麼？」

「我和你老公，誰好？」

「你又來了！」家玉故作生氣地要推開他，可他的手像鐵箍一樣緊緊地箍著她，她無法動彈。建新嘿嘿地笑個不停。因為有了第一次，他覺得自己有足夠的理由表現得更加粗野。更加肆無忌憚。他將她抱起來，扔到床上，將她的雙腿扛在肩頭。

「你老公剛才來電話說什麼？」

「唉。房子的事。說有麻煩。鬼知道是什麼麻煩事。我在安全期。你用不著戴那個。」

「你會不會把我們的事告訴他？」

「會的。」家玉笑道。

「他會不會來找我玩命？」

「會的。」

「你還沒有回答我的問題。我和你老公，到底誰好？」

他不斷地擊打她。每擊打一次，就重複一遍同樣的問題，把她的回答弄得支離破碎。

「哎呀，你這個人！你……哎喲……真是煩……煩死了……好好好，你好，行了吧？」

很快他們便不再說話。可家玉的腦子裡怎麼都趕不走端午的影子。隱隱間有點憎惡。他的電話來得很不是時候。它妨礙了她全身心的投入。她甚至覺得端午正在一旁靜靜地看著這一幕，不由得心裡一陣發酸，也有點憐憫他，沉浸在一種既瘋狂又悲哀的快意中。

現在，黑暗中的毒蛇，正在展現出牠那斑駁美麗的花紋。有那麼一刻，她弄不清籠罩著她的是喜悅還是悲哀，弄不清自己真的是升到了雲端，還是正在跌入深淵。不過，兩者都讓她沉醉。

建新的臉變得很猙獰。他加快了速度，開始用含混不清的語調叫她嬸子。他不在乎他那點變態的隱祕。家玉暗暗有點吃驚，但也無意多問。

她閉上眼睛，專心地等待洶湧而至的快感。

嚴格地說起來，家玉與陶建新真正相識的時間，只有一天，或不到一天。到目前為止，家玉對他的瞭解，僅限於年齡（二十六歲）、籍貫（石家莊）和畢業的學校（西南政法大學）。這就足夠了。從開班的第一天，家玉就注意到了他。這是一個長得乾乾淨淨的年輕人，有著一張精緻而大膽的男孩的臉。她覺得只要遠遠地瞥上他一眼，心裡就會掠過一陣暢快的漣漪。男人可以長得這麼好看，簡直沒道理！

這天早上，律師行業協會組織他們去慕田峪長城遊玩。天剛亮，大巴就在霧中出發了。儘管車上有的是空座位，他還是選擇坐在了她的身邊。

這也沒有什麼不好理解的，因為家玉的前排坐著一個頭髮謝了頂的老頭，也是石家莊人。一上車，他們就沒完沒了地聊起了股票。家玉購買的「東方集團」和「宏源證券」被套得很深，因此對他們的交談也頗為留意，並不時插上一、兩句嘴。她的看法也許有些幼稚，那兩個人對她的話完全置若罔聞。

汽車向左邊急拐彎，他失去平衡的身體就向右傾斜，一隻手很不恰當地按在了她的大腿上。她「噢」地叫了一聲。對方立刻向她說「對不起」，家玉也趕緊說了句「沒關係」，並朝他微微一笑。

奇怪的是，在後來長達一個多小時的車程中，他們仍然沒有任何交談。家玉只能假裝睡覺。通往慕田峪的山路，急拐彎一個接著一個。可建新那隻關節畢現的手，緊緊地攥著前排的靠背扶手，身體的右傾再未造成任何肌體的接觸。

中午，他們在慕田峪山腳下的一個農家樂吃飯。他們「偶然地」坐在了一起。在通往樹林間公共廁所的碎石小徑上，他們也曾一度迎面相遇，彼此間也不過是矜持地點一下頭而已。他們真正開始交談，是在一處險峻的山頭上。那裡的一段單堵牆長城早已傾頹。磚石遍地，荒草叢生。中午熾烈的陽光下，家玉多少有一點昏昏欲睡的眩暈感。建新的同伴，那個來自石家莊謝了頂的老傢伙，正站在幾百米之外的長城箭垛上向他揮手。他的身後是一大片白雲。叫喊聲遠遠地傳過來，浮浮的，淡淡的，空闊而虛曠。建新看見同伴在叫喊，可他站在那兒沒動。

「這裡的桃花，怎麼這時候才開？」他望著家玉道。

他身邊有一株野桃花，開得正豔。

「是啊。」她舉著照相機，朝他走過去，「山裡的空氣很涼，花開得自然要晚一些。」

她隨後就提到了白居易那首廣為人知的《題大林寺桃花》。看著對方迷惑不解的樣子，家玉就有些賣弄地把這首詩的前兩句念了念，沒想到建新卻扭過頭來問她：

「你去過廬山嗎？」

「廬山？沒去過，怎麼啦？」

「大林寺不就在廬山嗎？」

他媽的！原來他不僅知道這首詩，而且還知道大林寺在廬山。家玉有點羞愧。紅了臉。他媽的！

當他們重新跨過長城倒坍的垛牆，追趕山頂的隊伍時，他不失時機地拉了她一把。他握住她手的時間略微有點長，但也沒有長到令人會聯想到非禮的程度。在朝山頂攀登的陡峭的台階上，家玉再次把手伸向他。她真的有點害怕。他們在抵達山頂之前，兩個人的手再也沒有鬆開過。

他有些曖昧地叫她姊姊。可她一點都不覺得不自然。

他問她住幾號樓，家玉就直接告訴了對方自己的房間號碼。建新把嘴湊在她耳邊，露骨地對她說：「我怎麼覺得有點暈？」他嘴裡呼出的氣息弄得她耳根發癢。他又說，他有點倒不上氣來，但不完全是因為體力不支所致。她則放蕩地直勾勾地看著他的眼睛，對他曖昧的試探給予明確的鼓勵：

「我也是。」

小陶從她房間裡離開的時候，已經是凌晨一點多了。龐家玉坐在電腦前，將端午發來的那封Email仔仔細細地讀了兩遍。她沒覺得事情有多嚴重。她的腦子裡還殘留著小陶跟她說過的那些話。彷彿又偷著活了一次。斬斷了與現實的所有聯繫，又活了一次。她甚至都記不起來，自己在唐寧灣還有一處房子。她的雙腿有點痠痛，乳房尤其如此。

她不是第一次意識到身體的貪婪與狂野，意識到這種對女人而言多少有點難以啟齒的感覺。羞恥不僅不會妨礙快感的生成，相反，它成了快樂和放縱的催化劑。

小陶說，她和他的嬸子幾乎長得一模一樣。香水的味道一模一樣。既成熟又天真的放蕩一模一樣。甚至就連高潮來臨的速度和節律都一模一樣……

她打開了自己QQ的介面，在一大堆好友中尋找端午的圖示。那是一個粽子，是家玉幫他選的。那個圖示暫時還是黑白的，處於斷線狀態。儘管她知道丈夫平常睡得很晚，她也不能保證他此刻仍然在電腦前。她試探性地用鍵盤敲出「在嗎」兩個字，就開始流覽當天的新聞。沒過多久，伴隨著一陣悅耳的蟋蟀般的鳴叫，端午的圖示陡然變成了彩色，並且開始了持續的閃爍。

家玉趕緊關掉了新浪的介面，通過QQ與丈夫開始了線上長談，大致內容如下：

秀蓉：在嗎？

端午：在。

秀蓉：幹麼呢你？

端午：跟你聊天啊。

秀蓉：媽的。

端午：我在看球。

秀蓉：那個孫儷，是不是把你們兩個窩囊廢都給迷住了？誰讓你們去跟她套近乎了？活該。應該首先去找仲介公司。

端午：她不叫孫儷。起士說她長得像孫儷。我們直到現在還不知道她叫什麼名字。

秀蓉：從法律的角度來說，你們還是應該去找仲介公司。

端午：去過了。

秀蓉：怎麼樣？

端午：磨刀巷集中了大批的員警，巷子被封了。

秀蓉：為啥？

端午：有人自焚。

秀蓉：KAO。

端午：怎麼辦？

秀蓉：我想想。若若怎麼樣？

端午：挺好，睡得挺香的。

秀蓉：你給徐景陽打個電話問問。他很擅長處理這一類的糾紛。他的電話是13910754390。

端午：好，我去把電視關了，你等等。

秀蓉：別把房子的事放心上，實在不行，等我回來再說。這種事對我們做律師的來說，簡直是小菜一碟。若若倒是要費點心。他馬上就要小升初了，七月中旬有個分班考。你趕緊找人給他補補奧數。

秀蓉：古文和作文，你跟他講講就行了。新概念第二冊他背到哪兒了？每天背一課，其實並不難。千萬別讓他再去踢足球了。

秀蓉：每天都要檢查他的書包，看看裡面有沒有香菸殼子，有沒有呸呸卡。如有，就沒收。你在嗎？

端午：在。

秀蓉：PSP要藏好，最好你把它帶到單位去，鎖在辦公桌抽屜裡。藏在家裡不行，他總有辦法找到。對孩子的愛要放在心裡，不能放在臉上。總之，你對他要再嚴厲一些。每小時，每分鐘，都要督促他。要是打個盹兒，伸個懶腰，別人就把他超過去了。差一分，就是半操場的人啊。

秀蓉：鸚鵡是個問題，我真後悔當初把牠從藏區帶回來。你還在嗎？

端午：在。

秀蓉：別忘了給金魚餵食。另外，魚缸裡的水也該換一換了。魚肚子上如果出現白斑，往往就是生病的信號。你可以去買點微菌治療劑，一般的花卉市場都有賣的。是進口的，英文是White Spots Fungi Specific Medicines。

端午：晚上十一點鐘你還在上課嗎？

端午：你在嗎？

端午：在嗎？

端午：怎麼不說話？

秀蓉：我去了趟廁所。

端午：這麼長時間？

秀蓉：好像吃了什麼不乾淨的東西。

端午：你那兒有沒有氟呱酸或黃連素？

秀蓉：沒事。別擔心。我有點睏了，你呢？

端午：我還好，要不你早點睡覺吧。

秀蓉：那好，我遁了。

端午：拜拜。

秀蓉：拜。

3

早上七點零二分，由北京開往杭州的夕發朝至和諧號列車，正點停靠鶴浦車站。今天是星期六。她沒有讓端午來接她。外面下著小雨，雷聲在很遠的山谷裡炸響，隨後就是一連串沉悶的回聲。空氣中有一股可疑的怪味道，類似於蘋果軟化後發出的酸甜味。她的雨傘還在皮箱裡。家玉實在不願意在擁擠的人流中打開旅行箱，就只好冒著雨出了車站的檢票口。

五十米之外的計程車站，剛下車的乘客排起了長隊。因為下雨的緣故，家玉還是就近上了一輛黑車。這讓她多少有點自責：自己作為一名法律工作者的社會道德，還不足以讓她多走五十米。儘管她很想在第一時間見到兒子，可她還是決定順路先去一下律師事務所。一週之前，她合夥人之一的徐景陽跟她通過電話。有兩份亟待處理的急件就擱在她的辦公桌上，她得盡快把材料取走。景陽的左肺葉有點問題，情況不樂觀。要入院開刀。手頭的事務只能由家玉代勞了。

家玉在律師事務所樓下的Seven-eleven買了一包速食麵、一根玉米、一顆茶雞蛋，外加兩包即溶咖啡。她接到了三個手機短信。她紅著臉，回覆了其中的一個。她的辦公室在這幢大樓的六層，可電梯在六樓不停，她必須先上到七樓，然後再從樓梯間走下來。

儘管她離開了近四個月，辦公桌上還是纖塵不染，十分整潔。桌子上的那盆茉莉花並未像她擔心的那樣枝枯葉敗，相反，黑亮的枝葉中綴滿了白色的繁密花苞，已經有隱隱的香氣逸出。在一大摞厚厚的列印材料上面，用釘書機壓著一張便箋，那是徐景陽給她留下的。他囑咐家玉，法律援助中心交辦的兩個案件，必須盡快處理。市里有關部門已經催問過多次了。在等候電腦啟動的這段時間中，電水壺的水已經開了。她用泡速食麵後多餘的水，給自己沖了一杯咖啡。隨後，她用餐巾紙小心翼翼地吸乾頭髮上的雨水，一邊啃著玉米，一邊閱讀桌上的材料。

第一個案件沒有多少意思。大抵是農村鰥居老人的贍養糾紛。那個老頭已年近八旬，有五個兒子，兩個女兒，可無人願意照料他。這一類的事情在鶴浦一帶司空見慣，對律師的能力和智商構不成任何挑戰。總體上說，既繁瑣又乏味。本案的特殊性，倒不在於老人家兒女眾多而又得不到贍養，甚至也不在於所有的子女都宣稱自己「一貧如洗，病魔纏身。要錢沒有，要命有一條！」——他們甚至威脅要把老人關進精神病院，或者，用板磚直接拍死他。關鍵是這個老人脾氣火爆，尤其喜歡上訪。他已經去過一次北京。為這麼一點雞毛蒜皮的小事，混跡於東交民巷告狀者的隊伍，就連那些來自全國各地「苦大仇深」的同伴也看不起他。那些人罵他純粹是吃飽了撐的，瞎起鬨。幾個好心人則勸他說，這種事情，在當地一紙訴狀就可以解決，沒有必要到北京來鬧事。最後，鶴浦駐京辦的人找到了他。他們請他到和平門的全聚德烤鴨店吃了飯，又陪他遊覽了長城，還給他買了一張返程臥鋪票。他穿著那件「不到長城非好漢」的T恤，神抖抖地回來了。

相比之下，第二個案件則要複雜和離奇得多。龐家玉為了盡可能詳盡地弄清整個事件的來龍去脈，她在閱讀案卷材料的同時，也通過Google在互聯網的網頁上搜索相關的新聞報導。這件事發生於一年前。

一天下午，父親像往常一樣去學校接兒子。妻子與他離婚後，一直沒有下落。他與九歲的兒子相依為命。他看見兒子背著書包，與小夥伴們說說笑笑地從學校的大門裡走了出來，同時也看到了正在向他逼近的巨大危險。

一個禿頭的中年男子突然從一片樹蔭裡閃了出來，同時從懷裡拔出了刀。他意識到自己一定會死，甚至準備接受它。唯一的問題在於，死亡的地點和時機有點不合適。因為兒子，他的命根子，正有說有笑地走出學校的大門。既然這個人當著那麼多家長的面公然亮出刀來，說明他並不在乎這件事的後果。本來，歹徒要從十分擁擠的人群中走到他面前並不容易，可家長們不約而同地決定予以配合。他們紛紛閃避，讓開了一條不大不小的通道。兩個人都在向他走近。一個是化身為禿頭的死神，一個是他生命中僅有的慰藉。兒子。

在那個節骨眼上，冷靜的父親表現出了非凡的智慧。這也成了事後人們津津樂道的話題。當兒子帶著詢問、困惑、驚恐的目光走到他跟前的時候，他朝兒子飛快地眨了眨眼睛，並笑了一下。他的兒子果然聰明絕頂。在歹徒瘋狂地將刀捅向父親的時候，他準確地領會了父親的期望和意圖，並強作鎮定。他假裝不認識父親，從他身邊一走而過，從而逃過一劫。

龐家玉轉過身來，看了看門口正望著她的垃圾清掃工。她根本無法控制自己的淚水。假如此刻若若就在她身邊，她一定要將他摟得緊緊的。不管他如何掙扎，也不鬆開手。

而這個殺人事件，不過是整個案件的起因。

那個倖存者，那個僥倖逃過一劫的孩子，也沒有能夠活多久。兩個月前，他因為白血病，死在了鶴浦第一人民醫院的重症監護室裡。臨死前，他的手裡緊緊地抱著他父親留下的一件舊襯衫。在場所有的大夫和護士都失聲痛哭。而他的奶奶則發了瘋般在地上亂滾。

從某種意義上來說，奶奶將孫子的死因歸咎於醫療事故，而將院方告上法庭，是荒謬而不近人情的，甚至多少有點恩將仇報。院方的憤怒完全可以理解。鑑於孩子的父親一年前慘遭殺戮，兇手至今沒有抓到，大夫們想盡了一切辦法來挽救孩子的生命，不僅免除了所有的醫藥費用，而且還在醫院的職工中發起了募捐。雖然捐到的錢並不多，可這在醫院的歷史上已經是破天荒的事了。老奶奶根本不能接受自己的兒子和孫子相繼離去這一事實，抱有「這個世界上的人全部都死光了，我的孫子也不能死」這樣的頑固的信條。她缺乏必要的醫療常識，認為只要移植了骨髓，孩子就能康復。另外，她也需要——

錢。

案卷中有一份徐景陽與當事人筆談記錄的列印稿。在這份列印稿上端的空白處，景陽留下了這個老太太詳細的家庭住址。她的錢姓鄰居家的電話號碼。一副草圖，簡明扼要地標出了村莊的位置和行車路線。圖旁還有一行小字：

盡量不要在村裡的「華強小吃店」吃飯，那裡的麵條中有一股怪味，有點像肥皂。

景陽是一個理想的合夥人。周到，細緻，溫文爾雅，而且充滿理性。在這份長達十多頁的談話記錄中，那個痛失兒孫的老太太大概是不願意提到「死」這個字，也未用「故去」、「走了」一類的替代性辭彙，每當她提及孫子離去這一事實，她一概使用「犧牲」這個詞。比如說，我的孫子，我那寶貝疙瘩，已經犧牲了三個月零十七天了。而一絲不苟，凡事力求客觀嚴謹的徐景陽，對她的話照錄不誤。

家玉不由得想起她與端午的一次爭論。

那時，他剛剛寫完一首長詩，題目就叫做〈犧牲〉。那段時間，端午簡直被「犧牲」這個詞迷住了。按照端午的看法，每個時代都有難以統計的犧牲者。正是「犧牲」這個詞的出現，使得我們司空見慣的死亡的實際含義，發生了某些變化和昇華。它所強調的恰恰不是死亡本身，而是它所指向的目標和意義。端午舉例說，在遠古時代的宗教和巫術活動中，被送上祭壇的犧牲者，不管是動物還是人，都是肅穆而神祕的儀式的一部分。是不得不付出的代價。這些犧牲者在不同的時代之所以會被挑中，據說是因為他們的純潔無瑕，比較適合神靈的胃口。他們被當作禮物送出去，換來的是風調雨順，陰陽諧和，四時吉祥。犧牲，本身就是歷史的一部分，或者說，是文明的一部分。即便是在革命時代，為了達成某個或具體或虛幻的目標，一茬一茬的犧牲者長眠於地下，化跡於無形，但他們的名字因被寫入勝利者的歷史而留了下來。即便是那些無名的犧牲者，也得到了恰當的處理。他們往往被吸納於一個概念性的符號（比如烈士和紀念碑）中，而得到緬懷和紀念，從而象徵性地融入到歷史之中。

而在今天，犧牲者將注定要湮沒無聞。

形形色色的個人，因為形形色色的原因而不明不白地死去。不幸的是，他們都死在歷史之外。屬於某個偶發性事件的一個後果。甚至沒有人要求他們做出犧牲。他們是自動地成為了犧牲品。究其原因，無非是行為不當，或運氣不好。

沒有紀念。

沒有追悼。

沒有緬懷。

沒有身分。

沒有目的和意義。

用端午的話來說，就像水面上的氣泡，風輕輕地一吹，它「啵」的一聲就破了。有時甚至根本聽不到任何聲音。他們的犧牲強化了倖存者的運氣。他們的倒楣和痛苦成了偷生者的談資。而犧牲者只有恥辱。

在端午看來，正因為今天的犧牲者沒有任何價值，他們才會成為真正意義上的犧牲者。這句話有點不太好理解。

實際上，家玉完全不同意丈夫的看法。她認為端午成天躲在陰暗的角落裡思考著這些陰暗的問題，對健康沒有什麼益處。而且，丈夫對社會的觀感過於負面和消極。好像中國隨時都會崩潰。

「崩潰了嗎？」她嚴厲地質問端午。

「沒有。」她自己做出了回答。

丈夫之所以這樣悲觀，其實完全是因為他拒絕跟隨這個時代一同前進；為自己的掉隊和落伍辯護；為了打擊她那點可憐的自信。他哪裡知道，為了維護這點自信，為了讓自己活得多少有點尊嚴，自己付出了多麼慘痛的代價！

丈夫把那首剛剛完成的〈犧牲〉給家玉看。可家玉只是匆匆地掃了一眼，就把它扔在了一邊。無聊。她說。端午老羞成怒地叫道：

「你至少應該讀一讀，再發表意見……」

「哎哎哎，叫什麼叫？別總說這些沒用的事好不好？你難道就沒有發現，馬桶的下水有些不暢？打個電話叫人來修一修，我要去做頭髮。」

不知道為什麼，今天，當她在閱讀這份案卷，想到那個手裡攥著父親的襯衫而死去的孩子時，她的胸部一直在隱隱作痛。她流下了眼淚，不光是為那孩子。她覺得端午當初的那些話還是有幾分道理的。當然，她也本能地想到了自己的未來。有點不寒而慄。

近來，她總是被憂鬱纏住。她被無端的憂慮折磨得坐臥不寧，端午反而誇她有進步。聽上去更像是挖苦。

為了盡快讓自己從這種惡劣的情緒中掙脫出來，她給遠在石家莊的小陶打了個電話。從他們在車站告別到現在，他已經給她發了十幾條短信了。而她每次看到小陶的短信，都會像少女那樣暈頭轉向。兩頰發熱。心臟怦怦直跳。他完全配得上「毒藥」這個稱號。

龐家玉拎著沉重的皮箱，回到了家中。若若手裡托著那隻虎皮鸚鵡，來給她開門。兒子望著她笑，既吃驚又害羞。他的眼中有一種晶瑩剔透的、鑽石般的亮光。他長得一點都不像端午。

奇怪，要在過去，每逢家玉出差回來，兒子要麼一下子撲到她身上，將頭埋在她的兩腿之間，要麼立刻去翻她的旅行包，看看母親又給自己帶回了什麼禮物。現在不會了，他已經懂得了害羞。當家玉試圖將他攬入懷中時，他竟然微微側了一下身，將背對著她。可家玉知道他仍然在無聲地笑。

「爸爸呢？」她摸著兒子的頭，朝端午的書房裡看了一眼。

「去郵局了。他說一會兒就回來。」

「他怎麼老是忘了關音響？你去把它關上吧，吵死人了！」

兒子剛想走，家玉又把他叫住了，她看見兒子的額頭上有一塊紫藥水的斑痕。

「你額頭上的傷怎麼弄的？」

「踢球時不小心蹭的。」

「瞎編吧。是不是佐助給啄的？」

兒子不好意思地低下了頭。他手裡的那隻鸚鵡，抖了抖身上銅鏽般綠色的羽毛，警覺而充滿敵意地望著家玉。

這隻虎皮鸚鵡，是她有一次去西藏的途中，在經過一個名叫「蓮禺」的藏族小村落時，從一個喇嘛的手裡要來的。不過，她很快就後悔了。自從這隻鸚鵡來到了家中，每當家玉逼迫兒子回答「你最愛誰」這樣無聊的問題時，在兒子的答案中，她只能屈居第二位。若若還給這隻鸚鵡取了一個日本名字，佐助。事實上，鸚鵡這類動物，並不像她當初想像的那樣溫順。牠常常在半夜裡發出怪叫，聽上去也不怎麼悅耳。若若的衣服沒有一件是完好的，不是被牠啄出了一個個圓洞，就是毛衣的袖口散了線。家中到處是牠的糞便。

若若十週歲生日那天，端午從花鳥市場買回來一個鐵架子。鐵架上端有一個鋁製的橫條（若若把它稱之為空中走廊），約有三公分寬，五十公分長。橫條的兩端各焊有一個鐵皮小碗，一只碗裝松仁、瓜子或小米，另一只則用來盛放清水。一條細細的金屬鏈縛住了牠的爪子，另一端則固定在鐵架上。這樣，鸚鵡就可以在架子上安然散步了。

家裡亂成了一鍋粥。滿地都是拖鞋，東一隻，西一隻。餐桌上堆滿了兒子玩具車的拼裝零件。吃了一半的發黑的香蕉。用過的速食麵的調味包。電視機和電腦都開著。金魚缸上的水草燈已經不亮了，缸壁上爬了一層褐色的水鏽，裡邊的草早已枯爛。而那條她最喜歡的「黃色潛水艇」也不見了蹤影。她蹲在魚缸前看了半天，只找到了兩條瘦弱的「紅綠燈」。牠們的游動，遲緩而虛弱，但一息尚存。

家玉暫時還沒有心思整理屋子，她得先洗個澡。右邊的乳頭被蹭掉了一塊皮，讓水一沖，沙沙地疼。儘管乳暈上的傷口並不怎麼明顯，給她帶來的感覺卻相當惡劣。與小陶離別前的那兩、三天，他們把除吃飯和短暫睡眠之外的所有時間都用來性交，直到兩個人都對這種古老的遊戲感到膩味。最後，一種對未來不祥的憂懼，緊緊地攫住了她的心。她對自己的瘋狂感到不可理喻。

在等候頭髮晾乾的那段間歇，龐家玉歪在床上，手裡拿著一本蘇童的《碧奴》，可一個字都看不下去。她撥通了徐景陽的電話，將唐寧灣房子被占的事，從頭至尾跟他講了一遍，然後問他：

「如果你是我的話，你會怎麼處理這件事？」

合夥人耐心地聽完她的話，以他一貫的理性、審慎和細緻，慢條斯理地「嗯」了半天，一本正經地道：

「別掛電話。你讓我想個五分鐘。」

可過了不到兩分鐘，徐景陽就給出了他的答案：「這樣子，如果我是你的話，我會直接去唐寧灣，找租房人協商，盡可能避免法律訴訟。」

「為什麼？」

「法院從立案到調查取證，再到開庭，時間會拖得很長。即便法院開了庭，無非也是調解協商。當然嘍，協商不成，法院也是會判的。可執行起來，又是另一個問題了。你是律師，應該明白其中的曲折。你是個急性子的人，在這麼一件小事上耗個一年半載，從成本上說毫無必要。」

「聽我老公說，占我房子的那個女人，似乎很難打交道，她還威脅說，如果我們再去干擾她正常的生活，她會立刻報警。」

「這是一個葫蘆案。她這樣說，也不是不可以理解。從理論上講，她也是無辜的。她手裡握有與頤居公司的正式租賃合同，對不對？你也可以去一下工商局，那裡應該留有頤居公司的註冊號、位址和電話。頤居是一家連鎖公司，是不可能消失的。當然，你也可以要求工商局直接出面處理。」

「我明白了，多謝。掛了啊……」

「等一等，」徐景陽在電話的那頭又叫住了她，「遇到這種事，千萬不能著急啊！你務必從思想上告誡自己，把它看成是一個Game。Game，你懂嗎？在今天的這個社會，凡事都得有一個Game心態，跟它不能較真的。別老想著自己冤，比你冤的人多了去了。大不了你也只是損失幾個房租罷了。俗話說，事緩則圓，總會解決的。」

「我知道了。要是沒別的事，我就……」

「等等，你這個人，性子是滿急的。」徐景陽笑道，「你怎麼也不問問，我現在在哪兒？」

「你在哪兒？」

「腫瘤醫院。」徐景陽興奮地對她喊道，儘管聽上去聲音有點虛弱，「兩週前，我把老婆騙回了娘家，還寫了遺書，獨自一人殺進了腫瘤醫院。現在，我又從千軍萬馬之中殺了出來。有點不可思議！」

「怎麼回事？」

「前天上午做了手術。肺葉的切片報告已經出來了。祝賀我吧！是良性的。良性的。我現在的感覺無異於重生。我們病房一共有七個新進來的病人，包括走廊裡的兩個，只有我一個人是良性的，簡直是奇蹟！」稍後，徐景陽壓低了聲音，又道，「同病房的病友們前天還跟我有說有笑，可現在他們全都不理我了。彷彿我得跟他們一樣，才會讓他們滿意。我能夠理解他們對我的敵視態度，畢竟，我成了他們當中唯一的幸運者。」

說到這裡，平時一貫沉穩持重的徐景陽，忽然像個孩子似的，大聲地啜泣起來，讓家玉頗感意外。

「我明天就來看你。」家玉的眼睛裡也噙著淚光。可她心裡十分清楚，她並不像徐景陽一樣高興。「出院後，你打算怎麼慶祝？」

「當然得去一趟花家舍。」

「為什麼是花家舍？」

「只能是花家舍。嘿嘿。必須的。」

她很不喜歡「必須的」這個流行語，進而討厭所有的東北人。

放下電話，家玉很快就迷迷糊糊地進入了夢鄉。朦朧中，她聽見端午開門的聲音。聽見他和兒子小聲地說話。感覺到他來到床邊，靜靜地看了自己好一會兒，將她懷裡緊緊抱著的那本《碧奴》抽走。隨後，又在她身上蓋了一條毛巾被。

4

「你就叫我春霞好了。」

高個子女人腰上紮著花布圍裙，手裡拿著一把修剪花枝的剪刀，滿面笑容地對家玉說。她的身旁站著一個長得圓頭圓腦的中年人，不住地向家玉點頭哈腰。他的中文說得不太流利，因此家玉猜他是日本人，又覺得哪兒不太對勁。與端午在電子郵件中的描述不同，春霞對她很客氣，甚至有點客氣得過分。端午和起士說她長得像孫儷。還真有那麼點意思。尤其是牙齒。春霞一再抱歉說，家裡實在太亂了，實在不好意思請家玉進去。

「如果你有時間，我們可以去外面喝杯咖啡。大市街新開了一家星巴克，就是路遠了點，你喝不喝得慣咖啡？要不，我們去『棕櫚島』喝茶？」

春霞提到「家裡」一詞，讓家玉深受刺激。看來，這個非法入侵者已經把這兒當成她自己的家了。

「哪個地方更近？」家玉不冷不熱地問道。

「那就去棕櫚島好了。就在我們社區會所的樓上。你等一下呢，我去換身衣裳就來。」

隔著玄關的多寶閣，家玉悲哀地發現，這個花費了她好幾個月、精心布置的家，已經變得有點令她陌生了。電視櫃上方的牆上，原先掛著一幅唐卡。那幅唐卡，是鶴浦的一位副市長送她的。據說是請日喀則扎什倫布寺的一位喇嘛畫的。可現在已不知了去向。取而代之的，是一幅巨大的裴勇俊電影招貼畫。這幅畫似乎在暗示她，剛才那個長得圓頭圓腦的中年男子，也許是韓國人。考慮到鶴浦是韓資企業比較集中的地區，家玉覺得自己的猜測是合理的。

沙發雖然還在原來的位置，可上面蒙了一塊鏤空網眼的飾布，多了幾塊紅色的有太極圖案的靠墊。沒錯。高麗棒子。讓家玉受不了的，是茶几上的一只龍泉青果盤，那是浙江一位高級陶瓷工藝師的獲獎作品，如今被春霞吐滿了果核。

在會所二樓的茶室裡，春霞把她帶到一個靜僻的角落，相對而坐，開始了女人間不動聲色而又工於心計的交談。

早上八、九點鐘。茶室裡還沒有什麼顧客。西窗邊坐著一對年輕的情侶，他們的身影被高大的塑膠棕櫚樹擋住了。他們在玩猜骰子的遊戲。茶座的椅子不知為何被設計成秋千的形狀，又有點像吊床，點綴著些綠色的藤蔓。也是塑膠的。椅子雖說不會像秋千一樣的晃動，但無疑加深了家玉的不安之感。

春霞先給自己要了一杯碧螺春，然後問家玉想喝點什麼。家玉要了一瓶啤酒。瓶口卡著檸檬片的

「科羅拉」。隨後她們就論起了年齡。春霞比家玉大一歲，於是她立刻改口，稱家玉為妹妹。春霞像是不經意地問起她的家庭和孩子，家玉一一如實做了回答。當對方問及她的職業，家玉開始懷疑，對方這是在稱她的分量，便適當地做了些隱瞞，只說自己在公司裡做事。這個女人一切都大。大手，大腳，大臉盤。眉毛中還趴著一枚大黑痣。由於個子高，胸前鼓鼓囊囊，卻不顯得庸贅。她穿著一件短袖黑色絲質襯衫，脖子上有一串綠松石的項鏈，裸露的臂膀白皙圓潤。

家玉總覺得她的身上有一種特別的氣味。不是化妝品或香水的味道，而是某種與她職業相關的特定的氣息。似有若無，卻又不容忽略。家玉委婉地提到這一點，希望她接下來的話能有助於自己判斷她的身分，可令家玉做夢也不會想到的是，春霞的回答讓她嚇了一跳。

「你是問我身上的味道？」春霞俯下身子，裝模作樣地在自己的胳膊上四處嗅了嗅，然後笑道，「是死亡。如果你不害怕的話，準確地說，應當是屍體。真的，我不騙你。」

「這麼說，你是在殯儀館工作嘍？」

「當然不是。我僅僅是死神的使者而已。」春霞再次笑了起來。「你害怕屍體，對不對？你用不著那麼緊張。用不著。總有一天，你和我都會變成那樣的。」

儘管聽出她話中有話，可家玉還是忙不迭地換了一個話題。

春霞東一句、西一句地與家玉拉著家常，絕口不提房子的事。談話偶爾冷場，春霞也毫無不安之色。她得體地替家玉將檸檬汁擠入酒瓶，又給她要了一盤開心果。她甚至還提到了《一千零一夜》，她說，小時候，在讀這本書的時候，總也搞不清楚書中時常提到的「阿月渾子」到底是什麼。「嗨，什麼呀！原來就是開心果。」

她把果碟推到家玉的面前：「這是椒鹽的，味道還可以，你嘗嘗？」

家玉坐在那兒沒動。她心裡十分清楚，對方東拉西扯，不過是在強調她此刻的某種優越感。她不願意首先提起房子的事。她並不著急。實際上，也是在暗示家玉先開口。彷彿在說：開始吧，還等什麼呀？

既然如此，急性子的家玉，有時不免會把複雜的事情想得過於天真的家玉，決定單刀直入，提出她的問題。這正是她此行的目的。

「你打算什麼時候從我的房子裡搬出去？」她生硬而又突兀地問道。

「為什麼呀？」春霞對陡然變得緊張的氣氛早有所料，笑著反問家玉。隨後她又補了一句，「我在這裡住得好好的，為什麼要搬出去呢？」

「可那是我的房子。」家玉一口氣喝掉了瓶子裡不多的啤酒，用餐巾紙在嘴唇上按了按。

「妹妹，你的性子看來滿急的，是不是？我們有話慢慢說好不好？」春霞問她要不要再來一瓶啤酒，家玉冷冷地回絕了。

「你剛才說，那是你的房子。不錯，你也可以這麼說。」春霞道，「不過，嚴格講起來，那房子既不是你的，也不是我的，而是國家的。如果你瞭解一下相關的法律常識，就會明白，房子，連同它下面的那塊地，都是國家的。你的使用權只有七十年，對不對？考慮到這房子是五年前銷售的，你實際的使用年限只有六十五年，對不對？那麼，六十五年之後，這房子又是誰的呢？所以說，你和我一樣，不過是承租者，我從頤居公司的手裡合法地租下了這所房子，也有受法律保護的正式合同。我們之間沒有交道。你明白我的意思嗎？」

「我能不能看看你的合同？」

春霞有點哀矜地望著自己的對手：「合同我忘了帶出來。就算我帶來了，我也不會給你看。憑什麼啊？我也沒有讓你出示你的房產證呀！」

春霞提到了房產證，讓家玉心頭一陣發緊。她知道，端午將房產證落在了頤居公司，而頤居公司已經消失了。她暫時無法提供任何文件，來證明自己對房子的所有權。她曾去房管中心問過，要補辦房產證，至少需要三個月的時間。現在，她已經實實在在地感覺到，她和春霞之間的房子糾紛，似乎不像她原先想像的那麼簡單。就像端午曾經反覆提醒她的，這個社會中的任何一件小事，你若不追究便罷，如真的追究起來，都是一筆糊塗帳。所謂的法律，實際上作用非常有限。

「妹妹，你先別生氣。你今天來找我，大家坐下來喝杯茶，也是難得的緣分。實際上，我和你之間，沒有任何糾紛。你將房子租給了頤居公司，而頤居公司又將你的房子轉租給了我，是不是這樣？如果你想收回這所房子，你應當首先去找頤居公司解除合同，公司自然會來與我們協商終止合約的事，他們必須賠償我的損失。你現在跳過仲介公司，直接找到我，從法律上講，是說不過去的。我們是一個法治國家。當然了，現在的法律有些地方還並不健全。」

「你的意思是不是說，假如頤居公司永遠消失了的話，你就可以心安理得地霸占原本就屬於我的房產？」家玉不客氣地打斷了她的話。

「怎麼，頤居公司消失了嗎？這話是怎麼說的？」

「這家公司似乎一夜之間就不見了。我們現在還不知道究竟是怎麼回事。我們已經找了它好幾個月，沒有任何消息。不過，你也用不著裝著不知道這回事。」

龐家玉對春霞的裝瘋賣傻，感到十分惱怒和厭惡。她從手提包裡取出一個精緻的菸盒，取出一枝菸，正想點上，就聽見春霞道：

「你抽菸？這不好。女人抽菸，尤其不好。戒掉吧，愈早戒愈好。我這麼說是有科學上的依據的。香菸中所含的致癌物起碼有四十多種，能不抽盡量不要抽，我是為你好。」

她看見家玉完全沒有理會她的勸告，就輕輕地嘆了一口氣，站起來，將窗戶打開了一條縫：「你剛才說，頤居公司消失了，那麼大一家企業，在鶴浦就有好幾家連鎖店，怎麼說沒就沒啦？你們有沒有向公安局報案？」

「我今天專門來找你見面，不是想和你吵架的。誰都不想走到那一步。」

「你說的那一步，指的是哪一步？打官司嗎？老妹子，你不用這麼遮遮掩掩，有話不妨直說。再說一遍，我們是生活在一個法治國家。該打官司就打官司。沒問題。中國人有一個傳統的習慣，死要面子，屈死不訴訟，那不好。我是說，如果你向法院提出訴訟，我當然樂意奉陪。」

「那麼，你的意思，我們只能在法庭上見嘍？」

「是你的意思，並不是我的意思。」春霞似笑非笑地望著她，似乎在見面的過程中，她一直在等著這句話。

「不過，話說回來，你那房子真的很不錯，」過了一會兒，春霞又道，「雖說裝修有點俗氣。你別生氣啊。我原來總失眠，可自打搬進去之後，一覺睡到大天亮。我最喜歡你們家的那個花園。薔薇是年前種下的吧？今年春天就開滿了花。紅的，黃的，還有白的，有一股子淡淡的清香。我們把花枝剪下來，把家裡的花瓶都插滿了。我們家那口子，還在院子裡開了一畦地，種上了薄荷。再有一、兩個月，他就能用薄荷葉來包烤肉了。你等我一下，我去一下洗手間。」

春霞剛才多次提到了法律，這讓家玉感到一種深深的傷害。在春霞的眼中，自己也許完全是個法盲。她猶豫著，等春霞從洗手間回來，要不要向她公開自己的律師身分。但她已經沒有機會了。春霞沒再回來。

十五分鐘之後，茶室的服務員朝她走了過來。她微笑著提醒家玉，那個高個子的女的，已經結完帳離開了。

對於剛剛結識的兩個人來說，不辭而別，無論如何都是一種蓄意的蔑視和鄙薄。

5

晚上，一家人圍坐在餐桌邊吃飯，電話鈴準時地響了起來。媽的，又是她。家玉的心裡突然湧出了一陣難以克制的厭煩。她冷冷地瞥了丈夫一眼，道：「你去接？」

端午明顯地遲疑了一下，對正在啃雞翅的兒子說：「若若，你去接。你跟奶奶說，我們週末就去梅城看她。」

每天晚上七點，婆婆都會準時打來電話。在健忘症的作用下，她每次說的話都是一樣的。她虛情假意的問候是一樣的。隱藏在語言中的無休無止的怨毒是一樣的。讓你忍不住要一頭在牆上撞死的衝動是一樣的。每晚七點，都有一個家玉有待跨越的小小溝坎。她很少去接婆婆的電話。要是冷不防接到一個，一整晚都會浸泡在那種毫無緣由的沮喪之中，彷彿她生活中的所有不順、煩惱和憤懣，都由婆婆一手造成。

如果略做歸納，婆婆來電的內容和順序大致如下：

一、天氣預報。最高溫度。最低溫度。明天又有一股冷空氣南下。千萬別把小東西給凍著。或者，明天的最高溫度將達到超紀錄的攝氏四十一度。傍晚時分有暴雨。如今天上下的都是酸雨。電視上說淋多了會得皮膚癌。你有車，還是抽空去接他，別讓小東西給淋壞了。空調也不能開得太大，尤其是睡覺的時候。

二、一般性問候。你怎麼樣？工作怎麼樣？身體怎麼樣？小東西的學習怎麼樣？

三、抱怨。我嘛，還有一口氣吊著呢。就是拉不出屎。你們不用管我。水流千里歸大海，臨了總是一個死。你們不用管我。工作忙，就別來看我了，就當家裡養了一條老狗。

四、哭泣（偶爾）。

可是這一次，出現了小小的意外。兒子很快從臥室中走了出來：「媽媽，不是奶奶。找你的。」電話是一個自稱「阿蓮」的人打來的。

龐家玉飛快地在腦海中搜索著關於這個阿蓮的所有資訊，怎麼也想不起她是誰。家玉甚至有些懷疑，它是不是一個騷擾電話？比如自稱是她的老熟人，假稱自己遇到了意外，讓她在危難之中向自己伸出援救之手。或者是向她推薦房子、紀念郵票、汽車保險、理財計畫的推銷員，要不然就是通知她銀行卡透支，讓她趕緊向某個帳號打上一筆鉅款的騙子。一想到自己事實上就生活在形形色色的騙子之中，家玉不由得惱羞成怒：

「對不起，我不認識你。你會不會打錯了？」

「Fuck，去你媽的。你真的記不得我是誰了嗎？還是故意在裝糊塗？Fuck you！我是宋蕙蓮，你想起來了嗎？」

對方在電話裡狂笑起來。為了幫助她回憶，她提到了端午。提到了「老流氓」徐起士。提到了十七年前那個夏末的午後。循著變為灰燼的記憶之線，龐家玉的眼前朦朦朧朧地出現了一縷閃爍不定的幽光。在這條晦暗的光帶的盡頭，她記憶中依次呈現出的畫面，包括女生宿舍門前的籃球場和梧桐樹、矗立在雲端的招隱寺寶塔、樹林中閃閃爍爍的花格子西裝短褲、開滿睡蓮的池塘……

原來是宋蕙蓮。這是一個年代久遠的名字。它屬於一個早已死去的時代，屬於家玉強迫自己忘掉的記憶的一部分——現在，它隨著這個突然打來的越洋電話，正在一點點地復活，帶著特有的傷感和隔膜。

其實，龐家玉與宋蕙蓮並不怎麼熟悉。她們總共也沒見過幾次面。大學畢業時，她聽說蕙蓮嫁給了一個美國老頭。據說，那老頭之所以到鶴浦來，是為正在寫作中的一本關於賽珍珠的傳記收集資料。可據消息靈通的徐起士說，那個老頭回到美國不久，就得病死了。宋蕙蓮剛到美國，就像模像樣地當起了寡婦。因此，有一段時間，起士提起她總是酸溜溜的：「還不如當初嫁給我。是嫌我雞巴不夠大？」

「你現在還在波士頓嗎？」

「No，我現在住在Waterloo。」

「這麼說，你去了英國？」

「媽的，是加拿大的Waterloo。靠近Toronto。」宋蕙蓮爽朗地大笑起來，「你還好嗎？剛才接電話的是你兒子嗎？他可可愛了。very ，怎麼說呢？cute。哎，對了，你後來選擇嫁給了誰？是詩人呢？還是刑警？」

家玉耐著性子與她說話，怒火卻在胸中一點點地積聚、燃燒。她不斷暗示對方，自己的飯剛好吃到一半，可蕙蓮死纏住她不放。從年收入一直聊到香水。還有游泳池、栗子樹和野鹿。她在Waterloo的家位於郊外的森林邊上。北面向湖。空氣當然是清新的。湖水當然是清澈見底的。湖面當然是能倒映出天空的雲朵的。湖面的四周全都是栗子樹。有一種地老天荒的神祕。到了冬天，栗子自己就會從樹上掉下來，在森林的地上鋪了厚厚的一層，足足有十公分厚。她只能眼睜睜地看著這些栗子爛掉。她現在成天都在為花園裡的玫瑰而發愁。

「為什麼呢？是玫瑰長得不好嗎？」家玉傻傻地問道。

「哪兒呀，玫瑰開得又大又鮮豔。讓我煩惱的是森林裡的野豬。這些搗蛋鬼，別提有多機靈了。牠們貪吃新鮮的玫瑰花，踩壞花園的籬笆，把玫瑰園弄得一塌糊塗。」

她每天游兩次泳。當然是在自己家的游泳池裡。每個夏天都要外出度假。開羅。的黎波里。聖托佩或摩納哥。她現在仍然在寫詩。當然是用英文。兩年前，她創作了一首獻給駐伊拉克美軍將士的長詩，在美國曾獲得過總統獎，受到了小布希的親切接見。她新任丈夫的職業和身分，家玉無從得知，但很有可能與會計事務有關。因為宋蕙蓮提到，兩週之後，她將陪伴先生回國發展，並常駐北京。

家玉總算逮住了一個可以反擊她的機會：「你在國外晃蕩了這麼些年，怎麼會忽然看上咱們這個窮地方？要吃回頭草？你是說，你們會在國內常待嗎？」

「因為加拿大是一個清廉而且民主的國家。在那兒，沒有多少假帳可做。想賺點黑錢，我們只能回國。」蕙蓮笑道。

宋蕙蓮打算一旦在北京安頓下來，就立刻抽空回鶴浦看望父母和弟弟。時間可能會在十一月末。

放下電話，已經差不多九點半了。餐桌還沒有收，杯盤狼藉。不知從哪兒鑽進一隻蒼蠅，圍著桌上的一堆雞骨，嗡嗡地飛著。家玉朝兒子的房間瞥了一眼，發現他正在偷偷地玩PSP。兒子也注意到了她，迅速地將機器關掉，將它塞入桌子上一大堆亂七八糟的卷子中。

家玉懶得搭理他。

她在廚房洗碗的時候，把自己二十年來的生活從頭到尾想了一遍。由於宋蕙蓮的那個電話，她沒法不去想它。紅酒酒杯的缺口劃破了左手食指的指肚。她打開冰箱，發現創口貼已經用完了。她把手指放在自來水龍頭底下沖，血絲不斷地漾出來。疼痛和抑鬱使她很快就流下了眼淚。

如果說二十年前，與一個詩人結婚還能多少滿足一下自己的虛榮心，那麼到了今天，詩歌和玩弄它們的人，一起變成了多餘的東西。多餘的洛爾加。多餘的荷爾德林。多餘的憂世傷生。多餘的房事。多餘的肌體分泌物。

在過去，她總是習慣於把所有的煩惱一股腦地推給未來。可問題是，現在，她已經能夠清晰地看見這個未來。看見了正在不遠處等候她的生命的末端。它已經不可更改了。

我不過是死神的使者而已。這是兩天前春霞在茶室裡說過的一句話。雖說是開玩笑，但不祥的暗示，幾天來一直糾纏著她。春霞不知羞恥地霸占了自己的房子，竟然反過來向她——這個兩次獲得鶴浦市十佳律師稱號的法律工作者普及法律常識。這個世界正在變得詭異和陌生。

沒有一件事是順心的。甚至，就連手裡的一把鍋鏟，都在刻意與自己作對。

她在一年內已經更換了四把鍋鏟。鏟子的膠木柄總要掉下來。她時常剪下一小塊抹布條，包住鍋鏟的鐵榫，用榔頭把它敲進去。一週前，她索性從雜貨鋪買來了一把不鏽鋼柄的鍋鏟——也就是說，柄和鏟子是焊接在一起的，應該比較牢固。可現在，它的不鏽鋼柄，又掉了下來。

人人都說現在是盛世。可這個盛世，能讓導彈把衛星打下來，卻居然沒有辦法造出一把手柄不會脫落的鏟子。家玉把手中的鏟子狠狠地砸向水斗，驚動了正在書房看書的丈夫。他跑了出來。這個當代隱士用他招牌式的詢問目光看著自己。

「你怎麼了？」他問道。

「真以為我他媽的是鐵打的嗎？我受不了了！」家玉答非所問地向他吼了一句。

端午的影子在廚房門口一晃，隨後又回書房去了，繼續去讀他的那本《新五代史》。

家玉從廚房出來，看見兒子仍然在偷偷地玩他的ＰＳＰ遊戲機，終於失去了控制。她像瘋子一樣衝進了兒子的房間，將他正要藏入抽屜的遊戲機一把奪了過來，力量之大，甚至把兒子從椅子上拽了起來。她一把打開紗窗，直接將遊戲機扔向了窗外。她看見那隻鸚鵡撲棱著翅膀，淒厲地叫了兩聲。

怎麼看，牠都是一隻不祥的鳥。

兒子驚恐地望著她。嘴巴張著。眼神既委屈又憤怒。隨後，他的嘴角開始了難看的歪斜，鼻子抽動，眼淚開始滾落。而他的兩隻手，仍然本能地護著PSP的機套。

「你他媽的怎麼回事呀？啊？你到底要不要臉，啊？譚良若，我在跟你說話呢！你他媽在矇誰呀？你成天假模假式地裝神弄鬼，你他媽的是在學習嗎？啊？你知不知道，七月十五號要分班考？啊？你已經要上初中了，馬上就是中學生了呀！《新概念》背了嗎？黃岡中學的奧數卷子你他媽做了嗎？林老師給你專門布置的習題你做了嗎？杜甫的《秋興八首》你都背了幾首？我專門從如皋中學替你弄來的五張模擬試卷你做了嗎？卷子呢？卷子他媽的也不見啦？」家玉抓過一本《新華字典》砸向他，兒子頭一歪，沒有砸中。「你他媽給我找出來！我問你卷子呢？卷子弄哪兒去了？」她開始擰他的耳朵，可若若仍然在無聲地抽泣。他不願發出她期盼中的慘叫。「你看看你寫的這筆狗字！你知道你爹媽為了讓你上這個補習班，花了多少錢？看著我！你要再這樣，明天別給我去上學了！送你去山西挖煤！你他媽的只配幹這個！」

端午在書房坐不住了。他走到若若房門口，朝裡面探了探腦袋，對家玉道：「我出去，散個步。」

他的嗓音有點喑啞。他換上涼鞋，拉開門，出去了。家玉和他有約在先，每當她「教育」孩子的時候，他不能插嘴。於是，他就出去散步了。眼不見為淨。

「你他媽的是一個爛人啊！」端午一走，家玉立即準備提升戰火的級別。

「你就是一個爛人！地地道道的爛人！你他媽的是一個蠟燭，不點不亮！點了也他媽的不亮！你們班主任鮑老師說得一點都沒錯，你就是班上最爛的那個蘋果！你就是壞了一鍋湯的那隻老鼠！垃圾！對，就是垃圾！要麼是遊戲機，要麼是呸呸卡，不是踢足球，就是玩鸚鵡，你等著，明天我要把你的佐助按在水盆裡悶死，燒鍋開水，去了毛，開膛破肚，拿牠炸了吃！你信不信？你他媽玩鸚鵡，能玩到清華北大去嗎？你他媽的也就是上鶴浦師範的命！你這個不要臉的東西！垃圾！」

「我不是垃圾！」兒子忽然站起身來，挺起了他的小胸脯，狂怒地叫喊道。他的眼睛裡燃燒著仇恨的怒火。這一小小的舉動讓家玉暗自吃了一驚。畢竟，從小到大，他敢於公開地反駁她的話，這還是第一次。

「你就是垃圾！」

「不是！」

「是！」

「不是！」

……

和她一樣，兒子也在逐級提高他的嗓門，且不準備讓步。他眼睛裡的亮光有點讓人膽寒，像凶猛的小動物。他的性格，果然一點都不像端午。

「好了，去把臉洗一洗。趕快回來做作業。」家玉的口氣終於平緩下來。她本來想去撥拉一下他的小腦袋，可若若機敏地躲開了。

若若在衛生間洗了臉，擤了擤鼻涕，然後連看都不看她一眼，光著那雙小腳，蹬蹬地回到自己的屋中：「嘭」的一聲把門撞上了。兒子開始明確地挑戰她的權威。這不過是個開始。儘管他的反抗是那麼的微弱，可家玉心裡反而感到有點寬慰。畢竟，若若不像她一直擔心的那麼怯懦。

家玉躺在床上看了會兒電視。是湖南衛視的選秀節目，很無聊。為了能夠清楚地監察到隔壁兒子的動靜，她把音量調到最小，幾乎什麼都聽不見。不過，這樣一來，電視節目的畫面反而變得更容易理解。每個人的臉上都洋溢著欲望。每個人都在搶著說話。每個人都想淘汰所有的人，以便進入下一輪。

她順手抄起床頭的一疊案卷，在燈光下翻看。只看了開頭的幾頁，就看不下去了。又是棄嬰案。僅僅是因為兔唇，父母就決定讓她報廢。他們從車窗中將她拋出。拋向積雪覆蓋的河溝。當然，她很快就凍死了。注定了不能進入下一輪。在面對員警的問訊時，父母嘴裡嚼著口香糖，一口咬定，那是為她好。

隔壁兒子的房間一片靜謐。她的後悔的眼淚很快流了下來。她輕輕地從床上起來，輕輕地走到兒子的房門前，將耳朵湊在房門上聽了聽，然後轉了一下門上的把手，把門推開。

兒子已經趴在書桌上睡著了。他那胖乎乎的腦袋，直接壓在曹文軒的那本《青銅葵花》上。口水流了一大堆。家玉輕輕地將他手裡抓著的一桿圓珠筆抽走，蹲下身子，讓孩子的兩隻手搭在自己肩上，讓他的腦袋靠在自己脖子上，然後輕輕地把他抱了起來。他的身體軟綿綿的。即便是在睡夢中，他仍然能長長地呼出一口氣來，冷不防打了個激靈。家玉把他抱到自己的大床上，替他脫去衣服，蓋好被子，然後在他的小臉上親了一口。

「寶寶，好好睡吧。對不起，媽媽不該發那麼大的火。媽媽是個豬！不該那麼罵你。你是好孩子。你是媽媽的心肝啊。你是媽媽的心頭肉啊。你是媽媽的香咕隆冬寶啊。媽媽是愛你的，媽媽最愛寶寶了……」

端午回來了。他沒顧上換鞋，就直接來到臥室。他把頭伸進來，看了看熟睡的兒子，鬆了一口氣，道：

「怎麼樣？戰火平息啦？早知如此，何必當初？瞧瞧你罵他的那些話，哪像是一個法律工作者？哪像是一個受過高等教育的人？」

「去！」家玉把眼一瞪，「你少說兩句行不行？你今天去兒子床上睡，我要摟著別人的丈夫一塊睡。」

「就好像你沒摟過似的。」端午笑道。

「哎，跟你說，我心情剛好一點，你可別惹我！」

「那你早點休息吧，明天一早還要去工商局呢。」

端午說完，剛想走，家玉又把他叫住了。

「你再到樓下去轉轉。」

「幹麼？」

「你到樓下的石榴樹底下，草叢裡，各處找找。看看能不能把孩子的PSP找回來？」

6

在去工商局的路上，家玉在青雲門附近的一個加油站加完油，把車開到旁邊的「月福汽車服務中心」去洗車。汽車的前擋風玻璃上覆蓋著柳樹脂液和點點鳥糞。隔著車窗，她看見端午在馬路邊的樹蔭下抽菸。

一對化裝成乞丐的母女纏住了他，向他兜售千篇一律的悲情故事。然後要錢。端午決定上當。他開始從口袋裡掏錢包。家玉對他既鄙視又憐惜。

她把空調開到最高一檔，可車內依然悶熱。霧霾蒸騰的天空有如一個桑拿浴房，儘管看不見太陽，感覺不到陽光的熾烈，可天氣依然悶熱。在排隊洗車的這一段時間中，她收到了小陶發來的一個手機短信。曾經滄海難為水。小陶說，懷柔的三個多月，使他那年輕漂亮的妻子一夜之間變得索然無味。他問家玉，能不能同意他來鶴浦一趟。只待一、兩個晚上。他的身體裡積蓄了太多的能量。他已經在網上選好了旅館。此刻，小陶正在開車前往辦公大樓的途中。只要家玉同意，他可以立即改道，前往火車站：「殺奔鶴浦而來」。

家玉毫不客氣地回信拒絕了。

「你不是還有個嬌嬌嗎？如果你不成心逼著我更換手機號碼，就請你別再給我發短信了。從現在開始，我不認識你。請自重。」

可小陶立即又發來了一個。她拿他毫無辦法，最後只得把手機關了。

電腦洗車房的自動噴頭正在模擬一場期待中的暴風雨。從不同方向傾瀉而下的水柱，暫時地將家玉與這個喧囂的世界隔開。在刷刷的水聲中，她閉上眼睛，深吸一口氣，貪婪地享受著片刻的寧靜。就好像那些正在向她噴射的乳白色的肥皂沫所洗掉的，不僅僅是汽車上的浮土、樹葉、積垢和鳥糞，而是她的五臟六腑，是她全部的生活經驗和記憶。彷彿這輛紅色的本田車一旦出了洗車房，就可以帶著她進入另一個澄明而純潔的世界。

在工商局二樓的辦公室裡，一個花白頭髮的辦事員接待了他們。這人五十來歲，給人一種踏實穩重的印象。態度說不上熱情，可也不至於讓人感到冷漠。家玉向他陳述事情的經過，他不時地從牆邊的一排木架上取出厚厚的冊簿，皺著眉頭翻閱著。當家玉懷疑他是不是在聽，而稍作停頓的時候，辦事員就抬起頭來看她一眼，同時提醒她：

「你接著說。」

只有一次，他將手中的鉛筆放在嘴上，示意她「等一下」。他要接一個電話。因為不得不用比較難聽的揚中方言，他稍稍壓低了聲音，甚至微微紅了臉。即便在接電話的時候，他仍然沒忘記翻閱手中的檔，需要用到兩隻手的時候，他就將電話聽筒夾在脖子和肩窩之間。

家玉雖然不能完全聽懂他的揚中語音，但還是能從對方的聲音裡大致判斷出對話的內容。大概是關於他的母親在剛剛結束的腰椎手術後無法排尿一類的事情。而辦事員的建議有點離譜，竟然是「打開自來水龍頭，讓嘩嘩的水聲將她的小便從體內誘導出來」。當然，他還提到了紙尿褲。辦事員不能確定超市裡是否有成人紙尿褲出售。等他打完了這個電話，他已經將一頁檔從文件夾裡取了出來，遞到了家玉面前。

「這是一家連鎖公司，主營房產仲介。註冊時間是二〇〇四年八月。不過，他們已經有好幾年沒有來驗過執照了。也就是說，雖然還在營業，目前處於非法狀態。」

那人說完了這句話，又將那頁文件放回文件夾，麻利地合上冊簿，插入木架。然後，他端坐在桌前，猛吸了一口氣，又緩緩吐出，毫無表情地示意他們走人。

「您的意思是？」家玉問道。

「它不歸我們管，你們應當直接去派出所。」辦事員道，「這樣的事，你們可能覺得新鮮，可對我們來講，耳朵裡已經磨出繭子了。和你同樣遭遇的業主，在鶴浦至少還有十幾家。也就是說，頤居公司的行為已演變成為一種有預謀的詐騙。工商局作為管理部門，並沒有執法的許可權。我們所能做的，無非是吊銷他們的營業執照而已。而頤居公司既然這麼多年沒驗過執照，說明他們並不在乎，也就是說，早已經黑掉了。你們應當去找派出所。」

「可派出所會立案嗎？」端午也湊了過來，問道。

辦事員冷冷地看了他一眼，沒有搭理他。彷彿他的問題實在幼稚可笑，不值得認真對待。

「這事要發生在你身上，你會怎麼辦？」家玉不免老調重彈。

「我？那倒也簡單！」辦事員像美國電影裡的老闆那樣聳了聳肩。

「你怎麼辦？」

「首先呢，我會去和占我房子的住家商量，動之以情，曉之以理。給他們適當的經濟補償，把菩薩請出去，把房子收回來。吃個啞巴虧，事情就算完了。」

「可萬一協商不通，比如說，對方提出的補償額讓你無法接受，那該怎麼辦？」

「軟的不行，還可以來硬的。」辦事員道，「你到大街上，隨便從哪裡找個電焊工來，塞給他五十塊錢。等到夜深人靜的時候，你帶他悄悄地溜過去，他把你們家的防盜門，從外面焊死，讓占你房子的人，也他媽出不來！事情不就解決了麼？」

「這能行嗎？」家玉笑道。

對方的神情十分嚴肅，似乎不像在開玩笑：「怎麼不行？這叫化被動為主動。如今不是在建設和諧社會嗎？哪個部門的人都怕出事。你得弄出點動靜來才成。屋裡的人被反鎖在裡面出不來，他們會怎麼做？報警對不對？一報警，派出所的人立馬就到。員警一到，肯定得招呼你們到場，對不對？你看，這不就主動多了嗎？有理說理，該協商協商，該調解調解，切裡咔嚓，事情很快就會有一個結果。」

「不行，這事我們可做不了。」端午道，「萬一出了什麼岔子……」

「你看你看，你們又怕事。這個社會上怎麼會一下子跑出來那麼多的壞人？都是讓你們這些膽小怕事的人給慣的。遇到這種事，得把心橫下來才行。你的目的可能是要在房子上開個窗戶，人家肯定不讓對不對？你得擺出一副掀屋頂的架勢。對方一讓步，就會主動求你開窗戶。你想想，是不是這個道理？」

說完了這番話，辦事員忽然想起一件事來：「哎，伙計啊，你們知不知道在哪可以買到成人用的紙尿褲？」

這天是週末。傍晚時分，家玉和端午帶著兒子去梅城看婆婆。那時，婆婆已經知道了唐寧灣房子被人占了的事。她讓端午把事情原原本本地講了一遍之後，立刻就變了臉，顫巍巍地從椅子上站起身來，對端午說：「你去廚房裡幫我把拐杖拿來。」

「幹麼？」端午不解地看著她。

「走，你馬上帶我去一趟！我倒要去會會那個小瘟屄。日你個娘，這世上，簡直就沒得王法了！」老太太咔咔地咳了半天，咳出一口濃痰來。

端午怕她心臟病復發，趕緊好言相勸。正在燒飯的小魏也從廚房裡跑了出來，給她捶背。看著婆婆第一次與自己站在了一起同仇敵愾，家玉的鼻子微微有點發酸。別看她年老氣衰，可金盆雖破，分量還在。雖說她腿腳不便，頭上稀疏的白髮被電扇的熱風吹得紛亂，而那股見過世面的威風凜凜的樣子，還是讓家玉心頭一陣激動。

「要是真讓這兩個厲害的角色見了面，結果會怎樣？」家玉在端午的胳膊上捏了一把，小聲道。

「你可別瞎起鬨，」端午白了她一眼，「好不容易把她勸住了。」

家玉只是笑。

晚上，一家人圍桌吃飯。婆婆仍然不停地罵罵咧咧，她差不多罵了一個小時。等她罵累了，就把家玉叫到了自己的臥室裡，握住她的手，對她說：

「你們去找什麼工商局，什麼派出所，什麼狗屁法院，以我老婆子的見識，絕對沒得什麼屌用。這事得這麼辦：你到大街上隨便從哪兒找個電焊工來，給他三十元錢，到了夜深人靜的時候，悄悄地摸到那房子的門口……」

「把防盜門從外面焊死？」家玉笑著對婆婆道。

張金芳吃驚地看著自己的兒媳婦，目光中第一次有了贊許之色：「這一回，我們娘兒倆總算想到一塊兒去了。就這麼辦！不過呢，我們家端午人老實，斯斯文文的，何況又在政府機關裡面做事，萬一出個什麼紕漏，怕是會影響到他的前程，反正不能讓他出面。」

「聽你老人家的意思，是讓我一個人去辦？」家玉壓住心頭四處亂竄的火苗，問道。

「你可以把小魏也帶去。到時候萬一打起來，兩個人也可以有個照應。」

小魏在一旁傻笑。

而端午則站在門口，一個勁兒地向她遞眼色。

7

一九八九年五、六月間，學校突然停了課。秀蓉和父親賭氣，沒有回到鄉下的老家。父親和那姓卞的寡婦去了一趟南京，她居然就有了身孕。據說是人工授精。他們補辦了手續，已算是合法夫妻。

輔導員見秀蓉成天在校園裡東遊西蕩，就介紹她到圖書館勤工儉學。讓她幫著做一點分類、編目或上架的瑣事，也可以掙一點生活費。寢室裡就她一個人。與她做伴的，除了窗外草叢中的一隻白貓，就是在帳外來回撲騰的灰蛾子。

一天傍晚，她從圖書館返回宿舍的途中，遇見了一個胖乎乎、身背黃書包的年輕人。這人問她大學生俱樂部怎麼走。秀蓉就從自行車上下來，胡亂比畫著，給他指路。她一連說了好幾遍，可那人的臉上仍然是一副茫然不解的神情。秀蓉看他有點著急的樣子，就說：「不如，我帶你去？」

胖子猶豫了一下，便說道：「我這麼胖，你大概馱不動我。還是我來帶你吧。」

他不由分說地從秀蓉手裡抓過自行車的車把，跨了上去。秀蓉很自然地坐在了後架上。接下去是一段很陡的下坡路，那人就讓秀蓉摟著他的腰。秀蓉馬上照辦。他腹部擠滿了贅肉，而且讓汗浸得濕乎乎的，給人以某種不潔之感。

大學生俱樂部，位於團委學生會所在的那幢小樓的地下室裡，原本屬於七十年代開挖的地下防空工事的一部分。好像是出了什麼非比尋常的大事。他們趕到那裡的時候，那幢橘黃色的小樓門口，已經聚集了一大堆人。學校排球隊的兩名主攻手客串起了臨時糾察。他們把守在地下室的入口處，被一撥一撥的人浪擠得東倒西歪。

可奇怪的是，隨著那胖子的到來，喧鬧的人群陡然安靜下來，並自動地讓開了一條通道。可見此人身分特殊。胖子向秀蓉道了謝，並問她要不要一同進去看看。第一次看到那麼多人的目光聚焦在自己身上，秀蓉的好奇心和虛榮心一起發酵。

地下室的水泥樓梯很陡。看到秀蓉面露為難之色，胖子很自然地把手插到她的腋下去扶她。他的動作有些魯莽，那雙大手要完全不碰到秀蓉的乳房是不可能的。她只穿著一件T恤衫。不過，那時的秀蓉，大腦還沒有複雜到有能力去懷疑那隻手的動機。更何況，這個胖子一看就是個「誠實厚道」的人。儘管她告誡自己要「大方」一些，羞澀中，心臟還是忍不住一陣狂跳——自己的乳房發育得不夠飽滿，也讓她有點自慚形穢。

在趕往俱樂部的路上，秀蓉已經知道了他的名字。徐起士。在鶴浦文聯上班。是一個「享譽全國的青年詩人」。據起士自己介紹，他與別人合寫的詩集《改革者之歌》剛剛出版，鶴浦師範學院的一位副教授，在書評中給予了極高的評價，並毫不吝嗇地使用了「偉大」這樣的字眼。當然，秀蓉也知道，在《詩經》中，「起士」並不是一個好名字。

地下室裡同樣擠滿了人。所有的人眼圈都是紅紅的，有一種神祕的莊嚴和肅穆。這種靜謐和莊重之感很快就感染了秀蓉。在微弱的燭光裡，她可以看見牆上那張被照亮的黑白照片。照片上是一個憂鬱而瘦弱的青年，長得有點像自己在農村的表弟。

「你們在開追悼會嗎？」秀蓉向起士問道。

徐起士正忙著與一個又一個的陌生人握手寒暄，但他也沒忘了回過頭來朝她微微一笑：「你也可以這麼理解。」

隨後，他就在人流中消失了。秀蓉從與會者口中打聽出事情的整個原委，不由得吃了一驚。

原來，這個面容抑鬱的年輕人，不知何故，在今年的三月二十六日，在山海關附近臥軌自殺了。她再次看了一眼牆上的照片，覺得這個人無論是從氣質還是從眼神來看，都非同一般，絕不是自己那鄉下表弟能夠比擬的，的確配得上在演講者口中不斷滾動的「聖徒」二字。儘管她對這個其貌不揚的詩人完全沒有瞭解，儘管他寫的詩自己一首也沒讀過，但當她聯想到只有在歷史教科書中才會出現的「山海關」這個地名，聯想到他被火車壓成幾段的遺體，特別是他的胃部殘留的那幾瓣尚未來得及消化的橘子，秀蓉與所有在場的人一樣，立刻流下了傷痛的淚水，進而泣不成聲。

詩人們紛紛登台，朗誦死者或他們自己的詩作。秀蓉的心中竟然也朦朦朧朧地有了寫詩的願望。當然，更多的是慚愧和自責。正在這個世界上發生的事，如此重大，自己竟然充耳不聞，一無所知，卻對於一個寡婦的懷孕耿耿於懷！她覺得自己太狹隘了，太冷漠了。晚會結束後，她主動留下來，幫助學生會的幹部們收拾桌椅，打掃會場。

她沒再見到她所仰慕的徐起士老師，但她還是有一種新生的喜悅。甚至，當她從地下室爬上來，發現自己的自行車因忘了上鎖而被人偷走之後，一點也不感到難過。她回到寢室，在野貓有氣無力的叫喚聲中，寫了一篇很長的日記。直到天亮，一分鐘也沒睡著過。她感到自己的體內有一頭蟄伏很久的怪獸，正在復活。

三個月後，當秀蓉在女生宿舍門前再次「巧遇」徐起士時，她已經讀完了海子幾乎所有的詩作。她瘋狂地喜歡上了海子的詩，尤其是那首《面朝大海，春暖花開》。她已經能夠倒背如流。她時常夢見山海關外的那段鐵路，夢見詩人在荒涼的軌道上踽踽獨行。在夢中，她看見山海關城樓上空，白雲靉靆。白雲下是詩人那孤單、渺小的身影。

重要的是，他還吃著橘子。

那天中午，徐起士正在宿舍樓前梧桐樹的濃蔭下，與一個著裝時髦的漂亮女生說話。有幾個男生在酷烈的陽光下打籃球。徐老師一眼就認出了她，並問她有沒有興趣去招隱寺，見見從上海來的一位「絕對重量級」的詩人。秀蓉問他，這位詩人與海子相比怎麼樣？徐起士略微思索了片刻，就認真地回答道：

「他們幾乎寫得一樣好。」

那位女生警惕地打量著秀蓉，面露不豫之色。後來她才知道，那個女生名叫宋蕙蓮，是學校詩社的社長。

第二天下午，李秀蓉頂著炎炎烈日，依約來到了學校對面的三路公交站。徐起士和宋蕙蓮已經等了她好一會兒了。她看見徐老師胳膊下夾著一瓶白酒，手裡拎著一只紅色的方便袋，大概是剛剛宰殺的雞鴨之類，有血水從塑膠袋裡滴落下來。她還是第一次認真打量她所仰慕的徐老師。可惜的是，徐老師的長相經不起陽光的考驗，怎麼看都有點猥瑣。年紀輕輕，已經有點謝頂了。短袖襯衫的領口有一圈黑黑的污垢。另外，被菸熏黃的牙齒，似乎也很不整齊。

他們要去的地方是一座廢廟。招隱寺。公共汽車沿著鶴浦周邊的環城公路繞了一大圈之後，他們來到了荒僻的南郊，在一個名叫沈家橋的地方下了車。

徐老師領著她們穿過一個採石場，招隱寺那破敗的山門就近在眼前了。

據說，那個從上海來的詩人，此刻就在山門邊那片幽寂的竹林中參禪悟道。

那是一個僻靜的小院。地上的碎磚是新鋪的，兩棵羅漢松一左一右。有一口水井。牆邊高大的竹子探入院中，投下一大片濃蔭。院外是一處寬闊的荷塘，睡蓮是紫顏色的。有兩個戴著太陽帽的女孩子正坐在樹下寫生。

詩人剛剛睡完午覺，臉頰上還殘留著竹席的篾痕。他睡眼惺忪地站在廊柱之下，似乎對他們的到來並不感到高興，甚至為來人驚擾了他的午後高臥而略感不快。宋蕙蓮一見面就甜甜地稱呼他為「譚老師」，那人頗為矜持地皺了皺眉頭，啞啞地道：

「不敢當。」

徐起士把她們倆介紹給詩人的時候，很不恰當地使用了「都是你的崇拜者」這樣不負責任的說法。雖說帶著玩笑的性質，可給人的感覺有點信口開河。

宋蕙蓮和端午一見面，就纏著對方給自己留地址。詩人再次皺起了眉頭。他很不情願地從蕙蓮手中接過記事本和圓珠筆，墊在白牆上，正要寫，秀蓉遲疑了一下，趕緊也道：「那就給我也留一個吧。」

端午轉過身來，第一次仔細地正眼打量她。隨後，他怪怪地笑了一下：「你心裡其實並不想要，對不對？」

「嗯？什麼？」秀蓉紅著臉，看著這個從上海來的詩人。

「你看見別人問我要地址，覺得自己如果不也要一個，有點不太禮貌，是不是？」

秀蓉的臉更紅了。她的心裡的確就是這麼想的。這個人莫非有「讀心術」？他依據一句簡單的客套，就準確地看出了自己的小心思，秀蓉不禁暗暗有點心悸。好在詩人還算寬宏大量，他從宋蕙蓮的記事本上撕下一頁紙，給她留了通訊地址。秀蓉很不自在地僵在那裡，捏著那頁紙，在手裡左疊右疊，最後摺成一個小得不能再小的方塊，趁人不備，悄悄地塞入了牛仔褲的褲兜。

在這段不太長的間隙中，徐起士已經麻利地從院中打來了一桶井水，將那隻活殺蘆花雞泡在了臉盆裡。

詩人占據了這排平房靠東邊的一間。屋內堆滿了灌園的工具。只是在北窗下擱著一張行軍床。床邊有一張小方凳，上邊擺著幾個青皮的橘子。又是橘子！旁邊還有一本書，一盤已燃成灰燼的蚊香。由於找不到可以坐一坐的地方，詩人就讓她們倆坐床上。她們剛一落座，鋼絲床就吱吱地叫了起來。

於是，徐起士就建議說，不妨到外面去逛逛。

這是一座早已廢棄的園林。除了寺廟的寶塔大致完好之外，到處都是斷牆殘壁，瓦礫遍地。附近村莊裡的農民甚至在這裡開出了一片一片的菜地。整整一個下午，宋蕙蓮都顯得格外興奮，一刻不停地追著「端午老師」問這問那。她甚至問他要菸抽。徐起士一聽她要抽菸，就將自己剛抽了沒幾口的菸遞給她，蕙蓮也不嫌髒。徐起士不懷好意地誇她的腿白，蕙蓮竟然笑著趴在了他的肩膀上，很不得體地說：

「怎麼樣，你眼饞了吧？」

聽到這麼大膽的對白，秀蓉的心猛地抖了兩抖，開始悲哀地意識到，她在圖書館樓前碰到的這個胖子，似乎有點配不上自己的膜拜。另外，她也有點後悔自己沒穿短褲。她的腿，其實也很白。

她一個人漸漸地落了單，不遠不近地跟在後面。端午有意無意地與蕙蓮保持著距離，讓秀蓉心懷感激。當蕙蓮要跨過一個獨木橋，把手伸給她的端午老師時，他也裝作沒看見。他們沿著一條湍急的河流往前走了很久，折入一條林中小徑。

高大的樹木和毛竹遮住了陽光，端午站在小路邊等她，手裡拿著一朵剛採的大蘑菇。秀蓉裝出很有興趣的樣子，從他手裡接過那只棕色的蘑菇，輕輕地轉動，用指甲彈去了上面正爬著的一隻昆蟲。等到只有他們兩個人的時候，譚老師仍然毫無必要地皺著眉頭，弄得秀蓉更加緊張。她聽見蕙蓮誇張的笑聲從很遠的地方傳來。樹林裡岑寂而陰涼。她已經看不到蕙蓮和她的花格子西裝短褲了。

他問她有沒有發表過詩。秀蓉就趕緊說，她寫過一首〈菩薩蠻〉，發表在學校的校報上。端午呵呵地乾笑了兩聲。聲音中不無譏諷。他又問她如何評價里爾克，秀蓉怕對方再次看輕了自己，就壯起膽子道：

「我覺得他寫得很一般啦。」

沒想到端午吃驚地瞪著她，眉毛擰成了一個結，並立即反問道：「那你都喜歡一些什麼樣的東西？」

當然，她只能提到海子。她只能這麼說。端午奇怪地瞥了她一眼，一路上不再跟她說話。當他們在寶塔下與宋蕙蓮他們會合的時候，秀蓉終於鼓起勇氣，詢問譚老師對海子的看法。端午想了想，冷冷道：「也就那麼回事吧。」

流。

隨後，他又趕緊補了一句：「不過，他人很好。」

「這麼說，你認識他嘍？」就像過電似的，秀蓉不經意間又抖了一下，覺得自己的聲音也帶著電流。

「嗳，也不算太熟。去年他到上海來，找不到地方住，就在我的床上對付了一夜。他很瘦，可還是打了一夜的呼嚕。」

寶塔的東、西、南、北各有一扇拱門，但都被水泥磚塊封死了。四周簇擁著一人多高的茅草和雜樹。宋蕙蓮和起士兩個人扯著嗓子喊叫了一通。因聲音沒有阻擋，並未傳來他們期待中的回聲。太陽像個大火球，在樹林間慨慨下山。

在他們原路返回的途中，徐起士和宋蕙蓮再次不見了蹤影。

對於即將到來的這個夜晚，秀蓉已經有了一些預感。山風微微有些涼意，讓她覺察到自己的臉頰有點發燒。天一點點地黑下去，她的心也一點點地浮起來。他們來到池塘邊的院門外，那兩個寫生的女孩早已離開了。徐起士和宋蕙蓮並沒有像譚老師保證的那樣，坐在院子的門檻上等他們。

秀蓉既擔心，又有一絲慶幸。

她甚至不敢相信這是真的。當她將那隻蘆花雞收拾乾淨，塞進鋼精鍋，放在電爐上燉的時候，端午仍然在向她保證，等雞燉熟了，那兩個傢伙就會突然出現的。

秀蓉當然不再指望。她覺得這兩個人還是不要出現的好。端午蹲在她腳邊，遞給她一只橘子。她剝去橘皮，分了一半給他。秀蓉不敢看他的臉。端午吃著橘子，忽然問她：「你的例假是什麼時候來的？」

秀蓉不明白，他所說的「例假」指的是什麼，就隨口答道：「你說的阿是暑假？早結束了啊。學校已經上課了。」

端午不得不把這個問題用她可以理解的方式又問了一遍，並解釋說，他之所以問她的例假，是因為他不喜歡用保險套。

等到秀蓉弄清楚他真正的意圖，差一點要昏厥過去。的確如此，她的大腦已經完全失去了思考能力。

「噢……你……老天爺……你是說……時候不早了，我得走了……」

可連她自己的內心也十分清楚，現在提出來要走，未免有點晚了。她眼巴巴地看著這個與海子同過床的詩人，對他說：

「把雞頭按下去，雞腿就頂了出來，怎麼辦？」

端午說了句流氓話，站了起來，把她手裡緊緊攥著的一雙筷子抽掉，迅速而魯莽地把她拉入懷中，開始吻她的眼睛。咬她的耳垂。

他說：「我愛你。」

她馬上就回答道：「我也是。」

幾個小時之後，秀蓉和端午來到院外的池塘散步。走不了幾步，他們就停下來接吻。她能聽見荷葉在月光下舒卷的聲音。能聽見小魚兒在戲水時的唼喋之聲。她的幸福，神祕而深邃，她擔心幸福來得太快，太過強烈，上帝看了都要嫉妒。她那隻受了傷的手插在他的口袋裡。

她問他去沒去過蘇州河邊的華東政法學院。她有一個堂姐在那教書，她已經在堂姐的指導下自學法律，準備報考那裡的研究生。她說一旦考研成功，他們就在上海結婚。端午對她的計畫未置可否，她就不斷地去搖他的手，端午最後只得說：

「別瞎說！讀研究生期間，學校是不許結婚的。」

晚上的月亮很好。她能夠看到他臉上的疑慮。她又說，好在鶴浦離上海不遠，她每個週末都可以「隨便跳上一列火車，去上海跟他相會」。當然，如果端午願意，也可以隨時到鶴浦來。她要給他生一堆孩子。除了提醒她計畫生育的有關規定之外，端午照例一言不發。他的臉怎麼看都有點古裡古怪，讓她害怕。

「你不會這麼快就變心吧？」她把頭靠在他身上，立刻哭了起來，直到端午一個勁地向她發誓賭咒，她才破涕為笑。

回到屋裡不久，秀蓉就發起了高燒。端午從旅行包裡翻了半天，終於找出了一個小藥瓶，給她吃了兩片撲爾敏，並替她裹上毛毯。可秀蓉還是覺得渾身發冷。端午坐在鋼絲床邊的小木凳上，一動不動地看著她。

「我好看嗎？」她驕傲地問他。

「好看。」他的聲音仍然有點發虛。

在藥力的作用下，秀蓉很快進入了夢鄉。在黑暗中，她不時地感到一隻涼涼的手在試著她額頭的溫度。每一次，她都會向他綻放笑容。可惜，他看不見。她看著端午的菸頭一閃一閃，在持續的高燒中，她仍然感到自己很幸福。她相信，端午此刻的感覺，應該和她一模一樣。

凌晨時，她從床上醒過來，端午已經不在了，不過她並不擔心。月亮褪去了金黃的光暈，像是在水面上漂著的一塊融化的薄冰。她想叫他，可她還不好意思直接叫他的名字呢。如果此刻他正在院子裡，或者坐在屋外的池塘邊，說不定也在看著同一個月亮。

她翻了一個身，又昏昏沉沉地睡了過去，直到初升的朝陽和林間的啼鳥將她再次喚醒。她的燒還沒有退，甚至都沒法承受早晨清涼的微風。她扶著牆，一步步地走到了院子裡，坐在門邊的路檻上。

池塘的對面，一個駝背的老頭戴著一頂新草帽，趕著一大群鴨子，正沿著平緩的山坡朝這邊過來。他的身後，是一大片正在抽穗的晚稻田。火車的汽笛聲給了她一個不好的提醒——

難道說，端午已經離開了嗎？

剛才，她掙扎著從床上起來，已經留意到床頭的小木凳上殘留著的幾片橘皮、一根吃淨的雞腿骨、一本宋蕙蓮請他指教的《船院文藝》。她還注意到，原先擱在床下的灰色旅行包不見了。枕邊的書籍不見了。

難道說，他已經離開了嗎？

十月中旬，在鶴浦
夜晚過去了一半
廣場的颶風，颳向青萍之末的祭台
在花萼閉闔的最深處
當浮雲織出骯髒的褻衣

唯有月光在場

這是他留給自己的六句詩。

難道說，他真的已經離開了嗎？

坐在門檻上往東看，是他們昨天抵達這裡的雜草叢生的道路——它還晾在採石場附近的山坡上；往西，則是通往招隱寺寶塔的林間小道。她甚至還能聽見宋蕙蓮的笑聲。

難道他已經離開了嗎？

紫色的睡蓮一朵挨著一朵。池塘上的輕霧還沒有完全散去。她甚至還發著高燒。手上的傷口還沒有來得及結痂。

他已經離開了嗎？

這究竟是怎麼一回事？她有點想不明白。

秀蓉重新回到了小屋裡躺下，並在那一直待到傍晚。窗外明朗的天空漸漸轉陰，最後，小雨落下來。雨絲隨著南風飄落到她的臉上。她就那樣躺在床上，一動不動。

從池塘邊的小屋到沈家橋公共汽車站，這段路程，似乎比她一生的記憶還要漫長。她翻遍了全身所有的口袋，竟然沒找到一分錢。這讓她有些懷疑，自己是不是仍在夢中。仍在想著那可疑而確鑿的三個字：不會吧？

一輛空蕩蕩的大掛車，在三路公車站牌底下停了下來。她還沒有拿定主意要不要上車，車門沉重地喘息了一下，重又關上：「咣咣噹噹」地開走了。直到這時，秀蓉的心裡仍然抱有一絲僥倖。彷彿她只要一回頭，就能看見他。雨開始下大了。因為沒有錢，她決定沿著環城馬路，朝學校的方向走。如果實在走不動，就隨便往路邊的草叢裡一躺，死掉好了。她覺得像自己這麼一個人，不如早點死掉乾淨。

迎面開來的一輛黑色桑塔納，停在了馬路對面。司機搖下車窗，朝她大聲地喊了一句什麼，她沒有聽清，也不想搭理他。她的頭實在是太暈了。走不了幾步，就得停下來倒氣，抱著路邊的一棵樹。那輛桑塔納轎車並未開走，而是掉了一個頭，不緊不慢地跟在她身後，保持著十多米遠的距離。

秀蓉心裡一緊，知道是遇上了壞人。她本能地開始了發瘋的奔跑。二、三十米遠的距離，就足以耗盡她的全部體力。那輛黑色轎車還在身後跟著，彷彿對自己的獵物很有耐心。他不著急。她不時回過頭去，雨刷器「嘎嘎」地一開一闔，刮去擋風玻璃上的雨水，也刮出了一張面目模糊的臉來。

她又繼續往前走了一段，最後實在走不動了，就在路邊站住。她把「最壞的後果」飛快地想了一遍之後，就向那輛桑塔納無力地招了招手。隱隱地，她還有些激動。桑塔納終於在她身邊停下。右側的車門打開了。她直接坐進了汽車的前排。

就算是最壞的後果，那又如何？

那人趴在方向盤上，側著臉，似笑非笑地對她說：「怎麼，不跑啦？想通了？你跑啊！繼續跑……」

果然是個流氓。

他嬉皮笑臉地問她要去哪兒。秀蓉也不吭氣。那人伸過手來摸了摸她的頭，她也不躲避，只是渾身發抖。差不多十五分鐘之後，她被送到了鶴浦發電廠的職工醫院。那人給她掛了號，將她扶到觀察室的長椅上坐下。等到大夫給她輸完液，那人又問她怎麼通知她的家人。隨後，他蹲在她跟前，笑嘻嘻地望著她。

不知為什麼，秀蓉的眼淚止不住嘩嘩地流了出來。

這人名叫唐燕升。是南市區派出所的一名員警，剛剛從警校畢業不久。為了報答他的好意相助，秀蓉很快就同意了他的胡攪蠻纏：與這個見習員警以兄妹相稱。她覺得自己在派出所多了個哥哥，也不是什麼壞事。

可哥哥是隨便叫的嗎？唐燕升很快就像模像樣地承擔起了兄長的職責，理所當然地把她納入自己的保護範圍。

大學畢業那一年，因為不能原諒父親再婚生子那件事，秀蓉終於當著父親的面，宣布與他斷絕一切來往。唐燕升就以秀蓉家長的身分，參加了她的畢業典禮。她向燕升說起自己原先還有一個名字，那是母親給她取的。為了與父親徹底決裂，當然也為了與記憶中的招隱寺徹底訣別，她問燕升，能不能把名字改回去？

唐燕升就通過他在公安系統的關係，把她身分證上的名字改成了「龐家玉」，當作她二十歲的生日禮物。

剛開始的時候，秀蓉很不喜歡這個人，尤其不喜歡他滿嘴的胡言亂語。比如，當他們一次次地回憶起他們在環城公路上相遇的那個夜晚，他竟然用十分輕薄的口氣問她：「你是不是把我當成了壞人？嗯？是不是擔心我把你弄到山上的小樹林裡，先姦後殺？」

無論是作為哥哥，還是作為人民警察的身分，他這樣說都是極不合適的。秀蓉嚴肅地提醒他，按照她對於法律的瞭解，這一類的玩笑話要是在美國，就足以構成性騷擾了。

8

這天早上，家玉坐在電腦前，正在修改一份發往鶴浦啤酒廠的律師函。隋景曙懷裡夾著皮包，領著一個身穿工裝服的老頭，來到了她的辦公室。老隋是南徐律師事務所的另一個合夥人。綠豆眼，八字鬚，小圓臉。因他的名字中也有一個「景」字，他與徐景陽並稱為律師事務所的「南徐二景」。不過，除了溫良仁厚的徐景陽之外，事務所的同事都在背地裡叫他「水老鼠」。

水老鼠將老頭安頓在門邊的沙發上——那裡有一個用玻璃櫃和盆栽金桔隔成的臨時茶室，用來接待客戶，又讓白律助給老頭泡了杯茶，然後朝家玉勾了勾手指。

兩個人來到了門外的走廊裡。

「這個人的腦子有點問題。」水老鼠壓低了聲音對家玉道，「他一進門就要給我磕頭，你媽媽，把我嚇死掉了。你抽點時間跟他談談。我在市里還有個會，這就得走。」

「這老頭，什麼事情？」家玉問他。

「你媽媽，不太好弄。」水老鼠道，「他這案子，你就不要接了。你與他敷衍個十來分鐘，安慰安慰他，就打發他跑路。」

家玉點點頭。水老鼠又提醒她，別忘了明天一早出庭的事。家玉說，她已經跟看守所聯繫過了，今天下午，她會再去一趟，與當事人見上最後一面。水老鼠捋了捋頭上僅有的一縷頭髮，托著茶壺出去了。

來人姓鄭。是個瘦高個，花白頭髮。大概是因為小時候鬧過天花，臉上留下了坑坑點點的麻子。家玉客氣地稱他為「大爺」，那人就笑了笑，說他其實還不滿五十歲。他的工裝服上沾了一些沒有洗淨的油污漬斑以及焊槍燒出的小洞眼。可他襯衫的領子是乾乾淨淨的。

老鄭是春暉紡織廠的機修工。說起話來甕聲甕氣的，可沒說兩句，眼圈就先紅了。他說，自打他記事起，就一直在不停地倒楣，不知道為什麼。他的妻子因類風濕而癱瘓在床，大女兒在人家做保母，兒子卻還在讀初二。他很有禮貌地問家玉能不能抽根菸，在得到她的許可之後，從耳朵上取下一枝捲菸來。可他看見了牆上「禁止抽菸」的圖示，愣了一下，又偷偷地把菸放入衣兜中。

他懂得守規矩。家玉想，這就可以部分地解釋他之所以總倒楣的原因。

他所在的這家紡織廠是一個有著五十多年歷史的國營企業，雖說效益不是特別好，可每年的淨利潤也有個兩、三百萬。就在三、四個月前，市里忽然來了一堆領導，召集全廠職工開了會，宣布紡織廠改制。兩千多名工人中的絕大多數，都被要求買斷工齡回家。原來，有一位姓陳的房地產老闆，看中了紡織廠的那塊地。就在運河的南岸。他們想在河邊蓋一個高檔的別墅區。

「我真傻，真的。」老鄭說，「我單知道由政府出面提出的方案，總不會錯，就糊裡糊塗地在協議書上簽了字。哪知道回到家，老婆按照她的方法左算右算，三十年工齡竟然只有三萬塊錢……」

從他的話中，已經可以隱隱聽到祥林嫂的口吻了。老鄭強調說，他並不贊成工人們的集體上訪，去南京靜坐，或者衝擊市政府。畢竟目前的和諧社會來之不易，何況事實上那些鬧事的人也沒有什麼好果子吃。為首的六個人被抓，有一個還被強制送進了精神病院。後來，他經人指點，就找到律師事務所來了。

他想打官司，卻不知道應當去告誰。

家玉陪他坐了兩小時。眼看著他充滿希冀的目光一點點變得黯淡，直至熄滅，她的同情無由表達。最後，她記下了老鄭的電話，並提出來請他一起吃午飯。家玉覺得，自己是真心誠意的，可老鄭卻心事重重地謝絕了。

「看得出，你是個好人。」告別時，老鄭道。

「千萬別這麼說。這世上還有沒有好人，我不曉得。但我肯定不是。」家玉忽然傷感起來。

她有點後悔這麼說。

老鄭走後，龐家玉來到樓下的Seven-eleven，在那買了一盒關東煮，一根玉米，然後就驅車前往東郊的第一看守所，去會見她的當事人。作為當事人父母指定的律師，她明天將出庭為他辯護。

如果說老鄭的委託，是一項她想接受而事實上卻不能接受的工作——這也使得家玉作為律師的道德感千瘡百孔，那麼接下來的這個案子則屬於無關痛癢卻又不得不讓她付出全部心力的「分內事」。

家玉心裡其實很清楚，自己的辯護，對於這個殺人案的判決，不會產生任何影響，但作為律師的職責，要求她履行所有必要的程式。這讓她感到心力交瘁。她無法完全擺脫那種熟悉的荒謬感，可還是花了巨大的心血去研讀案卷，搜集證據，與同事沒完沒了地討論案情。

這個案件，因為其殘酷或慘烈的程度，在鶴浦可謂家喻戶曉，但案情本身卻一點都不複雜。這個名叫吳寶強的罪犯，僅僅因為懷疑女友與她的上司有染，就在一個雷電交加的風雨之夜，潛入了情敵的家中，狂怒地殺死了他一家六口。還不包括在他們家幹活的一位十八歲的甘肅保母和一條價值數百萬的藏獒——那隻藏獒，據說因為頻繁地被用來給母狗配種，而失去了應有的野性，對於自己看家護院的本職工作，心有餘而力不足，幾乎是毫無反抗地被利斧削去了腦袋。

儘管他殺死了七個人外加一條狗，可吳寶強並不覺得自己會被判死刑。他把所有的希望都寄託在了精神病鑑定報告上。同時他也知道，案發後，他的父母攜帶著鉅款四處奔走，正在考驗精神病大夫或相關醫學專家單薄的道德底線，以及本來就很纖弱的神經。吳寶強認為，在不斷加碼的金錢面前，所謂的道德底線當然不堪一擊。他的思路從邏輯上來說並不錯，但他卻忽略了自己最重要的新對手——它既不是法院，也不是受害人家屬，而是正在培養自己詭異性格的現代媒體。他對於這個新對手在社會中所扮演的角色十分無知。媒體（尤其是互聯網），在對案件的持續關注中也在發酵輿論，激起了「人人皆曰可殺」的民憤。即便是法官或者他心心念念的精神病專家，也不可能持有與媒體不同的立場。

沒有什麼懸念，精神病鑑定報告很快就出來了：他具有完全的責任能力。也就是說，吳寶強將在不久後的某一個瞬間，被毋庸置疑地處理掉。不存在任何例外。不存在任何不可抗力的作用。

吳寶強在獲悉報告內容後的一週內，兩鬢突然長出了茂密的白髮。他像一隻困獸一樣狂暴不安，立刻失去了對身體的有效控制。他拒絕會見媒體記者、父母，甚至拒絕會見父母為他聘請的律師。可他的父母則瞞著他抬高了律師費的價碼——他們一遍遍地懇請龐家玉，一定要設法將他們的兒子從死亡線上拉回來，因為「你現在就是我們全家最後的希望了」。

家玉覺得如果有人給這對父母做一個精神病鑑定的話，也許得出的結論，會與他們的兒子大不相同。家玉表示，她將竭盡全力，而吳寶強的父母則立即糾正了她的話：「不是竭盡全力，而要萬無一失。」

家玉只得開了句玩笑：「除非我有能力向法官證明，如今在這個世界活著的每一個人，都有精神病。」

吳寶強的母親則馬上反問道：「事實難道不是如此嗎？」

在前往第二會見室的途中，看守所的一位女民警對家玉說，她還從來沒見過如此窮凶極惡的罪犯。「你跟他打個照面，裝裝樣子就可以了。他簡直不能算人。」

很快，龐家玉就隔著會客室的鐵柵欄，與她的委託人見了面。也許是第二天就要庭審的緣故，看守所方面擔心出現意外而加派了警力。吳寶強微微地揚著頭，瞇縫著雙眼，正在陷入冥想和玄思，看上去儼然就是真正的上帝。要是他的眼睛一下子睜開來，利刃般的目光就足以讓家玉感到一陣陣膽寒。他用溫和的語調稱家玉為「婊子」或「騷貨」，讓她最好立刻滾蛋，並試圖以此激怒家玉。

「我並不需要什麼律師，你滾吧！」他用嘶啞的嗓音喊了這麼一句，又把眼睛閉上了。

家玉耐心地向他解釋了法律的相關規定，並告訴他，按照現代法律制度，拒絕律師是徒勞的。法庭不可能在沒有律師參與的情況下審理任何案件。律師制度本身是現代文明的一個部分：「你可以放棄聘請律師為你辯護的權利，但臨了，法院還會給你指定一位。」

「為什麼要這個樣子搞？」吳寶強冷笑道，「阿是為了取笑我？拿我來取樂？既然你媽要捉弄我，現在就把我拉出去槍斃，我也沒意見。又搞出這套把戲來戲弄老子。你媽，一個人得了癌症，多多少少還可以抱有幻想。畢竟還有萬分之一、十萬分之一治癒的希望嘛！可我肯定得死，阿對？我可以去死。但你們別想利用法律來捉弄我。什麼公訴人嘍，什麼證人嘍，又是法官嘍，又是律師嘍……」

吳寶強這麼說，當然是出於對法律的無知。不過從他目前的境遇來看，他的這番心思，也並非完全是非理性的。

「明天我就要死了，阿對？你能不能告訴我，我會怎麼個死法？」過了一會兒，吳寶強問道。語調也稍稍平緩了一些。

龐家玉看了看旁邊站著的兩個民警，壓低聲音對他說：「還沒那麼快。明天不過是庭審而已。結果如何，至少從理論上講，還沒有確定。即便是最壞的結果，你還可以上訴。人是沒那麼容易死的，就算是最後的結果下達，你也可以申請注射。如果維持原判的話。」

「打麻醉針嗎？你媽阿是要給我打麻醉針？」吳寶強笑道，「我可不需要，我還是會選直接挨槍子，那樣才過癮嘛！」

「我想問你一個小問題，」龐家玉道，「不過假如你不想回答，也無所謂。」

吳寶強的眼睛直勾勾地盯著她，死皮賴臉地吹了一個口哨，引來獄警的大聲訓斥。

「你因為懷疑女朋友與王茂新有不正當男女關係，就去他們家行兇殺人。儘管從事實上看十分殘暴，但從動機上說，不是不可以解釋的。我想問的是，本來你殺了王茂新就可以了，為什麼要傷及那麼多的無辜？你將王茂新殺死後，有多大必要非得上樓去殺他的父母？為什麼還要埋伏在他家，在那麼悶熱的大衣櫃裡等了三小時，等來了他看完電影回家的妻子、女兒和保母？你與他們有什麼仇？你甚至連抱在懷中的兩歲的孩子都沒放過。所有這些人的死，起因難道僅僅是手機裡的一條曖昧短信？」

吳寶強有些迷惑不解。似乎為她竟然提出如此可笑的問題而感到震驚。他臉上不屑一顧的神情，讓他看起來像個先知。

「那你就去問問王茂新好了。他可以回答你的問題。你問問他，為什麼要賺那麼多的錢？購買那麼多的房產？包養那麼多的女孩子？他用不了那麼多錢，住不了那麼多房子；那麼多女孩子，他也搞不過來。這個世上的東西，有幾樣不是多餘的？你問我為什麼殺那麼多的人，我簡單告訴你四個字，多多益善。我知道他們家有幾口人。不殺到最後一個，我是不會罷手的。因為在我腦子裡，殺人和賺錢的道理是一樣的。多餘的錢，用不了。可存在銀行裡，你的心裡照樣會挺舒服的，阿是啊？殺人也是一樣。過去不就有句老話嗎？殺一個夠本，殺兩個賺一個。把殺人和賺錢搞在一塊，不是由我發明出來的。我們做什麼事都貪多。這是人的天性。你也許會奇怪，現在這個社會，為什麼會有那麼多的滅門案，阿是？其實一點都不奇怪，因為殺人就好比賺錢，多賺一點是一點。多賺一個是一個。你再去問問那些在大街上闖紅燈的人，他們闖了紅燈，節約了一分鐘甚至五秒鐘，有什麼屌用？他坐在自己家中，一口氣就可以浪費五個小時，什麼都不做。可人就是這樣，只要他經過一個路口，還是會毫不猶豫地闖紅燈。人活著總要賺點什麼，哪怕是沒用的東西。

「不過，既然我快要死了，我也不妨告訴你一點更刺激的東西。我先弄了一下王茂新的老婆，又弄了她的女兒。本來我不想殺那個小保母，已經打定了主意饒了她。弄她的時候，已經沒勁了，本來心裡就窩火。她在生死關頭表現出來的虛偽，讓老子實在受不了！她竟然一口咬定，說是看到我的第一眼，發瘋地愛上了我。你媽！想愚弄老子！老子就給她放放血。求生的願望是可以理解的，但不可以這麼虛偽！」

陪家玉來的那位民警已經在看表了。

家玉勸他明天庭審時，盡量與法庭採取合作的態度。受害人被他殺得絕了戶的親屬們，反應可能會比較激烈。這也是人之常情。「再說，你自己的父母，包括八十多歲的奶奶，都會到場。」

對她的建議，吳寶強答應考慮考慮。

臨走前，家玉又問他，還有沒有什麼話要向她交代的，吳寶強就突然把他那厚厚的舌頭從欄杆裡伸了出來，飛快地舔了一下鐵柱，淫穢地向她笑了笑，用低得不能再低的聲音對她說：

「我想看看，你在幫我口交時是個什麼騷樣子……你想不想嘣嘣我的大雞巴？」

9

一想到唐寧灣的房子，家玉的心裡就會立刻升起一股無名的毒焰，這毒焰不緊不慢地炙烤著她，讓她一分鐘都不願意在這個地方生存下去。她擺脫不掉那種深藏在內心的「不好」的預感。就像隨時都會崩潰的電腦系統一樣。

端午有時候會給她推薦音樂療法，勸說她從音樂中尋找慰藉。貝多芬或者布拉姆斯。可她根本聽不進去。鋼琴讓她的心跳加快。大提琴像把大鋸子。小提琴像把小鋸子。反正都是要把她的神經「鋸斷」。

她已經找過了公安局、派出所、公安分局和消費者協會，繞了一個大圈子之後，還是在上週末去了鶴浦市中級人民法院，遞交了訴狀。她沒有找任何的關係，而是自己排了三小時的隊，花了六百九十元錢，在法院立了案。她不想欠任何人的債。

她知道，在她為收回自己的房子而疲於奔命、狼奔豕突的時候，那個名叫春霞的女人正蹺著二郎腿，悠然自得地坐在他們家的客廳裡，用他們家院子裡長出來的薄荷葉烤肉，泡茶。雖然家玉是律師，可她實在不願意與春霞打官司。因為她知道，一旦提起訴訟，實際上她已經失敗了。好比有人衝著你的臉吐了一口痰，你去找法院評理，法官最後判決對方將你臉上的痰跡擦去。如此而已。

家玉閉上眼睛都能想像出接下來她要面對的法律程式。法官從受理案件到開庭，少說也得兩、三個月，然後照例是預備庭的質證、調查、補充調查。好不容易等到開庭，假如春霞不到庭應訴的話，還需要等待第二次開庭。按照法律的規定，春霞仍然可以拒絕出庭。隨後，將是缺席判決。判決結果將會登報公示，沒有疑義才會移交給法院的執行庭。家玉當然也可以要求強制執行，但這一類的民事案件要執行起來，通常會十分緩慢。等到這些所有這些程式走完，最快也得五、六個月……

家玉並非第一次有這樣的感覺：作為律師，她奇怪地發現，這套法律程式，似乎專門是為了保護無賴的權益而設定的，一心要讓那些無賴，自始至終處在有利地位。

而在端午看來，對於善惡的倒置，本來就是現代法律的隱祕特性之一：「想想看，有多少慘無人道的戰爭，在所謂的《國際法》的保護之下公然發生？多少無恥的掠奪，在貿易協定的名義下發生？有多少……」

端午那一連串空洞而迂闊的排比句，剛說了個開頭，家玉就連連向他擺手：「你說的這些，跟我們的房子有什麼關係？拜託你，別跟我談這些不著邊際的東西了。我腦仁疼。」

兩個月之後，家玉透過法院的朋友，詢問這個案件的進展。對方的答覆果然不出她所料。

「目前還不能開庭。」那個戴著誇張白色眼鏡的書記員對她說。

「為什麼？」

「你是律師啊，應當知道法律上的『先刑後民』的原則。」

「什麼意思？」

「頤居公司的行為已經涉嫌詐騙。」白眼鏡道，「僅僅在鶴浦，類似的受害者就多達二十幾家，這個案件已經成了省公安廳督辦的重大案件。現在，公安機關正在全力追捕犯罪嫌疑人。」

「也就是說，在抓到犯罪嫌疑人之前，這個案子還得無休止地拖下去？」
「恐怕是這樣。」
「假如公安機關一直抓不到犯罪嫌疑人呢？」
白眼鏡笑了笑：「你只能假裝相信，公安機關最終是能夠抓住他們的。」
家玉的情緒一下子就失去了控制。在從法院回家的路上，家玉一直在跟端午念叨，她想殺人。
「是的，我想殺人！」
端午也第一次意識到，他妻子目前的精神狀況，確實有點讓人擔憂了。

10

十一月末，宋蕙蓮回鶴浦探望父母。她的日程排得滿滿的，與家玉的見面時間不得不一改再改。蕙蓮在電話中向她抱怨說，她對家鄉的觀感壞極了。鶴浦這個過去山清水秀的城市，如今已經變成了一個「骯髒的豬圈」，已不適合任何生物居住，害得她根本不能自由呼吸。這些抱怨都是老生常談，或者也可以說是事實。但這些話從一個「歸化」了美國的假洋鬼子口中說出來，還是讓家玉感到很不是滋味。塵封已久的「愛國主義」開始沉渣泛起。好像蕙蓮批評她自己的家鄉，正是為了嘲笑家玉的處境。

為了多少改變一點宋蕙蓮對故鄉的惡劣印象，為了讓蕙蓮見識一下鶴浦所謂「高尚生活」的精萃，家玉把與她見面的地點，定在了小瀛洲島上的芙蓉樓，有意嚇她一跳。那是一家不是隨便什麼人都能涉足的高檔會所，是傳說中王昌齡送辛漸去洛陽的餞別之所，兩年前剛被修葺一新。可是到了約定見面的那天早上，芙蓉樓會所的一位高級主管突然給她打來了電話，在未說明任何緣由的情況下，就蠻橫地取消了她的訂座。

由於家玉事先向宋蕙蓮大肆吹噓了一下芙蓉樓的西點和帶有神祕色彩的服務，臨時更改地方不太合適。她給《鶴浦晚報》的徐起士打了個電話，讓他通過守仁的關係想想辦法。

「那是根本不可能的。」徐起士在電話中對她笑道，「上面來了人。要在芙蓉樓下榻。具體是誰，我不能說。小瀛洲附近的路已經封了。」

「你胡編吧？」家玉知道，這個人嘴裡說出的話，沒有一句是靠譜的。「我剛剛開車還經過那裡，島上跟往常一樣啊，還是遊人如織啊。」

「拜託！那些遊人，都是化了裝的便衣特警。」

起士建議她更換地點。

他推薦了一個名叫「荼靡花事」的地方。也是一家私人會館，也可以吃西餐，花園式的建築也很有味道。再說了，那裡的晚桂花正當季。

「順便問一句，你到底要請誰吃飯呢，這麼隆重？」

「還能是誰？你的老情人唄。」家玉笑道。

在徐起士的追問下，家玉只得將宋蕙蓮回鶴浦探親的事告訴了他。

「是這樣啊？好吧，這頓飯我來請。我一定要見見這個臭娘們。」起士道，「這婊子當年在電影院打了我一巴掌，害得我在局子裡待了半個月。這筆帳還沒找她算過呢。哎，你先別告訴她我會來。」

放下電話，家玉總覺得這件事有些不合適。畢竟人家宋蕙蓮如今已經是美國人，受美國法律薰陶多年，對於人權、隱私、知情權，都十分敏感，不好胡亂唐突的。她給宋蕙蓮打了個電話，為徐起士的半路殺出提前徵求她的意見。

宋蕙蓮咯咯地笑了半天，然後道：「乾脆，你把端午也叫上，索性一鍋燴。還是二十年前的原班人馬。」

端午好像怎麼也想不起宋蕙蓮是誰了。家玉酸溜溜地提到招隱寺的那個炎熱的午後，提到她那條暗紅花格子短褲，她那雪白的大腿。

「你不用假裝當時沒動心吧。」

端午笑了笑，說：「再好的皮膚，也經不住二十年的風刀霜劍啊。更何況，她又是在美國！別的不說，食物膨大劑一定沒少吃。」

隨後，他就去了衛生間，專心致志地刮起鬍子來。他今天下午要出去一下，可能要很晚回來。他讓家玉向宋蕙蓮代致問候。他沒說要去哪裡，家玉也沒有心思問他。端午先用電動剃鬚刀剃淨了下巴，又找來一把簡易刀架，抹上鬚膏，開始仔細地刮著鬢角。他還刷了牙。不到兩點就出門去了。

「荼蘼花事」位於丁家巷，緊鄰著運河邊。原先是南朝宋武帝的一處別院，依山而建。園林、山石和庵堂，如今多已不存，唯有那二十餘株高大的桂花樹，枝葉婆娑，依稀可以見到當年的流風餘韻。

這個會所的主人，是鶴浦畫院的一位老畫師。這人常年在安徽的齊雲山寫生，店面就交由他的兩個女兒打理。兩姊妹都已過了三十，傳說形質清妍，一時釵黛。因始終沒有嫁人，引來了眾多食客的好奇與猜測。當然，對同性戀的好奇，也是時下流行的小資情調的一部分。

家玉曾經去過兩次，可從未見過這對姊妹花。

家玉覺得自己的那輛本田有點寒酸，就特意打了一輛計程車。她趕到那裡的時候，比約定時間提前了十分鐘。可徐起士到得比她還早。他的鼻子囔囔的，好像得了重感冒。用他比較誇張的說法來形容，他咳出來的痰，已經把家中洗臉池的漏斗都堵住了。由於鼻子不通，可惜了滿院子的桂花香。天已經黑下來了，風吹到臉上，已經有了些寒意。透過敞開的小天井，可以看見院子裡在風中搖晃的燈籠。燈光照亮了一座小石橋。橋下流水濺濺。

兩人很自然地聊起了各自的孩子。起士沒問端午為何不來。

若若今年九月如願以償，升入了鶴浦實驗中學。對於徐起士來說，這沒有什麼好奇怪的。讓他感到驚異的是，以若若那樣的成績，竟然進入了奧賽高手雲集的重點班。

「恐怕沒少給侯局長塞錢吧。」起士一臉壞笑地看著家玉。

家玉笑而不答。

「送了多少？」起士說，「就當是為我指點一下迷津嘛！我家的那個討債鬼，明年也會遇到同樣的問題。」

家玉仍然抿著嘴笑。

「要麼不送，要麼就往死裡送。」末了，她含含糊糊地說了這麼一句。

起士張大了的嘴巴，有點闔不攏，似懂非懂地點了點頭。

兩個人正聊著，隨著一股濃烈的香水味，一個四十來歲的婦女，跟在侍者的後面，走進了包房。家玉和起士飛快地交換了一下眼色，兩人的表情都很驚訝。

宋蕙蓮頭上戴著一朵大大的絹布花，像是扶桑，又像是木槿。上身穿著一件粉紅色、對襟扣的花布褂子，下面則是黑色的緊身連褲襪。腳上是一雙繡花布鞋，肩上還斜挎著一只軟塌塌的布包。大朵的牡丹花圖案分外醒目。

她站在包房的門口，望著兩人笑。

龐家玉開始還真有點擔心，別是什麼人走錯了房門，忽然就聽得這人訝異道：

「怎麼，認不出我來了嗎？」

「喲，宋大小姐，」起士趕緊起身，與她握手，「你怎麼把家裡的床單給穿出來了？別說，要是在街上碰見你，真的不敢認。」

「不好看嗎？」蕙蓮歪著腦袋。她的調皮勁兒已經有點不合時宜了。

「好看好看，」起士笑道，「你這身花天花地的打扮，雖說讓我們中國人看了犯暈，可美國佬喜歡啊，對不對？這要在國外走一圈，還能捎帶著傳播一下中國的民俗文化。怎麼不好看？好看！」

蕙蓮像是沒聽懂起士話中的諷刺意味，走過去與家玉擁抱。

「秀蓉倒是老樣子，還那麼年輕。」

她問端午怎麼沒來，家玉剛要解釋，蕙蓮的嘴裡，猛不丁地冒出了一長串英文，家玉一個沒留神，還真沒聽清楚她在說什麼。

蕙蓮整個地變了一個人。讓人疑心二十年前她就已經發育得很好的身體，到了美國之後，又發育了一次。骨骼更粗大。身材更胖碩。毛孔更明顯。像拔去毛的雞胸脯。原先細膩白嫩的皮膚也已變成了古銅色，大概是曬了太多日光浴的緣故。那張好看的鵝蛋臉，如今竟也變得過於方正，下巴像刀刻的一樣。都說吃哪裡的東西，就會變成哪裡的人，看來還真是這麼回事。她的頭髮被染成了酒紅色，額前的瀏海像扇窗戶。身材和髮型的變化，足以模糊掉女人的性別，卻無法掩蓋她的衰老。

家玉瞅見起士的眼中，已經有了一絲悲天憫人的同情之光。似乎二十年前的那場恩怨早已冰消雪融。

蕙蓮照例給他們帶來了禮物，照例讓他們當面打開，照例強調，這是「我們美國」的習慣。她送給起士的是一本剛剛在藍燈書屋出版的英文隨筆集（起士學說天津話來打趣：喝！好嘛！一句英文不懂，這不是存心折騰我嗎？），外加兩枚印有哈佛大學風景照的冰箱貼；給家玉的禮物，除了同樣的隨筆集之外，是一瓶五百毫升的Estee lauder。她也沒落下端午。給他的禮物是一套四張裝的布拉姆斯交響曲合集。她居然也知道端午是古典音樂的發燒友，讓家玉悶悶地出了半天的神。

她從錢夾中取出一張照片給他們看，告訴他們，誰是她的husband，誰是她的baby。那個黑人是個大高個子，長得有點像曼德拉。她的兩個baby也都是黑不溜秋的。隨後介紹的是別墅裡的大草坪。栗子滿地的樹林。游泳池邊的玫瑰花圃。出於禮貌，家玉強打精神，發出了持續而堅韌的讚歎之聲。起士則在一旁悶悶地抽菸。他對這些東西沒什麼興趣。

宋蕙蓮很快就說起了她這次回國的觀感，說起了她在鄉下的父母。

他們種了幾畝地的大白菜，其中絕大部分都賣到了城裡，剩下沒有賣掉的幾十顆，就直接扔到田間的草堂裡去漚肥。蕙蓮問他們，這麼好的大白菜，怎麼捨得扔掉？幹麼不拿回家自己吃？母親說，毒得很，吃不得的。

「我在Boston的時候，聽說你們中國人，一個個都變成了毒人，蚊子叮一口都會立刻中毒身亡。原以為是天方夜譚，沒想到真的還差不多。這些年，你們都是怎麼活過來的！」

起士笑道：「你放心，今天晚上我可沒點白菜。就算有白菜，也不一定是令尊種的。」

蕙蓮又說起他們鎮上那座亞洲最大的造紙廠。它的污水不經過處理，直接排入長江的中心：

「一想到我喝的自來水取自長江，就有點不寒而慄。而化工廠的煙霾讓整個小鎮變成了一個桑拿浴室。五步之外，不辨牛馬。」

徐起士開始了猛烈的咳嗽。他庫嚕庫嚕地咳了半天，終於咳出一口痰來，吐在餐巾紙裡，並小心翼翼地包好，隨手丟在了餐桌上。宋蕙蓮嫌惡地皺了皺眉，伸向桌面正要搛菜的手，又縮了回來。她幾乎什麼都沒吃。

「你說的也許都是事實。」吐出一口痰後，起士的嗓音陡然清亮了許多，「可中國的環境這麼糟糕，客觀地說，貴國也有不少責任。」

「這和我們有關係嗎？」

「因為你們鎮上出產的紙張大部分是銷往美國的呀！」

「不知為什麼，」蕙蓮轉過身來對家玉道，「我這次回國，發現如今的情形與二十年前大不一樣，似乎人人都對美國懷有偏見。It's stupid。」

「那是因為，這個世界上，絕大部分的罪惡，都是美國人一手製造出來的。」起士仍然笑嘻嘻的，可他似乎完全無視對方的不快。

「日你媽媽！」蕙蓮一急，就連家鄉的土話都帶出來了。不過，她接下來的一段話又是英文，徐起士的臉上立刻顯示出痛苦而迷茫的神色。

「她說什麼？」起士無奈地看著家玉。

家玉瞥了宋蕙蓮一眼，又朝起士眨了眨眼睛，提醒他不要這麼咄咄逼人，然後道：

「她說，你簡直就是個可怕的毛派分子。」

「沒錯，我是個毛派。」起士依然不依不饒，「在中國，凡是有良心的人，都正在變成你說的毛派分子。」

宋蕙蓮看來有意要結束這場辯論。她沒再理會徐起士，轉而對家玉感慨道：「可惜，今天晚上，端午老師不在。」

她依然稱他為老師。不過，在家玉看來，即便端午在場，即便他本能地厭惡毛派，他也未見得會支持蕙蓮的立場。

終於，他們很快就談起了二十年前的那場聚會。本來，他們三個人可以作為談資的共同回憶，並不太多。

蕙蓮說，那場聚會從頭到尾就是一個精心設計的圈套，是個陰謀。兩個純潔而無知的少女去招隱寺，朝拜從上海來的大詩人：「可你們一開始就心懷鬼胎，居心叵測，對不對？」蕙蓮笑道。

起士的臉上也終於浮現出了詭祕而輕浮的笑容。他既未表示贊同，也不去反駁，只是笑。

「你們一開始就存著心思，把我們兩人瓜分掉，對不對？在招隱寺，一個下午東遊西蕩，害得我的腿被蟲子咬了好幾個大包，不過是為了等待天黑，然後和我們上床，對不對？老實交代！」

宋蕙蓮明顯地興奮起來。她甚至嬌嗔地捶打著徐起士的肩膀，逼著他交代那天的作案動機和細節。

二十年前的那個詩社社長彷彿又回來了。

家玉稍稍覺得有點膩煩。一棵樹，已經做成了家具，卻還要去回憶當初的枝繁葉茂，的確讓人有點恍惚和傷感。她的臉一直紅到脖子根。不論是剛剛萌動的性意識，還是所謂的愛情，如今都成了飯後的笑談。她招呼服務員給茶壺續水，忽聽得起士道：

「其實也不是那麼回事。那天下午，本來我也只是想大家隨便聚聚，談談詩歌，聊聊天。我記得，那天還去菜市場殺了一隻蘆花雞。可下午在招隱寺遊玩的時候，兩位表現出來的興奮明顯超出了常態。尤其是蕙蓮。在那種氣氛下，傻瓜都會想入非非。我和端午在撒尿的時候交換了一下意見。我開玩笑地對他說，如果要從這兩位女孩中挑一個留下來過夜，會考慮留下誰。你們知道，端午是個有名的偽君子，他聽了我的話，倒沒表示反對，可也沒說喜歡誰。只是反問了一句：『這怎麼可能？』他當時是怎麼想的，我不知道，事後也沒再問過他。按照我的觀察，我猜想他恐怕是喜歡秀蓉的。既然如此，我接下來要做的，就是將蕙蓮帶走。君子成人之美，小人反是。如此而已。」

「問題是，我也喜歡端午老師啊……」蕙蓮的嘴唇黏在牙床上，下不來了。過了一會兒，又道，「你現在知道，為什麼在電影院要給你一巴掌了吧。」

起士下意識地摸了摸臉頰，似乎二十年前的疼痛依然未消：「這麼說，你和我一樣，都是那場聚會上的陪客。不過，我們倆的犧牲，能夠成就這麼一段美滿的婚姻，我挨的那個耳光還算是值得的。來，咱們喝一杯！」

「這些年來，我常常會這樣胡思亂想，」蕙蓮一口喝掉了杯中的酒，她的目光，漸漸地，就有些虛浮。「要是那天你帶走的是秀蓉，留在招隱寺荷塘邊小屋的那個人是我，命運會不會有點不同？比如，我會不會去美國？會不會嫁給史蒂芬？後來又嫁給該死的威廉？」

家玉覺得，他們的對話要這樣延續下去，就會變得有點穢褻了，便立即打斷了蕙蓮的話，對起士道：

「我倒是關心另一件事。端午那天晚上不辭而別，返回了上海。我想知道，究竟是你預先給他買好的火車票呢，還是他臨時決定要走，去車站買的票？」

儘管她的話說得像繞口令一樣，起士還是馬上意識到它的不同尋常。他定了定神，認真地想了一會兒，道：「這個，我還真的記不清了。」

「我要聲明一下，我不覺得自己是那個晚上唯一的受益者。」家玉板著臉道，「相反，若說是受害者，倒還差不多。」

「喝酒喝酒……」起士忙道。

「你是得了便宜還賣乖！」蕙蓮斜睇著眼，望著她笑，「當時，端午在給我往記事本上寫地址的時候，不知怎麼搞的，就喜歡上了那雙手。」

「你看，愈說愈不像話了吧？」起士對蕙蓮道，「你也別端午長、端午短的，我們倆之間的事還沒了結呢！你平白無故地打了我一巴掌，這事怎麼弄？」

「今天就了結，OK？」蕙蓮訕訕地笑道，「等會兒吃完了飯，我就跟你走，找個地方，把那筆帳銷了，阿好？」

起士尷尬地笑了一下，沒有接話。

結完帳，他們三個人來到會所的院門外，等候計程車。

蕙蓮看樣子真的打算跟起士走。她問起士接下來還有沒有什麼活動，起士就把臉一板，說他接下來約了幾個老朋友，都是賭棍，去「呼嘯山莊」打牌。

「不過，你就別去了。遠得很。」

家玉想上廁所，就與他們匆匆道了別。

一個侍者領著她，朝院子的西側走去。她仍然聽見蕙蓮在門口對起士感慨道：

「可惜端午今天沒有見上。」

其實，端午今天晚上一直都在這兒。

這可不是什麼第六感覺。也不是源於他下午刮鬍子時，家玉心底深處陡然掠過的一道充滿疑問的死水微瀾。她穿過一個被LED燈管襯得綠瑩瑩的走廊，就在覆蓋著迎春花枝的小石橋邊，看見了端午。

一個身穿鼠灰色運動裝的女孩，似乎正拉著丈夫的手，對著橋邊的一扇月亮拱門指指點點。她看上去最多也就二十出頭。她的頭也似乎靠在端午的肩上。而且，一看就是喝了太多的酒。

當然，端午很快也看見了家玉。他像個白癡一樣眨巴著眼睛，表情極其複雜，有些不知所措。家玉一聲不響地走到他身邊，冷靜地搧了他一巴掌，扭頭就走。給她帶路的侍者，僵在了那裡。

其實，打完這一巴掌之後，家玉本來還是可以從容地去上廁所的。當家玉想到這一層的時候，她已經坐在回家的計程車上了。

她被那泡尿憋得難受。

11

若若在客廳的餐桌上做作業。奇怪，他沒有看電視。沒有玩遊戲機。沒有開電腦。沒有逗鸚鵡。他確實在做作業。耳朵裡還塞著白色的耳機，那是她的蘋果iPod。他正在搖頭晃腦地做習題，桌子上鋪滿了來源不一、種類繁多的試卷。

「老媽，期中考試的成績出來了。」若若一看到她進門，就對她道。

家玉懶得搭理他，把臉一沉，怒道：「怎麼跟你說的？跟你說過一千遍了，做作業的時候不允許聽耳機！」隨後，一頭扎進了廁所。

坐在馬桶上，家玉忽然就覺得兒子剛才的話，有點不一般。她想起來，昨天兒子放學回家，一進門就喜滋滋地對她說過同樣的話，她沒有理他。她已經早就習慣了每次考試兒子都排名末尾的事實。

每次的考試成績，若若總是藏著掖著，不到萬不得已，是不會輕易說出口的。既然這一次他主動提起了期中考試的成績，難道說……

家玉心頭一緊，趕緊從廁所奔了出來，坐在兒子的對面，親熱地捋了一下他的小腦袋：「怎麼樣，成績出來啦？數學考了多少分？」

「考砸了，」兒子道，「最後一道大題，我少寫了兩個步驟，被扣掉了六分。」

「少廢話！我問你數學到底考了多少分？」

「還可以吧。」兒子的臉上顯露出對自己很不滿的樣子，並隨手把試卷遞給了她。

竟然是一百零七。

總共一百二十分的題目，兒子考了一百零七。

她自己是工科出身，可兒子的數學題，她現在連看懂都有問題。可若若竟然考了一百零七。

家玉的眼淚控制不住，奪眶而出，繼而竟然是無聲的啜泣。兒子來到她的身邊，用他的小手拍著她的肩，又道：「其實也沒什麼啦，這次數學容易。大家都考得好。這個分數，在班上也不算是很高啦。」

「那你這個成績，在全班能排第幾啊？」

「第九。不算很靠前。」

「寶啊！」家玉猛吸了一口氣，狂叫一聲，一把將兒子摟在了懷裡，彷彿今天晚上所有的不快都煙消雲散了。她把兒子摟在懷裡揉搓了半天，開始問他其他各科的成績。語文。英語。歷史。地理和生物。然後丟開他，抓過一枝鉛筆，在試卷的反面將那些數字加在一起，來估算兒子在整個年級的總排名。她處在一種興奮的失神狀態，一連算了三次，每次得出的結果都不一樣。

兒子當然知道她在做什麼，就善意地提醒她說，其實根本用不著算，因為全年級的總排名，昨天下午就已經公布了。在全年級十七個班，總共七百多名學生中，若若排在第八十三位。

龐家玉立刻丟開兒子，跑進了臥室，給「戴思齊的老娘」胡依薇打了一個電話，興沖沖地將兒子的期中考試成績和年級排名告訴了對方。

「那就恭喜你了！」戴思齊的老娘彷彿突然失去了理智，竟然在電話中很不禮貌地大叫起來，並頗為惱怒地立刻掛斷了電話。

這一切，都在家玉的預料之中。胡依薇的反應正是家玉所期望的。

「戴思齊能排到多少名？」回到客廳裡，她又問兒子。

「慘透了！」兒子道，「具體多少名，我不曉得。反正在二百名之外。胡阿姨發了飆，就拿毛衣針扎她的臉。」

聽兒子這麼說，龐家玉的嘴角漸漸地就浮現出一絲冷笑。

戴思齊他們家與龐家玉同住一個社區。在鶴浦實驗小學，若若和戴思齊也在同一個班。每次開家長會，胡依薇對家玉不理不睬，態度十分倨傲。儘管胡依薇自己不過是一個連工資都快要發不出來的電鍍廠的普通女工，一雙手伸出來，十個指頭都是黑的；可她仍然覺得自己和家玉不屬於同一個檔次。戴思齊長得很漂亮，活潑可愛，與若若倒是十分要好。家玉也很喜歡那孩子。

有一次，家長會結束後，龐家玉半開玩笑地對胡依薇說：「不如讓你們家閨女給我們家兒子當媳婦好了。」沒想到，這句極平常的玩笑話，讓電鍍廠女工勃然變色。當著那麼多家長的面，她厲聲質問家玉，「腦子裡那些齷齪下流的念頭是從哪裡來的」，弄得家玉笑也不是，不笑也不是，只得灰頭土臉地向她道歉了事。

四個月前，小升初考試時，戴思齊順利考取了鶴浦實驗中學的「龍班」，而按若若的成績，不要說龍班，就連虎班和牛班都進不去，大概只能進入排在末尾的鼠班了。母女倆平常跟女兒提起若若，暗地裡就稱他為「鼠輩」。龐家玉一怒之下，將自己發過一千遍的毒誓拋在了腦後，找到了市教育局的侯局長。在開學後的第三個星期，若若被悄悄地「調劑」到了龍班，頂替了一個舉家移民澳大利亞的學生所留下的位置。

每次在社區或校園裡遇見胡依薇，家玉仍然抬不起頭來。一看到她，家玉心裡就會無端地一陣陣發緊。每次見面，胡依薇總要冷冷地瞥上她一眼。她的目光就像流氓的手，總在無聲地剝她的衣服。它彷彿在暗示家玉：她與侯局長私下達成的骯髒交易，不僅僅涉及到金錢。她甚至給《鶴浦晚報》寫了一封匿名信，指名道姓地指責家玉向「教育局某領導」無恥地奉獻身體。

當然，這封信被徐起士及時截獲並予以焚毀，從而避免了一場不大不小的風波。

若若雖然進入了龍班，可胡依薇在私下裡張羅成立的「龍班家長聯誼會」根本不讓家玉參加。因為她的兒子「是靠不正當的關係進來的」，「一隻老鼠壞了一鍋湯」。他們在週末或者節假日悄悄地組織各類補習班，也從不通知若若，據說是為了「維護龍班的純潔性」。

而現在，一切都不同了。所有的恥辱都得到了洗刷。她有一種大仇已報的酣暢之感。奇怪的是，家玉覺得這種喜悅並非來自於她的心靈，而是直接源於她的身體。就像颱風在太平洋上生成，瞬間就捲起了漫天的風暴；就像快感在體內祕密地積聚，正在堆出一個讓她眩暈的峰巔。她終於等來了一個機會，可以用夢寐以求的口吻，第一次對兒子這樣說：

「寶啊，知道用功是好的，可也不能一天到晚都做習題啊！該休息的時候就休息，該玩的時候還是要玩的嘛！寶啊，今天是週末呀！你可以看看電視啦，玩玩遊戲啦，聽聽音樂啦，都是可以的呀……」

兒子剛把那白色的蘋果耳機塞入耳中，家玉就湊過去取下一只，放在自己的耳邊聽了聽，說：「噢，原來是在聽藍儂啊！」

那是一首披頭四的《黃色潛水艇》。兒子竟然已經開始聽披頭四了。看來他的藝術品味也不低啊。

「你覺得戴思齊有那麼漂亮嗎？」她忽然問道。

「你說呢？」兒子一臉壞笑地望著她。

「要我說，也就是個一般人吧！而且小時候好看，長大了一定會變醜的。你看看她老娘那張冬瓜臉就知道了。」

端午還沒有回來。

即使她當著他小情人的面給了他一巴掌，他還是沒有馬上回家的意思！媽的！那裡的燈光太晦暗了，她有點吃不準，他們是否真的拉著手？她的頭是否真的靠在丈夫的肩上？就算他們倆真的有一腿，那又如何？按照婚後的「君子協定」，那也是人家的權利。何況這個權利，她自己早就用過了，而且不只一次。

從道理上說，她覺得剛才的那一巴掌打得有點莫名其妙。

她不知道端午是什麼時候回來的。天快亮的時候，鷓鴣的叫聲將她驚醒了。她起來解手，看見端午蜷縮在客廳魚缸下的沙發上。

她抱來一床薄被，替他蓋上。

端午並沒有睡著。在灰濛濛的晨曦中，她看見他的眼珠子骨碌碌地轉動著，朝她笑了一笑。他說，那個女孩名叫綠珠，也喜歡寫詩，是陳守仁的親戚。昨天下午，她約他去「荼蘼花事」賞桂花。他們之間沒什麼。她患有嚴重的抑鬱症。最重要的是，在昨天下午的聚會上，並不只有他們兩個人。還有一個何軼雯，是民間環保組織「大自然基金會」的負責人。

「也是個女的吧？」龐家玉鼻子裡哼哼了一下，冷笑道。

「怎麼樣？你現在放心了吧？」端午猛地從沙發上坐起來望著她。

「我有什麼不放心的？你願意怎麼搞，那是你的事。再說，就算你什麼事也沒做，也並不表明你不想做啊。」

「這個何軼雯，想透過綠珠的關係，勸說守仁給她們組織投錢。綠珠呢，也想跟她一起做環保。這對改善她的抑鬱狀況會有好處。」

「呦，你還懂得治療抑鬱症啊！越發地出息了，嗯？你老婆也有嚴重的抑鬱症，什麼時候你給我也治治？」

端午嘿嘿地笑了兩聲，去抓她的手。

可家玉用力地甩開了他。

12

第二天早上九點，家玉去演軍巷與唐燕升見面。

這條幽深的巷子，從宋代開始就是屯兵之所。家玉熟悉那裡的一門一樓，一草一木；熟悉那裡的烏簷青瓦，夾徑濃陰；熟悉木拖在青石路面上敲出的跫跫之聲。她喜歡那裡的岑寂與黝黯。以前，每次走進這座薄暗之巷，總能讓她的心一下子靜下來。後來，她不得不強迫自己忘掉它。

十多年前，家玉和唐燕升布置結婚用的新房，正趕上春夏之交的雨季。彷彿一切都長了黴。長日陪伴著她的，是燕升請來的兩個木匠。他們給她打了一張雕花婚床。家玉成天躺在竹椅上看書。通常，她看不了幾頁，就在樟木屑和刨花的香氣中沉沉睡去了。每到中午，木屑味中混入了鄰居做菜的醉人的香味，她也覺得很安逸。看著滿街的煙雨泋濛，看著青石板上亂濺的水珠，看著風搖牆草，雨綠老苔，她忽然覺得，在這個有點殘破的老巷中，打發掉或長或短的一生，其實也挺好。

她拚命地克制著去上海的衝動。強迫自己不去想端午。忘掉招隱寺的池塘、蓮花和月亮。怎麼著都是一輩子。她不過是一個從外鄉來的沒人要的女孩子，就該過平常人的日子。

下了十多天的雨終於停了。天剛剛放晴，燕升就帶著家玉去華聯百貨商店挑選戒指。她和唐燕升的婚期，定在了一個月後的「五一」勞動節。在二樓的周大福金店，她從牆上的一面方形的鏡子中看見了端午，就像看見了鬼。她回過身去，那人影子一晃，就不見了。自動扶梯的拐角處空空蕩蕩。

燕升把金店的戒指讓她試了個遍，可家玉都說不合適。

燕升有的是耐心。他要帶她去大市街的晨光購物中心，去「周生生」看看。家玉忽然就痛苦地按住了自己的胸部，蹲在了地上。她十分及時地犯了「心絞痛」。唐燕升開著警車，響著警笛，風馳電掣地送她去醫院。

在去醫院的途中，她的心絞痛當然不治而癒。

第二天，她留下片言隻字後，收拾自己的行李，悄然離去。

奇怪的是，燕升竟然也沒再去找她。

三年後的清明節，她抱著她與端午剛滿周歲的兒子，去鶴林寺看桃花，冷不防遇見他從一輛警車上下來。燕升大大方方地走過來與她搭訕，有一種對命運開出的價碼照單全收的闊綽。倒是家玉心裡七上八下，急急忙忙就要往人堆裡藏。為了燕升剛剛說過的那句話，她找了個沒人的地方大哭了一場。

他說：「事到如今，就是想做兄妹，怕也是不行了吧？」

她為燕升打過一次胎。

家玉把車停在了演軍巷外的馬路邊，一個人朝巷子裡邊走。這條巷子正在被改造成「民俗風情一條街」。原先的灰磚樓刷上了油漆和塗料。深紅，翠藍或粉白。每個店鋪的門前高高低低地挑出一對紅燈籠，一眼望去，有一種觸目刺心的俗豔。店鋪裡銷售的茶葉、蠟染布、繡花鞋、首飾、古董和絲綢，無一是當地的土產。

現在是早上，街面上還沒什麼遊人。倒是公共廁所還在原先的位置，還像原來一般破舊，氣味難聞。福建會館高大的門牆下，有個老人抱著一根拐杖坐在路檻上打瞌睡。旁邊趴著一條大黃狗。老人一動不動地看著她從眼前走過，眼神十分晦澀。

走在這條已多少有點讓她陌生的街道上，家玉覺得自己心裡有點什麼東西，已經死掉了。不過，這樣也好。沒有什麼枝枝丫丫牽動著她的情愫，攪動著她的記憶。至少不用擔心，會在這條白晃晃的長街上，遇見過去的自己。

燕升家隔壁的雜貨鋪，如今已變成一家酒行。院子的門虛掩著。窄窄的天井裡，有一個紮著蝴蝶結的女孩子，看上去七、八歲，手裡拿著一枚毽子，疑惑地望著她。女孩的身邊還站著一個俊秀的女人，三十出頭，嘴裡咬著一根綠頭繩，正在陽光下梳頭。她一看見家玉，就扭頭朝屋裡喊：

「燕升，有人找。」

女人麻利地將頭髮紮起，然後笑著招呼家玉進門。家玉聽見屋子裡傳來了馬桶沖水的聲響。她記得這個小院內原先還住著一戶人家，是個磨豆腐的。燕升說，那個磨豆腐的老張，前年得癌症死了。他從老張兒子的手裡，把整個小院都買了下來。幾個小房間打通了之後，又在東西兩面各開了一扇窗戶。甚至就連屋頂上那片玻璃明瓦，也換成了塑鋼的天窗。屋子倒是豁亮了許多，卻沒有了當年的幽暗與曖昧。

他們在窗邊圍著一張四仙桌坐了下來。

西風颳出一片藍天。陽光也是靜靜的。

「那個占你房子的女的，名叫李春霞。」燕升手裡夾著一枝香菸，對她說，「她是第一人民醫院特需病房的護理部主任。」

原來是個醫生。

家玉與她見面時，春霞就莫測高深地暗示自己，她的身上有一種死亡的味道。

原來如此。

「這種人最難弄。關係盤根錯節。」燕升道，「市里的大小領導，包括有錢人，都在她手上看病。明擺著不是一般人。」

燕升媳婦已經替他們沏好了一壺鐵觀音。隨後，又拿過一只文旦來剝。她用水果刀在文旦上劃了幾個口子，咬著牙將文旦皮往下撕，卻不小心弄壞了指甲。燕升心疼地將她的手抓過來，在陽光下瞅了瞅，輕輕地笑道：「你也就這麼點本事。」

女人也望著他笑。夫婦之間有一種自然的親暱。

「我那房子，就叫她一直這麼占下去？」家玉問道。聲音有點發乾，也有點生硬。

「不是這話。」燕升寬慰她說，「你先別急。我們得慢慢商量出一個法子來。你喝茶。」

他們喝著茶，說了一會兒閒話。家玉偷偷地朝燕升瞟了兩眼，發現他兩邊的鬢角也出現了斑斑白髮。臉上的毛孔，在陽光下更顯粗大，臉頰上多了些褐斑。人卻比過去沉穩了許多。沒多久，女人就帶著孩子出去了。她們要去市少年宮。學鋼琴。

燕升打趣道：「自從中國出了個郎朗，所有的員警，似乎都對孩子的前途想入非非。」

女人笑了兩聲，轉過身來，對家玉道：「中午就在我家吃飯，阿好？」

她的話，和她的人一樣，很乾淨。自己與燕升過去的關係，看樣子她是知道的。家玉只是拿不準，燕升會如何向她講述從前的那段經歷。看著她摟著孩子穿過天井往門外走，不知為什麼，家玉的心裡忽然就有了一種奇怪的羞愧之感。

因為昨天晚上，她做過一個夢。

她夢見自己剛踏進這個小院，唐燕升就把她攔腰抱住了。一副冰冷的手銬將她銬在了床架上，雙手提著她的兩條腿，向她的最深處撞擊。像打夯，又像舂米。她拚命地掙扎，燕升嬉皮笑臉地對她說：在談正經事之前，他先要複習一下以前的功課。家玉想了想，也就忍恥含垢，由他擺布。可他「複習」起來就沒完沒了，就像記憶中的那場綿綿春雨。

這是一個瘋狂的時代，她的夢也是瘋狂的。

可眼下的唐燕升，不管真假，臉上的表情倒是十分的莊重。他說：「幹我們刑警這一行的，說到底就是個收屍隊。做的都是馬後炮的事情。你懂我的意思嗎？」

家玉點點頭。其實她根本就沒聽懂他的話。她用指甲掐下一小塊文旦皮，在指間輕輕地搓成一個小球。眼看著這個金黃色的小球，在汗漬的作用下慢慢變成深黑色。燕升比先前還是蒼老了許多，眉宇間的那麼一點英武之氣，也早已褪盡。

「我們的工作，怎麼說呢？打個比方，好比你身上長了一個瘡。皮膚下結了一個小硬塊，又疼又癢，可你拿它一點辦法也沒有，阿是的？你要瘡好起來，只有忍耐。等到它化了膿，有了膿頭，你將膿頭一拔，將膿水擠乾淨，敷上點藥就可以了。我的意思是說，在毒沒有發出來之前，我們刑警也沒有什麼用武之地。

「李春霞占了你的房子，可她手裡也有仲介公司的正式合同，也就是說，在法院的判決出來之前，她的行為基本合法。我們沒有任何理由破門而入，替你轟人。如果你們兩家沒有任何實質性的接觸，只能走法院程式。如果要刑警隊介入，就必須鬧出點動靜來。你懂我的意思嗎？說句不好聽的話，假如你們兩家真的打起來了，出現了人員的死傷，那不用你說，我們也會即刻出動，第一時間趕到現場……」

「你是說，讓我帶人打上門去嗎？」家玉道。

「不錯。說的就是這個意思。」燕升說，「如果你想立馬解決問題，這是唯一可行的方法。」

聽上去，燕升的這個「膿瘡理論」與婆婆的「焊門方案」相比，也沒多少本質的區別。不過此刻真正讓她感到心悸的，倒不是什麼皮膚下的硬塊，而是在她心裡悄悄生出的悵惘。燕升已經變成了另一個人。嗅不到一點過去的味道。就連他臉上常見的那種嬉皮笑臉的神情，也早已絕跡。

燕升告訴她，指望刑警大隊很快就抓到頤居公司的老闆，是很不現實的。不過，實在抓不到人，法院拖個一年半載，說不定也會開庭。那樣的話，得有逆來順受的耐心。末了，他問家玉：

「順便問一句，你認識一些黑道上的人嗎？」

「不認得。」家玉的心猛地跳了兩跳，笑道，「我怎麼會認識那些人？」

「街上的地痞流氓、勞改釋放犯、街區的小混混之類的人呢？」

家玉本來想說：「那就只有你了！」可她吃不準這樣的玩笑，會不會惹得對方突然翻臉（畢竟他們已經有好多年沒見面了），就硬是把它憋了回去。

「不認識也沒關係。」燕升想了想，又道，「下個星期天，我就來替你擺平這件事。你找幾個親戚朋友，人愈多愈好，最好找些青壯年。你讓他們一律穿上黑西裝，戴上墨鏡，先騙得李春霞開了門，然後這夥人不由分說就往裡衝。進了屋之後，也別和他們搭腔。盡量避免發生肢體衝突，我說的是盡量。就算是動起手來，也不要把人傷了。然後，你立即給我打電話。那天早晨，我會帶人在唐寧灣附近巡邏，保證在五分鐘之內趕到。接下來的事情，你就別管了，由我們來處理。」

「你們會怎麼處理？」

「嗨！無非是調解吧。」唐燕升道。

「要是調解不成功怎麼辦？」

「那是不可能的。」燕升笑道，「你們這麼多人，往那兒一擺，膽小的早就嚇得尿褲子了，按我的經驗，他們也樂意讓我們調解。到時候，他們也許會提出賠償要求，這一點，你預先要有一點心理準備。照我看，如果他們的胃口不太大的話，你們討價還價之後，給點小錢，事情也就算了結了，阿好啊？」

家玉不由得一陣苦笑，喃喃道：「那就先這麼試試吧。不過，你讓我到哪兒去找這麼些穿黑西裝的人啊？」

她起身向燕升告辭，燕升也沒留她吃午飯。他的眉頭緊鎖著，沒什麼話。兩人出了院門，來到了巷子裡。

街面上風呼啦啦地吹著燈籠。家玉忽然心頭一動，差點流下眼淚。

她想起當年不辭而別的那個午後，也是個颳大風的日子。她一個人在這條深巷裡走走停停。一個三輪車夫見她提著包，就一路跟著她。她心裡盤算著一個念頭，希望在街上遇見下班回家的唐燕升，用他強有力的胳膊讓她回心轉意。她明知道那是不可能的——那天燕升因為凌晨的一個電話，到句容抓案子去了。

燕升似乎沒有覺察到家玉的情緒變化。兩人並排往前走了一段，燕升忽然長嘆了一聲，對她說，他真的不想再穿這身狗屁警服了！那不是人幹的事。作孽。好像有什麼難言的苦衷。家玉沒問，他也就沒有往下說。

燕升說，他這輩子最大的願望，就是在郊外的「錦繡江南」買一個複式的公寓房，也體會一下住別墅的感覺。因為孩子上學的原因，因為攢錢的速度老也趕不上房價，目前還只是想想而已。他的另一個計畫是，等他辭了職，就把這所小院的一部分，改建成一個有品味的咖啡館，讓自己靜下來，徹底「放飛」一下心情。他打算在院子裡搭個葡萄架。每天躺在濃蔭下，喝喝茶，讀讀于丹或易中天，聽聽理查．克萊德曼……

他還說，世上的路千條萬條，可是沒有一條是可以回頭的。這話明顯是說給她聽的。家玉沒有吱聲。

到了巷子口，兩個人默然告別。燕升忽然摸了一下她的頭。像個真正的兄長，笑了一下。

13

不到九點半，若若就做完家庭作業，早早地上床睡了。鸚鵡的腳上拴著一條軟軟的細鐵鏈，在床頭櫃的鐵架上單腿站立。若若的腦袋邊，還有一個肥皂盒大小的蕎麥皮枕頭，一床小花被。那是兒子專門給鸚鵡準備的床鋪。

可家玉從未見過佐助在牠的床上睡過覺。

端午在客廳裡聽音樂。由於兒子已經熟睡，他把音量調大了一些。沙發邊亮著一盞花瓶狀的小檯燈，有一圈靛藍色的光暈。小提琴的聲音婉轉而柔美，像絲綢泛出的明麗的光澤，似有若無。這是難得的靜謐時光。

家玉在書房裡重讀《唐吉訶德》，不時發出吃吃的笑聲。

書桌的四個抽屜都細細地查過了，沒有發現端午與綠珠通信的任何證據。她不願意偷偷地翻看端午的日記。她有著自己的道德底線。日式的玻璃書櫃中，倒是有一摞信件，稍一翻檢，竟有二、三十封之多，全都是元慶從精神病院寄來的。倒也是。這年頭，除了精神病人之外，誰還會寫信呢？

家玉隨手從這摞信件中抽出一封，取出信膽，湊在桌前的檯燈底下，一連看了好幾遍，心中不覺暗暗稱奇。這不是什麼普通信件，而是她的大伯子在神志不清的狀況下隨手寫下的警句格言，用小楷工工整整地寫在一張宣紙上。

我們不過是紙剪的人偶。雖生之日，猶死之時。

如果一個人無法改變自己受到奴役這一事實，就只能想盡一切辦法去美化它。

女人可以一生純潔。可一旦紅杏出牆，通常不會只有一次。

花家舍的小島，將來可考慮建一個書院。

濁其源而欲清其流，可得乎？

腐其根而欲繁其枝，可得乎？

知我者謂我心憂，不知我者謂我何求。悠悠蒼天，此何人哉！

應當提請公安部門注意，張有德一直在試圖謀殺我。這是一個明顯的事實。

家玉的眼睛死死地盯在元慶「女人可以一生純潔」那行字上。她的心像是被人用錐子扎了一下。她想起當年在川西的蓮禺，一個掉光了牙齒的喇嘛，對她說過的那番深奧的話：

有些事，你一輩子總也忘不掉。凡是讓你揪心的事，在你身上，都會發生兩次。或兩次以上。

小提琴的聲音從隔壁的客廳裡幽幽地傳過來，纏綿中透出一份傷感。她還是第一次聽到這個曲子。儘管她很不喜歡小提琴，可聽著聽著，竟不知不覺地跟著它，漸漸地就出了神。旋律所表現的，似乎正是暮春時節的曠野。或者說，如嫠婦泣訴般的音樂聲，把她帶進了一片人跡罕至的曠野……

原來世上還真有這麼好聽的東西。

可惜的是，不知道為什麼，小提琴膽怯的聲音，總是會被粗暴的大提琴蠻橫地打斷。就像春天的原野上突然颳起了一陣罡風。魚缸裡的紅箭和虎皮，大概也受到了樂聲的感染，不時躍出水面，撥弄出清晰的甩尾聲。

啵！

啵啵！

在音樂聲中，她彷彿坐在一個深宅大院中。陰暗的房中燃著的一枝香，煙跡裊裊上升，杳杳如夢。屋外卻是一片燦爛的金黃，儼然就是花家舍島上的那片晚春的油菜花地。

多年以前，她作為元慶的法律顧問，去跟合夥人張有德談判。午後沒事，一個人在島上瞎逛。倒塌的磚房露出了黑色的椽子，倒是給那座迷人的小島增添了一份凌厲。聽端午說，他外婆在出嫁途中遇到了土匪，曾被劫掠到那裡，不知真假。那天下午，她在斷牆殘垣中徘徊了三個小時。豔陽。東風。湖水揚波。萬籟俱寂。

她想抽個時間去一趟精神病院，看看元慶。

「剛才，你聽的是什麼東西？」家玉端著茶杯出來續水，對端午道。她眼淚汪汪的，不時吸一下鼻子。「是貝多芬，還是莫札特啊？」

「都不是。」端午有些吃驚地望著她，似乎對她的流淚很不理解。「是個俄國人，叫鮑羅定。」

家玉「唔」了一聲，說：「好聽。」

端午告訴她，這人是俄羅斯親王的私生子，五人強力集團的成員之一。一談起音樂，端午總是免不了要賣弄一番。實際上，鮑羅定只是個醫生。往往在生病的時候，才會作曲消遣。這也可以解釋，為什麼他的粉絲們總是一心盼著他生病。

「再聽點別的。」家玉續完水，逕自走到丈夫的身邊，坐了下來。

「你想聽誰的作品？」看見妻子第一次主動坐在他身邊，一起欣賞音樂，端午看上去多少有些激動。

「是不是有個音樂家，名字叫什麼克萊德……」

「你是說，理查．克萊德曼？」

「對對，就是這個人。」

「哦，垃圾！」端午厭惡地皺了皺眉，用無可置疑的口吻宣布道。

「不如還聽那個俄國人好了。」

端午耐心地對她解釋說，鮑羅定只有這首〈第二絃樂四重奏〉比較入耳。其餘的，比如〈在中亞細亞草原上〉，「我這兒的版本有點舊。ＥＭＩ公司五十年代初的錄音，六十年代轉錄的時候，靜電聲比較大。你會不會覺得吵？」

「那就把剛才那首曲子再放一遍吧。」家玉道。

「你怎麼無端就喜歡起鮑羅定來？」端午笑道，「其實這個人的東西，只是比較可口而已，談不上什麼境界。」

「少囉嗦！」家玉囔著鼻子道。

第三章

人的分類

1

在「呼嘯山莊」。中午喝了太多的酒，他和起士在江邊的池塘旁釣魚。端午舒服地躺在木椅上，喝著小顧剛剛送來的一壺「金駿眉」，聽起士說著他的風流韻事。那些事總是大同小異。

起士與剛剛結識的一位稅務局的女孩去賓館開房。他們急得甚至等不及上電梯。在四樓的樓梯口，起士看見一對男女從電梯裡出來。男的少說也有六十多歲，腦門禿得發亮，可兩邊的鬢角卻還是烏黑的頭髮，就像是一頭長著犄角的衰老的公牛。那老流氓明顯是喝醉了酒。攙扶著他的是一個三十多歲的女人，胳膊上掛著一只坤包。

老頭一出電梯就把那女的抱住了，粗魯地去吻她的嘴。稅務局的女孩咯咯地笑了起來，低聲對起士道：「看來還有比你更猴急的人！」

每個故事都會有一個高潮，起士的故事當然也不例外。他在賓館偶爾撞上的這段插曲，其實也藏著一個祕密的懸念。它的被破解，甚至足以挽救故事本身的枯燥乏味。

「我怎麼覺得，那個女的，怎麼看，都像是，嫂子？」起士轉過身來，嚴肅地望著他。薄薄的茶色墨鏡後面一道微微的白光閃過。

起士平常最愛說笑，可至少他還知道輕重。假如不是十拿九穩，他不會這般的莽撞和唐突。只要端午敢問，他沒什麼不敢說的。

端午輕輕地「嗯」了一聲。他的心猛地往下一沉。水面上漂浮的雞毛管急速下沉，手中的釣線硬了起來，釣竿隨之綳成了一張弓。起士跳過來幫忙。足足花了半個多小時，他們才把一條七、八斤重的大草魚拽上岸來。

以後他們見面，起士再也沒有提起這個話茬。只是，他對家玉的態度略微起了一點變化。言談之間，多了一點過分的客套和羞澀。

這都是幾年前的事了。

可這一回，情形有點不太一樣。

早上九點鐘，他在衛生間刷牙。家玉的手機忽然響了起來。她去樓下的美髮店找瞎子按摩去了，忘了帶手機。那個瞎子，端午曾見過一回。很年輕。他無端地認為那小伙子不是真瞎。

端午嘴裡咬著牙刷，在屋子裡轉悠了好幾圈，才確定了鈴聲的方位。手機擱在鞋櫃上一個紅色的尼龍布沙灘包裡。等到他手忙腳亂地從沙灘包裡取出手機，對方早已掛斷了電話。手機上顯示的姓名是「水老鼠」。這是家玉在律師事務所的一位合夥人，原名叫做隋景曙。他們曾在一起吃過一、兩次飯。

他把手機放入包中，手指卻觸到了一團軟軟的衛生紙。

它的彈性令人生疑。

他取出那個紙包，小心翼翼地打開它。裡面包著的，竟是一個用過的保險套。為了防止精液流出，保險套還打了個結。他掐住它有橡皮圓環的一端，舉到亮光處，細細地觀看，另一隻手則捏了捏它的液囊。至少現在，它的表面十分乾燥。他甚至還將它湊到鼻子前聞了聞，並意識到自己多少有點變態。隨後，他仍將它用衛生紙包好，塞入包中原先的位置，拉上了拉鏈。他嘴裡有一滴牙膏沫掉在了沙灘包上，便立刻取來毛巾，將它仔細擦乾淨。

雖然已經洗了好幾遍手，但指端那種軟軟的感覺還在。橡膠外表均勻的顆粒感還在。端午自己從沒有使用過這種藍色的保險套。有點高級。他無意去猜測它的主人，或者說他盡量克制自己，不要再朝那個方向去想。

讓端午多少有點迷惑的地方在於：這個可以隨手扔掉的東西，何以會出現在妻子的包中？假設他們幽會的地點是在賓館，完事後，它最合理的去處，應當是紙簍或垃圾箱。假如偷情者希望不留下任何證據，特別是在前台做了登記的前提下，將保險套帶出來扔掉，也不失為一種謹慎之舉。這說明，射精者對於安全的要求有點絕對。最可能的情景也許是，雲雨之後，妻子主動承擔了毀滅證據的職責。她會衝他儼然一笑，說，交給我吧。臉上的表情也許不無俏皮。這個對他來說已毫無意義的細節，糾纏了他很長時間。

一週後，他在「城投」遇見了徐起士，鄭重其事地向他提出了一個可笑的問題——一般來說，注意，是一般來說，在賓館，完事後如何處理保險套？

「怎麼，你想去泡妞？」起士笑道，「你這把老槍，也該重出江湖了，要不然都鏽了。今天晚上，我就帶你去一個好地方。」

至於保險套，起士說他從來不用：「我喜歡真刀真槍的感覺。戴上套子，搞了也白搞。你們的性器官，根本就沒有真正的接觸嘛！」

起士無意中說出的這句話，讓端午心裡感到了一陣寬慰。

中午，家玉從美髮店回來了。他正在聽荀白克的〈昇華之夜〉。她洗了個澡，吹了頭髮，換了一身新衣服。她手裡舉著一柄銅鏡，放在腦後，站在穿衣鏡前照了照，對端午說：「怎麼樣？好看嗎？式樣是不是老氣了一點？」

「好看，」端午笑道，「一點也不老氣。」

家玉上身穿著收腰的休閒便裝，灰色的毛料短褲，褲腿上一個裝飾用的錫釦，閃著清冷的亮光。她的腿上，是青灰色的絲襪。

「今天是星期天啊，」端午道，「你穿得這麼正式，似乎沒什麼必要吧？」

「嗨！該死的宋蕙蓮，從美國回來了。對了，她約我們今晚去外面吃飯，你高不高興一起去？」

「哪個宋蕙蓮？」端午略一思忖，忙道，「我下午還約了一個朋友。晚上回來恐怕要晚一點。」

由於那個保險套的存在，打扮一新的妻子讓他覺得有一點奇怪的陌生感，有一種凜然不可侵犯的美。有什麼東西在他心底裡一閃而過。怎麼看，他都覺得家玉更加迷人了。那是一種腐敗的甜蜜感——就像是發了酵的食品：不潔，卻更為可口。

2

下午三點，端午準時來到了「荼靡花事」西側的一個小小庭院中。天井裡落滿了黃葉，綠珠和另一個梳著短髮的女人已經在那兒了。那人穿著一件淡藍色的「ARC'TERYX」牌子的外套，不過，一看就是冒牌貨。額前的瀏海剪得過於整齊，這使得她那張寬寬的臉龐看上去就像一扇方窗。

她是民間環保組織「大自然基金會」的專案負責人，名叫何軼雯。兩人像是為什麼事發生了爭執，都不怎麼高興。青花碟中的一炷印度香，眼看就要燃盡，紅紅的香頭「嗤」的一聲，炸出微弱的火星。不時有香灰落到瓷碟的外面，綠珠用手裡的餐巾紙將它擦去。香霧中揉進了濃濃的桂花氣息，還有空氣中嗆鼻的浮塵味。

外面的院子裡闃寂無人。

端午剛剛坐定，綠珠將自己面前的一杯綠茶推到了他的面前，笑道：「剛泡的，我沒有喝過。」她還是像以前那樣落拓不羈。鼠灰色的敞襟運動衫顯得過於寬大，她不時地捋一下袖子，露出白白的手臂，以及手臂上的藍色蝴蝶圖案。當然，蝴蝶是畫上去的，很容易洗掉。

綠珠最近忽然醉心於動物權益保障。前些天，守仁打來電話，向端午抱怨說，綠珠不知道從哪裡弄來一些流浪貓狗，養在家中。開始的時候還好，好脾氣的小顧還幫著她一起給小動物洗澡、刷毛、包紮傷口、去動物防疫站打針，甚至還專門請來了康泰醫院的骨科主任，給一條瘸腿的小狗接骨。她們還給每個動物都取了一個名字，可後來數量一多，她們也搞不清誰是誰了。家中成天是撕咬聲一片，腥臊難聞，絨毛像春天的楊花一樣四處飄浮。小顧整天抱怨皮膚騷癢，人都快瘋了。綠珠倒好，自從有了這批寶貝之後，既不失眠了，也不憂鬱了。那些瞎眼、瘸腿、面貌醜陋的小東西，一刻不離地跟著她。她往東，那幫畜生，就呼啦啦地跟到東；她往西，牠們就呼啦啦地跟到西。好不威風！

「你說這孩子，怎麼想出一齣是一齣啊。」

何軼雯對於動物保護沒有任何興趣。她說項目剛剛起步，人力物力有限，應當將主要精力放在環境污染的治理方面。比如說，垃圾分類、化工廠的排放監測、污水處理，特別是鶴浦一帶已十分緊迫的鉛污染調查。而綠珠則提議在鶴浦範圍內來一次鳥類大普查。她想弄清楚鳥的種群、存量以及主要的棲息地，用DV拍攝一部類似於《遷徙的鳥》那樣的紀錄片，去參加國際紀錄片影展。她還強調說，如果第一筆資金還不夠的話，她可以讓她的「姨父老弟」再多投一點。反正他有的是錢。

端午無意介入她們的爭論。何況，兩個人急赤白臉，互不相讓，他也不便發表自己的意見。好在綠珠看出了他的無聊，就朝他努努嘴，說：「包裡面有書。你要是覺得無聊，就先看會兒書吧，我們一會兒就完。」

木椅上擱著一只咖啡色的提包，樣子就像一把巨大的鎖。他輕輕地拉開提包的拉鏈，心裡浮現出一絲異樣的悸動。彷彿拉開人家的包，就像脫去人家的衣服似的。這是一種親密的熟稔之感。當然，他也不必擔心，會從裡邊發現盛滿精液的保險套。

他從包裡隨手取出一本書來，是《史蒂文斯詩集》。封面是綠色的。

他把椅子挪到牆角靠窗的位置。隔著墨綠色的彩鋁鋼窗，可以看見院中的天井，以及運河上緩緩行進的畫舫遊船。二十年前，他在上海讀碩士的時候，曾對這位美國詩人迷戀了好長一陣子。奇怪的是，今天再來重讀這些詩，感覺也稀鬆平常。就連當初讓他極為震撼的那首〈士兵之死〉，如今也變得像童謠一樣甜膩。他知道這不能怪史蒂文斯。

死亡是絕對的，沒有紀念日
正如在秋季，風停息
當風停息，天上
白雲依舊

史蒂文斯不曾料到，死亡雖然照例來到，白雲卻也變得極為稀罕了。他一共參加了六位死者的葬禮，都是陰天。

綠珠和何軼雯還在爭論。儘管她們壓低了聲音，可端午還是沒有辦法再度進入史蒂文斯的清純世界。

軼雯希望這個「大自然基金會」，能夠接受政府環保局的指導。她以過來人的口吻，告誡她的合作夥伴：在目前的中國，如果脫離了政府部門的支持，你是什麼事都做不成的。可綠珠討厭環保局的林局長，目光朝女孩子瞥一眼，就像是要挖人家的肉。他所領導的環保局明擺著是個擺設。這人昏聵得很。只要有廠家給他送幾條香菸，他就對超量排放眼睜眼閉。她們還頻頻提到一個叫老宋的人。端午過了很久才搞清楚，這個人名叫宋健，是何軼雯的丈夫，眼下是南京農業大學的一位副教授。他目前正在運作的一個大課題，就是關於鶴浦一帶鉛污染治理的。

最後，她們總算在如下事情上達成了一致：專案啟動的具體日期。那一天，她們要組織全市的環保志願者，在鶴浦最高峰的觀音山，搞一次集體宣誓。各大媒體的記者都會到場。她們還要搞網路視頻直播。何軼雯還向她保證，至少會有一位副市長出席：「你就當它是一次青春嘉年華好了，事若求全何所樂？」

何軼雯沒有留下來吃晚飯，不到五點半就離開了。

「這個人還真囉嗦！」等她走了，綠珠長長地嘆了口氣，對端午道。「本來我想好約她吃個中飯，兩點前就把她打發走。然後，我們到樓下的天井裡，找人來唱評彈，曬太陽，賞桂花。沒想到，她說起來就沒個完，白白糟蹋了一個下午。」

「你不是發誓賭咒，再也不理我了嗎？」

「唉，說是那麼說，心裡還有點不捨得。」綠珠說。

她的氣色比上次好多了。臉上緻密的肌膚漾出了一絲酡紅，笑起來還有點嫵媚。

「哪裡不捨得？」

「你這個人，又老又醜。」綠珠想了想道，「不過，看人的時候，眼睛倒是滿乾淨的。」

「那可說不定。」端午走到桌邊，嘿嘿地笑了兩聲，坐在了她的對面。「不乾淨的念頭其實一直都有。」

「真的嗎？」綠珠把眼前的菜單拿開，眉毛往上一挑，表情既輕佻又嚴肅。

「開個玩笑。」端午趕緊否認。他不安地看了一眼門邊站著的一個服務員。她穿著繡花的旗袍，雙手交疊，放在腹部，臉上沒什麼表情。

「你看，剛冒了個頭，又趕緊縮回去了。你們這種老男人，沒勁透了。」綠珠招呼侍者過來點菜。「說吧，想吃點什麼？」

「我是很隨便的，你看著點就行。」

綠珠「啪」的一聲闔上菜單，對侍者道：「那好，一份清蒸鰣魚，一份木瓜燉河豚，一份蔥燒魚肚。」

「幹麼盡點魚啊？」

「合在一起，就是長江三鮮。」綠珠道，「我最怕動腦筋，頭疼死了。」

她另外又加了一盤白灼芥藍，一瓶智利白葡萄酒。

「你是怎麼和何軼雯認識的？」

「先認識她丈夫宋健。怎麼呢？」綠珠咬了一下嘴唇，沉思了半晌，忽然道。「這其中的事亂七八糟，說起來還真有點複雜。你覺得這人怎麼樣？」

「不好說。」

「不好說是什麼意思？」

「根本就不瞭解嘛。」

「不是不瞭解，而是不願說。是不是？」綠珠道，「你們這種人，永遠把自己擺在最安全的位置。」

端午未置可否地笑了笑，沒再說什麼。

「知不知道姨父老弟被打的事？」過了一會兒，綠珠問他。

「你說的是守仁嗎？」

「除了他，我哪裡還有旁的姨父？」綠珠沒好氣地看著他，「他被人打成了腦震盪。昨天剛出院，在家養著呢。」

「怎麼回事？」

「他看中了春暉棉紡廠那塊地，想在那蓋房子掙錢。他和市政府談好了合同。可沒想到，棉紡廠那邊的工人卻死活不幹。不是靜坐就是集體上訪，折騰了好幾個月，光員警就出動了好多次。」

「這事我倒是聽說過。」端午道，「徵地的事，不是已經解決了嗎？」

「事情是解決了，可工人們對他恨之入骨。要我說，他也是活該。他沒事老愛去廠區轉悠。像個農民，巴望著地裡的莊稼，盤算著哪兒蓋獨棟，哪兒蓋聯排，還帶著捲尺，到處瞎量。漸漸地，工人們就摸清了他的規律。一天早上，姨父老弟嘴裡哼著小曲，剛走到堆放紗錠的倉庫邊上，身後忽然衝出一夥人來。他們不由分說，往他頭上套了一個麻袋，把他掀翻在地，結結實實地打了個半死。最後送到醫院，頭上縫了十幾針。我那天去醫院看他，他的頭被紗布包得像個蠶寶寶，還在那吆喝，讓員警去逮人。逮個鬼啊！他頭上被人罩了麻袋，也弄不清是誰打的，找誰算帳去？只好吃個啞巴虧。」

「到底傷得重不重？」

「醫生說不礙事。誰知道！今天早上他還跟姨媽說房子在轉。廢話，腦袋被木棒生生地打得凹進去一塊，能不轉嗎？不過，你千萬別去看他，裝不知道就行了。姨父老弟死要面子，不讓我往外說。

另外，他也怕媒體，害怕這件事再在網上炒起來。」

清蒸鰣魚端上來了。綠珠對他說，鰣魚的鱗是可以吃的，端午自然也知道這一點，可他卻沒什麼胃口。隨手夾起一塊放到嘴裡去嚼，就像嚼著一塊塑膠。緊接著端來的木瓜燉河豚味道倒還可口。這是人工養殖的無毒河豚，又肥又大。

他們喝掉了那瓶葡萄酒，河豚還沒吃完。綠珠就感慨說，這個世界的貧瘠，正是通過過剩表現出來的。所以說豐盛就是貧瘠。

端午想了想，覺得她的話還是有點道理的。

他們起身離開的時候，已經過了九點。綠珠想去運河邊的酒吧街轉轉。

下了樓，出了天井，跨過養著錦鯉的地溝，穿過一扇磚砌的月亮門，他們走到了院中的小石橋邊。綠珠忽然站住了。她再次回過身去，打量那道圓圓的門洞。

「我每次穿過這個該死的門，都要拚命地壓低自己的頭，生怕一不小心就撞到牆上。其實，就算你踮起腳尖來，頭和門頂的磚頭之間還有好大的距離。」綠珠說。

「你想說明什麼問題？」

「根本碰不著。我根本沒有必要低頭。」

綠珠說，她從小學三年級開始，就騎車去上學。在去學校的路上，要經過一個鐵路橋的橋洞，由於擔心坐直了會撞到腦袋，總是弓身而過。她當時還未發育，個子相當小。其實就算是姚明騎車從那經過，也盡可以坐直了身子一穿而過。

「明白了這個事實也沒有用。我現在回泰州，每次經過那個橋洞，還是忍不住要彎下腰去。低頭成了習慣。我們對於未必會發生的危險，總是過於提心吊膽，白白地擔了一輩子的心。」

端午正要說什麼，綠珠忽然拉了拉他的袖子。他以為自己擋了傳菜生的路，就微微地側了一下身。可這名「傳菜生」走近他的目的，並不是要從他身邊經過，而是要結結實實地在他臉上搧一個大耳刮子。那一巴掌，打得他的腦袋發生了偏轉。端午眼前一震，蜂飛蝶舞。他看見綠珠的身子猛地抖了一下，低低地說了句：「喝，好傢伙！」

說不上是震驚還是讚歎。

原來是家玉。原來她也在這兒吃飯。就這麼巧。

當端午回過神來想叫住她，家玉風風火火的身影早已在暗夜中消失了。綠珠還在那兒捂著嘴，望著他笑。

「你剛才說什麼來著？我們對於未必會發生的危險，過於提心吊膽，是嗎？你倒是說說，危險不危險？」端午硬擠出一絲笑容，自我解嘲地對綠珠道。

綠珠笑得彎下腰去，半天才喘過一口氣來：「我，我還有半句話沒說完呢。」

「什麼話？」

「而危險總是在不知不覺中降臨，讓人猝不及防。」她仍在笑。「不過這樣也好。」

「有什麼好？」

「她打了你這一巴掌，你們就兩清了。誰也不欠誰。在你老婆看來，反正我們已經搞上了對不對？你回家跪在搓衣板上，雞啄米似的向她磕頭認錯，也已經遲了。為了不要白白擔個虛名，我們還不如來真的。怎麼樣？別到臨死了，還要去換什麼藝衣……」

端午知道她說的是寶玉和晴雯。他尷尬地笑了兩聲，沒再搭腔。半晌，又聽得綠珠黯然道：「可恨我今天來了例假。」

綠珠這麼說，端午忽然鼻子一酸，心裡生出了一股感動的熱流。他想到自己的年齡比她大出一倍還多，感動中也不能不摻雜著一些輕微的犯罪感。

他們已經來到了運河邊。河水微微地泛著腥臭。兩岸紅色、綠色和橙色的燈光倒映在水中，織成骯髒而虛幻的羅綺，倒有一種欲望所醞釀的末世之美。河道中橫臥著一條飛簷疊嶂的橋樓，也被霓燈光襯得玲瓏剔透。河面上畫舫往返，樂聲喧天。喊破喉嚨的卡拉ＯＫ，讓他們在說話時不得不一再提高嗓門。每個人的臉上都像是鍍了一層銀光似的。

不論是把腳擱在窗檻上喝茶的人，裸露著臂膀在昏暗的燈光下拉客的少女，還是正在打撞球的小伙子，綠珠一律將他們稱為「非人」。她拉著端午的手，從這些散發著酒味和劣質香水味的人群中快速穿過，她要帶他去對岸的酒吧。名字用的是麥卡勒斯小說的題目：

心是孤獨的獵手

那座酒吧裡，同樣擠滿了人。樓上、樓下都是滿滿當當的，沒有空位。他們在那買了一瓶青島啤酒，在一個小攤前買了幾串炸臭豆腐，沿著河道的護欄往前走。對於每一個前來向他們兜售珍珠項鏈的小販，綠珠總是連眼皮也不抬，罵出一個同樣的字來：

「滾！」

有好長一陣子，兩個人誰都沒心思說話。默默地注視著橋欄下滿河的垃圾、遊船以及在遊船上尋歡作樂的「非人」，啤酒瓶在他們手裡遞過來，又遞過去。綠珠忽然把臉湊近他的耳朵低聲道：

「這感覺，像不像是在，接吻？」

這其實算不上是什麼挑逗，因為端午的心裡也是這麼想的。不過他還是覺得有一點暈。像是閃電，在他心底裡，無聲地一掠而過。他們稍稍往前走了幾步，昏頭昏腦地跨過一個賣盜版DVD的地攤，拐進了一條狹窄的弄堂。

端午魯莽地將她壓在牆上。綠珠有些吃驚地看著他，隨後閉上了眼睛。兩人開始接吻。他聽見綠珠嘟嘟囔囔地說，剛才不該吃臭豆腐。

她的身體有些單薄，不像家玉那麼澎湃。她的嘴唇，多少還能讓他想起啤酒瓶口的濕滑，不過更加柔軟。他貪婪地親吻它。上唇，下唇和兩邊的嘴角。窮凶極惡。就好像一心一意要把自己最珍惜的什麼東西，瞬間就揮霍掉。

綠珠大概不喜歡牙齒相叩的堅硬感，便用力地推開了他，喘了半天的氣，才說：「很多人都說，女人的愛在陰道裡，可我怎麼覺得是在嘴唇上啊？」

端午想要去捂她的嘴，可已經來不及了。

「你小聲點好不好？」端午道，「外面都是人。」

綠珠笑了笑：「不管你信不信，我是很少和人接吻的。怎麼著都行，就是不能接吻。你是第二個。」

「那，第一個是誰啊？」

綠珠的臉色忽然就陰沉了下來，好半天才說：「他教我畫畫。偶爾也寫詩。」就是因為一心要嫁給他，她才和母親鬧翻的。那是她參加高考的前夕。她臉上的憂鬱，陡然加深了，眼中似有淚光閃爍。端午沒敢再問，綠珠再次把臉迎上來。於是，他們又開始接吻。

他們所在的位置，恰好在一戶人家的西窗下。窗戶黑黢黢的，窗口有大團大團的水汽從裡邊飄出來。寂靜之中，他們能聽見屋裡人的說話聲。一個老頭嗓門粗大地喊道：

「榮芳啊，電視機的遙控器擺在哪塊了？」

接下來，是「骨碌骨碌」的麻將聲。一個蘇北口音的老太婆，從遠處應和道：「你媽媽日戻。我哪曉得？床上找找看呢。」

他們都笑了起來。

「老夫妻家常說話，怎麼都這樣髒不可聞？」端午低聲道。

「要不我怎麼說他們是『非人』呢。」

他們離開那個漆黑的弄堂，綠珠仍然拉著他的手不放。這讓他又受用又憂心。他們在弄堂口的地攤前停了下來。綠珠蹲在地上，東挑西挑，跟小販討價還價。最後，她在那裡買了兩張電影光碟，都是溝口健二的作品。

很快，他們就走到了酒吧街的盡頭。順著濕漉漉的台階走上一個陡坡，眼前就是一片開闊的公共綠地。運河在這裡拐了一個大彎，沿著一段老城牆蜿蜒向北。綠地上的樹都是新栽的，樹幹上綁著草繩，用木樁支起一個三腳架，以防被風颳倒。有兩棵剛剛移來的梧桐樹，四周還圍著塗滿瀝青的黑網。綠地的鐵欄杆外面，就是寬闊的環城馬路了。不過，這時候過往的汽車很少。

由於不再擔心遇見熟人，兩個人的手又拉在了一起。
「忽然想到一首詩，想不想聽聽？」綠珠道。
「是史蒂文斯嗎？」
「不，是翟永明。」

九點上班時
我準備好咖啡和筆墨
再探頭看看遠處打來
第幾個風球
有用或無用時
我的潛水艇都在值班
鉛灰的身體
躲在風平的淺水塘

開頭我想這樣寫：
如今戰爭已不太來到
如今詛咒，也換了方式
當我監聽

能聽見
碎銀子嘩嘩流動的聲音
……

綠珠說，她近來發狂地喜歡上了翟永明。尤其是這首〈潛水艇的悲傷〉，讓她百讀不厭。好像是站在時間的末端，打量著這個喧譁的城市，有一種曠世的浮華和悲涼。她曾把這首詩念給正在養傷的守仁聽，連他也說好。

「悲涼倒是有一點。浮華，沒怎麼看出來。」

「嘩嘩流動的碎銀子啊，難道還不夠浮華嗎？」

端午笑了笑，沒再與她爭辯，而是說：「要是翟永明知道，我們倆在半夜三更散步時還在朗誦她的詩，不曉得要高興成什麼樣子呢！」

「你認識翟永明嗎？」

「見過兩次而已。也說不上有多熟。有一次，我們一起去南非，她朗誦的就是這首詩。」

「你覺得怎麼樣？」

「還好。不過結尾是敗筆。」

「你指的是給潛水艇造水那一段嗎？」

端午點點頭，摟著她的肩，接著道：「不過，這也不能怪她。我倒不是說，她的才華不夠。對任何詩人來說，結尾總是有點難的。」

「這又是為什麼呀？」

「這個世界太複雜了。每天都在變，有無數的可能性，無數的事情糾纏在一起。而問題就在這兒。你還不知道它最終會變成什麼樣子。鋪陳很容易，但結尾有點難。」

「真該把你說的話都記下來。」

端午和她約好，見到第一輛空著的計程車，就送她回「呼嘯山莊」。將綠珠送到後，他再原車返回。可是當一輛黃色的計程車在他們身邊停住時，綠珠卻變了卦。

他想再抱抱她，綠珠心煩意亂地把他推開了。獨自一人，悶悶地坐進了計程車的前排，朝他擺了擺手，興味索然。她忽然拒絕端午送她回家，不僅僅是因為計程車司機是個中年婦女。不知道從哪裡飄來一朵浮雲。陰陰地罩住了她的心。

3

綠珠將那些她所鄙視的芸芸眾生，一律稱為「非人」。這沒什麼好奇怪的。在端午看來，我們無時無刻不在依照自己的尺度，將人劃分為各個不同的種屬和類別。對人進行分類，實際上是試圖對這個複雜世界加以抽象的把握或控制，既簡單，又具有象徵性。這不僅涉及到我們對世界的認識，涉及到我們內心所渴望的認同，同時也暗示了各自的道德立場和價值準則，隱含著工於心計的政治權謀、本能的排他性和種種生存智慧。當然，如何對人分類，也清晰地反映了社會的性質和一般狀況。

比如說，早期的殖民者曾將人類區分為「文明」與「野蠻」兩部分，就是一個別出心裁的發明。作為一種遺產，這種分類法至少已持續了兩百年。它不僅催生出現代的國際政治秩序，也在支配著資本的流向、導彈的拋物線、財富的集散方式以及垃圾的最終傾瀉地。

再比如說，在中國，最近幾十年來，伴隨著「窮人」和「富人」這樣僵硬的二分法而出現的，已是一個全新的陌生世界。它通過改變「窮人」的定義——精神和肉體的雙重破產、麻煩、野蠻、愚昧、危險和恥辱，進而也改變了「人」的定義——我們因擔心陷入文化所定義的「貧窮」，不得不去動員肌體中的每一個細胞，全力以赴，未雨綢繆。

端午想，如果他理解得不錯，這應該就是綠珠所謂「非人」產生的社會基礎。

端午酷愛布萊希特。曾經有很長一段時間，他對布萊希特基於基督教的立場，簡單地將人區分為「好人」和「非好人」而迷惑不解。不幸的是，布萊希特的預言竟然是正確的。好人，按照布萊希特的說法，顯然已無法在這個世界上存活。換句話說，這個世界徹底消除了產生「好人」的一切條件。

在今天，即便是布萊希特，似乎也已經過時了。因為在端午看來，在老布的身後，這個世界產生了更新的機制，那就是不遺餘力地鼓勵「壞人」。

端午很小的時候，母親就開始向他灌輸自己頗為世故的分類法。在母親那裡，人被奇怪地區分為「老實人」和「隨機應變的人」。「老實」自然是無用的別名，而「機變」則要求眼觀六路，耳聽八方，隨時準備調整自己的生存策略。突擊或龜縮，依附或背叛，破釜沉舟或丟卒保車，過河拆橋或反戈一擊。這一分類法，與他喜愛的圍棋，與母親口中的那些代代相傳的民間故事一樣陳舊而古老。

有一段時間，他哥哥元慶，忽然對「正常人」和「精神病」之間的界限，表現出病態的關切。端午當時並未立即意識到，哥哥正在加速度地滑入他深感恐懼的「瘋子」陣營。不過，自他發病後，一切又都被顛倒了過來。他自詡為這個世界上唯一的「正常人」，其他的人都是瘋子。

「那麼，我呢？」有一次，家玉嬉皮笑臉地逗他。

「也不例外，」元慶冷冷地道，「除非你和端午離婚，嫁給我。」

家玉紅了臉。再也不笑。

宋蕙蓮的來訪，讓家玉留下了不愉快的記憶。就像吃了一隻蒼蠅。不僅僅是因為那天晚上，她在無意中撞見了端午和綠珠。她對蕙蓮開口閉口「你們中國人」一類的說法怒不可遏。在她看來，宋蕙蓮樂於用「中國人」和「非中國人」這樣的分類，來凸顯自己過時的優越感，來表達對自己同胞的嘲弄和蔑視；而事實上，當她在美國或西方世界四處演講、騙吃騙喝的時候，她所蔑視的「中國身分」，正是她招搖撞騙的唯一資本。在她的英文隨筆集《告訴你一個真實的中國》中，她不僅成了杜甫和李白的「直接繼承人」，成了專制政治的「敏銳觀察家」，甚至通過杜撰某些政治人物的私生活及種種駭人聽聞的「軼事」，來取悅她的那些外國讀者。

儘管端午對所有的政治人物都沒有好感，但他還是立即對妻子的看法表示了毫無保留的贊同：「唉，你知道，有些詩歌界同行，跟宋蕙蓮一個德行。還有些人更可笑，在國內痛斥資本主義和帝國主義，到了國外就大罵專制政體……」

說到對人的分類，家玉的方法與眾不同。

那天晚上，孩子早早睡了，他們坐在餐桌前閒聊。難得有時間坐在一起。用考究的紫砂壺泡茶。磨磨嘴皮子。享受靜謐。

家玉的觀點是，人只能被分成兩類：「死人」或「活人」。所謂「三寸氣在千般好，一日無常萬事休」。在「活人」中，還可以進一步加以區分。享受生活的人，以及，行屍走肉。她說，這個世界的悲劇恰恰在於，在日趨激烈的生存競爭中，我們不得不強迫自己忘記人的生命會突然中止這一事實。有些人，連一分鐘都沒活過。

「我自己就是一個行屍走肉。哎，古人的話，總是那麼入木三分。行屍走肉，多麼傳神！」

在家玉的分類法中：「死人」，居然也可以分為兩類。死亡一次的人。死亡兩次的人。

「什麼意思？」端午忙問道。

「芸芸眾生，比如像我，只能死一次。死了就是死了。很快就煙消雲散。沒人記得世界上曾存在過這麼一個人。龐家玉，或者，李秀蓉。沒人知道她受過的苦。遭過的罪。受過的折磨。沒人知道她的發自心底的歡樂，儘管只有那麼可憐的一點點。沒人知道她做過的一個個可笑的夢。還有一種人，比如你，人死了，卻陰魂不散。文章或名聲還會在這個世界存留，還會被人提起。經常或者偶爾。時間或長或短。但你總歸也會被人遺忘，死上第二次。我這麼說，你不會生氣吧？」

「照你這麼說，杜甫和李白就會永遠不死了？」

「他們也會死。因為世界遲早會毀滅。連最樂觀的科學家都在這麼說。照現在這個勢頭，也不會太遠，不是嗎？」家玉忽然把臉轉向他，「你呢，你怎麼分？」

端午說，他好像從未認真思考過這個問題。不過，如果一定要分，大抵也是兩類。成功的人，失敗的人。從感情上說，他沒來由地喜歡一切失敗的人，鄙視成功者。

「那是嫉妒。」家玉呵呵地笑了起來。「哎，還有一種分法，你沒說。」

「什麼？」

家玉一臉詭笑，似嗔非嗔地望著他：「美女是一類，其他一切生物算成一類。我沒說錯吧。因為除了美女，除了什麼紅啊綠啊，珠啊玉啊的，其餘的，一概都不在你們的視線之中。對不對？」

「這話要是用來形容起士，倒還差不多。」端午瞇瞇地笑，帶著貌似憨厚的狡黠。「不過，我們單位的老馮，就是你常說起的那個馮延鶴，他倒有一個很有意思的看法……」

可家玉突然對這個話題失去了興趣。

她打了個哈欠，隨後就開始和他商量唐寧灣房子的事。她提到了唐燕升。

就在這個星期天，他要親自出面，幫他們一勞永逸地解決困擾多時的房產糾紛。

4

馮延鶴把一切他所不喜歡的人，都稱之為「新人」，多少有點令人費解。這一說法看似無關褒貶，實際上他的憤世嫉俗，比綠珠還要極端得多。

按照他的說法，三十年來，這個社會所製造的一代又一代的「新人」，已經羽翼漸豐。事實上，他們正在準備全面掌控整個社會。他們都是用同一個模子鑄造出來的。他首先解釋說，他所說的「新人」，可不是按年齡來劃分的。就連那些目不識丁的農民，也正在脫胎換骨，成為一個「全新的人種」。這些人有著同樣的頭腦和心腸。嘻嘻哈哈。渾渾噩噩。沒有過去，也談不上未來。朝不及夕，相時射利。這種人格，發展到最高境界，甚至會在毫不利己前提下，幹出專門害人的勾當。對於這樣的「新人」來說，再好的制度，再好的法律，也是形同虛設。

端午已經不是第一次聽他發這一類的牢騷了，早已沒有了當初的振聾發聵之感。

這天下午，老馮又打來電話，半命令、半央求地讓他去下棋。

老馮照例讓端午先洗手，可他自己呢？時不時摳弄一下嘴裡的假牙，絲絲拉拉地拖出一些明晃晃的黏液，弄得棋子濕乎乎的。每次端午要提掉他的黑子，都得皺起眉頭，壓住心頭的陣陣嫌惡。下到中盤，黑白兩條大龍在中腹絞殺在一處。老馮憋紅了臉，一連算了好幾遍，還是虧一氣。最後，只得推枰認輸。

「那麼，您呢？您是不是也在與時俱進，變成了一個『新人』？」端午笑著對他道。

「我是一個怪物。」馮延鶴道，「一個飽餐終日、無所事事的老怪物。」

他從茶几上拿過一只餅乾桶，揭開蓋子，取出幾塊蘇打餅乾。也沒問端午要不要，自己一個人吃了起來。他有嚴重的胃潰瘍，時不時要往胃裡填點東西。等到他把手裡的一點餅乾末都舔乾淨之後，這才接著道：

「古時候，若要把人來分類，不外乎聖人、賢人和眾庶而已。三者之間的界限都不是絕對的。學於聖人可為賢人，學於賢人是為眾庶。反過來說，學於眾庶方可為聖人。也就是說，三者之間可以相互交通。匹夫而為百世師，一言而為天下法。」

「今天也一樣啊。」端午存心想和老頭胡攪，「即便是你說的新人，恐怕也有智愚、美惡、好壞之分吧？」

「不是那話。」馮延鶴對他的詰難不屑一顧，「不論是聖人、賢人還是眾庶，在過去呢，他們面對的實際是同一個天地。所謂參天地之化育，觀乎盈虛消長之道。中國人最看重天地。一切高尚的行為、智慧和健全的人格，無不是拜自然之賜。在天為日月星辰，在地為河嶽草木。所以顧亭林才會說，三代之前人人皆知天文。七月流火，不外乎農夫之辭；三星在戶，無非是婦人之語；月離於畢，不過是戍卒之作；龍尾伏辰，自然就是兒童之謠了。古時候的人，與自然、天地能夠交流無礙。不論是風霜雨雪，還是月旦花朝，總能啟人心智，引人神思。考考你，蘇東坡在〈前赤壁賦〉中，由悲轉喜的關鍵是什麼？你居然也不知道。唉，不過是清風明月，如此而已。

「不久前，溫家寶總理提倡孩子們要仰望星空，是很有見地的。可惜呢，在鶴浦，現在的星空，就是拿著望遠鏡，也恐怕望不到了。天地壅塞。山河支離。為了幾度電，就會弄癱一條江。賢處下，劣處上；善者殆，惡者肆；無所不可，無所不至。這樣的自然，恐怕也已培育不出什麼像樣的人來，只能成批地造出新人。」

聽他這麼說，端午的心裡就有點難過和悲憫。倒不是因為他的議論有多精闢。同樣的話，昨天中午，兩人在食堂吃飯時，老頭已經說過一遍了。不過，兩次說的同樣的話，幾乎一字不差，也不禁讓他暗暗稱奇。可正因為如此，他知道接下來，老頭還有一大段「國未衰，天下亡」的大議論，尚未出口。若要聽完這段議論，一、兩個小時是打不住的。因此，他也就顧不上唐突，瞅準了這個空隙，立刻突兀地站起身，向他的上司告辭。

「不忙走。」馮老頭在他肩上拍了一下，斂去笑容，正色道，「我還有正經話要問你。」

「幹麼變得這麼嚴肅？」端午搖了搖頭，只得重新坐下來。

馮延鶴所謂的正經話，聽上去倒也一點都不正經。

「近來，單位關於我的謠言滿天飛，你是不是也聽說了一些？」

「您指的是哪方面的？」端午一下就紅了臉。就像是做了什麼見不得人的事似的，有些遲疑地望著他。

老馮滿臉不高興地「這這」了兩聲，不耐煩地揮了一下手，拂去在眼前嗡嗡亂飛的一隻蒼蠅。似乎在說：這事，難道還有好幾個方面嗎？

「那我就說了。您可不許生氣。」

「直說吧。」

馮延鶴的老伴早年去世後，他一直是一個人。幾年前，他唯一的兒子，死於一場離奇的車禍。那天外面下著大雪。他和幾個朋友在棋牌室打「雙升」，是凌晨三點駕車離開的。他的屍體被清掃路面的環衛工人發現時，已經凍成了冰坨子。他所開的那輛寶來車，被撞得稀爛，屍體卻躺在五十米以外的水溝邊。老馮沒有要求員警追查兇手或肇事者，反正兒子已經回不來了。員警也樂得以普通的交通肇事結案。網路上的議論，為了嘲諷警方的敷衍塞責，一度把死者稱為「空中飛人」。

辦完喪事後，兒媳婦就帶著孫女到鶴浦來投奔他。來了，就住下不走了。老馮找關係給她在社區裡找了個開電梯的活。按理說，公公和兒媳婦同處一室，時間長了，自然無法避免鄰居們的蜚短流長。馮延鶴被借調到地方志辦公室，就把那些閒言碎語也一起帶了來。不過，也沒有人為此事大驚小怪。畢竟老人經歷了喪子之痛，年過四十的兒媳帶著一個七、八歲的孩子也很不容易。就算翁媳倆有什麼苟且之事，那也是人家的自由。

可最近卻突然傳出消息說，那兒媳已經懷上了老馮的孩子。儘管謠傳在市府大院沸沸揚揚，可端午還是覺得有點不太靠譜。畢竟，老馮已經是七十大幾的人了。

有一次，他往國土資源局送材料。那裡的一個女科長，一口咬定孩子已經生下來了。老馮正在為兒子該叫他父親還是爺爺而「痛苦不堪」。還有人說，老馮在他兒子出車禍之前，實際上已經與兒媳勾搭成姦。兒子不過是敢怒不敢言罷了。

當然，最離奇的傳說莫過於說，老馮的兒子其實並沒有死。當他無意中撞見父親卑劣的「扒灰」行徑之後，一怒之下，摔門而去，負氣出走，一口氣就跑到了宏都拉斯。如此說來，所謂的「空中飛人」，還有別的意思。

聽上去，已經是錢德勒小說的內容了。

端午在轉述這些傳聞的時候，對其中的一些不堪入耳的內容做了適當的過濾，以免老人受到太大的刺激。

馮延鶴聽完，臉上沒有任何表情。怔了半天，這才喃喃自語道：

「怪不得老郭，前些個，跟我開那樣的玩笑！」

至於說老郭如何打趣，老馮隻字未提。不過，老馮接下來的一番話倒是讓端午著實吃了一驚：

「且不說那些傳聞都是無稽之談，就算實有其事，那又如何？想想當年的王夫之吧。有什麼了不得的！」

端午知道，馮老頭以王夫之自況，也並非無因。王夫之晚年一直由孀居的兒媳照料，兩人日久生情，漸漸發展到公然同居，在歷史典籍中是有案可查的。而且兩人死後，村中的鄉鄰，還將翁媳兩人合墓而葬。至少在當時的鄉親看來，這段不倫之情，根本算不得什麼人生污點，反而是一段佳話。從離經叛道、敢做敢當這方面來說，馮延鶴無疑也是一個「新人」。不過，假如他學於聖賢，搬出王夫之一流的人物來為自己辯護，儼然還是一個合乎道德的「舊人」。

端午從總編室離開，沿著空蕩蕩的樓道，回到資料室。早已過了下班的時間。小史還沒有下班。她正對著手裡的一個小鏡子，在那兒描眉畫眼。

屋子裡有一股淡淡的脂粉香。

「怎麼還不走？」端午胡亂地收拾著桌上的文件，隨口問了一句。

「等你呀。」小史抿了抿嘴，將手裡的鏡子朝桌上一扔，笑道。

「等我幹麼？」

「想你了唄！」

「你可不要考驗我！」端午苦笑道，「我在那方面的克制力，是出了名的差！」

「哪方面？你說哪方面？嘿嘿。沒關係，你克制不住，還有我呢。反正我是會拚死抵抗的。」說罷，小史傻呵呵地一個人大笑了起來。

端午不由得瞥了她一眼。

這丫頭，好端端地，今天又不知道她發什麼神經！端午忽然記起一件事來。他把手裡的檔案袋裡，胡亂地繞了幾下線頭，然後走到她的辦公桌前，曖昧地將一隻胳膊壓在她肩上，壓低了聲音，對她道：

「你認不認識什麼厲害點的角色？比如流氓、小混混一類的？」

「做什麼？你想跟人打架呀？」

小史回過頭來，望著他笑。她的嘴唇紅紅的，厚厚的。端午穩了穩情緒，壓制著心頭的蠢動，告誡自己不要冒險。

「這個禮拜天，我們要去唐寧灣把房子收回來。我那房子被人占了快一年了。就是想多找幾個人，不真打架，給對方一點壓力，壯一壯膽氣和聲威。」

「我明白了。」小史眨巴著眼睛，想了半天，忽道，「這一類的事情，找『小鋼炮』最合適了。他是我以前的男朋友。我一會兒就給他打電話。」

「你等等。這個人，可靠嗎？」

「絕對可靠！平常員警見了他，都跑得遠遠的。要是真的動起手來，他一個人撂倒七、八個，沒什麼問題。有一回，我跟他去逛公園，看見兩個談戀愛的遠遠地沿著湖邊散步。人家散人家的步，沒招他沒惹他，可他硬說那兩個人讓他看了不順眼，就大步流星地奔過去，一腳一個，將他們都給踹到湖裡去了。」

如此說來，這個「小鋼炮」，倒可以稱得上是一個不折不扣的「新人」。假如真的能請來這麼一尊真神，以暴制暴，說不定還沒等到刑警大隊的人馬趕到，李春霞一家早已嚇得望風而逃了。

這麼一想，他又覺得這個從未見過面的小鋼炮倒也是滿可愛的。

「你得跟他說清楚，千萬不能真動手。只要讓他穿身黑西裝，戴上墨鏡，裝出一副凶神惡煞的樣子來，在邊上站站，就可以了。談判一類的事，就交給我們來處理。」端午反覆叮囑小史道，「你得把話說清楚了啊，千萬可不能讓他鬧出亂子來！」

「既然如此，後天我跟他一塊兒去。」小史說。

「你去幹麼？」

「我不去，你們哪能約束得了他？再說了，我也去弄副墨鏡戴戴，湊湊熱鬧。」

端午想了想，只得同意了。他告訴小史後天一早見面的時間和地點。小史順手扯下一張桌曆，將它記在了反面。

窗口有個人影一閃。端午沒看清楚是誰。像是老郭。

果然，小史將桌上的化妝品一股腦地掃到筒狀的皮包中，手忙腳亂地穿上風衣，然後衝著端午說了聲「拜拜」，扭著她那性感的大屁股，顛顛地走了。

5

因知道第二天要去唐寧灣解決房產糾紛，星期六的傍晚，張金芳帶著小魏，摸黑從梅城趕了來。她有點放心不下。

「又多事。你是嫌家裡還不夠亂的，是不是？」家玉斜睨了他一眼，怒道。

端午也有點後悔。下午與母親通話時，不該多嘴。家玉鐵青著臉，對母親不理不睬。一家人圍著餐桌，各吃各的飯。倒是母親，低聲下氣，處處賠著小心。她知道，在這個節骨眼上，可不是大吵大鬧的適當時機。

家玉將大屋讓了出來，換上了乾淨的床單。她安排母親和小魏睡大床，端午睡沙發，她自己就在兒子的床上擠一擠。母親提出來，讓若若跟她們一塊睡。家玉也只得同意。但他仍然必須完成當天的家庭作業。

將婆婆和小魏安頓好了之後，家玉一聲不吭地出去了。她沒有說去哪裡，端午也沒敢問。他躺在沙發上，抱著那本《新五代史》，一個字也看不下去。不管怎麼說，想到第二天，唐寧灣的房子就將重回自己的手中，他竟然有些隱隱的激動，忘掉了那房子本來就是他的。

深夜一點多，家玉才從外面回來。

原來她去了唐寧灣。

「我想去看看春霞她們在不在。不要等到明天，我們一幫人興師動眾，卻去撲個空。」

「在嗎？」

「反正屋裡的燈亮著。」家玉道，「我是看著他們熄燈睡覺才離開的。」

那房子簡直就是她的心病。她已經有了一些強迫症的明顯症狀。有時，她半夜裡都會咬牙切齒地醒來，大汗淋漓地告訴端午，她在夢中正「掐著那蠢貨的脖子」。看到妻子眼圈黑黑的，身體明顯的瘦了一大圈，端午的心裡還是有一種憐惜之感。好在這一切，明天就要徹底結束了。

端午覺得自己沒睡多大一會兒，就聽見母親窸窸窣窣地起了床，叮叮噹噹地在廚房裡忙開了。她燒了一鍋稀粥，將她們昨晚帶來的包子蒸上，又給每個人煎了雞蛋。等她收拾好了這一切，天還沒有亮。她一個人靠在餐桌邊的牆上，打瞌睡。

母親執意讓他們帶上小魏。用她的話說，打架不嫌人多。多個人也好多個照應。臨走時，她又將端午叫到了臥室裡，關上門，低聲對他囑咐道：「真的動起手來，你可不要傻乎乎的瞎衝瞎撞！你這身子骨，風吹兩邊擺，上去也是白搭！你在後邊遠遠地跟著就行，一看苗頭不對，轉身就跑！阿聽見？」

端午只得點頭。

起士昨天來過電話。他從報社的發行部找了四個精幹的小伙子，都是他的牌友。小史會帶來她的前男友「小鋼炮」，加上端午夫婦和小魏，不多不少，正好十個人。他們約好了早上九點，在唐寧灣社區東側一個在建的網球場見面。

太陽已經升起來了。漫天的髒霧還未散去。他們的車剛過唐寧灣售樓處的大門，小魏眼尖，一眼就看到網球場的綠色護牆上，靠著兩個人。原來小史他們已經先到了。

這個「小鋼炮」，一點也不像小史吹噓的那麼神武。雖說是一米八幾的大塊頭，可看上去卻蔫頭巴腦的。用家玉的話來說：「怎麼看都像是隻瘟雞」。他的黑西裝很不合身，綳在身上，還短了一大截，很不雅觀地露出了裡面粉紅色的羊毛衫。端午與他握手時，發現「小鋼炮」的手掌綿軟無力，臉上病怏怏的。說一句話，倒要喘半天。臉色一陣泛紅，一陣發白。喉嚨裡呼嚕呼嚕的，冒出一串串讓人心憂的蜂鳴音。

小史倒是很有一副女流氓的派頭。神抖抖地戴著墨鏡，嘴裡狠狠地嚼著口香糖，故意把自己弄得齜牙咧嘴的。黑色的風衣敞開著，雙手插在衣兜裡。

家玉很不高興。她把這兩人上上下下打量了半天，用半是疑惑、半是嘲弄的目光看著丈夫，似乎在說，你是從哪裡弄來了這麼一對活寶？

到了九點二十，徐起士所率領的另一夥人還未現身。家玉在不停地看表，顯得焦躁不安。端午已經給他撥了兩個電話，都是占線的聲音。

「不會呀，說好是九點的呀！」端午嘟囔了一句。

「你再給他打電話！」家玉陰沉著臉，怒道。

「要不，我們就先動手？」小史見家玉一直不願意搭理她，這會兒就主動湊上前來向她獻計。

「就憑我們這幾個人？歪瓜裂棗的，風吹吹都會倒，讓人看了笑話。」家玉一急，說出來的話就有點難聽了。

小史趕緊解釋：「不是的。他原來不是這個樣子的。一聽說要打架，他來了勁。昨晚就喝酒，一直喝到凌晨三點。剛才在來的路上，又喝了兩瓶黑啤，說是醒醒酒。他的哮喘病犯了。」

這時，端午的手機響了。是起士。

「喂，喂喂，你在哪裡？」端午叫道。

「你聲音小點行不行？耳膜都給你震破了。我們已經到了。」徐起士仍然是慢條斯理的口氣。

「在哪裡？」端午轉過身去，朝四周看了看，「我怎麼看不見你們啊？」

「你不可能看見我！」起士呵呵地笑著，「我正在你們家客廳裡。我們已經攻克了第一道防線。你們趕緊殺過來吧。」

原來，起士晚到了七、八分鐘。他擔心誤事，就直接把車開進了社區北門，停在了他們家單元門口。五個人剛從車上下來，起士就看見春霞提著兩個塑膠袋出門扔垃圾。他一見房門開著，正是天賜良機！立即決定單方面採取行動，吩咐手下的幾個人衝了進去。等到春霞反應過來，掏出手機來報警，起士已經坐在客廳的沙發上，悠閒地抽起了香菸。

家玉一聽起士那邊得了手，懸著的一顆心終於落了地。足足有一個星期，她無時無刻不在擔心：到了唐寧灣，很有可能，春霞連門都不會讓他們進。現在，既然第一個難題被徐起士在不經意中輕易地解決了，也算是個不大不小的好兆頭。

樓道裡光線很暗。隔壁一〇二的房門開了一條縫。一個白髮蒼蒼的老太太伸出她那有禿斑的腦袋向外窺望，一見端午他們進來：「嘭」的一聲就把房門撞上了。

春霞看來早已從剛才的驚慌中恢復過來。她坐在客廳的一張高腳方凳上，蹺著二郎腿，正在與起士鬥嘴。端午一進門，就聽見春霞惱怒地對徐起士吼道：「你他媽試試看！」

她的身邊還站著一個女人。這人穿著人造棉的大花睡褲，懷裡抱著一隻黑貓。她和春霞長得很像，只是年齡略微大一些。看見家玉他們從門裡進來，春霞滿臉堆下笑來，鼻子裡習慣性的「吭吭」了兩聲，眉毛一吊，揶揄道：

「呦，妹子啊，你是從哪裡招來這麼一幫寶貨！雞不像雞，鴨不像鴨的，唱戲呢？」

家玉不作聲。她裝著沒有聽懂她的話，不過神色還是有幾分慌亂。她招呼小史、小魏她們，在餐廳的長桌前坐定，就掏出手機發起了短信。

春霞自然不依不饒。

「妹子，你是欺負我們姐倆，沒見過小丑？你怎麼不去租身行頭，戴副墨鏡，穿個黑披風什麼的，趁機威風威風？」

站在春霞身邊的那個女人，這時也插話道：「鼓也打了，鑼也敲了，跑龍套的也上了場，你這主角既露了面，這戲也該開唱了。有什麼絕活兒就趕緊亮亮，我們洗耳恭聽。」

她的嘴裡鑲著一顆金牙，一看也不是什麼容易對付的主。上次見過的那個矮胖男人不在場。也許是回韓國去了。

徐起士見家玉笨嘴拙舌，神色慌亂，完全不是人家的對手，臉上有點掛不住。正要發作，忽見身邊的「小鋼炮」騰地一下從餐桌邊站了起來，把屋子裡的人都嚇了一跳。

端午心裡也是窩了一肚子火。他也顧不得那麼多了，心裡巴不得「小鋼炮」露一露凶神惡煞的威風，飛起連環腿，將那兩個女人踹到窗子外面去。

「喂，喂……」「小鋼炮」哼哼了兩聲，隨即開始了艱難的倒氣。嘴裡再次發出嗚嚕嗚嚕的蜂鳴聲，「喂，衛生間在哪？」

原來他是在找廁所。「小鋼炮」腳底打著飄，就像踩在雲朵上似的，搖搖晃晃，走一步退兩步的，小史只得趕緊過去扶他。

「哎喲喂，可得扶穩了！千萬別讓他摔著！」春霞輕蔑地朝他們看了一眼，撇了撇嘴，跟她姊姊交換一個眼色，陰陰地笑。

很快，衛生間就傳來了翻江倒海的嘔吐聲，夾雜著哼哼唧唧的哀嘆。滿屋的人，你看我，我看你，氣氛變得有點尷尬。端午的臉上也是火辣辣的。他瞅見起士不時朝他揚脖子、眨眼睛，似乎在慫恿自己幹點什麼，可他到底也沒搞懂對方是什麼意思。在眾目睽睽之下，也不好問。

徐起士從發行科找來的幾個小伙子，像中學生一樣靦腆。似乎不是來打架的，而是參加相親會。而且一個個長得都有些怪異，獐頭鼠目不說，神態還有點委頓。四個人在沙發上擠坐成一團，其中的一個，似乎一直在無聲地竊笑。其實他並沒有笑。只是他的上嘴唇太短，包不住牙齒，讓人感覺到他始終在笑。起士用胳膊肘去捅他，大概是希望他能有所表現。可「大齙牙」疑惑地望了他一眼，只是微微地聳了聳肩而已。

「小鋼炮」這會兒已經從廁所裡出來了。看起來，嘔吐之後，他的狀況一點也沒有好轉。小史不斷地撫摸著他的胸脯，幫著他順氣。而家玉已經在小聲地勸說小史帶他離開了。小史似乎說了句什麼，家玉一時情緒激動，突然厲聲地對小史道：「求求你了！你們走吧！別在這兒添亂了！」

她似乎有點失去了控制。

好在時候不大，屋外響起了刺耳的警笛聲。透過朝北的窗戶，端午看見三個員警從車上下來。還未進門，員警就在樓道裡高聲地嚷嚷起來了：

「別動手啊！都別動手！誰動我就逮誰啊！」

當他提著警棍進了門，看到滿屋子的人，就像開茶話會似的，連他也覺得有點意外。這個挺胸凸肚的中年人，大概就是家玉所說的那個唐燕升了。

「呦！幹什麼呢，你們這是？嗯？開會呢？」

他把手裡的警棍在手掌上敲著，自己先笑了起來。

燕升簡單地問了問事由，也不容雙方爭辯，用警棍朝姊妹倆一指，喝道：「你們！」又轉過身來，指著家玉，「還有你！裡屋說事。其他的人，都坐著別動。」隨後一頭扎進了裡間的書房。

春霞姊妹交換了一下顏色，跟著進了書房。

家玉用哀求的目光召喚丈夫，想讓他一起去。端午也用哀求的目光回敬她，表示拒絕。家玉只得獨自去書房談判。她隨手關上了房門。

很快，徐起士帶來的那四個小伙子，圍著餐桌，有說有笑地打起牌來。小史已經將「小鋼炮」扶到沙發前坐下。他的身體剛挨著沙發，就打起呼嚕來了。跟著燕升來的兩個員警，則坐在屋外的花園裡抽菸。見小魏和小史無事可幹，起士就從口袋裡掏出兩百元錢，打發他們買盒飯去了。

家玉中途從書房裡出來上廁所。起士問她商量得怎麼樣，家玉苦笑著搖了搖頭，故意大聲道：「沒見過這麼無恥的人。唉，什麼世道！我連死的心都有了。」見她兩眼淚汪汪的，端午也不敢煩她。家玉剛進了廁所，端午就聽見書房裡忽然傳出一句刺耳的話來：

「告訴你，你的立場有問題！狗屁！姓唐的，你要是再這麼偏心眼，老娘懶得跟你囉嗦……」

似乎罵的是燕升。而燕升接下來的一段話，聲音很小，一句也聽不清。起士的臉色一下就變了，眼看就要衝進去，端午一把將他拽住。

「這騷娘們，我是看在她長得像孫儷的分上，怎麼也有一點憐香惜玉。她倒是張狂得可以，連人民警察也敢教訓！我操！得寸進尺了還……」就在這時，起士的手機鈴聲忽然響了起來。他從衣兜裡拿出手機，卻不接聽，而是轉身指著他帶來的那幾個人，罵道，「你們這幾個老菩薩，我是請你們來打牌的嗎？嗯？你們得弄出點動靜來呀！該打打！該砸砸！動手啊！我這張老臉都被你們丟盡了！」

那夥人不約而同地把牌都放下了，可還是像木雕泥塑一般坐在那兒發呆。張著嘴，一動不動。

大概是屋子裡信號不好，起士「喂、喂」地喊了一通，逕自出了房門，到外面打電話去了。

又過了大約十多分鐘，書房的門終於開了。春霞姊妹鐵青著臉，從裡面走了出來。她們沒有再到客廳裡來，而是直接去了裡面的臥室。不多一會兒，臥室裡就傳來了午間新聞開始的音樂聲。家玉和唐燕升還在書房裡小聲地嘀咕著什麼。

端午走了進去。家玉眼睛紅紅的，正哈著氣，用一塊絨布擦拭著眼鏡。春霞姊妹提出了一萬元的補償條件，經唐燕升苦口婆心的軟磨硬泡，對方總算同意把錢降到了八千。不過，她們提出的附加條件是，得給她們至少三個月的寬限期，以便她們能夠從容地找到新房東。在老唐的勸說下，家玉強忍著羞恥和憤怒，勉強同意了。但她提出來，與姊妹倆簽訂一個正式的協定，卻遭到了她們斷然的拒絕。

「等於是什麼都沒談下來！」家玉道，「沒有協議的約束，要是三個月之後，她們還是不搬呢？我們倒是又白白地搭進去八千塊。」

由於擦眼鏡時過於用力，她不小心弄折了眼鏡腿。小螺絲「滴滴答答」地在地板上跳了幾跳，轉眼就消失不見了。家玉氣得將眼鏡往書桌上一扔，接著道：

「老唐，你帶上你的人，該幹麼幹麼去！這事你們就別管了。反正我進了這房門，就不打算再出去了。要麼她們從我家搬出去；要麼，我一個人留下來，和她們一塊住！」

老唐的臉色也有點怪怪的。他又想了想，兩隻大手往腿上猛拍了一下，咬了咬牙，說了句「我再去試試」，就起身去了隔壁，接著做姊妹倆的工作去了。

老唐剛走，起士就笑嘻嘻地拎著幾盒飯走了進來：「先吃飯，先吃飯。事情一會兒再說。」端午和家玉都沒什麼胃口。端午已經在地板上找到了那個銅螺絲，正用裁紙刀的刀尖小心地把眼鏡腿裝上。他簡單地給起士說了說剛才的調解結果。起士只顧著往嘴裡扒飯，一句話也沒說。等到他把一塊雞腿啃乾淨之後，這才抹了抹嘴，對家玉嘟囔道：

「嫂子別急。真正的黑社會，一會兒就到！」

家玉和端午對視了一下，不約而同地轉過身來，望著起士。

「我剛才已經給國舅通了電話。他們這會兒已經在路上了。十五分鐘之內趕到。唉，我們自己帶來的那夥人，很不專業。來了三個員警，也都是娘娘腔，一點也不提氣。我看這事就交給國舅來擺平吧。」

「你說的國舅，是個什麼人？」家玉問道。

「這你就別管了。待會大隊人馬一到，這兩個婊子會尿褲子的。」起士將手裡那根帶血的牙籤朝飯盆裡一扔，打了個飽嗝，又接著說，「現在，最麻煩的，倒反而是這三個員警。待會兒國舅他們來了，若是有員警在場，動起手來，難免礙手礙腳。得想個法子，將他們先支走。」

「這倒不礙事。」家玉脫口道，「燕升是自己人。這一點我有絕對把握。」話剛一出口，家玉就莫名其妙地紅了臉，沒再接著說下去，因為唐燕升已經站在了書房的門口。他把帽子脫下來，撓了撓稀疏的頭皮，如釋重負地對家玉笑道，「工作總算做通了。她們答應今天下午就搬走。不過，恐怕你們得再多給一點錢才行。」

「給多少？」家玉問。

「一萬五。」

「等等！她們把人家的房子霸占住，白住了一年，我們不跟她要房租，就算是客氣的了，哪有她們反過來跟我們要錢的道理？這世界上還到底有沒有是非？」徐起士拍著桌子，高聲對唐燕升道。

家玉輕輕地拽了拽他的袖子，可起士不予理會。

「一萬五？老子一個子也不會給她。她們這是賣身呢！就是賣身，也用不著這麼多錢吧。如今去髮廊找個小姐才多少錢？說句不好聽的話，難道她們倆那玩意兒，是鑲著金邊的不成？」

燕升被起士的一番髒話，噎得直翻白眼。他將手裡的帽子在頭上戴正，臉色陡然陰沉下來，正待發怒，忽聽得門外「滴、滴、滴」一陣汽車喇叭響。

幾個人趕忙跑到客廳裡。端午往窗外一望，看見兩輛「金杯」小客車，一前一後，已經停在了單元樓前。從第一輛車上下來一個糟老頭子。他身穿洗得發白的卡其布褂子，腰上圍著藍色布裙，一頭亂髮，看上去邋裡邋遢的，身上斜挎著一個帆布包，手裡拎著紅色的工具箱。下了車，那老頭就朝四下裡東張西望。

怎麼看，都不像個黑社會。

緊接著，從第二輛車上，跳下來一個頭戴灰色氈帽，胖墩墩的中年人。他一隻手插在風衣的口袋裡，另一隻手上，捏著一根粗大的雪茄。他抬起頭，瞇縫著眼，瞄了一眼樓房的門牌號碼，就朝屋子這邊，不緊不慢地踱過來。

此人正是徐起士所說的國舅。

他的原名叫冷小秋。半年前，在「呼嘯山莊」，端午曾與他見過一面。唐燕升與冷小秋似乎也很熟。因為一看見小秋走進來，燕升就轉過身，對家玉笑道：「我們要先走一步了。這種事情，老冷處理起來，要比我們有經驗得多。」說完，他衝那兩個民警勾了勾手指，三個人往外就走。

到了門口，正遇上朝裡探頭探腦的冷小秋。燕升與小秋親熱地拉了拉手，又湊到小秋的耳朵邊，低聲地囑咐了句什麼。小秋就笑了。他滿不在乎噴出一口濃煙，罵了句：「屌毛！」露出了兩排整齊潔白的烤瓷牙。小秋將手中的雪茄在門框上胡亂地戳滅，然後對著滿屋子的人叫道：

「來吵！把你們帶來的這些個鬼，這些個閒雜人等，都喊出來吵！吾馬上就要開始清場了。」

小秋一吩咐，起士就忙著往外轟人。正在沙發上熟睡的「小鋼炮」，這時也已經被小史拍醒了，由小史和起士一邊一個地架著，往外走。聽到動靜的李春霞，手裡捏著電視機的遙控器，也從裡屋跑了出來。

「員警呢？」她喊道。

她那肥厚而性感的豐唇已經開始嘟嚕著發顫。可是到了這一會兒，已經沒人願意回答她的問題了。

屋子裡的人剛剛走到外面的草坪上，兩輛金杯車的門呼啦一下拉開了。從裡面一個接著一個地跳出人來。這夥人，似乎都是用同一個模具澆鑄出來的。穿著統一的藍色工裝服。戴著白手套。統一款式的膠底鞋。一式的小平頭。正方形的腦袋。小眼睛。手執鐵棍。貓著腰往屋裡衝。

跑在最前面的五、六個人，不知為何，每人手裡都提著一個巨大的沙皮袋。端午數了數，一共是二十三個人。對面的一座高層居民樓上，窗戶一扇一扇地打開了。一個個面目不清的腦袋，從窗戶裡伸出來，朝這邊張望。正在社區裡巡邏的兩個保安，遠遠地站在一處花壇邊上。他們不敢靠近，可也不敢離開。

最後進屋的，是個身穿迷彩服的司機。他看了看那個身背工具包的老頭，吼道：「你他媽的，還等什麼？趕緊進去給我弄啊。」

「是鎖匠。」徐起士滿有把握地對家玉道，「這老頭是個鎖匠。他負責給你們家的房門換鎖。」

「他們，不會弄出什麼事來吧？」家玉的臉色有些擔心，又有些克制不住的激動。

「你放心。國舅做事，從來都是萬無一失。」

「我看見領頭那幾個人，手裡都還拎著沙皮袋子，不知是幹什麼用的？」家玉又問。

「嗨！把沙皮袋往她們頭上一套，照例是一陣拳打腳踢。」起士笑道，「你就等著看吧！用不了一會兒，兩人就會被死狗一樣地拖出來了。」

後來的事實證明，徐起士對於當下黑社會的行動方式，已經是相當的隔膜了。與他的期待相反，那二十多個人衝進去之後，房子裡一直沒什麼動靜。既沒有哭爹叫娘，也沒有「乒乒乓乓」的嘈雜與斥罵。除了鎖匠用榔頭敲擊防盜門的鎖芯而發出來的「橐橐」聲，整個屋子一片死寂。

「小鋼炮」睡醒了覺，精神明顯比上午好多了。他既不喘又不暈，一個人站在窗口，踮著腳朝裡邊窺望。

不一會兒的工夫，小秋笑瞇瞇地從屋裡走了出來。他把手裡的雪茄再次點燃，猛吸了一口，沒頭沒腦地說了句：「滿好！」

起士問他：「滿好」是個什麼鳥意思？

「她們正在收拾東西。一會兒就完事。」小秋輕描淡寫地支吾了一聲。接著，他又補充道，「這兩個女的，滿好玩的嘞！」

起士又問，怎麼個好玩法？

小秋道：「吾還以為她們有多難弄！其實呢，膽小得要命。跟吾們挺配合的。吾進去後，就讓人把那兩個女的叫到跟前來。吾讓她們不要抖。吾不喜歡女的在吾跟前抖。吾說，你們看看吾，可怕嗎？她們都搖頭。吾說，不可怕，你們抖什麼東西呢？不要抖。可她們照樣還是抖。

「吾只問她們三句話。吾說，看來你們今天得挪個地方了。那兩個女的，你看我，我看你，都不說話。吾說，你們今天得給吾從這兒搬出去。這是肯定的，沒得商量的，阿曉得？但怎麼個出去法呢？你們可以自己選擇。要麼是穿著衣服出去，要麼呢，光著身子，一絲不掛地出去。你們自己選。她們肯聽吾的話呢！馬上都說，要穿著衣服出去。吾又問，你們是空著手出去呢，還是帶上你們的東西出去？她們說，願意帶上東西出去。我問她們二十分鐘夠不夠？她們都說，差不多夠了。吾連手指頭都不碰她們一下子！現在正忙著翻箱倒櫃呢。我只帶來了六個沙皮袋子，不知道夠不夠她們裝。」

聽小秋這麼說，家玉緊鎖的眉頭終於舒展開來。端午倒是有點暈乎乎的。一直等到春霞的姊姊抱著那隻大花貓，從屋子裡走出來，端午都覺得自己好像在做夢。春霞跟在姊姊的身後，手裡拎著一個剛剛從牆上取下來的畫框。接著出來的，是五個拎著沙皮袋子的方頭青年。她們的東西不多，最後一個沙皮袋還沒用上。

春霞打開了那輛灰色「現代索納塔」的後車廂，那些人就幫她把東西往裡塞。塞不下的，就擱在了車子的後座上。春霞把車門關上，特意又朝家玉走了過來。家玉一時不知如何應對，只好假裝查看手機上的資訊。

春霞走到她很近的地方，站住了。她一動不動地看著家玉，低聲地對她說了一句什麼話。端午沒有聽清，可他看見妻子的臉忽然變得煞白。

等到那輛「索納塔」晃晃悠悠地出了東門，鎖匠也已換好了門鎖。他提著工具箱，從樓道裡出來，出了一身的汗。他將一串嶄新的鑰匙，遞到了小秋的手上。小秋將鑰匙在手上掂了掂，又遞給了端午。

事情就算了結了。

端午提出請小秋吃晚飯。小秋想了想，說他待會還有點事。「要不改日吧。吾們約上守仁，一塊聚聚。」

小秋帶著那夥人離開後，起士也招呼著發行科的幾個同事，鑽進一輛又破又爛的老捷達，告辭而去。因家玉的車停在西門的網球場，剩下的幾個人，就穿過社區，往西邊走。

正是太陽落山的時候，附近村莊裡的菜農將自留地裡的蔬菜、白薯和大米用平板車推著，運到社區裡面來賣。一個瘦得只剩下皮包骨頭的老太太，正和社區的住戶討價還價。「小鋼炮」大概是嫌老太太的菜攤妨礙他走路，也許是覺得自己的一身好拳腳，一直沒得到機會施展，他忽然心血來潮，飛起一腳，將老太太的菜籃子踢到了半空中。

6

唐寧灣的房子總算要回來了。可家玉的心情似乎一點也沒有改善的跡象。她的話變得愈來愈少。整日裡神情抑鬱，而且總愛忘事。端午問她，那天春霞在離開前，到底和她說了句什麼話。家玉又是搖頭，又是深深的嘆息，末了，就撂下一句讓人摸不著頭腦的話：

「也許春霞說的沒錯。一點都沒錯。」

他知道，在那種場合，春霞自然不會有什麼好話。可是一連幾天，為一句話而悶悶不樂，似乎也有點不近情理。他也沒把它太當回事。只有在督促兒子完成家庭作業的時候，家玉才會暫時忘掉她的煩惱，回覆常態。對兒子，她仍然像過去一樣嚴厲，毫不通融。

母親張金芳在鶴浦一待就是一個多月，隻字不提回梅城的事。家玉白天早早去律師事務所上班，晚上要熬到九點過後，才會回到家裡。

她盡量避免與婆婆照面。

端午通過小魏，去探聽母親的口風。不料，母親反問道：「唐寧灣的房子既然已經要回來了，又不讓我們搬過去住，也不知道她安的是什麼心！」

原來，她壓根就沒打算走。

母親向端午抱怨說，梅城那地界，如今已住不得人了。說白了，那地方，就是鶴浦的一個屁眼。化工廠都搬過去且不說，連垃圾也一車一車地往那裡運。只要她打開窗戶，就能聞到一股燒糊的橡膠味，一股死耗子的味道。連水也沒過去好喝了。她可不願意得癌症。

端午把母親的心思跟家玉說了說。家玉古怪地冷笑了一下，眼睛裡閃動著悲哀的淚光：「等到過完年吧。我讓她。」

明顯是話中有話。這也加重了端午對妻子的憂慮。他只得又回過頭去勸慰母親。張金芳當然寸步不讓，死活不依。最後小魏道：「您老想想看，鶴浦離梅城也就二十公里，空氣在天上飄來飄去，你說梅城的空氣不好，這兒又能好到哪裡去？房子剛剛收回來，總還要收拾收拾。再一個，搬家也不是小事。總得找個會算命的瞎子，看看日子，辦兩桌像樣的酒席。」好說歹說，連哄帶騙，總算把她送回了梅城。

可母親走後，沒兩天，又發生了一件讓他意想不到的事。

這天傍晚，端午下班後沒有回家，而是直接打車去了英皇酒店旁的大連海鮮館。綠珠在兩個小時前給他發來了短信，約他在那見面。她說有一件十分要緊的事要與端午商量。天空沉黑沉黑的，颳起了東北風，卻並不十分寒冷。看上去像是要下雪。

端午乘坐的那輛黑車剛駛入濱江大道，就接到了家玉打來的電話。她讓他趕緊回家一趟，因為「若若看上去有點不太好」。

端午嚇了一跳，趕緊吩咐司機抄近路，一路闖紅燈，朝家中疾馳而去。他滿腦子都是兒子虛弱的笑容，心裡堆滿了鑽心剜肉般的不祥預感。綠珠一連發來了三、四條短信，問他到哪了，他都沒顧上回覆。

家玉坐在兒子的床邊，抹著眼淚。兒子的額頭上搭著一塊濕毛巾，似乎正在昏睡，急促的鼻息聲嘶嘶地響著。瘦弱的身體裹在被子裡，不時地蹬一下腿。

「怎麼抖得這樣厲害？」端午摸了摸兒子的額頭，「早上還好好的，怎麼會這樣？」

「剛才抖得更凶。現在已經好一些了。給他加了兩層被子，他還喊冷。」家玉呆呆地望著他。

「試過錶了嗎？」

「三十九度多。剛給他喝了美林懸浮液。燒倒是退了一些。你說，要不要送他到醫院去看看？」

按家玉的說法，兒子放學回到家中，就一個人呆呆地坐在床前發愣。叫了他幾聲，他也不理。家玉過去摸了摸他的頭。還好。只是鼻子有點囔。她照例囑咐他去做作業。兒子倒是挺聽話的，慢慢地打開檯燈，拉開書包，攤開試卷，托著小腦袋。

「我也沒怎麼在意，就到廚房做飯去了。不一會兒，他就轉到廚房裡來了。他說，媽媽，我能不能今天不做作業？我想睡一會兒。我還以為他累了，就說，那你就去睡上半小時，作業等吃完飯再做吧。沒想到，等我做完飯，再去看他，小東西就已經在床邊打起了擺子。問他哪不舒服，也不吭氣。到這時，我才發現出了事。原來是佐助不見了……」

端午也已經注意到了這個悲哀的事實。床頭櫃的鑄鐵架上，已不見了鸚鵡的身影。那條長長的細鐵鏈，像蛇一樣盤在櫃子上。那隻鸚鵡，一定是弄斷了鐵鏈飛走了。可眼下正是冬天，窗戶關得很嚴。即便鸚鵡掙斷了鐵鏈，也無法飛出去。他向家玉提出了自己的疑問，而妻子則提醒他，南窗邊有一個為空調壓縮機預留的圓洞。

「牠會不會從那鑽出去？」

「不可能！」端午道，「你忘了嗎？幾隻麻雀銜來亂草和枯葉，在裡邊做了一個鳥窩。那個洞被堵得嚴嚴實實，那麼大一隻鳥，怎麼鑽得出去？再說了，若若和鸚鵡早就玩熟了，你就是解開鐵鏈，牠也不見得會飛走……」

家玉這時忽然煩躁起來，怒道：「你先別管什麼鸚鵡不鸚鵡的了！我看還是趕緊送他到兒童醫院看看吧。要是轉成肺炎，那就麻煩了。你快給孩子穿好衣裳，帶他到社區的北門等我。我去開車。」

說完，家玉開始滿屋子找她的車鑰匙。

端午給若若穿好衣服，將他背在背上。正要下樓，忽聽見兒子在耳邊有氣無力地提醒他，讓他把窗戶打開。

「幹麼呢？外面還呼呼的颳著北風呢！」

「佐助要是覺得外面冷，說不定，會自己飛回來……」

他們去了兒童醫院的急診部，排了半天隊，在分診檯要了一個專家號。大夫是個慈眉善目的老太太，替若若聽了聽前胸後背，又讓端午帶他去驗了血。還算好，僅僅是上呼吸道感染。夫婦倆這才安下心來。

大夫一邊飛快地寫著處方，一邊對他們道：「感冒有個三、五天總能好，只是小傢伙的精神狀況，倒是滿讓人擔心的。你想啊，養了七、八年的一個活物，說沒就沒了，換了誰都受不了。他要是像別的孩子那樣，大哭大鬧一場，反倒沒事。可你們家這位，兩眼發直，不癡不呆的，顯然是精神上受了刺激的緣故。你們這幾天多陪陪他，多跟他說說話。如果有必要，不妨去精神科看看，適當做些心理干預。」

他們在觀察室吊完了一瓶點滴，若若的燒明顯退了。從醫院回家的路上，家玉開車經過大市口的晨光百貨，看見那裡的一家體育用品商店依然燈火通明，就帶著若若去那裡買了一雙紅色的耐吉足球鞋。以前，若若一直嚷嚷著要買這樣一雙球鞋，家玉始終沒鬆口。家玉給他試著鞋，不停地問他喜不喜歡。小傢伙總算咧開嘴，勉強地笑了一下。他們又帶他去商場五樓的美食街吃飯。家玉給他要了一碗銀杏豬肝粥，外加兩只他平時最喜歡吃的「蟹殼黃」小燒餅。可今天他連一只都沒吃完，就說吃不下了。燒餅上的芝麻和碎皮掉了不少在桌上，若若就將那些芝麻碎屑小心地擼到手心裡。

他要帶回去餵佐助。這是他多年來的習慣。

家玉不忍心提醒他鸚鵡已經不在了，在一旁偷偷地抹眼淚。

回到家中，大風嗚嗚地抽打著窗戶，把桌子上的試卷和習題紙吹得滿地都是。

佐助沒有回來。

家玉給若若洗完腳，又逼著他喝了一杯熱牛奶。然後，將臉湊到他脖子上，蹭了蹭，親暱地對他說：「今晚跟媽媽睡大床，怎麼樣？」

兒子木呆呆地搖了搖頭。

家玉只得仍讓他回自己的小屋睡。他的眼睛直勾勾地盯著窗外漆黑的夜空。家玉知道，他還在惦記著那隻鸚鵡。

「那媽媽在小床上陪你，好不好？」

「還是讓爸爸陪我吧。」兒子道。

家玉像是被什麼東西扎了一下，吃驚地睜大了眼睛。躲躲閃閃的目光，瞟了端午一下，故作嗔怒地「喊」了一聲，替他掖好被子，趕緊就出去了。不過，端午還是從她驚異的眼神中看到了更多的內容，不禁有些疑心。

難道是家玉故意放走了那隻鸚鵡？

稍後，從兒子的日記本上，這一疑慮很快就得到了證實。

端午趴在兒子的床前，跟他說著一些自己也未必能明白的瘋話。諸如「爸爸是最喜歡老兒子的」之類。兒子很快就睡熟了。大概是剛剛吃完藥的緣故，他的額頭上汗津津的，涼涼的。端午鬆了一口氣，忽然覺得，這個世界仍像過去一般美好。妻子在隔壁無聲地看電視。他在兒子床邊坐了一會兒。因為閒著也無聊，他就幫兒子去收拾書桌。

桌子上堆滿了教材和參考書，還有黃岡中學和啟東中學的模擬試題。在一大摞《龍門習題全解》的書籍下面，壓著一個棕紅色的布面硬抄。那是多年前，端午用來抄詩的筆記本，放在書架上久已不用。本子已經很舊了，紙張也有些薄脆，兒子不知怎麼將它翻了出來。本子的開頭幾頁，是他早年在上海讀書時抄錄的金斯伯格的兩首詩。一首是〈美國〉，另一首則是〈向日葵的聖歌〉。在這兩首詩的後面，是兒子零星寫下的十多則日記。他不知道兒子還有寫日記的習慣。

每則日記，都與鸚鵡有關。而且，都是以「老屁媽今天又發作了」一類的句子開頭的。其中，最近的一篇日記是這麼寫的：

老屁媽今天又發狂了。她說，如果這學期期末考試進不了前五十名，她就要把你煮了吃了。她說，她說到做到。煮了吃，當然是不會的。她就這麼說說。這話她已經說過很多遍了，不會真的這麼做。可是佐助，其實你並不安全！媽媽如果真的要對你下手，多半會把鐵鏈子弄斷，把你從窗口扔出去。萬一哪一天，我放學回家，見不到你，她就裝模作樣地說，是你自己飛走的。這種危險在增加。佐助，親愛的朋友！我晚上要做作業，沒有太多的時間跟你玩。你一定要乖乖地聽話。千萬別亂叫。尤其是後半夜。人的耐心是有限度的。如果我真能考進年級前五十，老屁媽就會帶我們去三亞過春節。算是獎勵。就是不知道能不能帶你上飛機。大結巴說可以帶，蔣肥肥說不可以帶。如果不能帶，我寧願不去。不管怎麼樣，朋友，請給我力量吧。萬一我考不進前五十，我就自殺！

佐助，加油！

若若半夜裡醒過來一次，他要喝水。端午摸了摸他的額頭。還好。他去廚房裡給他榨了一點橙汁，兌上溫開水，給若若端過去。又逼他吃了兩粒牛黃銀翹。若若忽然睜開眼睛，問他道：

「你說佐助現在會在哪裡？」他終於開口說話了。這至少表明，他已經試著接受失去鸚鵡的事實。

端午想了想，回答道：「牠不會跑遠的。我們家外面就是伯先公園。我覺得牠現在應該在伯先公園的樹林子裡。等你病好了，我們就去公園轉轉，說不定能在哪棵樹上望見牠。」

「外面這麼冷，說不定早就凍死了。鸚鵡是熱帶動物，在我們這裡，牠在野外根本無法存活。」

「這倒也說不定。鸚鵡是一種很聰明的鳥。聰明到能模仿人說話，是不是？牠很聰明，別擔心。隨便找個山洞啊，樹上的喜鵲窩啊，一躲，就沒事了。等到天氣稍稍暖和一點，牠就會往南飛。一直飛回到牠的蓮禺老家。」

「蓮禺很遠嗎？」

「很遠。少說也有兩千多公里吧。不過對於鳥類來說，這點距離根本算不得什麼！你不是看過《遷徙的鳥》嗎？」

兒子癡癡地看了他一會兒，翻了一個身，鑽到被子裡接著睡。在被窩外面只露出了一小撮柔軟的髮尖。屋外的風聲，奔騰澎湃，如赴敵之兵，銜枚疾走。端午在他的床邊坐了一會兒，確定他睡熟了之後，這才關了檯燈，躡手躡腳地替他掩上了房門。

第二天是星期五。家玉因要辦理一件司機故意碾壓行人致死的案件，一早就去了律師事務所。端午向單位請了假，留在家中陪兒子。若若上午倒是沒燒，可到了中午前後，額頭又開始熱了起來。下午，家玉從單位給他發來一條短信，詢問若若的病情。她還叮囑端午，給兒子的班主任姜老師打個電話。

沒等到端午把電話打過去，姜老師的電話先來了。

端午跟她說了說若若感冒的事。他還提到了那隻飛走的鸚鵡，提到了大夫的擔憂。在電話的那一端，姜老師「咯咯咯」地笑個不停。她也有話要和家長溝通。她說：

「上一週，不，上上一週吧，學校裡開運動會。譚良若自己沒什麼項目，可還是到田徑場來找同學玩，看熱鬧。我和幾個老師拿著秩序冊東奔西跑，忙得恨不得身上長出翅膀來。他倒好，手裡托著一隻好大的鸚鵡，往跑道中央那麼一站，喝！好不神氣！要是他手裡再有一枝雪茄，那就活脫脫的一個希區考克！裁判員舉著槍，又擔心四百米跑的運動員撞著他，遲遲不敢發令，我只得跑過去把他拽走了。

「你這孩子呀，怎麼看都不像是十三歲的少年。往好裡說吧，天真爛漫，沒心沒肺；要是往壞裡說，整個就一個渾渾噩噩，不知好歹。和他同齡的孩子，比如馬玉超，多懂事！已經能把一台晚會組織得井井有條了；廖小帆呢，在剛剛結束的全市英語演講比賽中得了第一名。馬向東，不換氣就能把整篇的《尚書》背下來。唉，不說了。你兒子倒好！一直生活在童話世界中，賴在嬰兒期，就是不肯長大。我左思右想，總也找不出原因。喝！好嘛！原來是這隻鸚鵡在作怪。

「我當天晚上就給你們家打了電話。讓他母親趕緊把這隻鸚鵡給我處理了。他母親還推三阻四的，說什麼這鳥跟了他七、八年了，有點不好弄。有什麼不好弄的？我跟她說，你把鏈子一絞，把牠往窗外一扔，不就完事了嗎？你兒子很有潛力，期中考試考得還不錯。到了這個期末，你們家長再加把勁，進入前一百，甚至是前五十，都有可能。做家長的，對孩子一定要心狠一點，再狠一點。你也知道，這個社會將來的競爭會有多麼殘酷……」

原來是這麼回事。

班主任仍在電話中絮絮叨叨地說個沒完。可端午已經沒有心思聽她說下去了。看來，這個姜老師，比起小學的那個雙下巴的「暴君」，也好不到哪裡去。幾乎可以不假思索地將她歸入到綠珠所說的「非人」一類。這麼一想，端午倒也不怎麼生氣了。

「今天就讓他在家歇著。明天是星期六，學校要補週三的課，他最好來一下。我專門請了數學和英語老師來給他們總複習。下周就要期末考了，是全區統考。」姜老師嚴肅地提醒他。

「可是，孩子還發著燒呢。」

「不就感冒嗎？現在是冬天，正是感冒多發季節。全班四十六個學生，哪天沒有得感冒的？要是都跟你兒子似的，有個頭疼腦熱就不來上課，我們學校還要不要辦？」

端午還想跟她解釋，可姜老師已經氣呼呼地把電話掛斷了。

晚上家玉回來，端午跟她說了給姜老師打電話的事。家玉就咧開嘴，鼻子裡哼了一聲，低聲道：「我身上的不白之冤，總算可以洗清了吧？唉！說實話，我昨天把鸚鵡從窗口放出去的時候，心裡還真捨不得。牠先是飛到了窗下的一棵石榴樹上，四下裡望了望，然後又猛地一下朝窗口撲過來。這鸚鵡，和你兒子還真是有感情！牠飛到窗玻璃上，拚命地搧動著翅膀。可玻璃太滑了。看牠那架勢，還是不肯走的意思。我就把窗戶打開了一條縫，找來一根晾衣竿，閉上眼，咬著牙，在牠黃色的肚子上使勁一捅，那東西：『嘎嘎』地慘叫了兩聲，繞著窗戶飛了半天，最後影子一閃，不見了。我當時還一個人哭了老半天。」

家玉眼睛紅紅的。端午的鼻子也有點發酸。他又問起了妻子手頭那件司機撞人的案子。家玉搖了搖頭，只說了「很慘」兩個字，就不吱聲了。

星期六的上午，颳了兩天的大風終於停了，天氣卻變得格外的寒冷。若若退了燒，身體看上去還有點虛弱。家玉給他煎了個荷包蛋，蒸了一袋小臘腸。若若說沒胃口，他只吃了一小瓶優酪乳和一片蘋果。

臨去學校前，家玉給若若加了兩件毛衣，又在他脖子上圍了一條羊絨圍巾。家玉再次提出來要開車送他去學校，若若還是沒答應。他寧願自己騎車去。看起來，他還在生媽媽的氣。端午勸她將放走鸚鵡的事跟兒子說清楚，乾脆將責任「全都栽到姜老師頭上」，家玉想了想，沒有答應：

「那多不好？惡人還是我來做吧。」

從社區到鶴浦實驗學校並不算遠，可是途中得穿過四條橫馬路，這讓家玉一直叨叨不休。孩子剛下樓，她和端午都趴在陽台上，目送著那個像河豚似的身影，往東繞過噴水池，搖搖晃晃地出了社區的大門。

大約半個小時之後，家玉給他們班主任打了個電話，確認孩子已到校，這才放下心來。兩個人匆匆吃過早飯，家玉就說頭暈，要去床上睡一會兒。端午則坐在臥室的躺椅上，繼續看他的《新五代史》。家玉根本沒睡著，她腦子裡想的東西太多了。一會兒問他，學期結束時，應該給學校的主科老師送什麼禮物，一會兒又盤算著等兒子回來應該給他做點什麼開胃的午飯。端午提議說，若若最喜歡吃日本料理，不如直接開車去英皇大酒店。它的頂層有一家迴轉壽司餐廳。家玉也說好。至於給老師的禮物，他們也很快達成了一致意見：直接送錢。語、數、外，每人兩千。

兩人說了會兒話，家玉已經全然沒有了睡意，她賭氣似的打開了電視。可大清早的，電視節目也沒什麼可看的。不是歹徒冒充水暖工入室搶劫，就是名醫坐堂，推薦防治糖尿病、癌症的藥物和祕方。他聽見家玉「啪」的一聲把電視關了，抱怨道：「都是些什麼事啊！」

端午就把手裡的書移開，笑著安慰她：「與歐陽修筆下的五代相比，還是好得多。」

到了中午十二點半，若若還沒回來。

家玉開始挨個地給同學家長打電話。「戴思齊的老娘」告訴家玉，差不多十二點十分，她親眼看見若若和戴思齊騎車進了社區的大門。當時，她正在社區的菜場買菜。聽她這麼說，家玉一直緊皺著的眉頭，才算舒展開來。可是他們一直等到一點鐘，也沒有聽到期盼中的門鈴聲。家玉總是覺得哪兒有點不對勁。既然他已經回到了社區，怎麼這麼半天還不見他回來？

擔心害得她喋喋不休，自問自答。

夫妻倆決定下樓分頭去找。

端午把社區的各個角落找了個遍，連物業二樓的美髮店和足療館都去過了，還是沒有見到兒子的蹤影。最後他來到社區的中控室，家玉也已經在那裡了。在家玉的堅持下，社區的保安調出了中午前後大門的監控錄影，一幀一幀地慢慢重播。很快，灰暗的畫面中，出現了兒子那鼓鼓囊囊的身影。和胡依薇說的一樣，若若和戴思齊騎著自行車，並排進了社區大門。兒子在拐入一條林蔭小路時，還跟戴思齊揮手告別。

保安安慰他們說，既然他進了社區，那就絕對不會丟：「是不是去同學家玩了？你們再找找？」出了中控室的大門，家玉忽然對端午道，會不會在我們下樓找他的這工夫，他已經到家了？說不定這會兒他正在門口的石凳上坐著呢。端午心裡也是這麼想的。

他們一路小跑來到了單元門口，又一口氣跑上六樓。樓道裡仍然空空蕩蕩。

家玉是個急性子，她不安地朝端午瞥了一眼，掏出手機就要報警。正在這個節骨眼上，社區的一名保安「咚咚」地跑上樓來，喘著氣對他們說，在社區後面變電房邊上，遠遠地站著一個小孩：「不知道是不是你們家的，趕緊過去看看吧。」

他們跟著保安下了樓，一路往西跑。社區修建時開挖地基的土方和建築垃圾沒有及時外運，在社區後面的空地上堆了一個土山。後來又栽上了楊樹和塔松，並在那修建了一個變電房。那兒緊挨著伯先公園的旱冰場。

端午和家玉繞過社區後面的一片竹林，一眼就看見了兒子的那輛自行車。在高高的土山上，若若站在變壓器下面，正衝著伯先公園的一大片樹林「噓噓」地吹著口哨。

他還在向那隻鸚鵡發信號。

社區的圍欄外面是一條寬闊的河道，河上已經結了一層薄冰，在陽光下閃耀著碎鑽般的光芒。對岸就是伯先公園的石砌院牆。幾棵大楊樹，落光了葉子，枝條探出牆外。端午隱隱地看見樹梢上有一個綠色的東西。若若一面吹口哨，一面往樹上扔石子。可是，他根本扔不了那麼遠。

「佐助，回來！」

兒子跺著腳，哭喊聲聽上去啞啞的。端午爬到土山上，走到兒子身邊，朝那灰灰的樹梢上看了看。

哪裡是什麼鸚鵡？分明是被風颳上去的一只綠色塑膠袋。

家玉蹲在地上，抓住兒子的小手，喃喃地道：「對不起，是媽媽不好。媽媽不該把鸚鵡放走……」

若若看了看她，又轉過頭去，看了看那棵老楊樹。他還在猶豫。過了好長一段時間，他終於把腦袋埋在家玉肩頭，抱住她的脖子，大哭起來。

看著伯先公園裡那片空闊的人工湖面，端午悲哀地意識到，若若的童年，他一生中最有價值的珍貴時段，永遠地結束了。

7

元旦前一天，家玉在城南的宴春園訂了桌酒席，答謝冷小秋和他手底下的那幫弟兄。守仁和小顧都來作陪。小秋只帶來了他的司機兼保鏢。那人戴著一副金絲眼鏡，看上去十分斯文。守仁差不多也已經康復了，氣色很好，白裡透紅的一張臉，往外滲著油光。這要歸功於他那些自創的養生祕方，歸功於遼東的海參、東南亞的燕窩、青藏高原的冬蟲夏草。他顯得有些興奮。

文聯的老田照例不請自到。他正纏著守仁，讓對方在春暉棉紡廠新開發的那個社區，給他留一套「雙拼」，並央求守仁給予對折的優惠。守仁呵呵地笑著，也不接話。被老田逼得實在沒辦法，這才說：

「還打什麼對折！等明年樓蓋好了，你挑一棟，直接搬進去住就是了。」

明顯是精緻的推託之詞。

起士問小顧，綠珠怎麼沒一起來？小顧笑道：「她呀，從來不和俗人交往。前些天，又被端午放了回鴿子，這會兒正在家中生悶氣呢。」

起士回頭看了看端午，笑道：「我們是俗人沒錯，有人例外。不過，俗話說，兔子不吃窩邊草，你可不能把小姑娘弄到床上去啊！」

「那是你！人家才不會！」小顧推了起士一把，笑道。

小顧說，綠珠不久前結識了一個環保組織的瘋丫頭，忽然就說要做環保。硬是逼著她姨父給捐了七十多萬。可錢一到帳，那人就沒了消息。打電話關機，發短信也不回。算是人間蒸發。錢倒是小事……

守仁正要說什麼，忽然看見家玉接到了小史，兩個人有說有笑地走了進來。大家忽然就住了嘴。

「小鋼炮」沒和小史一塊來。端午暗自慶幸。

守仁和小秋的到來，驚動了這家飯店的禿頭老闆。他親自在門廳的茶室裡招呼待茶。又嫌酒樓裡太嘈雜，不成個樣子，硬是把原先訂在二樓的那桌酒席，臨時挪到了後院自家的花園裡，也算是鄭重其事。

宴春園酒樓，是在原先「新光旅社」的舊址上翻蓋的。三層樓的店面，看上去也不怎麼起眼，但生意卻十分火爆。眼下正是品嘗江蟹的時節，等待叫號的食客已經在門口的木椅上排起了長隊。老闆領著他們，穿過煙熏火燎的廚房邊的小側門，走進了對面的一個小四合院。老闆平常喜歡收藏，他們在經過一間狹窄的琴房時，看見兩邊的櫥櫃裡，陳列著不知從哪兒收來的古器舊物。

小史似乎一下子就被這些陳列品迷住了。東摸摸，西看看，纏著禿頭老闆問這問那。老闆倒是很有耐心地一一為她做了介紹。說起來，也無非是吳太白的長劍，季劄的古琴；葛洪的小丹爐，小喬的妝奩盒；孫堅佩戴的調兵權杖，寄奴用過的射雕彎弓；東漢的石鼓，六朝的銅鏡……

見老闆說得那麼誇張，端午也不由得停下腳步，細細觀賞。忽聽得走在前面的徐起士對家玉小聲嘀咕了一句：「聽他的！這年頭哪有什麼真東西，全是假的。你知道在高橋那個地方，整個村莊都在炮製這種貨色。我已經在報紙上揭露過好幾回了，可惜那禿驢不看我的報紙，白白糟蹋了這許多冤枉錢！」

小秋回頭白了起士一眼，笑道：「屌毛！你倒是有心思操這份閒心！來噢！吾有一個堂侄，在你們那塊實習哪，你別老讓他做夜班編輯……」

琴房的隔壁是一間寬敞的客廳，幾個人正好坐滿了一張八仙桌。空調剛剛打開，屋子裡還是有點冷。客廳的北邊一面臨水，那是一個人工開鑿的水池。池畔疊石為山，水池中央有一個八角涼亭，有石橋相通連。怎麼看，端午都覺得有點俗不可耐，不倫不類。老闆介紹說，若是在夏天，他會常常請人到這裡來唱堂會。好在外面有一堵高牆，擋住了北風，也隔開了外面的市聲，使得這個小園顯得十分幽靜。

席間，家玉問起守仁的傷情以及他被打的經過，守仁的臉色陡然變得有點難看。他似乎不願意有人重提此事，只簡單地敷衍了一句：「現在的工人，有點不太好弄！」就支吾過去了。不過，他很快又說道，自己在受傷之後的這兩個多月中，倒也讀了不少書，明白了不少道理。他提到了《資本論》，提到了《路易．波拿巴的霧月十八日》，甚至還提到了黃炎培與毛澤東在延安的那次多少有點詭異的談話，讓端午頗感意外。

「歷史是重複的，或者說，是迴圈的。不僅中國如此，西方也一樣。」守仁向坐在邊上的徐起士要了一根菸，可剛抽了兩口就掐滅了。「原來都他娘的沒戲。中國人通常說六十年一個甲子。有點迷信是不是？可馬克思和黑格爾也這麼看。讀了《路易．波拿巴的霧月十八日》我才知道，為什麼在資本主義社會，會週期性地爆發危機。這種危機，為什麼從根本上說是無法避免的……」

「那你快說，為什麼是無法避免的呀？」小史忽然冒失地問了一句。經她這一問，大家全笑了。

守仁倒是沒笑，被她一攪，也沒再往下說。過了一會兒，他反過來問了小史一個十分古怪的問題：

「小姑娘，你晚上做夢，曾經夢見過下雪嗎？」

小史愣了一下，皺著眉，想了想，不安地笑了笑，道：「沒有啊，從來沒有過！咦，我怎麼從來沒有夢見過下雪呢？你別說，真的哎，一次也沒夢到過。奇怪。」

守仁又轉過身去，挨個地去詢問在場的每一個人。大家面面相覷，都說沒有。

家玉最後一個被問到。與端午的預料相反，家玉十分肯定地答道：「夢見過。而且不只一次。怎麼？是好還是不好？」

守仁笑而不答。他站起身來，端起酒杯，對家玉道：「看來就我們倆有緣。我們兩個喝一杯！」

「自打他挨了打之後，就變得有些神神道道的。」小顧對家玉道，「你別聽他瞎說。」

家玉起身喝掉了杯中的酒，又讓服務員滿上，拉著端午，一起給小秋敬了酒。小秋有點好酒，就一連喝了三杯。他向家玉打聽最近在鶴浦轟動一時的孫子為提前繼承房產而雇兇殺母的離奇案件。借著酒興，隨後又發表了一通中國社會最大的問題在於沒有健全的法律一類的議論。都是陳詞濫調。見沒人搭理他，小秋就拉了拉旁邊若有所思的徐起士，詢問對方，他剛才的一番話「有沒有些道理」。

在端午看來，起士的觀點不好琢磨。其實，他沒有一定的見解。往往早上是個唯西方論者，中午就變成了有所保留的新左派，到了晚上，就變成死心塌地的毛派。有時，如果喝了點酒，他也會以一個嚴苛的道德主義者的面目，動輒訓人。

他對小秋的觀點根本不屑一顧。他沒有正面回答小秋的問題，而是引用了《左傳》中叔向寫給子產的一封信，說什麼「民知有辟，則不忌於上」，什麼「錐刀之末，將盡爭之。亂獄滋豐，賄賂並行」，什麼「國將亡，必多制……」。

完全不知道《左傳》為何物的冷小秋，被他噎得一愣一愣的，只有乾瞪眼的份，坐在那兒乾著急。末了，起士拍了拍他的肩膀，語重心長道：

「國舅老弟，法律一類的問題，不是你這樣的人可以隨便談的。你呢，管好手下那幾十個弟兄就行了。我們萬一遇上法律解決不了的問題，你老弟就不時地出動一下子，打打殺殺。別的事情，你還是少管為好！」

小秋被起士搶白了這一下，面子上似乎有點掛不住，可又不好公然發作，只得乾笑。好在這時來了一個電話，他就掏出手機，到窗戶邊接電話去了。可徐起士還是不依不饒，對小秋笑道：

「你看，被我說了一通，他一著急，去打電話讓黑社會來拿人了。」

酒桌上，又是一陣哄笑。

坐在端午右手的老田，一直悶聲不響，這時也碰了碰端午的胳膊，小聲道：「今天晚上的談話有點詭異啊，你有沒有覺得？」

「怎麼詭異？」端午以為老田指的是做夢下雪那件事。可老田根本不是這個意思。

「你看哦，資本家在讀馬克思，黑社會老大感慨中國沒有法律，起士呢，恨不得天下的美女供我片刻賞樂。被酒色掏空的一個人，卻在呼籲重建社會道德，滑稽不滑稽？難怪我們的詩人一言不發呢。」

老田的話雖是玩笑，聽上去卻十分的刻薄刺耳。不過，在政治話題淪為酒後時髦消遣的今天，端午覺得，可以說的話，確實已經很少了。他寧願保持沉默。

禿頭老闆領著酒樓的廚師長來敬酒。小史因為總插不上話，有些無聊，當老闆端著酒杯走到她跟前的時候，她就問，能不能再去看看他的那些藏品。

「可以啊。」老闆一激動，忙不迭地道，「樓上還有好多呢，我這就帶你去。」說完，匆匆向大家一抱拳，說了句「各位請隨意」，就領著小史走了。他忘掉了桌上還有一個人沒有敬到。

「那頭陀要領潘巧雲上樓看佛牙，急火攻心，就把小顧給落下了。」一起士一臉壞笑。

「潘巧雲是誰啊？」小顧人老實，不知道起士話中的典故，兀自在那裡東張西瞅，大家全都笑翻了天。

守仁只得對妻子道：「你喝湯。」

「喝不下了，」小顧道，「我也出去轉轉，透透氣，屋裡的空調太熱了。」

小顧剛走，老田就挪到了她的位置上，和守仁小聲地談論著什麼。端午以為他還在纏著守仁要買他的別墅，仔細一聽，原來是在討論養生之道。老田向守仁推薦剛從報上看到的一個祕方。他已經試過了，還真有效。淫羊藿、狗鞭和山藥、紫蘇一起燉，能夠壯陽養腎，每天早上醒來「短褲裡都是硬邦邦的」。

端午聽了一會兒，就起身到外面的水池邊抽菸。

外面起了一層大霧。對面近在咫尺的高樓，竟然也有些輪廓模糊了。院牆外很遠的地方，汽車行駛的聲音像風聲般地響著。小顧趴在水泥欄杆上看金魚。在綠色地燈的襯照下，那些魚擠成了一堆，水面不時傳來魚群擺尾的颯颯之聲。

端午忽然問小顧，綠珠最近在做些什麼。

小顧笑道：「還能做什麼？說要做環保，被人騙了錢。剛剛安靜了沒幾天，就拿著一台攝像機，滿山滿谷的瞎轉悠，說是要把鶴浦一帶的鳥都拍下來做成幻燈。外面天寒地凍的，她倒也不怕冷！我擔心她在外面遇到壞人，就讓司機一步不離地跟著她。你說現在這會兒，山林裡哪還有什麼鳥啊？這不是吃飽了飯沒事幹麼？昨天，她還喜滋滋地讓我和守仁去看她的照片，都存在電腦裡，嗨！怎麼淨是些麻雀呀？」

端午只是笑。

小顧又道：「過兩天你見到她，替我好好開導開導。別讓她在外面成天瘋跑了。如今也就你的話，她或許還能聽得下一句半句。」

隔壁的琴房裡也亮著燈。透過閉闔的窗簾縫，端午看見禿頭老板正在教小史彈古琴，兩個人的臉就要挨到一起了。他的手從她領口插下去，小史的身體猛地那麼一聳，害得端午也打了個寒噤。就像一腳踏空了似的。

「你冷嗎？」小顧關切地問他。

「不不，不冷。」

「守仁最近也有點不太對頭。」小顧憂心忡忡地對端午道。

「我看他挺好的啊！」

「那是外表！他也就剩下這副空殼子了。成天愁眉不展的，你說他也不做學問，整天讀那些沒用的書做什麼？最近一段日子，他總是有點疑神疑鬼，好像有什麼事在心裡藏著，你好心問他，又不肯說。」

端午正想安慰她兩句，屋裡又傳來一陣爆笑。他聽見守仁那略帶沙啞的聲音道：

「這年頭，別的事小，還是保命要緊！」

可是守仁並沒能活多久。

8

端午在陽台上抽菸。屋外又開始下雪。米屑似的雪珠，叮叮地打在北陽台的窗玻璃上。若若明天就要期末考試了，家玉正在客廳裡為他輔導數學。她是學理工出身的，丟了這麼多年數學還能撿起來，至少還能掙扎著與兒子一起演算那些令人眼花繚亂的習題。她一遍遍地給兒子講解著解題步驟，漸漸就失去了耐心。責怪變成了怒罵。慢慢地，怒罵又變成了失去理智的狂叫。拍桌子的頻率顯著增加。在寂靜的雪夜，她的聲音聽上去有點瘮人。端午的心臟怦怦地猛跳。但他唯有忍受。

又抽了第二根菸。眼看著情緒有點失控，他只得求助於綠珠的靈丹妙藥，惱怒地將妻子劃入「非人」一類，壓住心頭愈燃愈烈的火苗。

已經不是第一次意識到這樣的問題了：與妻子帶給他的猜忌、冷漠、痛苦、橫暴和日常傷害相比，政治、國家和社會暴力其實根本算不了什麼！更何況，家庭的紛爭和暴戾，作為社會壓力的替罪羊，發生於生活的核心地帶，讓人無可遁逃。它像粉末和迷霧一樣瀰漫於所有的空間，令人窒息，可又無法視而不見。

當然他可以提出離婚。

他腦子裡第一次浮現出這種念頭，是在他和家玉結婚的第二天。不過是想想而已。新婚宴席上多喝的酒還沒能醒過來，就向她提出離婚，多少有點不近人情。他暗暗決定，把這一行動推遲到兩個星期之後。既然可以推遲兩個星期，也沒有什麼理由不能推遲至兩年。現在，二十年的時間無聲無息地過去了。如果沒有外力的作用，離婚，實際上已經變得遙不可及。他知道自己無力改變任何東西。最有可能出現的外力，當然是突然而至或者如期而來的死亡。他有時惡毒地祈禱這個外力的降臨，不論是她，還是自己。

當年，他在招隱寺的那個破敗的小院中第一次看見她，就意識到將有什麼重大的事件在自己身上發生。她臉上羞怯的笑容，簡直就是命運的邀請。他們的相識和相戀是以互相的背叛開始的——他於那天凌晨不辭而別，像個真正的流氓，把她牛仔褲口袋裡的錢席捲一空；而家玉則很快與一個名叫唐燕升的員警公開同居。她甚至還為他打過一次胎。事實上，當他在鶴浦重新遇見她時，家玉和燕升已經在籌備不久後的婚禮了。她的名字由秀蓉變更為家玉，恰如其分地區分了兩個時代，像白天和夜晚那樣涇渭分明。

「秀蓉」所代表的那個時代，早已遠去、湮滅。它已經變得像史前社會一樣的古老，難以辨識。而「龐家玉」的時代，則使時間的進程失去了應用的光輝，讓生命變成了沒有多大意義的煎熬。

端午從陽台上出來，回到書房，繼續去讀他的歐陽修。

房間裡有一股濃郁的草藥香氣。大概從一個星期之前開始，家玉每晚都要煎服湯藥。端午甚至沒有問過她哪不舒服，似乎這樣的詢問，讓他感到彆扭和做作。客廳裡傳來了兒子輕微的哭泣聲，而家玉似乎已經罵不動了，語調中夾雜著不可遏制的嘲諷。

屏住呼吸，聽了一會兒，端午悲哀地感覺到，妻子現在的目的，已經不是讓兒子解題的方法重回正確的軌道，而是一心要打擊他的自信，蹂躪他的自尊。

他從書房裡走了出來，打開衣櫃的門，披上羊毛圍巾，戴上絨線帽和皮手套，對餐桌邊的那兩個人說了一句：

「我出去轉轉。」

家玉自然是不會搭理他的，兒子卻含著眼淚，可憐巴巴地轉過身來，用哀求的目光盯著自己的父親。

端午正要下樓，忽聽得有人按門鈴。時候不大，上來一個穿著皮夾克的青年。他是來還車鑰匙的。大概是借了家玉的車。但又不太像。因為他看見家玉紅著臉朝他走過去，令人不解地謝了他半天。具體什麼事，他也懶得過問。

屋外的雪下得更大了。拋拋灑灑的雪珠，這會兒已經變成了大片大片漫天的飛絮。路面上已經積了厚厚一層雪。好在沒有風，並不像他想像的那麼冷。偶爾可以看見幾個身穿運動服的老頭老太，呼哧呼哧地在雪地上疾走如飛。

他沿著樓前的那條小路一直往東走，繞過一片露天的兒童遊樂器材之後，就看見了那棵高大的古槐。當年社區修建時，這棵古槐因進入了全市古樹保護名錄而得以倖存。一根胳膊粗的大鐵柱支撐著衰朽的樹身，四周還修了一個堆滿土的水泥圓台。撣掉水泥台上的積雪，下面還是乾的。

這是他的老地方。

現在是晚上十點。假如他在這裡待上兩小時，當他再次回到家中的時候，應當就能聽見妻子和兒子的鼾聲。喧囂的夜晚將會重歸寧靜。這樣想著，他的心很快就平靜下來了。

綠珠給他發來了一條短信。告訴他下雪了。

端午回覆說，他此刻一個人正坐在伯先公園的對面賞雪。綠珠的短信跟著又來了：要不要我過來陪你？

他知道她這麼說是認真的。手機螢光屏發出的綠光，讓他的心裡有了一種綿長而甘醇的感動。它哽在喉頭。他猶豫了一下，直接撥通了綠珠的電話。

綠珠的母親從泰州過來看她，帶來了一條狗腿。現在，他們一家人正圍坐在壁爐前，吃著狗肉，喝著加拿大的冰葡萄酒。綠珠興奮地向他炫耀，她昨天在南山的國家森林公園拍到了兩張珍稀鳥類的照片。一個是山和尚，樣子有點像斑鳩，腦袋圓圓的，聲音聽上去有點像貓，但不是貓頭鷹。

「還有一種鳥，我起先不知道牠的名字。後來，一個網友告訴我，牠實際上就是傳說中早已滅絕的巧婦，怎麼樣，還不錯吧？」

「嗨，我還以為是什麼呢，原來是巧婦！」端午笑了起來，「小時候，在梅城，一到麥收的時候，漫天遍野都是這玩意。肚子是黃的，背是深綠色的，是不是？有點像燕子，牠喜歡剪水而飛……」

「喲，還剪水而飛呢，哈哈，你在做詩啊？」

綠珠的手機已經交到了守仁的手裡。守仁笑道：「你在雪地裡打電話，也不怕冷啊？乾脆你過來吧，一起喝點酒。我馬上就派車來接你。」

「不用。真的不用了。這雪下得很大。」端午道，「路上也不安全。」

「來吧！我還有點要緊的事，想聽聽你的意見。」

「什麼事？」

「後事。」守仁沉默了片刻，一本正經地道。

端午暗自吃了一驚。正想問個究竟，電話又被綠珠搶了過去。

「你別聽他瞎扯，他喝多了。」綠珠道，「忘了跟你說了，上次見過的那個何軼雯，總算來了電話，你猜猜她現在在哪裡？」

「我怎麼猜得到？」

「他媽的，在厄瓜多爾。」

端午在雪地裡待了兩個多小時。往回走的時候，腿腳漸漸地就有些麻木。他沿著濕滑的樓梯走到六樓，就聽見屋內妻子的斥罵聲，仍然一浪高過一浪。他心裡猛地一沉。已經是深夜一點了。

他換鞋的時候，妻子仍然罵聲不絕。兒子低聲地咕噥了一句什麼，家玉「呼啦」一下，將桌子上的模擬試卷劃拉到一起，揉成一個大紙團，朝兒子的臉上扔過去。若若腦袋一偏，紙團從牆上彈回來，滾到了端午的腳前。

「你忘了他明天還要考試嗎？」端午陰沉著臉，朝妻子走過去，強壓著憤怒，對她道。

「你別插嘴！」

「你看看現在幾點了？你不打算讓他睡覺了嗎？明天他還怎麼參加考試？」

「我不管！」家玉看也不看他。

「你這麼折磨他，他難道不是你親生的兒子嗎？」

「你他媽的給我閉嘴！」

「我只問你一句話，他是不是你親生的兒子？」

端午也有點失去了理智，厲聲朝她吼了一句，然後他一聲不響地拉起兒子的手，帶他去臥室睡覺。兒子膽怯地看了看母親，正要走，就聽得家玉歇斯底里地叫了一聲：

「譚良若！」

兒子就站住了。怔在那裡，一動不敢動。

「沒事的，別理那瘋子！只管去睡覺。」端午摸了摸兒子的頭，將他推進了臥室。

家玉隨即怒氣沖沖地站了起來，不顧一切地朝兒子的臥室衝過來。端午飛起一腳，踹在了她的膝蓋上。「哎喲喂，你還敢打人？」家玉從地上站起來，挑釁似的將臉朝他愈湊愈近。「你打！你打！」端午被她逼得沒辦法，只得又給了她一巴掌。感覺是打在了耳朵上。

這還是他第一次打她。由於用力過猛，端午回到書房之後，右手的掌心還有些隱隱發脹。

他很快就聽見了廚房裡傳來的劈裡啪啦的摔碗聲。她沒有直接去砸客廳裡那台剛剛買來的電漿電視，也沒有去砸他那套心愛的音響系統，這至少說明，衝突還處於可控的範圍。他只當聽不見。

電話鈴聲刺耳地響了起來。它來自社區物業的值班室。大概是樓下的鄰居不堪深夜的驚擾，把電話打到了物業的值班室。值班員威脅要報警。端午的答覆是，你他媽隨便。很快，客廳裡傳來了兒子的哭泣聲。

「媽媽，別砸了，我明天一定好好考……」

「滾一邊去！」

端午再次衝出了書房。

他看見骨瘦如柴的兒子，雙手交叉護在胸前，只穿著一條三角短褲，在客廳裡簌簌發抖。而家玉的手裡，則舉著一把菜刀，對著餐桌一頓猛砍。端午費了好大的勁，才把菜刀從她手裡奪下來，然後又朝她的腿上踹了一腳，家玉往後便倒。

端午騎在她肚子上。她仍揮動著雙手，在他身上亂打亂抓。端午不假思索地罵了一句難聽的話，然後咳出一口痰來，直接啐在了她的臉上。

家玉終於不再掙扎。兩行熱淚慢慢地溢出了眼眶。

「你剛才罵我什麼？」

讓端午吃驚的是，家玉的聲音變得極為輕柔。似乎他打她，踹她，朝她的臉啐唾沫，都不算什麼，而隨口罵出的一句話，卻讓她靈魂出竅。她的眼睛睜得圓圓的，定定地望著他，目光中有一種溫柔的絕望。端午本想把剛才的那句髒話再重複一遍，話到嘴邊，又硬是給噎了回去。他從她身上站起來，喘著粗氣，回自己書房去了。

屋子裡死一般的沉寂。

他的目光久久地盯在《新五代史》第五百一十四頁的一行字上：「不敢忽於微，而常杜其漸。」腦子停止了運轉。過了好一會兒，他才開始思考妻子接下來可能會有的反應，以及這件事如何收場。又過了很久。他終於聽見熱水器「嘭」地一下點著了火。然後是自來水龍頭「刷刷」的瀉水聲。她大概在洗澡。如果自己打開書房朝北的窗戶，縱身往下一躍，也就是幾秒鐘的事。當然，他不會真跳。他覺得無聊透了。

家玉洗完澡，穿著一件帶綠點的睡袍，推開門，走進了他的書房。她一聲不吭地將高腳凳上的一盆水仙花挪到了寫字檯上，自己坐了上去。睡袍的分叉裸露出白皙的大腿，她毫無必要地把袍子拉了拉，擋上了。她的手臂上多了一個創可貼。大概是端午剛才奪刀的時候，被不慎劃傷的。與二十年前所不同的是，這一次傷在了手臂上。

「離婚吧。」家玉攏了攏耳邊的濕髮，低聲說道，「你現在就起草離婚協議。明天一早，我們就去法院。」

「你是律師，這一類的事，你做起來更在行。還是你來起草吧。」端午說，「什麼條件我都可以答應。我無所謂。」

「也好。我待會去網上宕一份標準文本，稍加修改就行了。我們現在得商量一下具體的事。唐寧灣的房子已經要回來了。兩處房子，你挑一處吧。還有，孩子跟誰？」

「你要，你帶走。如果你覺得是個拖累，就留給我。我是無所謂的。」

「房子呢？」

「兩處房子花的都是你的錢。你說了算。怎麼著都無所謂。」

「你別無所謂呀！」家玉乾嘔了幾聲，似乎要嘔吐。端午有點擔心她剛才倒地的時候，碰到了後腦勺。也有可能是剛才洗澡著了涼。他順手把椅背上的外套給她披上，又在她的肩上輕輕地按了幾下。家玉轉過身來，把他的手拿開了。

「身體是不是不舒服？你的氣色看上去很嚇人。」

「少來這一套！先說離婚的事吧。」家玉咬著嘴唇，嘆了口氣。

「這兩、三天我一直見你在喝中藥……」

「暫時還死不了！」家玉道。隨後，她的聲音低了一個音階，「剛滿四十歲，就已經絕經了。他媽的！已經有很長一段時間。去中醫院讓大夫看了看，說是內分泌有問題。」

「那就是說，待會兒我們親熱的時候，就可以不戴保險套了？」

端午在她背上拍了拍，按滅了桌上的檯燈，順勢就將她抱在懷裡。任憑她如何掙扎，他死死地抱著她。不鬆手。

這麼做，當然有點讓人噁心。但他也想不出更好的辦法。

「譚端午！你什麼時候變得這麼嬉皮笑臉的了？你正經一點好不好，求求你了……」家玉試圖用力地推開他，但沒有成功。其實她也未必真的願意這麼做。只是，和解也有自己的節奏。彎不能拐得太快。她必須對離婚一事稍作堅持。

「我們還是商量離婚的事吧。」

「誰說要離婚了？」端午嘿嘿地笑了起來，開始笨拙地向她道歉。

家玉沒理他，只是不再掙扎。半天，嘴裡忽然冒出一句：

「這人哪！一半是冷漠、自私……」

「那，另一半呢？」

「邪惡！」

儘管她的話毫無來由，可端午還是覺得妻子的感慨不乏真知灼見。此刻，他想竭盡全力對妻子好一點。裝出悔過的樣子。愛她的樣子。使醞釀中的離婚協議變得荒謬的樣子。可不論是行為，還是語言，處處都透著勉強。他沒辦法。

她略顯臃腫的身體，畢竟與綠珠大不相同：肌膚的彈性和緻密度不同。氣息清濁程度不同。那種隨時可以為對方死去的感覺不同。他意識到了自己的故作姿態（家玉也並非感覺不到，但她還是盡量與丈夫合作），心裡微微地動了一下，覺得妻子有點可憐。

「你是不是覺得，我有點髒？你心裡是不是認為，我根本就是個壞女人？用你剛才的話來說，是個爛婊子？」

端午囁嚅道：「吵架嘛，誰還會專門挑好話說？」

「你回答我的問題！」

端午想了一會兒。字斟句酌讓他傷透了腦筋：「怎麼說呢？其實……」

可是家玉不願他再說下去了。她打斷了他的話：「剛才你朝我臉上吐痰，假如你不是對我感到極度的厭惡，怎麼會這麼做？」

端午只能機械地緊緊地摟著她。

他向妻子建議說，不如躺到床上去，鑽到被子裡去慢慢聊。外面下著這麼大的雪。這樣下去會著涼的。

「我們還是先去看看小渾球吧。」過了半晌，家玉終於道。

若若早已睡熟了。被子有一半耷拉在地上。家玉替他蓋好被子，又趴在他耳邊說了會兒話。當她抬起頭的時候，早已淚眼模糊。

兒子的床頭有一幅巨大的鸚鵡的照片。家玉說，那是若若特地從數碼相機裡選出來，到洗印店放大的。

「這鸚鵡，怎麼沒腦袋呀？奇怪！」

「牠在睡覺。」家玉淺淺地一笑，接著道，「牠在睡覺的時候，會把腦袋藏到脖子邊的羽毛之中。你仔細看，多好玩！牠睡覺時，只用一條腿。另一條腿也在羽毛裡。就這樣，牠能一口氣睡上五、六個小時。」

果然是這樣。牠用一條腿站著，綁著細鐵鏈，爪子緊緊地勾住鐵架的橫槓。家玉說，她那年在蓮禺的寺廟中看到牠時，就是這個樣子。

她做夢都想去西藏。那一年，她剛買了新車。在去西藏的途中，遇到了大面積的山體滑坡，只得原路返回。她一直說，那年她半途而廢的西藏之旅，彷彿就是為了給若若帶回這隻鸚鵡。

問題是，現在連鸚鵡也給她放走了。

兩個人離開了孩子的房間，去廚房收拾打碎的碗盆。家玉摔了太多的碗，碎片滿滿當當裝了兩大塑膠袋。可餐桌有點麻煩。剛才家玉的一陣猛砍，已經在餐桌的一端，留下了七、八道深深的刀痕，看上去有點觸目驚心。

「看來，我們明天一早就得去買餐桌。」家玉道。

「其實不用，」端午胸有成竹地笑了笑，「我們把餐桌掉個方向就可以了。」

他們將有刀痕的一頭靠牆，在上面鋪了一塊花布，再放上茶葉罐、餐巾紙盒和餅乾桶。看上去，桌子仍然完好如初。

家玉忙完了這些事，一臉輕鬆地看了他一眼，譏諷道：「從胡亂對付事情這方面來說，你完全可以稱得上是個天才。」

他們煮了兩包速食麵，都吃得很香。在靜靜的雪夜之中，他們並排坐在餐桌前，一直在不停地說話。

家玉再次提到了那個名叫李春霞的女人。

「你知道那天她特地走到我身邊，跟我說了一句什麼話嗎？」

「很惡毒，是不是？」

「很惡毒。她說，我送你一句話。她說，別的事我說不好，但有一點是可以肯定的，我現在就可以告訴你：你一定會死在我手裡！」

「當時那種狀態下，她也就是為了出口惡氣，就是想噁心你。你千萬別上當。」
「上當？她的話差不多就要應驗了！她有個外號，就叫死神。」
家玉已經有點睏了，她把臉靠在端午的肩膀上，幽幽地道：
「死神是不會隨便說話的。」

天很快就亮了。

9

年頭歲尾，是方志辨一年中工作最忙的時候。全年經濟發展和社會運行的各項統計數字，都在這個時候紛紛出籠。每個單位都忙著往這裡報送材料。文管會，文物局，計委，經委，運輸，稅務，城投，土地局。諸如此類。所有的檔和報表，都在資料科統一整理、編目、裝訂、上架。

偏巧在這時，小史請了長假。她已經有一個多星期沒來上班了。她的辦公桌上，漸漸積起一層白白的灰土。郭主任照例每天都要來晃悠一趟。有時，他托著紫砂茶壺，邁著方步走進門來，也會與端午說上幾句閒話。有時，他只是在門口探一探腦袋，一見小史沒來上班，腦袋一縮，頓時就不見了。

馮延鶴有一天找他去下棋，提到小史，臉色有點難看。他囑咐端午，一定要設法轉告她，如果三天之內再不來上班，就請她捲舖蓋走人。

三天很快就過去了，小史還是沒來。

端午給她打了電話，是空號。她大概已經換了手機。馮延鶴只得從別的科室臨時調了一個人過來幫忙。這個人是個跛腿，走路一瘸一拐的。臉上的皮膚大面積脫落，就像肉色的破絲襪，露出了裡面更為亮白的皮膚，一看就是個白癜風患者。他的頭髮倒是染得烏黑，還抹了油。

可就在「白癜風」調來後的第二天，小史卻不知道從什麼地方鑽了出來。滿面春風，面有得色。她穿著藍呢大衣，脖子上圍著Bubuerry斜紋絲巾，黑色的皮褲緊緊地包裹著豐滿的雙腿，手裡還拖著一只拉桿箱。她剛從吳哥窟度假回來，還給端午帶回來一個木雕的「維希奴」神像。

「呦，抖起來了呀！」端午看了她半天，笑道，「你剛才一進門，猛地一下，我還真有點認不出來了。」

「怎麼樣？驚豔了吧？我們在一個辦公室待了差不多兩年，你連正眼都不瞧我一下。現在後悔了吧？」小史傻呵呵地笑道。

「後悔。腸子都悔青了。不過，現在行動也還來得及吧？」

「你不怕嫂子回去讓你跪搓衣板啊？」她走到自己的辦公桌前，朝正呆望著她的「白癜風」道。

「撲食佬！你先邊上站站，我要理東西！」

原來小史和「白癜風」也認識。「撲食佬」大概是他的綽號。他從胳膊上拽下白袖套，搭在椅子背上，謙恭地說了句「你先忙」，就出去了。大概是去了廁所。

小史已經從單位辭了職。端午問她去哪裡高就，小史笑盈盈的，故弄玄虛地不肯說。她把拉桿箱打開，將抽屜裡那些零七八碎的東西一股腦地往裡邊塞。

「他就是你新來的搭檔？」小史手裡舉著一包辣白菜速食麵，猶豫了一下，順手就扔進了垃圾桶。

「老馮說讓他臨時來幫個忙。不過你這一走，他會不會正式調過來，也說不準。」

「這人有點夠嗆。你得留點神。」

端午正想問問怎麼回事，小史就朝他眨了眨眼睛。原來「撲食佬」已經從廁所回來了。他甩了甩手上的水，在褲子擦了擦，裝作去端詳牆上的世界地圖。

端午又偷偷地看了小史好幾眼。這丫頭，雖說長得並不十分精緻，倒是很耐看。尤其是跟她逗悶子的時候，一顰一笑，都透著一種傻乎乎的憨媚。一想到她離開，端午不覺中竟然還有幾分惆悵與不捨。

中午，小史要請端午去街對面吃火鍋。端午道：「最後一頓飯，還是在食堂吧。就算是留個紀念。」

小史反正是沒脾氣的，立刻就同意了。

他們在餐廳的樓梯口迎面撞見了「老鬼」。小史倒是大大方方地上前叫了他一聲「郭主任」，奇怪的是，「老鬼」郭杏村卻板著臉，很沒風度地一低頭，就從人群中擠過去了。「老鬼」的冷臉，雖說讓小史有些尷尬，卻不足以敗壞她此刻正在高漲的興致。她輕輕地嘆了口氣道：

「可算是過了他這個村了！」

他們從窗口取完飯菜，在貼著白瓷磚的長桌前找了個空位，正要吃飯，忽見馮延鶴端著菜盤子笑瞇瞇地走了過來，不由分說，坐在了他們的對面。

小史被馮延鶴訓哭過兩次，如今眼看著就要離開了，還是有點怕他。老馮今天倒是十分和善，纏著小史問這問那，把「苟富貴，勿相忘」一類的話說了好幾遍。小史反而有些不自在。只得說，她之所以辭職，是去幫一個朋友打點飯店的生意。現在的餐飲業競爭也很激烈，猛不丁地從這麼一個清閒的單位離開，真還有點依依不捨。

馮延鶴道：「你也別急著走。明天我們方志辦專門開一個茶話會，歡送歡送。小譚，你負責張羅一下。小史畢竟在這服務了兩、三年了，俗話說，買賣不做情意在嘛！」

小史紅著臉，再三推脫。老馮說什麼也不答應。

正說著，小史一連打了兩個噴嚏。儘管她用餐巾紙捂住了嘴，可正在往嘴裡扒飯的老馮還是怔住了。小史一時不知道發生了什麼事，也愣在那裡，吃驚地望著端午。

老馮陰沉著臉，從口袋裡掏出手機來，胡亂地按了按，對他們倆說道：「我有點急事，先走一步。你們倆慢慢吃。」

說完，端起盤子，跨過桌邊的長凳，走了。

給小史開茶話會的事，自然也就不了了之。

「這是怎麼回事？」小史一臉茫然地看著端午，小聲道，「這老馮！你說，他怎麼忽然就不高興起來？

「還不是因為你剛才打了噴嚏！」端午笑道。

「打噴嚏怎麼了？」

「你不知道嗎？老馮有潔癖。挺病態的。他大概是疑心你打噴嚏時，把飛沫濺到了他的飯菜上。」

「有這麼誇張嗎？」

「很多人都有這種毛病。在醫學上，有時它被稱作疑病症。和強迫症也有點瓜葛。大體上都屬於神經官能症的範圍。」

端午說起來就沒完。他還提到了卡夫卡和加拿大的鋼琴家顧爾德。

「你怎麼什麼事都知道？」

「因為從某種意義上說，我也得過這種病。不過表現方式不太一樣就是了。」

「哪些方面不一樣？」

「不好說，」端午道，「得這種病的人，除了我之外，基本上都是天才。」

小史把盤裡的飯分了一半給端午，又把青菜上的一大塊扣肉搛給他。

「我還沒動過筷子，」她強調說，「你不會嫌我髒吧？」

「我可不怕你的唾沫！」端午不假思索地笑道。轉念一想，又覺得怪怪的，不免給人以某種猥褻之感。好在小史在這方面從來都很遲鈍。

「你去過一個叫花家舍的地方嗎？」小史忽然問他。

「沒去過。」

「那可是男人的銷金窟啊，就你這麼老土！」

「倒是常聽人這麼說。」

「我要去的地方叫竇莊，離花家舍不遠。他在那剛開了一家分店，讓我去那幫著照應照應。說是先從副總經理做起。月工資六千，不算年終獎金。」

端午大致能猜到，小史所說的那個「他」指的是誰。只是沒想到他們兩人的進展，竟然這麼神速。這丫頭，真有點缺心眼。跟人剛打了個照面，就輕易把自己交了出去。

「老裴說，等我在竇莊積累一點管理方面的經驗，有個一年半載，就把整個店面都交給我來經營。」小史用筷子撥拉著盤子裡的豆腐。聽得出，她還是有點心思的。

「那人真的姓裴啊？」端午問道。

「對呀，姓裴。怎麼了？」

「沒什麼。」端午抿著嘴笑。

那天在宴春園吃飯，老闆帶著廚師長來敬完酒，帶小史去看他收藏的那些古董。徐起士用《水滸傳》裡的頭陀和潘巧雲來打趣。當時，端午還以為起士是在故意賣弄典故，沒想到，這個禿頭老闆真的姓裴。

「那他——」端午忍住笑，又問她，「叫啥名字？」

「裴大椿，椿樹的椿。」小史的眼神有點迷惑。「我說你這個人，哎，一驚一乍的，到底什麼意思啊？」

端午鬆了一口氣。好在他不叫裴如海。

「這不是關心你嗎？」端午正色道，「那個老裴，人怎麼樣？」

「那還用問？挺好的。」小史道，「你看我身上的衣服，都是他給我買的。不過，這人吧，你叫我怎麼說呢？就是有一點變態。」

端午停下了手裡的筷子，抬起頭來，望著小史。見端午露出了驚異之色，小史一下就紅了臉，趕忙解釋說，她所說的變態，並不是那個意思。

「就說這次去柬埔寨旅遊吧，一路上老是纏著我問，到底和守仁是什麼關係？是怎麼認識陳守仁的？有沒有和他接過吻？有沒有上過床？我已經跟他發誓賭咒，說過不下十幾次了。可他老疑心我在騙他。你說這不是變態是什麼？難道說，他還怕陳守仁嗎？」

「大概是吧。很多人都怕他。」

「守仁有什麼可怕的？那天我們在一起吃飯，我見他和你們有說有笑的啊？」

「因為我們恰好是朋友。」

「就算老裴怕他，跟我有什麼關係呀。奇了怪了！」

「其實一點都不奇怪。」端午見她真的不懂事，只得把話挑明來點撥她。「老裴誤以為你是守仁帶去的朋友。不問清楚，是不能隨便上手的。」

「我怎麼有點聽不懂你的話呀？」

端午笑了笑，低頭繼續吃飯。實際上，他已經把話說得再明白不過了，要再說下去，就要傷及她的自尊了。這真是一個傻丫頭。

有一點可以肯定，那個姓裴的禿頭，在他那些琳琅滿目的收藏品中，也包括了女人。儘管女人沒有贗品一說，但貶值的速度也許比贗品還要快。

「你和老裴，領證了嗎？」端午已經吃完了飯，從小史的手裡接過一張餐巾紙。

「暫時還沒有。你放心，那不是問題。他正和他老婆辦離婚呢！說是涉及到有價證券和財產分割，沒那麼快。老裴讓我要有足夠的耐心。等到了那一天，你可要來吃我們的喜酒啊。」

「一言為定。」端午道。

那天下午，他與小史告別後，多少有點茫然若失，也有點為小史擔心。下班回到家中，與家玉坐在客廳裡喝茶，他把小史的事跟家玉說了一遍。可家玉對此沒有什麼興趣，只是淡淡地說：

「你成天瞎操這些心幹什麼？那個小史，有你想像的那麼單純嗎？我看不是她天真，而是你天真！再說了，當年你譚某人的行為，又能比那個姓裴的禿驢好到哪裡去？」

10

凌晨一點鐘，端午在客廳裡泡腳，電話鈴聲突然響了起來。單調的鈴聲不帶任何感情色彩，但端午還是在第一時間準確地判斷出，那是一個噩耗。他沒有來得及穿鞋，就赤著腳衝進了書房。

徐起士的聲音已經變得相當平靜了。他用喪事播音員一般沉痛的語調告訴端午，守仁出事了。在第一人民醫院。起士正在趕往醫院的途中。他囑咐端午，積雪尚未融化，晚上街面結了冰，路況很不好，家玉開車時，必須得萬分小心。

端午剛放下聽筒，小顧的電話跟著又來了。

她只是哭，說不出一個完整的句子。

由於第二天早上家玉要出庭，她在臨睡前吃了幾顆安眠藥。被端午叫醒後，一直昏昏沉沉，反應遲緩。

「我這個樣子，怎麼能開車？」她迷迷糊糊地靠在床架上，懵懂地望著自己的丈夫，嘆了口氣，自語道。「前些天還好好的，怎麼會呢？」

「乾脆你別去了。我打車去！」端午勸她，「明天小東西還有最後一門生物要考，得有人給他準備早飯。」

「也好。你自己路上小心。」

黑暗中，家玉端過檯燈邊上的一只白瓷茶壺，喝了一口涼茶，裹了裹被子，翻過身去，接著睡。

後半夜的街道上空蕩蕩的。乾雪的粉末在北風中打著旋兒。端午一連穿過兩條橫馬路，才在通宵營業的一家夜總會門口找到了計程車。

第一人民醫院急診樓的過道裡，圍了一大群人。起士和小秋他們早到了。小顧坐在一旁橘黃色的椅子上，眼神有點空洞。綠珠緊緊抱著姨媽的一隻胳膊，他們都不說話。徐起士穿著一件皮夾克，正踮著腳，透過急救室門上的玻璃，朝裡面張望。

守仁還在搶救中。但起士告訴他，搶救只是象徵性的。不太樂觀。儘管一度還恢復了血壓和心跳。

隨後，他們走到樓外的門廊裡抽菸。綠珠挑起厚厚的棉布簾子，跟了出來。

據綠珠回憶說，差不多是在晚上十一點半左右，她聽到樓下汽車喇叭響了兩下。當時，她正抱著筆記本電腦，坐在床上，欣賞那些白天拍攝的鳥類照片。她知道姨父回來了。按照以往的慣例，停車時按喇叭，無非是表明姨父的後車廂裡有大量的禮品，讓她和小顧去幫著搬。就快過年了，姨父每次回家，都會帶上一大堆他並不稀罕的禮品。不外是菸、酒、茶、字畫之類。她聽見姨媽從三樓下來，就躺在床上沒動。可是這一次，綠珠還是覺得有點異樣。在別墅西側的院子裡，那十多條收容來的流浪狗，一直在「汪汪」地叫個不停，聽上去有點瘮人。

很快，她就聽見姨媽在樓下發出的淒厲的哭喊。

綠珠穿著睡衣從床上蹦起來，趿拉著拖鞋，跑到樓下的車庫邊。她看見那輛凱迪拉克，前門開著。姨父的雙腿還在車上，可身體已經掛在了車外。小顧遠遠地站在樓梯口，不斷地拍打著牆面，被嚇得「嗷嗷」地乾嚎。最後還是綠珠跑過去，跪在雪地上，雙手抱起了姨父的頭。匆匆趕來的一名保安，已在打電話報警。

當時姨父的意識還比較清醒。他甚至還抬起血糊糊的手，去摸了摸她的臉。他還向她交代說，他知道是誰下的手。但他不能說出那個人的名字。

「這是為你們好。」然後他抬頭看了看樹林上空那片天，積攢了半天的力氣，笑了一下，對綠珠道，「我養了那麼多人，什麼用處也沒有。在他們殺我的時候，只有月亮在場。」

在前往醫院的救護車上，守仁還醒過來一次。不過，他的呼吸已經變得很艱難了。他告訴綠珠，在他工作室電腦的E槽下，有一份檔……

大約二十分鐘之後，搶救終於宣告結束。

醫生一個接著一個走了出來，頭也不回地走了。最後出來的那名護士，打開了急救室的大門。端午首先看到的，是守仁在手術檯上的那雙大腳。整個手術檯上都是血，就像剛殺了一頭豬一樣。各種注射用的空瓶子裝了滿滿一大筐。一名護士小心地把他腦袋上的呼吸罩取了下來。大概是失血過多，他張著嘴，臉色有點發白。另外兩名護士拉下口罩，正在交談著什麼。其中的一位，手裡托著一塊硬紙板，皺著眉頭，往上填寫各種資料。那台用來檢測心臟和血壓的儀器：「滴滴，滴滴」地響著，彷彿在重複著一個幸災樂禍的聲音：

失敗……失敗……失敗……

起士煩躁地問護士，能不能把那個討厭的機器關掉。護士溫和地告訴他，不能。這是搶救的程式之一。現在病人雖說已經死了，但這個程式還沒完。病人呼吸停止，測不到脈搏，沒有心跳，當然表明病人已處於死亡狀態。但這僅僅是觀察上的死亡。「醫學上」真正的死亡，要等待一定的時間長度，也就是說，等到煩人的「滴滴」聲戛然而止，才能最終得到確認。具體等多長，護士沒有說。

護士將守仁的遺體擦拭乾淨，又在他身體的各個孔道，塞了些棉花和海綿，用一條乾淨的白床單，把他裹得嚴嚴實實。然後，又將他的雙手舉起來，抖動他的關節，讓他的手臂變得鬆弛，以便讓他十指交疊，平放在腹部。這時，護士才吩咐家屬進來，看上最後一眼。

綠珠扶著小顧走進來。小顧剛到門口，身體就軟了。幾個人又只得把她扶到屋外的椅子上。

端午提醒護士說，死者的嘴巴還沒有闔上。護士說，這要等到太平間的趙師傅來處理，他有的是辦法。

正在說話間，趙師傅推著一輛運屍車來了。

趙師傅用的辦法其實也挺簡單：一根玻璃繩，穿過一捲衛生紙，讓衛生紙抵住死者的下巴，拉住玻璃繩，向上用力一拉，然後將繩子在他的腦袋上打個結。守仁的嘴就閉上了。

按照預先的分工，在遺體告別的前一天上午，端午和家玉匆匆趕往城北的殯儀館，逐一落實火化的相關事宜。

起士本來說好也會到場，可他被小秋臨時拉去挑選墓地了。

在人頭攢動的接待大廳裡，為圖省事，他們選擇了收費昂貴的「一條龍服務」。一個身穿黑色制服的姑娘帶他們去挑選棺槨。從紙棺，到雕花楠木棺，有十多種款式和價位可供選擇。家玉給小顧打了電話。小顧哭了半天，就讓家玉替她全權做主。至於價格，可以不必考慮。家玉就挑選了最貴的一種。看著那具漂亮的棺木，家玉的眉頭總算略微舒展開來，自語道：

「我原以為人死了，直接往爐子裡一扔，燒掉拉倒。原來還有棺木。」

身穿黑色制服的引導員笑了笑，接住家玉的話茬，臨時發揮，說了一通「死人也是有尊嚴的」之類的高論，弄得家玉立刻又惱火起來。

接下來，他們確定了靈車的檔次和規格。這一次，家玉毫不猶豫地訂下了最奢華的凱迪拉克。引導員又問她，需不需要「淨爐」服務。家玉說，她不明白，所謂的淨爐是什麼意思。引導員耐心地向她做了解釋。

「淨爐，就是一個人單獨燒。這樣至少可以保證骨灰中不會混入另外的亡靈。」

於是，他們選擇了淨爐。

引導員最後問，在骨灰由焚屍爐抵達接靈窗口的途中，需不需要有儀仗隊護送？家玉未假思索，直接拒絕了。

「什麼狗屁儀仗隊？不就是他們自己的保安嗎？何苦白白多交一筆錢？」她旁若無人地對端午嘀咕了一句。看來，她已經完全進入了角色。

他們挑選了一個中型的告別廳，並預定了二十只花籃。家玉還要求與負責焚燒工作的師傅見面。這是小顧特別關照的。

家玉有一搭沒一搭地與那個焚燒工說著話，趁引導員不注意，在他白大褂的口袋裡塞了一千塊錢。

所有的手續都辦完之後，引導員又特別地囑咐他們，明天火化時，別忘了帶把黑色的雨傘來。家玉問她，黑傘是做什麼用的，引導員說，骨灰盒從殯儀館回家的途中，必須用黑傘罩著。這樣，死者的亡魂就不會到處亂竄了。這當然是無稽之談。

他們從殯儀館出來，已經是下午兩點多了。剛走到停車場，家玉就接到了綠珠打來的電話。她說，本來已經和太平間的駝背老趙約好，她和姨媽三點半去給守仁穿衣服，可姨媽犯了頭暈病，根本下不了床。「太平間那地方，陰森森的，我一個人可不敢下去呀。」

他們只得驅車趕往醫院。

第一人民醫院住院部的西側，有一條狹長的弄堂。

家玉把車停在了馬路牙子上，就去附近找到一家麵館吃飯。大概是嫌麵館的隔壁開著一家壽衣店，麵條端上來，家玉一口也吃不下去。

「你怕不怕？」家玉雙手托著下巴，忽然對端午笑了笑。

「怕什麼？」

「去太平間啊。」

「還好吧。」

「一想到我將來死了，也得如此這般折騰一通，真讓人受不了。」家玉說，「待會兒給守仁穿衣服，我能不能不下去？」

「那你就待在告別廳裡吧。穿衣服應該挺快的，用不了半小時。」

他們從麵館出來，經由一扇大鐵門，前往醫院的告別廳。太平間就在告別廳的地下室裡。綠珠已經在那了。她正把包裡裝著的幾瓶二鍋頭往外拿，說是給駝背老趙處理完遺體後洗手用的，也屬於時下流行的喪儀的一部分。

告別大廳的正中央懸掛著一個老頭的遺像。「沉痛悼念潘建國同志」的橫幅已經掛好了。兩個身穿工裝褲的花匠正在給盆花澆水。那些花盆被擺放成了U字形。U字當中的空白處，應該就是明天擺放潘姓死者遺體的地方。

駝背老趙正在跟綠珠算錢，手裡拿著計算器。他身邊還站著一個二十來歲的小伙子，是老趙的兒子。他負責給遺體化妝。

綠珠交完錢，又額外地塞給老趙一個裝錢的信封。駝背照例推讓了半天，這才收了。到了最後一刻，家玉又改變了主意，還是決定和他們一起下到太平間的停屍房。

他們拎著幾大包衣服，跟著老趙父子倆，沿著一條走廊，進了一間異常寬大的電梯，一直下到地下二層。這個太平間，原先也許是醫院大樓的設備層，頭頂上到處都是包裹著保麗龍的管道。走廊也是四通八達，不時有身穿手術服的大夫迎面走來。駝背老趙推開一扇沉重的大鐵門，說了聲「到了」，他們就走進了停屍間。

牆邊有一大排白鐵皮的冰櫃。守仁的遺體早晨就被取了出來，躺在帶滑輪的平板車上，正在化凍。他的邊上，是個一頭銀髮的老者。他穿著筆挺的西裝，嘴唇被畫得紅紅的。也不知道這人是不是潘建國。

一看到姨父的遺體，綠珠又忍不住小聲啜泣起來。家玉摟著她，眼淚也流了出來。經過解凍的遺體，已經看不出當初暴死的那種猙獰。他的胸脯被一大塊白紗布嚴嚴地包裹起來，不見了當初的慘烈。只是左胳膊上的一塊毛澤東頭像的刺青，由於收縮或膨脹，略微有些變形。

趙師傅熟練地褪下了守仁手指上戴著的一枚戒指，還有脖子上的一塊羊脂玉墜，交給綠珠收著。綠珠哽咽著道：「他的東西，還是讓他帶走吧。」

老趙笑道：「他是帶不走的呀！」

「這麼好的東西，燒了也可惜。你就先替姨媽收著吧。」家玉也在一旁勸她。

綠珠卻道：「燒了吧。免得帶回去，姨媽見了傷心。」

老趙再次笑了一下，又道：「你們都還沒明白我的意思。這些東西，我的意思是說，這麼值錢的東西，根本就進不了焚化爐的……」

話已經說得十分露骨了。幾個人彼此打量了半天，終於全都明白過來。最後，綠珠想了想，對老趙道：「要不，您老人家收著？」

趙師傅又是一陣推脫，最後千謝萬謝，把東西交他兒子收了。

衣服穿好以後，綠珠又提醒老趙說，按照姨父老家的風俗：「穿單不穿雙」，姨媽是特地交代過的。可她數了數，不算帽子、手套和鞋襪，怎麼都是十件。不吉利啊！

趙師傅似乎早有盤算，輕輕地說了聲「不急」，在守仁的脖子上繫上一條領帶。

他們離開太平間的時候，端午走在了家玉的右邊，有意無意地用身體擋住了她。他知道，在太平間通往電梯門的路上，他們要經過一段燈光晦暗的過道。那裡有一間醫院的解剖室。剛才進來的時候，端午無意間看到醫院的幾個年輕大夫正在做遺體解剖，差一點把剛剛吃進去的麵條都吐出來。他不想再讓家玉受到任何刺激。

他們在告別室的門外與綠珠道了別，隨後就駕車離開了。

開始，家玉一直不和端午說話。當汽車駛上沿江快速公路的時候，家玉忽然看了他一眼，問他，有沒有留意到太平間隔壁的遺體解剖？

「原來你也看到了？」

「我沒敢仔細看，」家玉拉下汽車的遮陽板，「是男的是女的？」

「女的。」端午照實回答。

「你怎麼知道是女的？」

端午臉一紅，解釋道：「因為她的腳是向著外面的。」
「多大年紀？」
「沒怎麼看清，大概跟你差不多吧。」
家玉想都沒想，就在快速路上踩下了煞車。
那輛本田「吱」的一聲，橫在馬路當中。刺耳的煞車聲在身後響成了一片。家玉臉色慘白地從方向盤上抬起頭來，對他怪笑了一下，一字一頓地說：
「你巴不得她就是我，是不是？」

一回到家中，家玉就躺下了。她沒有參加第二天一早在殯儀館舉行的遺體告別。來了很多不認識的人。小顧說，她有一種不好的預感。她疑心刺殺守仁的兇手，也混在悼念的人群中。起士和小秋都認為她有點多慮了。

按照原先的計畫，守仁的骨灰盒被取出之後，他們直接將它送往預先選好的墓園落葬。在前往墓地的途中，天空忽然下起了小雨。所有前去送葬的人都覺得這是一個好兆頭。因為不期而至的小雨，正應了鶴浦一帶盡人皆知的一句諺語：

若要富，雨潑墓。

就像小秋所總結的那樣，守仁不過是換了個地方當老闆而已。老實而迷信的小顧，聽他這麼一說，滿臉的陰雲總算是散開了。

11

葬禮後不久，綠珠的母親再次來到了鶴浦。她要將小顧接回泰州去住幾天。她對妹妹的精神狀況憂心忡忡，有意讓小顧換個環境。臘八一過，春節很快就要到了。綠珠也打算回鄉下去過年。臨行前，她約端午去「呼嘯山莊」見了一面。

這天午後，他們沿著高高的江堤散步。

他們就是在這條江堤上相識的。不到一年的時間，發生了太多的事，長得就像過了好幾輩子。綠珠穿著一件她姨媽的水紅色絲綿長襖，仍是一副慵懶而散漫的樣子。

她告訴端午：「姨父老弟」去世後的那天早上，她們剛從醫院回到家中，市公安局的大批警員已經站在樓下的院門外，等候她們很久了。拍照、勘察現場、沒完沒了的詢問。按照守仁的遺言，小顧照例是一問三不知。而綠珠在尚未看到姨父留在電腦E槽的檔之前，也留了個心眼，將這一細節瞞過不提。下午，公安局專門又派來一輛車，接小顧去警局做筆錄。趁著姨媽不在這個空隙，綠珠趕緊跑到四樓姨父的書房裡，打開了那台蘋果電腦。

她很快就找到了那個檔夾。

「哪是什麼遺囑？那是『姨父老弟』寫給我的幾百首十四行詩。」綠珠道，「這些詩歌在電腦上做了初步的排版和頁面處理，姨父甚至還為它配上了她最厭惡的Kenny G的音樂，加進了一些不倫不類的插圖。有點搞笑。我沒法在讀它的時候不笑。」

他們已經走到了那座廢棄的船塢碼頭邊上。兩個人挨著鏽跡斑斑的倒坍的鋼梁，並排坐了下來，默默地看著遠處的江面。陽光也像臨終病人的最後嘆息，似有若無。江面上幾乎看不到過往的船隻。沒風。

「不過現在想想，還是有點後悔。」綠珠喃喃道，「還不如當初依了他好了。」

端午隱隱能猜到，綠珠所謂的「後悔」指的是什麼。心裡忽然也有點難過。

綠珠說，那天下午，她把姨父那些詩列印出來之後，就將整個檔夾都刪空了。她坐在書房外的露台上，讀那些詩。一邊哭，一邊笑，待了整整一個下午。

那個露台被姨父改造成一個花房。花房裡養了幾十盆花，全都是水仙。開得正豔。一大片令人心碎的銘黃。他其實還是一個大男孩。在虛無、軟弱和羞怯中苟且偷生；在恐懼與厭倦中進退維谷。綠珠說，至少守仁在寫詩的時候，至少，在他心裡的某一塊地方，還是純淨的。

她還提到了很多年前的一件往事。

那年，姨父、姨媽回泰州過春節。鄰村來了一個戲班子，在打穀場搭台唱戲。綠珠帶他們去看戲。不知為什麼，在她的記憶中，路上的積雪在有月亮的晚上，竟然是藍瑩瑩的。她還記得，那晚演的是揚劇《秦香蓮》。她騎在姨父的肩上，抱著他的頭。看戲的過程中她很快就睡著了。睡夢中，她在姨父的脖子上撒了一泡尿。

後來，在鶴浦，在她與姨父朝夕相處的那些日子裡，每當她想起這件往事，總會有點不自在。有一種令人厭膩的不潔之感。彷彿她和姨父之間，天生就有什麼骯髒的勾當。

「昨天下午，我一個人去墓地看他，偷偷地在他的墓碑旁撒了一泡尿。」

「你這又是幹什麼？」端午不解地問她。

「讓他看看。他一直想要我。我沒依他。他又纏著我，說，看看行不行？我就是不給他看。是不是有點變態？」綠珠終於笑了起來，露出了一排細細的牙齒。

綠珠說，姨父去世後的這些日子，她想了很多。她對寄生蟲一樣的生活，已經感到了厭煩。說起將來的打算，綠珠提到了不久前剛剛認識的兩個藝術家。

他們是雙胞胎，南京人。近來籌集了一大筆錢，在雲南的龍孜，買了一大片山地，打算在那兒做一個非營利性的NGO項目。這個專案被稱為「香格里拉的烏托邦」，致力於生態保護、農民教育以及鄉村重建。兄弟倆力邀她去參加，去過一種全新的生活。她還沒想好，到底該不該去。

「畢竟要去外地。我對雙胞胎兄弟，也不算太瞭解。你覺得呢？」

像往常一樣，端午一聲不吭。他沒有直接回答綠珠的問題，只是淡淡地說，福樓拜在晚年，曾寫過一部奇怪的小說，書名叫《布法與白居榭》。

「不知你有沒有看過？」

「沒有啊，好看嗎？」綠珠問他。

端午若有所思地「唔」了一聲，就沒有了下文。

長江對岸矗立著三根高大的煙囪。那裡的一家發電廠，正在噴出白色的煙柱。煙柱緩緩上升，漸漸融入了黃褐色的塵霾之中。只有頭頂上的一小片天空是青灰色的。江水的氣味有點腥。靠近岸邊的灘塗中，大片的蘆葦早已枯黑。浪頭從葦叢中濾篩而過，拂動著數不清的白色保麗龍。倘若你稍稍閉上眼睛，也可以將它想像成在葦叢中覓食、隨時準備展翅高飛的白鷺。

「你剛才的話還沒說完。」綠珠用胳膊肘碰碰他，「福樓拜的小說是怎麼回事？講講。」

「沒什麼好講的，其實故事很枯燥。」端午說，「布法和白居榭是一對好朋友，在巴黎的一個公司裡當抄寫員。有一天，意外得著了一大筆錢，兩個人就做起夢來。他們用這筆錢在遠離塵囂的鄉間購置了一處莊園，準備在那兒過一種有尊嚴的生活。隨心所欲，自由自在，把自己的餘生奉獻給知識、理性和對生命的領悟。大致就是這樣。」

「後來呢？」

「後來出現了很多他們根本沒想到的煩惱。兩個人都被想像出來的烏托邦生活，弄得心力交瘁。最後，他們決定重回巴黎，回到原先那家公司，要求去當一名抄寫員。」

「這麼說，你是不贊成我去雲南的。其實，你心裡不想讓我去，是不是？」綠珠閃動著漂亮的大眼珠。說話的聲音愈來愈小。

端午將手裡的一根菸捏弄了半天，猶豫再三，最後道：

「如果你一定要讓我幫你拿主意的話，怎麼說呢？我覺得，你倒不妨去看看。」

「為什麼？」綠珠明顯地愣了一下。

「去看看也好。我是說，守仁也不在了，你總得找點事做。回泰州去呢……你願意回泰州去嗎？去雲南那邊看看，也是一個選擇。不過，我的意思也並不是說，在還沒有搞清楚那對雙胞胎身分的前提下，自己先一頭扎進去。畢竟，烏托邦這個東西，你知道的……」

「我簡直不知道你在說什麼！」綠珠不客氣地打斷了他的支支吾吾，從地上站起來，使勁地拍打著身上黏著的鏽跡斑斑的鏽屑和枯草，冷笑道，「你這人，真的沒勁透了。」

隨後，她頭也不回地離開了那個船塢。

12

兒子期末考試的成績出來了。他在全年級的排名，跌出了三百名之外。家玉對此似乎早有所料。得知結果之後，只是摸了摸兒子的頭，笑道：

「其實已經挺不錯的了。全年級一千多號人，人人都在拚命。你能考到這個成績，已經相當不容易了。」

聽到她這麼說，父子倆都有些訝異。兩個人都認為家玉是在說反話。想像中歇斯底里的發作，沒有立刻兌現。這也許預示著另一個可能：它會在未來的某一個時刻變本加厲。

戴思齊不可思議地考進了前五十。寒假剛一開始，就被學校選拔去北京，參加冬令營去了。兒子為此悶悶不樂。家玉將他摟在懷中，一反常態地寬慰他：

「所謂的冬令營，不過是排著隊，打著小旗子，到清華、北大的校園轉上一圈而已。沒什麼大不了的。再說，這時候，北京的冬天天寒地凍。啃著乾麵包，頂著刀子一般的西北風，在朱自清散過步的臭水塘邊轉上一圈，有什麼意思嘛！等到明年暑假，等荷花開的時候，媽媽帶你去好好玩一次，怎麼樣？」

奇怪的是，妻子在說這番話的時候，不知怎麼就觸動了傷情。眼淚像散了線的珠子似的，撲撲簌簌地落下來，最後竟至於泣不成聲。兒子不明白母親為何要哭。也許是被她的眼淚震住了，也跟著她掉淚。

端午知道家玉是一個要強的人。兒子這一次考砸了，她的心情之糟，是可以想見的。若若對她處處賠著小心，不失為謹慎之舉。「戴思齊的老娘」總是隔三岔五地打來電話，向家玉報告女兒在北京的行蹤。她提到，戴思齊在清華園一個名叫「照瀾院」的地方，遇見了楊振寧夫婦，還跟他們拍了一張照。變相的炫耀，弄得家玉很快就失去了理智，話裡有話地對胡依薇挖苦道：「那你們還不趕緊見賢思齊？」

她甚至開始無端地憎惡起一貫崇拜的楊振寧來。連端午都覺得有點過分。

端午所不知道的是，家玉近來的情緒失控，其實另有原因。

若若的班主任姜老師給家玉打來了電話。兒子作為她所帶的班級中「退步最快的學生」，被責令「悔過反省」。姜老師認為，孩子成績下滑的主要責任，其實還在家長。她要求家玉也要為此深刻反省，寫出檢查，在兩天後的家長會上和兒子的檢查一併上交。

這一次，家玉一反常態，對著話筒，惱怒地向平常畏之如虎的班主任吼道：

「你說什麼？讓我寫檢查？你她媽的讓我寫檢查？再說一遍，你算老幾？啊？你媽的獎金被扣，跟我們孩子有什麼關係……」她在電話中罵了好幾分鐘，全然不顧對方早就把電話掛斷了。一氣之下，家玉索性連家長會都沒去參加。早已準備好送給主科老師的紅包，自然也就不了了之。

憑空省下了六千元錢，也算是一個小小的安慰吧。

兒子對母親的隱而不發不太適應，總有一種災難降臨的預感。他打算洗心革面。他花了一個晚上的時間，為自己重新制訂了詳細的「趕超計畫」，並將它貼在牆上，每天對照執行。他甚至主動要求母親給他安排寒假的補習班；幾乎每天晚上，他都是抱著「新概念」進入夢鄉的；母親叫他起來洗腳，他仍然睡眼惺忪地背著酈道元的《水經注》。家玉反倒擔心起他的身體來。

她不斷催促他，約小朋友出去踢球，去公園溜冰，可若若置之不理。母子倆唯一的娛樂，就是在單元樓前的石榴樹林邊踢會兒毽子。可就這麼一會兒，若若也認為純屬浪費時間。

家玉每天去事務所上班的時間要比端午早一點。往常，她在準備早餐時，並不把端午計算在內。她只煮兩個雞蛋。她和兒子，一人一個。端午起床後面對著餐桌，總是一堆殘渣，幾只空碗。多年來的夫妻生活，讓端午百思不得其解的問題之一就是，妻子為何不順手多煮一個雞蛋？

最近一段時間，令人始料未及的變化正在悄悄地發生。蒸鍋總是熱的。裡邊不僅有雞蛋、包子或玉米，還常常有他喜愛的粽子。下班回家，家玉懷裡不時抱著一束鮮花。有時是黃玫瑰，有時則是鳶尾和紫羅蘭。他們把飯後至臨睡前的時間全部用來喝茶聊天。家玉也會把手上的案子說給他聽。不是公公給兒媳婦灌農藥，就是副總雇兇殺老總。端午聽了她的故事不免肝火上升，義憤填膺。家玉卻反過來安慰他：

「你老婆是律師，平時接觸的總是社會的陰暗面。聽多了，就會覺得滿世界都是殺人越貨的勾當。其實這個世界本質上從來沒有變。既不那麼好，也不那麼壞。」

有一天晚上，已經是深夜十一點多了，家玉忽然心血來潮問端午，想不想去看電影。他們叫醒了剛剛熟睡的兒子，開車去了位於市中心的嘉禾影城。她甚至不再阻止兒子吃垃圾食品：「會讓人骨頭發酥」的可口可樂，「含有地溝油」的炸薯條，「用工業糖精烘出來、且含有螢光增白劑」的爆米花。

他們看完了《納薩爾傳奇》，又去看《花木蘭》。

等他們回到家中，天就差不多亮了。

週末的一天，端午從淘寶網上找到了一對美國生產的TRANSPARENT信號線。這對線材他渴慕已久。原價超過兩萬，可家在儀征的一名轉讓者只要八千元。光是看著它那蝮蛇般迷人的圖片，就讓端午心動不已。家玉湊過來看了看，竟然也讚不絕口。另外，她也很喜歡這對線的名字：天仙配。

「奇怪，『天仙配』這麼俗的名字，用來命名一根線，卻有了一些說不清的神祕感。」

端午想了半天，也沒能想明白，這個名字到底神祕在哪裡。

一連好幾天，端午都在為要不要訂下這對信號線而猶豫不決。可是到了星期一的中午：「順豐」快遞公司把這對線直接送到了他單位的辦公室。家玉很快就發來了一條手機短信，只有三個字：喜歡嗎。

在那一刻，端午心中被攪得風生水起的，竟然是初戀般波濤洶湧的幸福感。

晚上，端午和家玉並排坐在客廳的沙發上聽音樂。換上了新買的「天仙配」，聲音果然不一樣了。小提琴的音色纖柔而飄逸，有著綢緞般的冷豔。還是令家玉著迷的鮑羅定。還是第二弦樂小夜曲的第三樂章。這一次，家玉完全沒什麼感覺：

「這是誰的作品？太吵了！能不能換個柔和點的？」

「這已經是最柔和的了。」端午向她解釋道，「你不是號稱最喜歡鮑羅定的嗎？」

不過他還是很快換了一個曲目。莫札特的〈豎琴協奏曲〉的慢板樂章。家玉只聽了一小會兒，就說有點睏。愁容滿面地向他笑了笑，離開了。

她的心思根本不在音樂上。

發生在家玉身上的一系列奇怪變化，讓端午迷惑不解，但卻讓他很受用。他們結婚將近二十年了，他還是第一次感覺到婚姻生活的平靜與甜美。彷彿總是疑心自己不配有這樣的好運氣，端午也本能地覺察到，這種甜美的寂靜中，似乎也夾雜著一些令人不安的東西。

家玉近來的反常舉動還包括：

一、她專門去過一次鄉下，探望她的父親。以前，她與父親很少來往。端午有時提到自己很少謀面的岳父，家玉總是不耐煩地打斷他：「我沒有父親，他早死了。」婚後，端午只見過他三次。他每次到鶴浦來，無非是向她要錢。

二、妻子因常常睡過頭，誤了上班時間。類似的事在過去從未發生。而且，一旦誤了鐘點，就乾脆不去上班。

三、她開始抽菸。有時很凶。

四、她把那輛本田牌小轎車，轉讓給了單位的一個同事——那個剛剛從政法大學畢業的研究生，她們公司的律助。

而賣掉汽車，據說是為了環保。

端午還沒有來得及將自己的疑惑拼合成一個說得過去的答案，謎底就自動向他呈現。小年夜這天晚上，在確認兒子已經熟睡之後，家玉走進了他的書房，將一份列印好的檔放在了他的書桌上。她什麼話都沒說，輕輕地替他帶上門，出去了。

那是一份簡單的離婚協議。在這份協議中，龐家玉只主張了一項權利，那就是，唐寧灣的房子歸她。雖說事先並無離婚的任何徵兆，但端午很清楚，這不是在開玩笑。

他拿起這份協議去臥室找她，家玉正坐在床上看電視。

端午只問了她一句話。

「是不是，有人了？」

家玉的回答也只有一個字：

「是。」

同時，她肯定地點了點頭，作為強調。

在臥室裡，端午傻傻地愣了半天。他忽然想起了那個盛滿精液的保險套。眼前浮現出一個謝了頂的男人的模糊身影——他們從電梯裡出來，老頭直接去吻她的嘴。似乎再也沒有另外的話可以說，端午便道：

「我出去轉轉。」

可他下樓之後，在社區裡瞎轉了一圈，很快又回來了。臉色變得很難看。

「明天就是大年三十了，能不能先別告訴我母親？離婚的事，等過完春節再說。行不行？」

家玉狠狠地咬了一下嘴唇，說，她也是這麼想的。

第二天上午，端午帶著家玉和孩子，打了一輛計程車，趕往梅城陪老人過年。小魏昨天就已返回了安徽老家。母親還是置辦了一大堆年貨。熏了香腸。醃了臘肉。壓了素雞。做了一罎家玉最愛吃的酒釀。

她正在一天天地衰老下去。衣服穿得邋裡邋遢，佝僂著背，連轉個身都要費半天的勁。家玉一進屋，就把廁所邊泡著的一盆髒衣服洗了。隨後，她又一聲不吭地拿起拖把和鉛桶，進屋拖地去了。母親似乎也有點意外。她衝兒子努努嘴，笑道：

「媳婦今天怎麼變得這麼勤快？」

她撩起圍裙，從裡邊的口袋裡摸出一大把碎錢來，遞給端午：「你倒是紮著手！你是做了官來的？你到樓下去買些炮仗回來，晚上讓小東西放著玩。今年的年頭不好，老遇上狗屁倒灶的事情。晚上我也跟你們出去放兩個炮仗，去一去晦氣！」

「剛才在來的路上，已經買了。」端午說。

「那你也別閒著！叫上小東西，你們父子倆幫我把春聯貼一貼！」

小東西正趴在奶奶床上看電視。他母親摟著他，不知跟他說了句什麼話，兩個人都大笑不止。

家玉把地拖完了，又把衛生間裡的浴缸刷了一遍。回到客廳裡，她挨著母親坐下，幫她擇薺菜。

「你歇歇。忙了這半天，喝口水。」母親忙道，「這人老了就是不頂用。挖了這一籃子薺菜，腰就痛得直不起來了。」

家玉問她哪裡疼，幫她輕輕地捶了捶，又囑咐她道：「這麼大年紀，不要出門挖菜。從集市上買也是一樣的。」

她看見母親的一縷銀髮掛在額頭上，就幫她捋了捋，又道：「要不要，我幫你把頭洗一洗？」

「你是聞出我頭髮裡的餿味了吧？」

「是有點油。」家玉笑了笑。

「那就乾脆幫我洗個澡吧。」

家玉聽母親這麼說，就囑咐端午將臥室裡的紅外線取暖器移到衛生間，自己趕緊起身到廚房燒水去了。

端午歪在床上，和兒子看了會兒電視，不覺中就迷迷糊糊地睡著了。朦朧中，他聽見社區的居民樓中，家家戶戶都傳來了在砧板上剁肉的聲音。樓下的什麼地方，已經可以聽到零星的鞭炮聲。婆媳兩人在廚房裡忙忙碌碌。家玉還曾到臥室來過一次，她腰上圍著紅色的布裙，袖子挽得很高，手裡托著一盆剛剛洗淨的冬棗，靠在門框上，問他要不要吃。

端午翻了個身，又接著睡去了。

晚上吃飯的時候，母親第一次往家玉的碗裡搛菜。老人家一口氣喝了六、七杯「封缸酒」，微微有了些醉意。漸漸地，就開始說起瘋話來。她五歲上死了爹，十三歲被賣到江南當童養媳。她提到了她的第一個丈夫，那個失足墜崖的木匠。說起元慶的姊姊，那個剛出世就夭折了的女兒。

端午擔心她一旦向人道起苦情，就會沒完沒了，趕緊找話來打岔。母親被端午七拐八繞地這麼一攪，自己都不知道說什麼了。

「剛才我說到哪兒了？」她看了看家玉，又看著端午。

家玉不作聲，只是笑。

母親忽然嘆了口氣，對家玉道：「乾脆，你也別做我兒媳婦了，做我閨女好不好？」

「好啊。」家玉嘴裡答應著，臉上卻是灰灰的。

若若早已吃完了飯，一個人趴在窗口看了半天，就嚷嚷著要下樓放鞭炮。端午正準備起身，就聽見家玉對母親道：

「我恐怕得跟端午離婚了。」

端午驚得目瞪口呆。母親似乎也愣在那裡，一時有點不知所措。

「怎麼呢？」老太太問道。窗外的焰火忽明忽暗，襯著她的臉一陣紅，一陣綠。

「哪有女兒作興嫁給兒子的道理？」家玉笑道。

母親回過神來，就把手裡的筷子掉了個頭，在她手背上輕輕地敲了一下：「你這個死丫頭。大過年的，嚇我一跳！」

13

正月初三。一大早，小魏就從安徽回來了。她和嫂子大吵了一架。家玉安慰了她半天，又塞給她三百塊過節費。因為小魏的提前返回，他們決定當天下午就向母親辭行。老太太想讓若若留在梅城多住幾天，可小東西怎麼也不肯。

初四。端午去南山的精神病療養中心探望哥哥。因為離婚之事如骨鯁在喉、芒刺在背，端午只是禮節性地在那待了二十分鐘。他從木訥而遲鈍的兄長口中，得知了一個不好的消息。這座建成不到十年的精神病院，居然也要拆遷了。

在稍後的電話中，周主任向他證實了這個資訊。有人看中了這塊地。

「只怪你哥哥當年選中的這塊地方太扎眼了！」周主任在電話中笑道。「不過呢，拆遷了也好。這麼好的一塊地方，用來關精神病，有點資源浪費，阿是啊？畢竟精神病人又不懂得欣賞風景。來噢，日你媽媽，紅中獨調，把錢吵！」

周主任似乎正在打麻將。

端午提到了當年哥哥與市政府簽訂的那份協議。周主任不耐煩地打斷了他的話：「他不是瘋了嗎？從法律上來講，瘋子已經不能算是一個獨立的法人了。出牌吵，別老卵！」

初五。端午和家玉帶兒子去「黃日觀」逛廟會。家玉本想去道觀求個籤、上炷香，可通往道觀的坊巷人潮湧動，根本擠不進去。他們只在弄堂口略轉了轉，在一處花市上買了一枝臘梅，就匆匆回家了。

那枝臘梅，花瓣薄如蠅翅，就算湊在鼻前，也聞不到什麼香味了。

初六。端午百無聊賴地來到起士的報社。他剛剛升任了社長兼副總編，正在值班。端午本來想跟他說說與家玉離婚的事，可臨時又改變了主意。一見他進門，起士就將擱在辦公桌上的那雙腳挪了下來，坐直了身體，對他笑道：

「怎麼這麼巧，那一個剛走，這一個就來了。」

「誰呀？」

「還能是誰呀！」起士起身給他泡茶，「她正滿世界地找你。短信不回，手機也不接，你倒是挺決絕的。」

「她不是回泰州過年去了嗎？」端午這才反應過來，起士說的是綠珠。

「這丫頭，在我這兒磨了一個上午的嘴皮子。不過，人家對我卻沒什麼興趣。臨走，又找我借書。我問她想看什麼書，她就翻著大白眼，望著天花板，說是福樓拜寫的，兩個打字員什麼的，半天也沒說清楚。不是《包法利夫人》，又不是《情感教育》，那是什麼呀？我在電腦上幫她搜了搜，也沒搜出個結果來。人家小姑娘，溜光水滑的，你用這麼冷僻的書來折磨她，也有點太不厚道了吧？」

「只是聊天時隨便說起的，我沒讓她去看。」端午勉強笑了笑。

「你這一隨便，小姑娘就暈頭轉向了。我看她，八成是著了你的道了。」

「她什麼時候走的？」

「剛走。你若早來十分鐘，就能撞見她。」

中午，他們就在樓下一家寧夏人開的清真飯館裡吃羊蠍子。起士說起，春節前，他接到唐曉渡從北京打來的一個電話，問他能不能在鶴浦張羅一次詩歌研討會，把朋友們請來聚聚。

「我倒是想辦這個會啊，可錢從哪裡來？」起士給端午斟滿啤酒，苦笑道，「詩人、評論家，再加上記者，少說也得二、三十人吧。兩天會，外加旅遊、吃喝，我初步算了算，沒有個三、四十萬，怎麼也弄不像樣。守仁要是還活著，倒也好辦。他這一走，我們總不能跟小顧開口吧？」

「小顧那裡你最好別打她的主意。」端午道，「你們報社能不能出點錢？」

「十萬、八萬沒問題。再多不合適。我也剛剛接管財務，腦子裡還是一鍋粥呢！」起士道，「我們得想法逮條大魚才行。」

他們倆在飯館裡合計了半天，也沒想出個可以利用一下的「苦主」。

初十。綠珠約他去「天廚妙香」喝禪茶。端午被她纏得沒辦法，就答應了。綠珠開著Minicooper來接他。他們在社區門外遇見了騎車回家的龐家玉。她大概剛剛從「利軍」剪藝店做完頭髮出來，新髮型怎麼看都有點土氣。

綠珠一下就慌了神，可端午裝著沒有看見妻子的樣子，誇張地吹了一個口哨，對綠珠低聲地說了一句「別管她」，大模大樣地鑽進了汽車的前排。

白色頂棚的Minicooper引擎轟鳴，像箭一樣地呼嘯而去。

正月十一。端午與家玉去法院辦理了離婚手續。

在回家的路上，他們多年來第一次坐公共汽車。空蕩蕩的車廂裡，除了司機和售票員之外，只有他們兩個人。他們挨在一起坐著，彼此都有些不自在。想著妻子即將離他而去，另棲高枝，端午的心腸硬了起來。他一心巴望著這件煩心事早點結束。

唐寧灣的房子是用端午的名字買的，因此，他問家玉，要不要去一下派出所：「順便」把房子的過戶手續也一齊辦了。

家玉「騰」地一下站了起來，聲色俱厲地提醒他：「你這分明是趕我走！」

端午咬著牙，揚起了脖子，沒有作聲。彷彿在說：

你硬要這麼理解，也可以！

第四章

夜與霧

1

家玉是在二月的最後一天離開的。半個多月之後，在徐景陽的提醒下，端午來到了社區的中控室，要求調看二十八日當天的錄影資料。

監視器完整地記錄下了家玉離家時的畫面。大約是中午十一點半，下著小雪。妻子穿著那件藏青色的呢子大衣，看上去略顯臃腫，拖著一只笨重的拉桿箱，在已經變白的路面上走得很慢。快速影像使畫面有些滑稽，看上去，就像是民國時代的電影資料：步調僵硬，頻率誇張，動作失真。

在社區門口，一個戴耳套的摩托車司機走向妻子，向她比畫著什麼。很快，妻子的拉桿箱，被司機塞進了用鐵皮焊成的簡易車廂。家玉隨後也坐了進去。三輪摩托車奇怪地繞著社區門口的大花壇轉了一大圈，最後向東而去，駛離了監視鏡頭的監控範圍。

這個多少有點模糊的畫面，永遠固定了端午對妻子的記憶。彷彿二十年來夫妻生活的點點滴滴，都被壓縮進了這個黑白畫面之中。在往後的日子裡，只要一想到家玉，端午的意識總是被這個灰暗的形象所占據：寂靜無聲。真實而又虛幻。很符合追憶所特有的曖昧氛圍。

其實，在家玉離家的前一天晚上，已經有了某些徵兆。

孩子熟睡之後，他們在書房的小床上親熱——離婚之後，端午執意在書房支了一張小床，與妻子分床而眠。由於離婚這一事實所帶來的心理反應，他覺得妻子的身體多少有點讓他感到陌生。他開玩笑似的對家玉說，感覺總有點怪怪的，就像是在睡別人的老婆。家玉則一本正經地提醒他，事實本來就是如此。端午感慨說，自己第一次有了偷歡的感覺，有點竭澤而漁的興奮。好像過了這個村，就沒那個店了。家玉就紅了臉，望著他笑。半晌，她又沒來由地對端午嘆了口氣，道：

「你還不如說『偷生』，更符合事實。」

聽她這麼說，端午的心情隨之變得沉重而又茫然若失。不過，他也沒怎麼往心裡去。事後，家玉問他，假如她與「那個人」舉行婚禮，他會不會去參加。端午認真地想了想，回答道：「不會去。我可沒那麼無聊。」

他說，儘管已經離了婚，可一看到妻子與陌生人出現在那樣一個烏煙瘴氣的場合，感覺上還是會受不了。看得出，家玉對他的這個回答很是滿意。她突然緊緊地摟著他，端午覺得自己後背的汗衫很快濕了一片。端午不知道自己是真的這麼想，還是故意要說出這番話來取悅「前妻」，他有點輕薄地問家玉，能不能透露一點「那個人」的情況。家玉沒有答應：

「不告訴你。你就當他是上帝好了！」

拿走了你兩本書。

這是妻子給他留下的唯一的一句話。它寫在一張撕下的詩歌檯曆上。日期是二月二十七日。那張紙片，壓在書桌的白瓷茶杯底下。這張日曆上，印有波蘭詩人米沃什的一首小詩，是陳敬容翻譯的：

黎明時我向窗外瞭望，
見棵年輕的蘋果樹沐著曙光。
又一個黎明我望著窗外，
蘋果樹已經果實累累。
可能過去了許多歲月，
睡夢裡出現過什麼，我再也記不起。

這首詩雖說與妻子的離開沒有任何關聯，卻恰如其分地傳達出了濃郁的離愁別緒，讓端午瞬息之間五味雜陳，顫肝怵心。端午不由得把臉轉向窗戶。雪還在下著。雪花在陰晦的天空中緩緩飛舞，飄飄欲墜。街面上的路燈已經亮了。

除了不知道名字的兩本書之外，妻子還帶走了衛生間裡的洗漱用品。應該還有一些隨身要穿的衣物和生活必需品。滿衣櫃的服裝，滿抽屜的口紅和香水，滿鞋櫃的靴子和高跟鞋，幾乎都原封未動。就連擺在床頭櫃首飾盒裡琳琅滿目的象牙、綠松石和各式各樣的耳墜，也都完好如初。這多少給端午帶來了一絲寬慰，彷彿妻子仍然會像往常那樣隨時回來。

當天晚上，臨睡前，眼神有點異樣的若若，終於向父親提出了他的問題：

「媽媽去了哪裡？」

端午早早地為這個問題準備了答案。兒子還是將信將疑。第二天，兒子的提問改變了方式：

「媽媽什麼時候回來？」

這也在端午的預料之中。他硬著心腸，為日後對兒子的攤牌埋下伏筆：

「唔，說不好。」

第三天，若若不再為難他。而是一聲不響地將自己床上的被褥和枕頭與母親做了交換。端午問他為什麼這麼費事。若若回答說，他想聞聞媽媽的味道。

淚水即刻湧出了他的眼眶。

父子倆很少交談。若若成天悶悶的。與妻子一樣，他一旦憂鬱起來，總愛蜷縮在某個陰暗的角落裡發呆。

家玉曾給他打來一個電話，詢問他銀行卡的帳號。

「你在哪兒？」端午一聽到她的聲音，就亟不可待地問道。

「還能在哪？唐寧灣唄。小東西這兩天怎麼樣？」

「還行。」

端午將工商銀行的卡號向她複述了兩遍，隨後，他又跟家玉提到了兒子換被褥的事。令他感到意外的是，在電話的那一頭，家玉陷入了漫長的沉默，直到手機中傳來嘟嘟嘟的聲音。端午以為是掉了線，當他再把電話打過去，家玉已經把手機的信號轉到了祕書台。在後來的日子裡，端午又嘗試著給她打過幾通電話。

不是關機，就是「您呼叫的客戶，不在服務區」。

三月中旬，在連綿的陰雨中，春天硬著頭皮來了。伯先公園河溝邊巨大的柳樹，垂下流蘇般的絲條，在雨中由鵝黃變成了翠綠。窗外籠了一帶高高低低的煙堤。臨河的迎春花黃燦燦的；粉白的刺梨和早杏，以及碎碎的櫻花，如胭脂般次第開放。如果忽略掉伴隨著東風而來的化工廠的刺鼻的臭味，如果對天空的塵霾，滿河的垃圾視而不見，如果讓目光局囿在公園的這一小塊綠地之中，這個春天與過去似乎也沒有多少區別。

即便是在夜半時分，當端午坐在北屋書房的寫字檯前，為自己正在創作的長篇小說煞費苦心之時，他仍能從慵懶的寂靜中，嗅到春天特有的氣息。他的寫作沒有什麼進展。一連寫了六個開頭，都覺得不甚滿意。

他暫時還沒辦法使自己安下心來。他低估了妻子離開後可能會有的不適感，低估了共同記憶在漫長歲月中所積累起來的召喚力量。

妻子留下半罐義大利咖啡，讓他夜不成寐。

他不安地意識到，龐家玉突然提出與他離婚，或許包含著一個不為人知的重大隱祕。他開始為家玉感到擔憂，無法不去猜測她此刻為雨為雲的行蹤。不管他是否願意承認，毫無疑問，這正是一種刻骨的思念。

有一天，他去自動取款機上取錢。銀行卡裡錢的數額突然多出來的部分，把他嚇了一跳。不是八千，也不是八萬，而是八十萬。

一直盤踞在他心頭的不祥的疑慮，頃刻間被迅速放大。

他決定直接去唐寧灣，打擾一下他的前妻，以及可能正與她同居一室的「那個人」。

2

唐寧灣的房子還未來得及過戶到妻子的名下。出於謹慎和不必要的多慮，他在用鑰匙開門之前，足足敲了兩分鐘之久。屋裡有一股淡淡的洗衣粉味，它來自於換洗的沙發座套、台布和此刻拉得嚴嚴實實的窗簾。客廳牆上，那張裴勇俊的電影招貼畫不見了，留下了一塊鏡框大小的白斑。茶几上的花瓶中，插著一大叢雜色的雛菊，只是如今已經焦枯。

家玉其實最不喜歡雛菊。可每次陪她去花店買花，挑來挑去，最後卻總是抱著一大把雛菊回家。由於每次都買回這些廉價的花朵，時間一長，家玉就誤以為自己是喜歡它的。從這件事中，也多少可以看到她性格中不為人知的悖謬。

有一次，端午開玩笑地問她，為什麼總是竭盡全力地去做她感到厭惡的事情？家玉平靜地回答道：「因為這就是我的命。」

儘管房間收拾得異常整潔，可餐桌上已經有了一層灰白的浮塵。這至少說明，妻子已有一段時間不在這兒住了。臥室的床頭櫃上，有一只吃了一半的蘆柑。一只方方的玻璃茶杯裡立頓茶包浮出了厚厚的黴垢，像奶昔一樣。

屋外的花園，被浮薄的朝陽照亮了一角。他還記得，房屋裝修時，他和家玉趕往幾十公里外的苗圃，挑選薔薇的花枝。他很少看見家玉那麼高興。如今花枝已經盛大，它們攀爬在綠色的鐵柵欄上，綴滿了繁密的花苞。在牆根的排水溝邊上，種著一片薄荷。此刻，它正在瘋長，頑強的生命力甚至足以將地面鋪設的紅磚頂翻。

隔壁人家的花園裡，有個老太太戴著涼帽，一邊捶著腰，一邊給韭菜撒草木灰。她是個「自來熟」，而且話特別多。她操著濃郁的揚州口音，驕傲地向端午說起她的兒子。他姓白，在中央電視台上班。端午不懷好意地問她，她兒子是不是叫白岩松？老太太就笑了起來。她說，兒子還沒當上那麼大的官。可他寄回家來的明信片上，倒是確實有白岩松的簽名。他是個司機，是從部隊轉業過去的。

端午向她打聽妻子的情況。老太太說，曾見她在這裡住過幾天，不過時間不長。最近一晌沒怎麼見過她。有一次，老太太看見她在花園裡給薔薇剪枝，就割了一把韭菜，隔著花籬，想遞給她。可家玉只是鄙夷地瞪了她一眼，理也不理：「文乎、文乎的」。端午不明白老太太所謂的「文乎文乎」是什麼意思，便笑著安慰她說，妻子恐怕聽不懂她的江北話。他又問老太太，是不是見過別的什麼人來過。老太太撩起圍裙，擦了擦眼屎，朝他搖了搖頭。據她說，妻子常常一個人坐在花園的金銀花底下發呆，有時一坐就是半天。

從唐寧灣社區出來，端午的憂慮增加了。他沒去單位上班，而是叫了一輛黑車，直接去了大西路上的律師事務所。

在六樓的走道裡，他遇見了剛剛從廁所裡出來的徐景陽。徐景陽是妻子的合夥人之一，本來就長得肥頭大耳，去年從一次錯誤的癌症診斷中倖存了下來，一場虛驚過後，他變得比以前更胖了。他們見過不多的幾次面，都是在飯桌上。簡單的寒暄過後，徐景陽用餐巾紙仔細地擦了擦肥肥的手指，冷不防冒出一句：「家玉最近怎麼樣？」讓端午吃了一驚。

他愣了愣神，向景陽苦笑道：「我這麼心急火燎地趕過來，這句話，應該由我來問你才對呀。」

「朋友，你，什麼意思？」景陽迷惑不解地望著他，碩大的腦袋裡似乎飛快地在想著什麼。

「家玉今天沒來上班嗎？」端午問他。

這回該輪到徐景陽發呆了。

不過，徐景陽很快意識到了問題的嚴重性，他在端午的肩上輕輕地拍了一下，道：「你跟我來。」

他們經由廁所旁邊的樓梯，上到七樓。徐景陽將他領進了自己的辦公室，把正在伏案工作的女祕書支了出去。然後，徐景陽十指相扣，端坐在辦公桌前，一字一頓地說道：

「年後上班的第一天，差不多也是這個時辰吧，家玉找到我的辦公室。就坐在你現在坐著的椅子上。我以為她是來跟我商量潤江區的拐賣兒童案，可她張口就說，『不論我對你說出什麼話來，第一，你不要大驚小怪；第二，你不要問為什麼。』我當時也沒顧上多想，就立刻點了點頭。隨後，她就提出了辭職，並要求結算合夥的本金和累計的分紅。

「我一個人悶悶地想了半天。畢竟，這太突然了。最後只得問她，錢什麼時候要。她說愈快愈好。隨後就站起身來。我看見她的臉色，怎麼說呢？有點怪怪的，像是出了什麼事，就約她中午到她平常最愛去的『棕櫚島』喝咖啡，希望能夠瞭解她突然提出辭職的緣由。她在門口站了站，淡淡地說了句『改日吧』。隨後就走了。我立即把這件事通知了老隋。老隋也覺得過於突然。他說，無論如何，還是應該找家玉談一談。我們倆找到她辦公室，可她已經離開了。辦公桌裡的東西都清空了。」

「她後來沒來上過班嗎？」

「沒有。」徐景陽喝了一口茶，抿了抿嘴，將茶葉小心地吐在了手心裡。「她來過一個電話，讓我把錢直接打到她指定的銀行帳戶上。財務那邊的字，還是我幫她簽的。」

「多少錢？」

「大約是八、九十萬吧。除了她應得的部分，我和老隋商量後，又額外多付了她六個月的工資。畢竟在一起合作了這麼久，好聚好散嘛。」

「我能不能抽枝菸？」端午問他。

「抽吧。你給我也來一根！」景陽拿過菸去，並不抽，只是讓它在鼻孔底下，輕輕地轉著。

端午猛吸了兩口菸，這才不安地向他提到，家玉自從二月二十八日離家至今，已經失蹤了半個多月的時間，暫時不知道她去了哪裡。端午向他隱瞞了他們已經離婚這樣一個事實，這也在一定程度上影響了景陽的判斷。

「從法律的意義上說，這還不能稱之為失蹤。」景陽安慰他說。

「你覺得要不要報警？」

景陽想了想，說：「先不忙報警。就算你報了警，也沒有什麼實際的意義。現在最要緊的，是弄清楚她為什麼會突然離家。她出走前，你們有沒有拌過嘴？吵過架？或者發生過別的什麼事？老實說，她突然提出辭職，讓我十分意外，我想了好幾天，也沒想出個所以然來。雖然知道她不願意接我的電話，可這兩天我還是一直不停地給她打。」

端午微微地紅了臉。他猶豫了半天，正打算硬著頭皮將妻子失蹤前後的事向他和盤托出，忽聽見景陽道：

「這樣，你回去以後，先把社區的監視錄影調出來看一下。如果她是帶著旅行包出門的，也許問題不大。沒準在外面待個幾天，散散心，自己就會回來。」

辦公桌上奶白色的電話機響了起來。

景陽抓起電話，慢條斯理地「嗯、嗯」了幾句，忽然就暴跳起來，對著話筒大聲訓斥道：「跟你說過多少遍了，所有有關拆遷的案子，一概不接！」隨後，「啪」的一聲，就撂下了電話。

「有句話，不知該不該說。」景陽略微調整了一下情緒，接著道，「等家玉回來之後，你真該帶她去做個心理諮詢。」

「你是感覺到，她精神上有什麼問題嗎？」

「也不一定是精神上。」景陽用手指了指自己的胸口，「問題出在這兒。她當初實在是不該入這個行。幹我們這一行的，最重要的是預先就得培養某種超越的心態，不能讓自己的感情陷入到具體的事件之中。這玩意兒，你懂的！說到底，就是一個Game而已。」

「你指的是法律麼？」

「當然。」徐景陽點了點頭。

他看見端午吃驚地瞪著自己，又補充道：「同樣是醉酒撞死人，你可援引危害公共安全罪判他死刑，也可以按一般的交通肇事來個判一緩二。從法律的意義上說，有經有權，有常有變。靈活性本來就是法律的根本特徵之一。我們先撇開司法腐敗不談，法律當中的名堂經很多。一般人完全搞不懂。最簡單的例子，你想想，為什麼會有坦白從寬這一說？為什麼投案自首或高額賠償能極大地降低罪責？假如我想除掉你，殺人之後在第一時間投案自首，真心或假意地悔罪，加上高額賠償，基本上就可以免死。而你如果預先掌握了重大的案底，投案後，因揭發而立功，甚至還可以得到一個更短的刑期。從死者的角度看，這當然不公平。可法律並不真正關心公平。

「我們很可能會誤解，認為法律的設定，是以公平和正義為出發點的。家玉不是正規的法律系畢業的，這個彎子，她一直到現在都繞不過來。法律的著眼點，其實是社會管理的效果和相應的成本。自從現代法律誕生以來，它就從來沒有帶來過真正的公平。不論在中國，還是西方，完全一樣。因此，真正重要的，並不是法律的條文本身，而是對它的解釋和靈活運用。也可以說，沒有這種靈活性，就沒有法律。不過，話還是扯遠了。我的意思是說，家玉的情感太纖細了，太脆弱了。她不適合幹這一行。直到離職前，她在閱讀案卷的時候，還是會流眼淚。這又何必？太多負面的東西壓在她心裡，像結石一樣，化不掉……」

端午離開的時候，徐景陽客氣地將他一直送到電梯口。他囑咐端午，不論遇到什麼樣的問題，都可以隨時給他打電話。

一個小時之後，端午已經坐在社區的中控室了。他很快就查到了二十八日妻子出門的錄影。他給徐起士一連打了兩個電話，都是占線的聲音。等到他終於撥通了起士的電話，他乘坐的計程車，已經來到了《鶴浦晚報》的辦公大樓前。

徐起士滿臉怒容，正在辦公室裡大聲地呵斥他年輕的女下屬。端午與他交換了一下眼神，就坐在門邊的沙發上等候。他隨手從茶几上拿起一本《三聯生活週刊》，翻了翻，又厭煩地扔回了原處。他看見起士敲打著手裡的一摞檔，對那個女孩罵道：

「『我好好喜歡』是他媽的什麼意思？嗯？你是從哪裡學來這種不倫不類的腔調？還有這裡，

『諫壁發電廠的這種做法，像極了古語所云的，怎不叫剛剛踏上社會的我們感到糾結？若不限期改正，廣大幹部群眾情何以堪？』你這叫什麼他媽的句子，誰能看得懂？你說你是南京大學中文系畢業的，誰能相信呢？嗯？你說古語所云，所云什麼呀？我看你是不知所云……」

端午聽他這麼說，忍不住笑了起來。

起士當上社長，還沒兩個月，脾氣見長不說，在訓人方面也很有心得。端午見他罵罵咧咧地把對方訓斥了十多分鐘，似乎還有點意猶未盡。那個女孩，長得眉清目秀，顯得十分單薄，但她並不把領導的盛怒當回事。既不聲辯，也看不出有任何緊張。她雙手反剪在背後，咬著嘴唇，輕輕地搖擺著身體。為了表示自己認真在聽，不時發出嬌羞的感嘆聲：

拉得很長的「哦」；

拉得更長的「啊——」

鶯聲燕語的「是這樣啊！」

……

徐起士威脅她：「如果再叫我看到這種狗屁不通的文章，你就給老子捲舖蓋走人！」女孩只是誇張地吐了吐舌頭，擠眉弄眼地向他的上司做著鬼臉。隨後，她腳蹬UGG翻毛皮靴，踩著吱吱作響的複合地板，一扭一扭地走了。

辦公室裡新添了一批家具。屋子裡有一股難聞的漆味。起士的辦公桌上，居然也已經擺出了兩面色彩鮮豔的小國旗。

即便是女孩走後，起士的一隻手仍然扠著腰。原來是昨天晚上去「醉花蔭」打網球，不慎閃了腰，並非故意在下屬面前擺譜。

起士從櫃子裡拿了兩條「黃鶴樓」給他。還有一個印著「搶新一號」字樣的鐵盒，不知裡面裝著什麼東西。

「我在報社待了七、八年，你很少到我的辦公室來。」起士笑道，「可最近的一個月之內，你已經是第二次上門了。有什麼事吧？」

端午向他說了家玉的事。出走。離婚。從單位突然辭職。年前的一系列異常舉動。她賣掉了那輛紅色的本田轎車。在社區監控錄影中出現的畫面。

起士靜靜地聽他說話，手卻閒閒著。等電磁爐上的礦泉水燒開，起士開了一包「紅頂山人」，熟練地用竹夾轉動著青花瓷的茶杯，為他洗杯沏茶。他的臉上倒沒有什麼驚異的表情，半天，只輕輕地說了一句話：

「小心燙。」

端午顯得有些尷尬。等到把該說的話說完，他又像是自言自語地補了一句：「不知道她去了哪裡！」

又是很長時間的沉默。

「會不會去了國外？」起士讓自己舒舒服服地靠在沙發上，在腰下塞了一塊布墊，眼睛看著天花板。「比方說，她嫁給了一個老外。二十八號離開的那天，是不是有什麼人來接她？」

「沒有。她是坐著一輛三輪摩的離開的。」

「這事真的有點蹊蹺。」起士道，「不過，你現在也沒什麼好辦法。總不能登報尋人吧？既然她已經關了手機，說明她此刻不想與你有任何聯絡。你所擔心的碰到壞人的機率，很小。我勸你把這事先放一放。反正你們不也已經離婚了嗎？先不去想它，或許過些日子，答案自己就會浮出水面的。你說呢？」

起士很快就提到了即將召開的全國性的詩歌研討會，提到他不久前結識的花家舍商貿集團的董事長，張有德。張有德慷慨地答應提供會議的食宿、交通服務以及每個代表高達五千元的出場費。作為交換，徐起士在報社提供了一個職位，給張有德從民辦大學畢業的外甥女，而且保證不讓她上夜班。同時，起士還許諾不定期提供一定的版面，報導花家舍商貿集團的事務。當然，這些都不過是飯桌上的口頭協議。起士笑道：

「會議一結束，老子拍拍屁股就走人。其又能奈我何？」

會議就定在四月一號到四號。地點就在花家舍。上午開會，下午遊玩。起士已經派人去那裡看過了。賓館就在湖心的一個小島上。據說環境相當不錯。

「會議通知呢？」

「早發了。」起士撣了撣身上的菸灰，將菸頭掐滅。「與會者名單，是我和曉渡商定的。第一天上午是開幕式，沈副市長答應出席。鶴浦的大小媒體全體出動。開幕式之後，緊接著就是第一場研討會，我看就你來主持，怎麼樣？」

端午竭力推脫。最後，在起士的胡攪蠻纏之下，他只答應在第二天上午的會議中，擔任講評人。隨後，兩個人又商量了一下會議的其他細節。聊著聊著，起士又把話題繞回到家玉出走這件事情上來了。

看得出，即便是在商討會議的細枝末節，起士的心裡一直在想著這件事。

「你剛才說，家玉還往你的銀行卡上打了一筆錢，有多少？」

「大概有八十多萬。」

「這他媽的太奇怪了！這哪裡是離婚啊？倒有點像是——」

端午大致能猜出起士想說而又沒說出來的話。他的脊背一陣發涼。

端午回到自己居住的社區時，已經是下午五點半了。兒子若若早已放學。像往常一樣，他進不了家門，就坐在門口的一張石桌上，寫家庭作業。天已經快要黑了。他的小手和臉頰凍得冰涼。端午一邊替他收拾石桌上散亂的書本，一邊在腦子裡飛快地盤算著，萬一兒子問起媽媽哪兒去了，他應該如何搪塞。沒想到，兒子猛吸了一陣鼻涕之後，忽然仰起臉來，對他說：「媽媽今天給我打電話了。」

「真的嗎？她在哪兒？」端午脫口道。

兒子用奇怪的眼神看著他，反問道：「你不知道她去了哪裡嗎？」

「你怎麼會接到媽媽的電話？」

「她把電話打到了老師的辦公室。當時我正在操場上上體育課。」

儘管端午盤問再三，還是沒能從兒子的口中獲悉更多的資訊。不過，既然家玉給兒子打了電話，至少說明，她現在的狀況不像他想像的那麼糟糕。端午總算略微放了心。

在接下來的幾天中，家裡一直電話不斷。先是小顧。然後是小秋。文聯的老田、小史，甚至就連家玉的前男友唐燕升也來湊熱鬧。

還有許多陌生人。其中有一個人，自稱是去年妻子在北京懷柔講習班的同學，姓陶。這給端午帶來了一個錯覺，彷彿全世界都在關注著發生在他們家庭的小小變故。或真或假的問候與關切，都一律空洞而程式化，不得要領；一律向他索要令他難以啟齒的種種枝節。

端午不免在心裡暗暗責怪起士多事。

唯有小史來電中那句無厘頭的「恨不相逢離婚時」，讓端午開懷大笑。她還像以前一樣傻呵呵的。沒心沒肺，信口開河。她已經懷了孕，正在學開車。看來心情挺好。她說：「早知道你這樣的人還會離婚，我就沒必要那麼急著離開方志辦了。」

端午表示聽不懂她的話。

小史笑著解釋道：「我是你故意丟失的小女孩呀。」

雖說話有點曖昧，可端午聽了，心裡倒是抖了兩抖。放下電話，端午想著她那高大頎長的身體，還是在書桌前發了好一會兒呆。

「戴思齊的老娘」，與他們同住在一個社區的胡依薇，也給他打來了電話。她在電話中絮絮叨叨，反覆囑咐端午「要挺住」，「無論如何都要挺住」。沒想到，說到後來，她自已忽然哭了起來，讓端午頗感意外，只得反過來胡亂勸慰她。可到最後，端午也沒弄清楚，她那裡到底出了什麼事。

等到兒子放學回來，一打聽，才知道，戴思齊自從開學後，竟然一直沒去上過學。究竟是什麼原因，他也沒顧上問。

綠珠給他打來電話的時候，已經是三月底了。當時，端午正在前往梅城的途中。因為第二天要去花家舍開會，他打算將母親和小魏接過來住幾天，順便幫著照看一下孩子。他以為綠珠還在雲南的龍孜，其實，她是在上海的松江。她在華東第九設計院所屬的一個名叫Speed cape的工作室裡挑燈夜戰，為他們在大山中的「後現代建築群」進行最後論證。

綠珠的聲音中有一種疲憊的興奮。她說，她每天都與姨媽聯絡，對端午的一舉一動都瞭若指掌。如果像她說的那樣，她對家玉的出走不可能不知道，但卻奇怪地一字未提。她鄙夷張愛玲，卻信奉她的一句名言：不要隨便介入別人的命運。

她說，她已經連續一個月沒有好好睡過覺了。在返回龍孜之前，她打算回鶴浦來休息幾天。

「你哪都不許去！等著我！待在家裡，老老實實地、乖乖地等著我！」

他很喜歡綠珠撒嬌似的命令口吻。

端午「嘿嘿」地笑了兩聲，還想跟她臭貧幾句，可綠珠很不得體地說了句「我現在忙得連撒尿的工夫都沒有」，就把電話掛斷了。

3

出發的時候，天還下著小雨。徐起士開著一輛豐田越野，據說這是他們報社最好的車。由於中午喝了太多的酒，一路上端午都在沉睡。他的頭痛得像要裂開似的，偶爾睜開朦朧的醉眼，張望一下車窗外的山野風光，也無非是灰濛濛的天空、空曠的田地、浮滿綠藻的池塘和一段段紅色的圍牆。圍牆上預防愛滋病的宣傳標語隨時可見。紅色磚牆的牆根下，偶爾可以見到一堆一堆的垃圾。

奇怪的是，他幾乎看不到一個村莊。

在春天的田野中，一閃而過的，是一、兩幢孤伶伶的房屋。如果不是路邊骯髒的店鋪，就是正待拆除的村莊的殘餘——屋頂塌陷，山牆尖聳，椽子外露，默默地在雨中靜伏著。他知道，鄉村正在消失。據說，農民們不僅不反對拆遷，反而急不可待，翹首以盼。但不管怎麼說，鄉村正在大規模地消失。

然而，春天的田疇總歸不會真正荒蕪。資本像颶風一樣，颳遍了仲春的江南，給頹敗穿上了繁華或時尚的外衣，儘管總是有點不太合身，有點虛張聲勢。你終歸可以看到高等級的六車道馬路，奢侈而誇張的綠化帶；終歸可以看到一輛接著一輛開過的豪華婚車——反光鏡上綁著紅氣球，閃著雙燈，奔向想像中的幸福；終歸可以看到沿途巨大的房地產看板，以及它所擔保的「夢幻人生」。

起士一路上都在聽披頭四。

端午又試著給家玉打了個電話。

當然，還是關機。

當我發現自己處於煩惱之中

瑪麗媽媽來到我身邊，為我指引方向

讓它去

當我身處黑暗的時間
她站在我面前
為我指引方向
讓它去

這個世界上所有心靈破碎的人
都會看到她充滿智慧的答案
讓它去

即使他們將要分離，仍然有機會看到一個答案
讓它去

烏雲密布的夜空，依舊有光明
它照耀我抵達明天
讓它去

歌詞和節奏都適合他的心境。他覺得藍儂的這首歌，就是為自己寫的。為自己，為此刻。有人將

約翰・藍儂與馬克思和孔子相提並論，他覺得還是有點道理的。他的心裡湧現出一股久倦人世的哀傷或喜悅，既陳舊，又新鮮。

在竇莊附近，越野車駛下一條狹窄的田間公路。兩邊都是大片大片的麥地。遠處是正在盛開的油菜花地。它們像補丁一樣，一小塊一小塊地晾在翠綠的坡地上，黃澄澄的，水煙迷茫。

雨下大了。前擋風玻璃的雨刷「嘎嘎」地刮動，剪開一片煙波浩渺的湖面。其實，端午很早就已經看到那片茫蒼蒼的湖面了，但足足過了半個多小時之後，越野車才抵達湖上的那條長堤。

起士說，過去要從竇莊去花家舍，只有坐船。這條長堤，是模仿杭州西湖的蘇堤修建的。雖說也弄出了一些諸如「柳浪聞鶯」、「斷橋殘雪」一類的人工汀州，但長堤兩邊的柳、桃相間的景觀格局，卻是頤和園湖心大堤的翻版。桃花在雨中褪色。水邊種著密密的菖蒲。樹下是蔭綠的青草。飄浮的柳絲中，隱隱約約地現出一帶遠山，以及山頂最高處的佛塔。不時可以看見幾條漁船在風波中顛簸，偶爾也可以看見飛馳而過的拖著雪白水線的快艇。湖水在風中湧向堤面，濺起碎碎的浪花。

大概是由於下雨的緣故，長堤上看不到什麼汽車和行人。只是在一個堆放著黃色遊艇的碼頭附近，端午看到過兩個打著雨傘的僧人。越過右側的湖面，端午可以看見一大片被高聳的網狀物圍起的高地，好像有人在一望無際的麥地中張網捕鳥。到了近處一看，原來是一家高爾夫球練習場。

「我現在知道，你老兄為什麼常常要到花家舍來了。」端午對起士道，「這個地方果然是另一番世界，果然是名下無虛。」

起士並不答話，只是嘿嘿地乾笑。過了好半天，他才再度轉過臉來，對端午笑道：「對我來說，花家舍的妙處本不在此，你懂的！」

汽車在一處祥雲牌樓前停了下來。兩個女孩，一個稍胖，一個略瘦，擠在同一把傘下，正站在牌樓前的石獅子旁，向他們揮手。

起士搖下車窗玻璃，招呼她們上車。她們是鶴浦師範學院的研究生，被起士臨時抓來做會務。兩個女孩都有點靦腆，上了車，誰都不肯說話。汽車「咯噔咯噔」地在水泥路上往前開，一邊臨著深澗，一邊則是爬滿厚絨般苔蘚的山壁。

很快，在一個空蕩蕩的停車場附近，越野車駛上了一座七孔石橋。端午看見了不遠處的那座小島。儘管他是第一次來到這裡，可還是有一種似曾相識的熟稔之感。據說，這是花家舍最好的賓館。整個建築呈工字形，青磚牆面的三層小樓，屋頂上鋪著亮藍亮藍的瓦。竹木掩翼，草地蔥鬱。照例是精緻的假山。照例是魚群攢動的噴水池。汽車經由竹林中的一條小路，拐了一個彎，到了大門口的台階下。

兩個女孩搶著幫他們拿行李。

到了大堂裡，她們又忙著去前台辦理入住手續。端午和起士坐在沙發上抽菸。起士皺起了眉頭。他剛剛收到一條短信，唐曉渡明天來不了了。高大的落地玻璃窗外面，有一個爬滿金銀花的坡地。地燈已經亮了，把坡地上的青草襯得綠瑩瑩的。不一會兒，長得稍胖的那個女孩，過來取他們的身分證。笑起來的時候，她的眼神既疑惑又矜持。

「他們都是你的粉絲。」起士介紹道。

聽他這麼說，女孩的眼神有點吃驚。她不置可否地衝端午笑了笑。

女孩離開後，起士續上一根菸，靠在圈椅上，向左右兩邊轉了轉脖子，把臉湊過來，在端午的耳邊悄聲地說了句什麼。兩個人都縱聲大笑起來。

兩個女孩都轉過身來朝這邊看。

他的房間在二樓的頂頭。朝北。沒有門牌號。房門上鑲著一塊雕著喜鵲登門圖案的石雕，石雕上方是一塊銅牌，上寫「喜鵲營」三個字。端午看了看隔壁的房間，分別是「畫眉營」和「鷺鷥營」。這裡的客房，大概都是用鳥類來命名的，倒是有些別致。客房的裝飾也十分考究，設施豪奢。衛生間異常寬大，光是淋浴設備，居然就有兩套。美中不足的是，這個房子似乎剛剛裝修過，房間裡有一股刺鼻的油漆的味道。

最近二十多年來，無論是在鶴浦還是在別的地方，不論是酒店、茶室還是夜總會，所有的房間都有這種令人窒息的味道。久而久之，端午這個習慣於自我幽閉的人，不免產生了這樣一個幻覺：鶴浦人在最近幾十年的時間內，只是樂此不疲地做著同一件事：造房子，裝修房子，拆房子；然後，又是造房子，裝修房子……

端午痛快地洗了個澡，然後接通筆記本電腦，給自己泡了一杯茶。收發郵件，流覽當天的新聞。直到起士來敲門，叫他去餐廳吃飯。

那兩個女孩子仍在大堂裡忙碌著。她們和幾個男生一起，在布置第二天會議簽到用的長桌，準備裝有禮品和會議資料的檔袋，以及打算掛賓館門外的歡迎橫幅。起士朝她們招了招手，兩個女孩趕緊放下手裡的事，忙不迭地朝他跑過來。起士詳細地詢問了會議室的準備情況——話筒、桌簽、水果、茶歇用的咖啡和點心。最後他又問，會議的日程表和代表名單有沒有印出來。

「印好了，就在會務組。」其中一個女孩道，「我一會兒就給您送來，老師住哪個房間？」

「句谷營，就在會務組隔壁。」

端午聽她這麼說，心裡正在犯嘀咕，起士所說的這個「句谷」是一種什麼樣子的鳥，忽聽得那女孩「噗哧」一聲笑了起來。另一個女孩看上去稍微懂事一點，本來打算忍住笑，可到底也沒忍住，笑聲反而更加不可收拾。兩個人都笑得轉過身去，彎下了腰。

起士和端午互相看了一眼，彼此都有些莫名其妙。

他們兩個來到了餐廳。起士隨便點了幾個菜，對端午道：「不要一下吃得太多。待會兒，我帶你到酒吧街去轉轉，少不得還要喝。」

「可我不太想去。有點累。」

「累了就更要去。」起士笑道，「你也放鬆一下。這一次，我說了算。反正你不是已經離婚了嗎？」

服務員點完菜剛走，起士又想起一件什麼事來。

「哎，你知不知道，剛才那兩個小姑娘，幹麼笑得那麼凶？」

端午略一沉思，就對起士道：「我也在琢磨這件事。有點怪。這樣，你把房間的鑰匙牌拿來我看看。」

「拿鑰匙牌做什麼？」

「你拿過來，我看一下。」

起士從口袋裡掏出一塊帶感應鈕的長條形壓克力，正反兩面看了看，遞給他。端午見上面赫然寫著「鴝鵒」二字，就笑了起來。

「老兄，你把『鴝鵒』兩個字讀錯了。不讀句谷。也難怪，鴝鵒這兩個字，倒是不常用。不過，你沒讀過《聊齋志異》嗎？」

「嗨！就是八哥。」

「他媽的！原來是這麼回事。那這個鴝鵒，到底是種什麼鳥？」

起士也笑了起來，臉上有點不太自在。

「操，這臉可丟大了。就像被她們扒去了褲子一樣。」

花家舍的燈亮了。那片明麗的燈火，飄浮在一個山坳裡，帶著雨後的濕氣，閃爍不定。遠遠看過去，整個村莊宛如一個玲瓏剔透的珠簾寨。燈光襯出了遠處一段山巒深灰色的剪影。在毛毛細雨中，他們已經走到了七孔石橋的正中央。

風在他們眼前橫著吹，驅趕著鳳凰山頂大塊大塊的黑雲。即便在雨後的暗夜中，端午仍能看見湖水搖盪，暗波湧動。清洌的空氣，夾雜著山野裡的松脂香。

「你從來就沒去過那種場合？不會吧？」起士低聲問他。

「你指的是色情場所？」

「是啊。」

「去過。」端午老老實實地回答。

不過，那都是十多年前的事了。

那年他第一次出國，在柏林。一個僑居在慕尼克的小說家，為他做嚮導，帶他到紅燈區去長長見識。他們去得稍微早了一點。在一個陰暗的門洞前，他的那些同行——幾個從國內來的詩人，蔫頭巴腦地坐在門前的台階上，焦急地等待著妓院開門。不時有德國人從他們身邊經過，不約而同地用迷惑的眼神，打量著這幾個急性子的中國人。他們去得也太早了。

路人的目光，像刀子一樣地剜著他的心。端午和那個來自慕尼克的朋友，裝出從那路過的樣子，做賊似的逃離了紅燈區。

「這算什麼！到底還是沒有進去，是不是？可話說回來，我對西裝雞沒什麼興趣。」起士笑道，「正好，我帶你去破了這個戒。你不要有什麼顧慮。就當我是梅菲斯特好了。」

隨後，他引用了歌德在《浮士德》中的那一名言，慫恿他「對人類社會的一切，都要細加參詳」。

他們先是去酒吧街喝酒。威士卡。生啤。然後是調得像止咳糖漿一樣難喝的雞尾酒。正如起士所預言的那樣，喝著喝著，他的心也開始一點一點地融入了浮靡的夜色，同時暗暗下了一個決心：假如起士執意要帶他去「那種地方」，倒也不妨去去。

這個酒吧街，與別的地方也沒有什麼不同，只不過更為精緻、整潔一些罷了。除了小酒店和咖啡館之外，也有出售木雕、版畫、銀器、掛飾的小店鋪。還有幾處水果攤，幾家已經打烊的花店。他們一連換過三家酒吧，端午都嫌吵。

起士就決定帶他去一個安靜的地方。

剛下過雨，山道上青石板的路面有點濕滑。喝了點酒，他的雙腳彷彿踩在一團鬆軟的棉花上。夜已經很深了，他能聽見山谷中奔騰而下的溪水聲，聽到花蔭間布穀鳥的鳴叫。都有點不太真切。

他們上上下下，走了無數級台階後，拐入一條幽僻的短巷。巷中一個不起眼的小木門前，亮著浮暗的燈，照出花針般紛亂的雨絲。門裡有兩個身穿旗袍的女子，躬身而立，朝他們嫣然一笑。

進門後，是一個天井。矗立著一座高大的太湖石，竅透寒璧，碎影滿地。石山旁有兩口太平缸，一叢燕竹。天井的後面，似乎是一間寬敞的廳堂，被太湖石擋住了，黑黢黢的。這個院子一看就是新修的，可依然透出些許樸拙的古意。

穿過天井，就是一個臨水而建的花廳。池塘不大，卻花木扶疏，石隙生蘭。圍廊數折，疊石夾徑，廊外梅、棠、桃、柳之屬，籠著一片淡淡的雨煙。門前的一副篆書的楹聯。白板黑字。

雨後蘭芽猶帶潤
風前梅朵始敷榮

他們在花廳裡坐定，吃了幾片炸龍蝦，就見一個手拿對講機的女子，款款地走進門來。她的身後，跟著十幾個身穿制服的女孩，在花廳前站成了一排。

端午從來沒有見過這種陣勢，心臟怦怦狂跳，立刻就有點倒不上氣來。這些女孩，一律挽著高高的髮髻，藏藍色的制服和裙子，黑色的絲襪，脖子上都繫著一條紅白相間的條紋絲巾。乍一看，有點像正在值機的空姐。大面積的美女從天而降，堆花疊錦，反而有點讓人膽寒。

那個手拿對講機的女子，來到端午的跟前，趴在他耳邊說了句什麼，端午立刻就不好意思起來。

見他多少有些忸怩作態，那女孩就捂著嘴笑。
她讓他從這些女孩中挑一個。
端午出乖露醜地說了一句：「這，叫我怎麼好意思？」
女孩們就全笑了。
端午膩歪了半天，十分狼狽，只是一個勁地嘿嘿地傻笑。連他自己都覺得面目猥瑣，令人生厭。最後，還得起士出來替他解圍。
起士老練地站起身來，一聲不響地走到那些女孩跟前，一個一個依次看過去，不時地吸一吸鼻子，似乎在不經意間，就從中拽出兩個女孩來。
其餘的，都鬱鬱不歡地散了。

「有點眼暈，是不是？」等到屋裡只剩下他們四個人的時候，起士對端午道。
「豈止是眼暈！」端午老老實實地承認道，「真有點不敢相信這是真的。」
他們輕聲地聊著什麼，那兩個女孩已經忙著為他們端茶倒酒了。
「你閉關修煉的時間太長了，」起士頗有些自得，望著他笑，「冷不防睜開眼，外面的世界，早已江山易幟。」
「那倒也不是。談不上閉關。我不過是打了個盹。」
「什麼感覺？」
端午想了想，道：「彷彿一個晚上，就要把一生的好運氣都揮霍殆盡。」

「沒那麼嚴重。」

端午見女孩給他的杯中斟滿了酒，端起來就要喝，起士趕忙攔住了他：「先別顧喝酒，事情還沒算完。這兩個女孩都是新來的，我以前沒碰過。你從中挑一個留下。剩下的一個，我帶走。」

端午飛快地朝面前的那兩個女孩覷了一眼。兩個女孩子都很迷人，一個稍胖，一個略瘦。一個大大方方，落拓不羈，皮膚白得發青，透出一股俊朗；另一個則面帶羞澀，看上去甚至還有幾分幽怨之色。儘管是偷偷的一瞥，端午還是一眼就相中了那個較胖的女孩，可嘴上又不好意思說出口，心頭蕩過一波一波的漣漪，出了一身熱汗。

起士有點等不及了。

他把菸蒂在香蕉皮上按滅，對端午道：「既然你這麼客氣，那我就先挑了？」

隨後，他一把拽過那個胖女孩，攬著她的腰，去了隔壁的房間。

在接下來很長一段時間中，端午都有點茫然若失。就像二十年前，招隱寺那個陽光熾烈的午後，分厘不爽地回來了。

他怎麼也丟不開剛剛離去的那個女孩。她那充滿暗示、富有挑逗性的眼神，她那豐滿而淫蕩的嘴唇，剎那之間，使得面前的這個姑娘無端地貶值。

他怎麼都提不起精神來。

出於禮貌，他摟了一下那女孩的胳膊。她也顯得有些侷促不安，本能地夾緊了雙腿，柔眉順眼地望著他。

很快，她脫掉了腿上的網狀絲襪，怯生生地提醒端午，讓他去衛生間洗澡。

「傍晚的時候，我剛洗過。」端午說。

「那不一樣。」女孩勉強地笑了笑，打了一個大大的呵欠，「我來幫你洗。」

端午聞到她嘴裡有一股不潔的氣味。有點像雞糞。他心裡藏著的那點嫌惡之感，很快就變成了慶幸。他終於有理由什麼都不做。他什麼都可以容忍，就是不能容忍口臭。

他皺了皺眉，興味索然地對她說：「不用了，我們聊會兒天吧。」

儘管端午刻意與她保持著一定的距離，而且極力顯出莊重而嚴肅的樣子，可他們接下來的談話，既不莊重，也一點都不嚴肅。

端午問她，既然長得這麼漂亮，為何不去找一份正當的職業？女孩笑了笑，低聲反駁說，她並不覺得自己正在從事的職業有什麼不正當的。

端午接著又問她，從事這個職業，除了經濟方面的原因——比如養家糊口之外，是不是還有別的原因？比方說，純粹身體方面的原因？女人是不是也會像男人那樣縱情聲色，喜歡不同類型的男人，進入她們的身體？如果是，會不會上癮？換言之，女人的好色，是不是出於某種他還不太瞭解的隱祕天性……

說到不堪的地方，女孩就裝出生氣的樣子，罵他下流。

當然，端午也問了她一些純屬「技術性」的問題。比如——

「什麼叫冰火兩重天？」端午有的是好奇心。

「你是從電影裡看來的吧？」女孩道，「火指的是酒精。冰呢，當然就是冰塊了。都是舌頭上的功夫。唉，老掉牙的玩意，現在早就不時興了！也很少用冰塊。」

「那你們現在用什麼？」
「跳跳糖。」女孩道，「你吃過跳跳糖嗎？」
「沒有啊。」
「那我怎麼跟你說，你也不會明白那種感覺的，不如我們現在就，試試？」
端午猶豫了半天，在最後一刻，還是拒絕了。
她是江西婺源人。說起第一次被人強暴的枝節，聽上去更像是炫耀。她又說，其實她在花家舍，也有「正當的」職業。端午已經沒有了打聽的興致。為了打發剩下的無聊時間，她教端午玩一種搖骰子的遊戲。一開始，端午還裝出很有興趣的樣子，可後來實在是厭煩了，再次向她重申了一遍「錢一分都不會少」，就讓她自行離開了。
他蜷縮在沙發的一角，打起盹來。在那兒一直待到凌晨三點。

4

第二天早晨十點左右，端午在睡夢中被手機鈴聲驚醒了。電話是唐曉渡打來的。此刻，曉渡正在首都機場的T3航站樓，等候過安檢。他先要去義大利的威尼斯參加一個詩歌節，隨後訪問瑞士的巴塞爾大學，最後一站是伊斯坦布爾。他是真正意義上的空中飛人。
「你是會議的發起人，臨時溜號，有點不夠意思吧？」端午笑道。他覺得手機的信號有點不太好，就拉開窗簾，打開了窗戶。

「這話從何說起啊？」曉渡在電話那頭道，「我出國的計畫去年秋天就定下了了。元旦前，起士來北京出差，我請他在權金城吃火鍋。他說他剛當了社長兼副總編，手裡的錢多得花不了，就和我商量要辦這麼一個會。我是最怕開會了，只答應幫他請人。喂，你現在在哪裡？」

「花家舍。離鶴浦不遠。」

曉渡在電話中輕輕地「噢」了一聲：「這個花家舍，究竟是一個什麼樣的地方？」

「說不好，我也是第一次來。」

「起士每次給我打電話，張口閉口不離花家舍。一提到花家舍就興奮，像打了雞血一樣。恐怕是一個溫柔富貴鄉吧？」

「差不多吧。」端午道。

「這正是我擔心的地方。」曉渡的聲音變得有些嚴肅起來，「花了那麼多錢，好不容易張羅起一個會來，你們不妨認真地討論一些問題。不是說不能玩，而是不要玩爆了，弄出一些事端來。你知道我說什麼。現在，屁大的事到了網上，都會鬧得舉國沸騰。再說，起士剛當了官。唉，現如今，當官也是一項高危職業啊。凡事還是悠著點好。我剛才給他打過電話，這流氓，手機關機。」

作為中國詩歌界教父級的人物，唐曉渡宅心仁厚，素來以老成持重著名。最後，他再三提醒端午，參加這次會議的詩人中，有幾個人的身分「有點特殊」，讓他一定要多留幾個心眼。別出事。

天已經放晴了，波光粼粼的湖面上空，浮著一層厚厚的魚鱗雲。正對著七孔石橋的湖對岸，是一條年代久遠的風雨長廊。它順著山脊，蜿蜒而上，一直通到山頂的寶塔。看上去，像是一條被陽光曬得乾癟的蜈蚣。花家舍被這條長廊分成了東西兩個部分。左側是鱗次櫛比的茶褐色街區。黑色的碎瓦屋頂。黑色的山牆和飛簷。頹舊的院落。或長或短的巷子。亭亭如蓋的槐樹或樟樹的樹冠，給這條老街平添了些許活力。

而在長廊的右側，則一律是新修的別墅區。白色的牆面。紅色的屋頂。屋頂上架著太陽能電池板和衛星電視接收器。奇怪的是，每棟別墅的屋脊上都裝有鍍銅的避雷針，像一串串冰糖葫蘆。別墅之間，還可以看到幾塊天藍色的露天游泳池和網球場。

端午吃了一個蘋果，坐在寫字檯前，開始閱讀郵箱中的信件，流覽新浪網的新聞。很久沒有看到過這麼好的陽光了。窗外的柳枝在風中擺動，湖水層層疊疊地湧向岸邊，濺起一堆碎浪。闃寂中，有一種春天裡特有的憂鬱和倦怠。

綠珠發來了她新寫的一首長詩。其餘的，都是垃圾郵件：妙男養生，歐洲深度遊，販售香菸，提供各類機打「發漂」……諸如此類。讓端午百思不得其解的是，幾乎所有向他兜售發票的人，都把「票」寫成了「漂」。似乎任意加上一個偏旁部首，就可以使令人生畏的法律，變成一紙空文。

綠珠的長詩足有三百多行，題目很嚇人，叫做〈這是我的中國嗎？〉。有點刻意模仿金斯堡格的〈嚎叫〉。

他起身去了洗手間。刷牙的時候，他聽到筆記本電腦裡傳來了一連串鐵屑震動般悅耳的聲音，有點像蟋蟀的鳴叫。它重複了三次。

端午當然知道這種聲音意味著什麼。

家玉在呼喚他。

他有點不敢相信自己的耳朵。

他嘴裡咬著牙刷，奔到客廳的電腦前，看見電腦桌面右下方的企鵝圖示，正在持續地閃爍。

秀蓉：在嗎？

秀蓉：你在嗎？

秀蓉：在幹麼呢你？

看著QQ介面上的文字，看見「秀蓉」這個名字，他的眼睛很快就濕潤了。端午趕緊在鍵盤上手忙腳亂地敲出一個中文拼音。在。潮水般的激流，一波一波衝擊著他的胸脯，堆積在他的喉頭。

端午：在。

端午：你在哪兒？

秀蓉：旅行中。

端午：是蜜月旅行嗎？

秀蓉：就算是吧。

端午：還愉快嗎？你怎麼樣？

秀蓉：活著呢。

端午：這話可有點老套。

秀蓉：活著，就是還未死去。你小說的開頭想出來了嗎？

端午：一連寫了六個開頭，都覺得不對勁。

秀蓉：你記不記得，今天是什麼日子？

端午閉上眼睛，把記憶中所有重要的時間在腦子裡過了一遍，有些遲疑地在鍵盤上敲出一行字來：很平常啊！

端午：四月一號，很平常啊！

秀蓉：忘了就算了吧。

端午：要不，你提醒一下。

秀蓉：我們第二次見面的日子。我沒想到還會見到你。在華聯百貨的二樓。

端午陷入了長時間的沉默。他的眼前，浮現出一張多少有點模糊的臉來，帶著驚懼、疑惑和憂鬱。那是二十歲時的家玉。在一面鏡子裡。

秀蓉：想起來了嗎？

端午：你怎麼會記得這麼牢？

秀蓉：因為恰好是愚人節。

秀蓉：另外，藏曆的四月一號，是薩嘎達瓦節開始的第一天。
秀蓉：唉！
端午：嘆什麼氣啊？
秀蓉：現在想想，我們的重逢，更像是一個愚人節開的玩笑！
端午：我知道你現在在哪兒了！莫非你在西藏？
秀蓉：你什麼時候變得這麼聰明了？
端午：你真的在西藏嗎？
秀蓉：就算是吧。
端午：四月初的西藏還很冷吧？
秀蓉：草原上的雪，應該已經化了。

在端午的記憶中，家玉似乎一直都在渴望著抵達西藏。他們結婚之後她就去過三次，奇怪的是每一次都功敗垂成。

第一次是和她在上海政法學院教書的表姊一起，走的是青藏線。她們在格爾木耽擱了一個星期之後，好不容易搭上了一輛軍車。這輛運送大米和麵粉的大卡車，在八月中旬的炎炎烈日中行駛了一天一夜，最後壞在了唐古喇山的雪峰下。從理論上說，那裡已經屬於西藏的地界了。表姊因為高原反應而吐得面無人色，央求她原路返回。家玉匆忙中攔下一輛運馬的車，心有不甘地返回西寧。

第二次去西藏，是她剛買車那會兒。她在「綠野仙蹤」網站上結識了三個網友，都是男的，組成了一個自駕旅行團。這一次，他們改走川藏公路。出發後的第六天，他們在一個名叫「蓮禺」的地方，遇上了大面積的塌方。他們在附近的一個喇嘛廟裡住了三、四天，從一個喇嘛手裡帶回了那隻虎皮鸚鵡。

最接近抵達拉薩的一次，是在一年前。在家玉的慫恿之下，律師事務所的同事組織了一次「納木錯」朝聖之旅。由於興奮過度，在臨出發的前一天，家玉因患急性胰腺炎而住進醫院。只能通過徐景陽發回的照片，在網路上追蹤著同事們在納木錯的行程。

端午：我有一個藏族朋友，名叫嘉倉平措，在西藏電視台工作。如有緩急，可以找他幫忙。平措的電話是13910815173。

秀蓉：我想恐怕用不著。

秀蓉：問你一個問題。你相信有「命」這回事嗎？

端午：說不好。你總愛胡思亂想。

秀蓉：若若怎麼樣？

端午：還好。

秀蓉：還好是什麼意思？

端午：沒什麼事，就是看上去有點憂鬱。

秀蓉：現在想想，還真是有點後悔。

端午：後悔什麼？

秀蓉：我們當初根本就不該要孩子。有點太奢侈了。
秀蓉：你到花家舍開會，誰來照顧若若？
端午：我把媽媽和小魏她們接來了。奇怪，你怎麼知道我在花家舍？
秀蓉：鶴浦新聞網上發了消息。那個人，也在吧？
端午：誰？
秀蓉：別裝糊塗！
端午：你是說綠珠嗎？她在雲南。
端午：你在嗎？
端午：你還在嗎？
端午：隨時保持聯絡。
秀蓉：明天上午十點，如果你有空我們接著聊。
秀蓉：拜拜。
端午：拜拜。

端午泡了一杯立頓紅茶，將他和家玉的聊天記錄從頭至尾看了兩遍。他還是無法確定她現在的狀況。她的那些話，充滿暗示性，卻又像夢一般不可琢磨。甚至就連她現在的行蹤，也還大有疑問。當端午問她是不是身處西藏時，她的回答是：「你現在怎麼變得這麼聰明了？」揶揄的氣味十分明顯。他心裡忽然有了一個無法說明緣由的預感。說不定，此刻，家玉就在花家舍！很有可能和他同住在這棟灰藍色的小樓裡。當然，這不過是他的胡思亂想而已，像春天的豔陽一般詭譎多變。

陽光已經斂去了它的笑容。天空陡然變得沉黑沉黑的。湖邊的柳絲被東風拉直，虬龍般的閃電躍出花家舍上空的雨雲，在灰濛濛的湖面上亮出了它的利爪。「轟隆隆」的雷聲跟著滾過來。他看見七孔石橋上有人在飛跑。下雨了。湖面上漾出了一片浮萍般的碎花。沙沙的雨聲，在窗下的劍麻叢中響成了一片。

十二點半，他下樓去餐廳吃飯。

大堂裡，剛剛抵達的三位詩人，渾身上下被雨水淋得透濕。他們正在櫃檯前辦理入住手續。端午認識其中的兩位。為了避免寒暄，他裝出沒有認出他們的樣子，遠遠地從他們身後一走而過。

5

晚上有一個小型的宴會。三十多位詩人、編輯和記者，在二樓的大包廂裡擠滿了三桌。花家舍的掌門人張有德沒有出席宴會，但他派來了能說會道的助手。她的美貌，由於嘴角的一顆不大不小的痦子，打了一點折扣。代表接待方致歡迎詞的，是花家舍新區管委會的主任，也姓張。他一開始就介紹了自己的專業背景：大學學的是英文，碩士階段讀的是比較文學。因此，他在致辭中，夾雜著一些諸如actually、anyway這樣的英文單詞，還是說得過去的，並不讓人反感。但他卻刻意隱瞞了自己作為張有德堂弟的事實。他的致辭簡短而得體，即便是客套和廢話，也使用了考究的排比句式，彷彿大有深意存焉。

端午被起士強拉到主桌就坐。而起士本人，則謙恭地藏身於包房內的一個角落裡；只有在敬酒的時候，他才會在各桌之間來回穿梭。

端午的左手，坐著詩人康琳。他是端午在上海讀書時的校友。因取了一個女人的名字，當年他在上海時最大的煩惱，就是很多男性崇拜者鍥而不捨地給他情書。最近十多年來，端午還是第一次跟他見面。他娶了一位法國籍的妻子，並在布宜諾賽勒斯住過一年。他告訴端午，在布市的一年中，他從未停止過向每一位阿根廷人打聽波赫士的故居。所有的人都語焉不詳。這讓他既傷感，又憤懣。可就在他離開布宜諾賽勒斯返回巴黎的途中，旅行社替他開車的司機才悲哀地告訴他，其實他所住的那家旅館，就在「那個瞎子」的隔壁。

坐在端午右邊的是詩人紀釗，也算是老朋友了。可端午一直找不到機會與他說話。此刻，他正在與鄰座的一位池姓美女詩人，談論著不久前的「阿格拉之旅」。他是如何夜宿「西克里鬼城」；從孟加拉灣長途奔襲而來的斯里蘭卡虎蚊，是如何讓他發起了高燒；一天夜裡，一隻孔雀如何通過敞開的窗戶，邁著優雅的步子走到他床前，並試圖與他交談；與他同行的另一位中國詩人，又是如何被泰姬陵的美驚得涕淚交流……

如今，詩人們在不大的地球上飛來飛去，似乎熱衷於通過談論一些犄角旮旯裡的事來聳人聽聞。這是一種新的時尚。也許只有人跡罕至的異域風情，才能激發他們高貴的想像力吧。那些剛剛邁出國門的人，傻乎乎地動輒談論美國和歐洲，差不多已經成了一件丟臉的事。

徐起士顯得一臉疲憊，可還是舉著酒杯，陪著痞子美女，挨個敬酒。同時，他也在物色飯後一起去酒吧聊天的人選。當他來到端午身邊的時候，把嘴附在他的耳朵邊，低聲囑咐了幾句。人聲嘈雜，端午幾乎沒聽清楚他說什麼。當然，也不需要聽清楚。

飯後，他們再次前往湖對岸的酒吧街。

同行的四位，端午都有些陌生。由於大堂的櫃檯不能提供足夠的雨傘，端午只得與起士合撐一頂。兩人談起昨晚的事，起士仍在不停地抱怨。昨晚他帶走的那個胖胖的「偽空姐」，其實也不怎麼樣。嘴唇上滿是堅硬的暴皮，弄得他很不舒服。

湖中的長堤上亮起了燈。迷濛的燈光在細雨中顯得落寞。起士說，他本來也叫了康琳，可他推脫說，他現在的心情已不適合任何形式的享樂。語調中頗有厭世之感。端午想起了家玉，只是不知道她所待的地方，現在是不是也同樣下著雨。

他們繞過七孔橋邊空無一人的停車場，穿過幾條光影浮薄的街巷，來到了一個爬滿綠藤的正方形建築門前。據起士說，這是花家舍最有情調的酒吧。門外有一個供客人喝啤酒的鋼架涼棚，因為下雨，沒有一個人。白色的桌椅疊在了一起。

這是一座靜吧。人不多。侍者刻意壓低了嗓門與他們說話。橢圓形吧檯邊的高腳凳上，坐著幾對喁喁私語的男女。吧檯對面，是一個巨大的水車，它並不轉動，可潺潺的流水依然拂動著水池裡的幾朵塑膠睡蓮。他們由一條鐵架樓梯，上到二樓，在被黑色的漆屏隔開的一條長桌前，落了座。

起士給每個人都點了一盎司威士卡，算是起個興。隨後，他又向朋友們推薦了這裡的比利時啤酒。端午注意到，離他們不遠的一個角落裡，一個十八、九歲的女孩坐在陰影中。她的脖子上搭著一條淺藍色紗巾，精緻的側臉被桌上的小檯燈照亮了，似乎面有愁容。筆記本電腦開著。敲擊鍵盤的聲音和屋外颯颯的雨聲難以區分。

乍一看，這人還真有點像綠珠。

晚宴的時候，綠珠給他發來兩條短信，他還沒有顧得上回覆。現在，她已經從上海回到了鶴浦。端午想給她直接打個電話，可手機的螢屏閃了一下，提醒他電已耗盡。

坐在端午對面的兩個人，正在小聲地談論著什麼。其中的一位，是來自首都師範大學的教授，帶著濃重的河南口音。另一位是社會科學院社會學所的研究員，從事詩歌評論，僅僅是他的業餘愛好。他的年齡看上去略大一些。儘管端午暫時還不清楚他們在談什麼，可他知道兩人的意見並不一致。

另外兩個詩人遠遠地坐在長桌的另一端，雖說不是刻意的，卻與另外四個人隔開了相當的距離。他們似乎正在討論一位朋友的詩作。一個留著絡腮鬍子，臉顯得有點髒；另一個則面龐白淨，腦後梳著一個時髦的馬尾辮。

「你有沒有注意到牆角裡的那個女孩？」起士一動不動地盯著她，斜著眼睛對端午道。

「小聲點。」端午趕緊提醒他。

「這麼好看的女孩子，如今已經難得一見。」起士道，「你難道沒發現，如今的女孩，一個比一個難看了嗎？」

「又是陳詞濫調。坦率地說，我倒沒覺得。」端午輕聲道。

「這個女孩讓我想起了韋莊的一句詩。」

「不會是『綠窗人似花』吧？」端午想了想，笑道。

「此時心轉迷。」

他嘿嘿地笑著，聲音有點淫穢。端午正想說什麼，忽見對面的那位教授，猛然激動起來，突兀地冒出了一連串極其深奧的句子：

「網球鞋的鞋帶究竟是從上面繫，還是從下面繫，本身並不能構成一個問題。或者說，並不是一個簡單意義上的詢問。Asking。阿爾邦奇的回答，讓他的妻子陷入到了語言的泥淖之中。我們需要考慮的是，這個非同一般的詢問，在何種意義上以及在多大程度上，構成了對日常語彙的分叉或偏離。也就是說，實指功能與修辭功能是如何地不成比例。是語法的修辭化呢？還是修辭的語法化？OK？」

教授極力試圖控制自己的音量，可樓上為數不多的幾個客人還是紛紛轉過身來打量他。端午把教授剛才的那番話琢磨了好幾遍，最終也沒搞懂他在說什麼。他不知道「阿爾邦奇」是誰，為什麼要繫網球鞋，更別提他的妻子了。不過，這也從一個側面提醒他，大學裡的所謂學問，已經發展到了何等精深的程度。

坐在長桌另一端的兩位年輕詩人，也談興正濃，狀態頗顯親密。教授的那番話不過使他們的交談中斷了半分鐘而已。隨後，兩人又開始交頭接耳。他們頻頻提到潘金蓮、西門慶或武松。起先，端午還以為他們是在討論《水滸傳》。可後來，絡腮鬍子又兩次提到了西門慶的女婿陳經濟，端午又覺得，他們正在談論的，似乎是《金瓶梅》。

其實，兩者都不是。

因為，端午聽見那個腦袋後面紮著馬尾辮的詩人，忽然就念出下面這段詩來：

他要跑到一個小矮人那裡去
帶去一個消息。凡是延緩了他的腳步的人
都在他的腦海裡得到了不好的下場
他跑得那麼快。像一枝很輕的箭桿
……

馬尾辮的記憶力十分驚人。他能夠隨口背誦詩人的原作，讓端午頗為嫉妒。他有意加入兩人的談話，便端著啤酒杯，朝那邊挪了挪，與兩個人都碰了杯。兩個年輕人也還友善，他們親切地稱他為「端午老師」。絡腮鬍子更是自謙地表示，他們都是「讀著端午老師的詩長大的」。這樣的恭維，雖說有點太過陳腐老舊，可端午聽了，也沒有理由不高興。

端午問他們正在聊什麼，兩個人不約而同地笑了笑。馬尾辮道：「嗨，瞎侃唄。」他們之間已經熱絡的談話一旦恢復，似乎也不在乎把「端午老師」拋在一邊。端午坐在那裡根本插不上話，立刻離開又顯得很不禮貌，只得尷尬地轉過身來，再次把目光投向桌子的另一端。

兩位學者之間的談話，已經從高深莫測的修辭學，轉向一般社會評論。兩個人都對中國社會的現狀和未來感到憂心忡忡。其間，徐起士不無諂媚地插話說：「杞憂，正是中國傳統知識分子身上最優秀的品質。」聽上去，有點不知所云。

教授喜歡掉書袋。學院的嚴格訓練，使得任何荒謬的見解都披上了合理的外衣，卻沒有對他言談的邏輯性給予切實的幫助。他的話在不同的概念和事實之間跳來跳去。他剛剛提到王安石變法，卻一下子就跳到了天津條約的簽訂。隨後，由《萬國公法》的翻譯問題，通過「順便說一句」這個恰當的黏合劑，自然地過渡到了對法、美於一九四六年簽訂的某個協議的闡釋上。

「順便說一句，正是這個協定的簽署，導致了日後的『新浪潮』運動的出現……」

研究員剛要反駁，教授機敏地阻止了他的蠢動：「我的話還沒說完！」

隨後是GITT。哥本哈根協定。阿多諾臨終前的那本《殘生省思》。英文是《*The Reflections of the Damaged Life*》。接下來，是所謂的西西里化和去文化化。葛蘭西。鮑德里亞和馮桂芬。AURA究竟應翻譯成「氛圍」還是「輝光」。教授的結論是：

中國社會未來最大的危險性恰恰來自於買辦資本，以及正在悄然成形的買辦階層。他們與帝國主義主子沆瀣一氣，迫使中國的腐敗官員，為了一點殘菜剩羹，加緊榨取國內百姓的血汗……

問題在於，端午並不知道教授是如何從前面那些繁複而雜亂的鋪陳中，推導出這一結論的。為了支持自己的觀點，教授還引用了一句甘地的名言。可惜，他那具有濃郁河南地方特色的英文有點含混不清。

另外，端午的注意力，再次被兩位年輕詩人的談論吸引住了。

她累了，停止。
汗水流過，落了灰，而變得
粗糙的乳頭，淋濕她的雙腿，但甚至

連她最隱祕的開口處也因為有風在吹拂
而有難言的興奮
……

詩中的那個「她」，指的也許就是潘金蓮。端午緊張地朝那個坐在角落裡的女孩看了一眼，所幸，她的耳朵裡已經嵌入了白色的耳塞。白皙的手指在鍵盤上輕輕地敲擊著，為了驅散愈來愈濃的菸味，她開了窗。她的頭髮微微翕動，因為窗口有輕風在吹拂。

起士在煩躁地看表。他走到那個馬尾辮青年的身邊，手搭在他肩上，與他耳語一番。馬尾辮仰起臉來，笑了笑，說：「那不著急！」

研究員顯然不同意教授的觀點。

「社會已經失控了。」他沒頭沒腦地說了這麼一句。從桌上的玻璃盅中抓出幾粒花生米，放在手裡搓了搓，吹掉了浮皮，放在嘴裡咀嚼著，接著又道，「這種失控，當然不是說，權力對社會運轉失去了有效的管制或約束。我的意思是，這種失控，恰恰是悄然發生於每一個社會成員的內心。他們，也許我應該說我們，我們已不再相信任何確定無疑的東西。不再認同任何價值。彷彿正在這個社會上發生的一切，都與我們無關。每一個人都不能連續思考五分鐘以上，都看不到五百米之外的世界。社會機體的每一個細胞，都在壞死。

「左派批判資本主義，攻擊美國；而自由主義者則把矛頭指向體制和權力。在這樣一種從未有過的兩種思想的激烈交鋒中，雙方都忘記了這樣一個事實：資本、權力，不論是國內的還是國外的，不論是中石油，還是世界銀行，生來就彼此抱有好感。它們之間有一種，怎麼說呢？天然的親和力。甚至都用不著互相試探，一來二去，早就如膠似漆了。在國內，你如果在四十八元的價位上購買了中石油的股票，只能怪自己的祖宗沒有積德。幾年下來，股價已經跌到了可憐的十二塊錢。可中石油在美國僅僅融資二十九億美元，給予境外投資者四年的分紅累計，竟然超過了一百一十九億美元。很多人還抱有天真的詢問，中國什麼時候進行政治體制改革，我要說的是，這種改革，並非沒有開始。依照我的觀察，它已經在內部悄悄地完成了。它已經是銅牆鐵壁。事實上，任何人都已經奈何它不得。

「而保護這一壁壘的，不是防彈鋼板，甚至也不僅僅是既得利益者的合謀和沆瀣一氣，而是讓人心驚膽戰的風險成本。為了避免難以承受的風險，維持現狀就成了最好的選擇。在今天，愈來愈多的人傾向於維持現狀。而維持現狀的後果，同時又在堆積和醞釀更高層級的風險，如此迴圈下去而已。就是這樣。難道不是嗎？只有在將來的某一個時刻，當這個社會被迫進行重建的時候，你才會發現，這些年，我們付出的代價到底有多大。這個代價還不僅僅是環境和資源，也許還有整整幾代人。當然，GDP還不錯。據說馬上就要超過日本了，是嗎？」

教授笑了笑，插話道：

「不是馬上，而是已經。有時候，我們很世故，有時候似乎又幼稚得可笑。一頭獅子，如果說自己長得有多肥，炫耀炫耀，那倒也不妨事的；如果是羊或豬一類的動物，整天吹噓自己長得有多胖，前景反而有點不太妙。」

隨後，他又補充說：「這句話是魯迅先生說的。」

研究員沒有再接著說下去。他的思路似乎也被正在朗誦的詩歌片斷打亂了。

髮髻披散開一個垂到腰間的漩渦
和一份末日的倦怠
臉孔像睡蓮，一朵團圓了
晴空裡到處釋放的靜電的花

我這活膩了的身體
還在冒泡泡，一隻比
一隻大，一次比一次圓

研究員把目光轉向端午，問道：「詩人有何高見？你怎麼看？」

「我是個鄉下人。沒什麼可說的。」端午笑道，「電視、聚會、報告廳、互聯網、收音機以及所有的人，都在一刻不停地說話，卻並不在乎別人怎麼說。結論是早就預備好了的。每個人都從自身的處境說話。悲劇恰恰在於，這些廢話並非全無道理。正因為聲音到處氾濫，所以，你的話還沒出口，就已經成了令人作嘔的故作姿態或者陳詞濫調……」

「我同意。」研究員道，「這個社會，實際上正處在一種真正意義上的無言狀態。具有諷刺意味的是，這種無言狀態的表現形式，並不是沉默，反而恰恰是說話。」

端午覺得研究員多少有點誤解了自己的意思，正想申辯幾句，就看見起士已經哈欠連天地站了起來，從椅背上取下夾克。

他們已經打算離開了。

端午沒有與他們一起去夜總會。

起士暗示他，他們將要去的那個地方，有點特別。和昨晚大不一樣。女孩們都穿著紅衛兵的服裝。他許諾說，在靈魂出竅的瘋狂中，還有濃郁的懷舊情調。不過，起士見端午主意已定，也沒有怎麼去勉強他。倒是教授輕佻地衝他眨了眨眼睛，說了一句老套的俏皮話：

「形固可如枯槁，心豈能為死灰乎？」

他們就在酒吧門外的濛濛細雨中分了手。

6

上午九點開始的開幕式很簡短，不到十點就結束了。據說是與時俱進，與國際接軌。接下來，照例是代表們與當地領導合影留念。端午隨著人群來到了賓館門前，差不多已經到了他與家玉約定的聊天時間。

天雖然已經晴了，可空中依然飄灑著細碎的雨絲。端午利用照相前互相謙讓位序的間歇，悄悄地離開了那裡，打算溜回自己的房間。他穿過大堂，走到樓梯口，一位長髮披肩的旅德詩人攔住了他的去路。那人微笑著給了他一個西方式的擁抱，然後遞給他一份不知什麼人起草的共同宣言，讓他簽字。端午已經想不起他的名字了。只記得他姓林。那年在斯德哥爾摩，他們在森林邊的一個餐館裡，品嘗北歐風味的豬蹄時，兩人匆匆見過一面。端午有些厭惡他的做派與為人。

「老高問你好。」他笑著對端午道。

「誰是老高？」

「連老高都不記得了嗎？七、八年前，我們在斯德哥爾摩……」

端午很不耐煩地從他手裡接過那份宣言，也沒顧上細看，就心煩意亂地還給了他：「對不起，我不能簽。」

旅德詩人並不生氣。他優雅地抱著雙臂，笑起來的時候，甚至還帶著一點孩子氣：「為什麼？我能將它理解為膽怯和軟弱嗎？」

「怎麼理解，那是你的事。」端午頭也不回地離開了他。

家玉已經線上上了。

她給端午寫了一大段留言，來講述昨天晚上做過的奇怪的夢。

她夢見自己出生在江南一個沒落的高門望族，深宅大院，傭僕成群。父親的突然出走，使得家裡亂了套。時間似乎也是春末，下著雨。院中的茶花已經開敗了。沒有父親，她根本活不下去。一直在下雨。她每天所做的事，就是透過濕漉漉的天井，眺望門前無邊無際的油菜花地和麥田。盼望著看到父親從雨中出現，回到家裡，回到她的身邊。直到不久之後，一個年輕的革命黨人來到了村中，白衣白馬，馬脖子上的銅鈴叮噹作響。他的身影倒映在門前的池塘中……

端午：你馬上就和那個革命黨人談起了戀愛，對不對？
秀蓉：終於回來了。你不用開會嗎？
端午：我溜了號。能不能再說說你的那個夢？
秀蓉：幹麼呀？
端午：或許對我正在寫的小說有幫助。
秀蓉：早忘了。還有別的夢，你要不要聽？這些天，我除了做夢，基本上沒幹別的事。多數是噩夢。
端午：你現在到底在哪兒？
秀蓉：你不是說我在西藏嗎？你真的那麼關心我在哪裡嗎？
端午：你就不能嚴肅點嗎？
秀蓉：好吧。告訴你，我現在就站在你身後。聽我說，你現在就閉上眼睛，然後慢慢地轉過身來，一定要慢。在心裡默默地數十下，你就會看到——

端午明知道她又在作怪，但還是按照她的指令閉上了眼睛，慢慢的轉過身去。他在心裡默念著阿拉伯數字，不是十下，而是三十下。

果然，他聽見有人在敲門。

端午從鏡子裡看見了自己的臉，面無人色。他衝到門邊，猛地一下拉開房門，看見一個身穿白色工作服的服務員，推著車，正衝他微笑。

「您說什麼？」他問道。

服務員笑了起來，露出了一排黃黃的四環素牙，把剛才那句話又重複了一遍：

「請問，現在方便打掃房間嗎？」

端午趕緊說了聲「不用」，就把房門關上了。

電腦中QQ介面上出現了妻子剛發給他的貼圖：李宇春的臉，一刻不停地發生變化；一刻不停地扭曲、變形，最後，終於變成了姚明。

看著那張貼圖，為了緩解剛才的緊張，端午有點誇張地開懷大笑。

秀蓉：怎麼樣？好玩吧？

秀蓉：跟你說正經的。

端午：說。

秀蓉：不說也罷。挺沒勁的。

端午：說吧。反正沒事。

秀蓉：二十年前，在招隱寺的池塘邊的那個小屋裡，我發著高燒。你後來不辭而別。呸，你這個狼心狗肺的！臨走前，還拿走了我褲子口袋裡所有的錢。你還記不記得？

端午：當然。

秀蓉：現在可以告訴我原因了吧。

端午：車票是預先買好的。

秀蓉：這個我早就知道了。我想瞭解的是，你當時心裡究竟是怎麼想的。自打你見到我的第一眼起，直到你上了火車，整個過程，怎麼回事，原原本本，告訴我。

端午：現在再說這些，你認為還有意義嗎？

秀蓉：有意義。至少對我來說是如此。

秀蓉：怎麼不說話？

秀蓉：幹麼呢你？

秀蓉：是不是有女詩人來拜訪？

端午：起士剛剛打來了電話，問我為什麼逃會。我還是今天會議的講評人。不管它了。

端午：怎麼說呢？我做夢都沒想到會再次回到鶴浦。一九八九年，命運拐了一個大彎。這是實話。

端午：火車開往上海。窗外的月亮，浮雲飛動。我一直覺得車是倒著開，馳往招隱寺的荷塘。

端午：我希望去北京，或者留在上海工作。沒想到會回到鶴浦。你明白了嗎？

秀蓉：不明白。

端午：可後來，我居然放棄了上海教育出版社這樣待遇優厚的單位，去考博，將自己交給不確定的命運。你知道是為什麼嗎？

秀蓉：不知道。

端午：唉，你是在裝糊塗啊。事實上，考博失敗後，我還是有機會留在上海，比如說寶山鋼鐵公司，比如說上海博物館。我卻莫名其妙地與導師決裂。不是與他過不去，而是與自己過不去。現在我才想明白，有一種不可抗拒的力量在暗中作祟。可當時，我並不知道為什麼要那樣做。甚至，當我提著行李到距鶴浦十多公里外的礦山機械廠報到的時候，我並不知道這一切是如何發生的。

端午：直到有一天，我在華聯超市門口遇見你。那一天是愚人節，沒錯。但命運沒有開玩笑。它在向我呈現一個祕密。

秀蓉：幹麼說得那麼可怕啊？

端午：因為見到你的那一刻，我忽然明白了，兩年中的一連串荒唐的舉動，到底是為了什麼。當時，我的心頭只有憎惡。不是憎恨你，而是憎惡我自己。

秀蓉：就算是恨我，也沒關係。

端午：在上海時，我曾嘗試著給你寫過一封信，但它被退回來了。我在學校的辦公樓排了兩個小時的長隊，就是為了打通起士的長途電話，想知道一點你的消息。

端午：我還去了一趟華東政法學院。你信不信？我想去那兒找你那根本就不知道名字的表姊。我在蘇州河邊的大門口轉了半天，最終沒敢進去。

秀蓉：看不出，你還是滿會煽情的。

秀蓉：那天晚上，我半夜裡醒過來一次，見你不在，我還以為你是幫我去買藥去了。

端午：我們換個話題吧。

秀蓉：不能再跟你聊下去了。我要下線了。

端午：最後一個問題。

秀蓉：你快說。
端午：我們還能見面嗎？
秀蓉：那要看他是否允許。
端午：你是說，你丈夫？
秀蓉：不是。
秀蓉：是上帝。
端午：不懂你在說什麼。
秀蓉：你會懂的。我下了。
端午：再見。
秀蓉：再見。

7

下午，會議安排去花家舍的老街參觀。

女導遊嘴裡嚼著口香糖，斜挎著一只電聲喇叭，手裡搖著一面三角小旗。她給每位代表發了一頂太陽帽，紅色的。帽舌上面繡有金黃色的盤龍圖案。

起風了。天色昏黃，像熟透了的杏子，又有點像黃疸病人的臉。七孔石橋的橋面上鋪上了一層砂土，厚得足以留下行人的鞋印。空氣中有嗆人的浮土和沙粒。他們一行人穿過停車場，沿著陡峭的山壁向東走。最後，在風雨長廊的入口處，匯入了從四面八方趕來的踏青者的人群。

長廊一看就是新修的。大紅的水泥廊柱。深綠的水泥欄杆。它沿著山道，曲曲折折蜿蜒向上。黑色的雨燕，三三兩兩在廊下斜穿而過，似乎正在尋找築窩的理想位置。前行百十步，有一個供遊人嬉戲的涼亭，雕梁畫棟，極盡誇飾。穹頂上畫有芭蕉、叢竹和散發著裊裊煙霧的香爐，一副寶鼎茶閒、靜日生香的情調。不過畫工粗率，一無足觀。更為奇怪的，是那些用細線勾勒的女體，蜂腰肥臀，一律取跪姿奉茶的圖式。男人則靜臥足榻，手執蒲扇；肚皮外露，體態慵懶。端午總覺得有點像傣族的風情畫，又像日本的浮世繪，看上去有點不倫不類。

導遊介紹說，鳳凰山上的這座長廊，最早是由一個名叫王觀澄的人，於同治十一年（端午很快就將這個年份換算成了一八八五年）修建的。王觀澄是為了追隨一位隱者的遺跡，從江西的吉安一路尋訪，來到了花家舍。當被問到這個一心訪仙問道的王觀澄，是怎麼成為了聲名顯赫的匪首時，導遊說，這個，她就不知道了。

「那位隱者是誰？」詩人紀釗忍不住問道。

「他叫焦先。是花家舍最早的居民之一。」導遊笑道，「他的骨殖，就埋在你們住的賓館地下。說不定，就在哪一位的床底下。」

聽她這麼說，住在一樓的康琳就接話道：「怪不得！我昨天一個晚上都在做噩夢。」

他們很快就來到了半山腰。由一條懸浮於深澗溪流之上的小板橋進入了村莊。

這個村莊，建在山坳裡的一片緩坡上。村子裡庭院寂寂。家家戶戶的房舍式樣都是一樣的：灰泥斑駁的山牆，灰黑色的魚鱗狀碎瓦露出屋簷外煤黑的椽頭，小巧玲瓏的庭院，被繩子磨出深槽的水井。東一處、西一處的油菜花，長勢不良。青草池塘早已見底，浮著一層厚厚的綠苔。透過樹籬和漏窗，可以看見摩肩接踵的遊人在院中出沒，或者在井欄邊打撲克，或者舉著照相機東遊西蕩。

遺憾的是，村中幾乎見不到一個居民。

導遊介紹說，村子裡絕大部分的本地人，早在兩年前，就被遷到了十公里之外的竇莊。當然，他們是「自願的」。

繞過一個倒塌的碾坊，一座殘破的古廟，端午很快就看見一座巍峨的高大建築，出現在不遠處的桃花林中。這幢樓宇的式樣別有風致。重重疊疊的馬頭牆，顯得高大凌厲，完全遮住了屋脊和灰瓦。一帶粉白的護牆，探出了香樟和銀杏的枝幹。如意門樓的東西兩側，各有一棵支著鐵架的蜀府海棠。

這大概就是導遊一路上津津樂道的王觀澄的故居了。

花家舍方面特意為詩人們準備了一場演出。地點就在一個牆身歪斜的舊祠堂裡。

那裡光線很暗。從樓廊上端的天窗裡，斜斜地射進來一束光柱。正在布置舞台的演員們，從大幕背後「咚咚」地跑過，揚起一片塵埃。起士說，這座祠堂，是王觀澄召集手下的匪首們議事的地方，同時也是存放槍械和戰利品的倉庫。到了上世紀五、六十年代，它一度成了「花家舍人民公社」的食堂。

端午果然在戲台邊的牆角裡，看到一個臥虎般的大灶台。鍋蓋上，瓢、勺、缽、碗，一應俱全。灶台上方的牆上，有一扇鏤空的窗戶，透出屋外竹園的濃蔭。牆面上的宣傳畫早已黯然褪色，模糊一片，倒是像「小靳莊」、「狼窩掌」、「交城出了個華政委」一類的字樣，也還歷歷可辨。

就在靜靜等候演出開始的間歇，人群中出現了一陣騷動。端午轉過身去，看見一個名叫於德海的矮個子，正追著旅德詩人老林滿屋子亂跑。

「老林讓你簽字了嗎？」起士一臉壞笑地問他。

「那還用說！不過，我沒搭理他。」

「德海也挺可憐的。老林騙他說，所有的代表都會在共同宣言上簽字。他還真的信了，第一個簽了字。到目前為止，我敢斷定，那份宣言上，只有於德海一個人的名字。他一路上追著老林，要求把他的名字塗掉。那怎麼可能？老林那個人，你是瞭解的——就像一個幽靈。只要他一回國，所到之處，難免就有人會倒楣。」

後台一陣鑼鼓響。大幕徐徐拉開。

一個道士模樣的人，臉畫得像五猖鬼，手搖龜殼扇，出現在舞台的中央。他清了清喉嚨，用戲謔的腔調自報家門。端午以為他是戲中的丑角，可細細玩味他的一長串念白，才發現他居然是喬裝打扮的革命黨。這人名叫周怡春，外號「小驢子」。他潛入花家舍的使命之一，就是策反這裡的土匪，為革命黨人攻打縣城的行動計畫招兵買馬。

他是個六指。

正當他將第六根指頭向觀眾們展示的時候，用口香糖黏上去的那段假指不慎脫落（當然，這也可能是演員的噱頭），惹得台下一陣大笑。由新時代的年輕人，來演繹辛亥前夕的革命黨人，荒腔走板倒也不足為奇。演員強拉入劇情的台詞，比如，比爾·蓋茲和周杰倫，博人一笑，也算是時下民俗風情劇的一般特徵。何況這個革命黨人穿著的道袍下，還露出了藍色牛仔褲的褲腳和白色的耐吉運動鞋。端午感到一陣陣反胃。他怎麼也無法讓自己進入劇情。

他強打精神看了一段，終於在馬弁上場的時候，昏昏睡去。不過，他並沒能睡得很熟。台下一浪高過一浪的爆笑，迫使他不時睜開雙眼，不明所以地朝台上張望。直到「叭」的一聲槍響，讓他完全清醒過來。

舞台上花家舍的境況，似乎風聲鶴唳，一片肅殺。

一個土匪頭子模樣的大胖子，躺在舞台中央的竹榻上，亮出了肥大的肚皮，他的兩個姨太太跪在竹榻的兩邊，一個為他打扇，一個為他捶腿。姨太太的一雙纖纖玉手「不慎」捶錯了地方，惹得大當家的怪叫了一聲，雙手護住襠部，用鶴浦一帶的方言罵道：

「日你媽媽！你往哪兒捶啊？」

台下又是一陣哄笑。

「奇怪。」端午悄聲地對身旁的起士嘀咕了一句。

「怎麼呢？」

「我怎麼覺得戲台上的那個姨太太，我是說胖胖的那一位，怎麼那麼眼熟啊？似乎在哪兒見過似的。」

「一點都不奇怪，」起士湊過來，呵呵地笑道，「不奇怪。這麼快就忘了？你其實和她們打過交道。很深的交道。不過是空姐的制服，換做了戲裝而已。」

端午仍沒弄明白對方的意思，怔在那裡，半天，才自語道：「怎麼會？」

起士莞爾一笑，沒再吭聲。

端午站起身來，從人群中移了出來，順著牆邊的通道，走到了祠堂的另一端。天井旁邊的門檻邊，站著一個身穿旗袍的服務員。她好心地給端午指了指廁所的位置，可端午說，他並不想上廁所。

天井的青石板上，矗立著一座太湖石。穴竅空靈，上有「桃源幽媚」四字。石畔有兩口盛滿水的太平缸，一叢燕竹。天井的高牆邊有一扇小側門。

端午猛然記起來，前天晚上，在迷濛的細雨中，他和起士就是由這道門進來的。小門的對面，在天井的另一端，有一個月亮門洞。他和起士從那經過的時候，由於雨後路滑，起士在那差一點跌了一跤。

現在，月亮門洞前豎著一塊「遊人止步」的牌子。

端午沒有理會它的警告，懶懶散散地走了進去。他一眼就看到了那個臨水而築的花廳。廳前的池塘不大，月牙形的一汪綠水，岸邊遍植高柳。池塘對面有一處亭榭，亂石瓦礫中，雜樹叢生。

端午往前走了沒幾步，忽見石舫邊的小徑上，急急忙忙地跑出一個人來。這是一個剃著板寸頭的中年人。他一邊揮手讓他出去，一邊吼道：

「誰讓你進來的？沒看見門口的牌子嗎？出去，快出去！」

端午悻悻地轉過身去，正要走，卻看見徐起士正歪在門邊，朝他眨眼睛。

「這是私人禁地。大白天的，你怎麼到處瞎碰瞎撞的？」起士笑了笑，將端午遺落在祠堂裡的涼帽遞給他。

「前天晚上我們來過這裡……」

「廢話！你才看出來了啊？」起士往四處看了看，「這裡實行的是會員制。就是晚上，也不是誰都可以進來的。」

見端午仍不時地回過頭去張望，起士又壓低了聲音笑道：「還不過癮，是嗎？要不今天晚上，我帶你再來一次？」

中年人已經離開了。園子裡一片空寂。大風呼呼地越過山頂，捲起漫天的塵沙和碎花瓣，在池塘的上空，下雪般，紛紛落下。

「你只要有錢，在這裡什麼都可以幹。甚至可以做皇帝！」

「做皇帝？什麼意思？」

「無非是三宮六院。你懂的！」

起士似笑非笑地拉了他一把。

8

第二天，整整一個上午，端午都守候在電腦前。家玉沒在QQ的介面上出現，也沒有給他留下片言隻字。

好友欄目中唯一的圖示，沉默而黯淡。

又過了一天。情形依舊如此。

那時，他已經從花家舍回到了鶴浦的家中。

母親和小魏匆匆返回梅城去了。明天是清明節。她要趕往鄉下的長州，給她的第一位丈夫——那個據說是心靈手巧、百依百順的小木匠掃墓。她以前從來不給譚功達掃墓，現在當然更不可能。父親墓園的位置，停泊著一架已經報廢的麥道八二飛機。那是鶴浦在建的航空工業園的標誌之一。父親的墳墓和屍骨如今都不知了去向。不過，按照他生前一貫的理想和願望，他的葬身之所為國家的航空工業騰出了位置，儘管屍骨無存，若是地下有靈，應該可以含笑九泉了吧。家玉當時就是這麼勸端午的。端午也只能這樣去思考問題了。

聽母親說，他在花家舍的這些天，家玉從外地打來了一個電話，她和若若磨嘰了半天，最後，又讓母親聽了電話。她的聲音「聽上去很不對頭」。家玉勸她和小魏都搬到鶴浦來住。母親旁敲側擊地問她，自己和小魏是住老房子呢，還是住唐寧灣？家玉說了句「隨便」，就把電話掛了。

充完電的手機上，被阻滯的短信信號「噹噹」地響個不停。短信一共有十二條之多。其中的一條是騙子發來的，通知他去法院取一張傳票，並誘導他撥打諮詢電話。端午當然不會打。另外的十一條，都是綠珠發來的。

端午不知道她現在還在不在鶴浦。電話打過去，信號是通的，可很快就被人為地切斷了。再打，電話就關了機。

綠珠的生氣完全可以理解。雖然他的內心十分愧疚，可眼下也實在沒有多少心力去管她的事了。他在電腦上把這些天來和家玉的聊天記錄反覆看了許多遍，不祥的預感愈漸濃郁。最後，他的目光死死地盯住「上帝」兩個字。他第一次體會到漢語中「心焦」這個詞，是多麼的傳神而恰如其分。

若若放學回來了。烏黑的笑臉上汗涔涔的。濕乎乎的頭髮一綹一綹的，緊貼在他的額頭上。他把書包往地上一扔，把鞋脫得東一隻西一隻的。

「快，給老屁媽打電話。」兒子似乎面有喜色。

端午本來想把他摟過來抱一下，可兒子像隻泥鰍似的，從他的腋下鑽了過去，一頭衝進了廁所。在最近一輪的模擬考試中他得了全班第一。數學和英語都是滿分。另外，在剛剛結束的班會上，他被姜老師任命為班級的代理班長。他在馬桶裡叮叮咚咚地撒尿，還說了一句半文不白的話：

「天助我也！」

「班長不是戴思齊嗎？怎麼又讓你代理？」隔著半開的廁所門，端午問兒子。

「她呀！狗屁了，冒泡了，王八戴上草帽了。」

「別瞎說！」端午正色道，「你正經一點行不行？她到底怎麼了？」

「慘透了。她住院了。」兒子一邊洗著臉，一邊滿不在乎地道。

「什麼病？」

「睡不著覺。想死。」

「怪不得。」端午小聲地嘀咕了一句。

今天早上去扔垃圾的時候，端午迎面碰上了「戴思齊的老娘」胡依薇。沒說幾句話，她的眼圈一紅，扭頭就走了。

原來是這麼回事。

「你說，戴思齊會不會很快出院？」兒子道。

「我也不是大夫，怎麼知道？」端午白了他一眼，「怎麼了？你想她了？」

若若和戴思齊從小一塊長大。讀到初中，也還是同桌。

「想她幹麼？我倒寧願她永遠不要出院。」

「什麼話！」端午嚇了一跳，厲聲吼道，「有你這麼冷血的嗎？你不會是擔心她回來後，你的班長就當不成了吧？」

「她的數學超強，尤其是奧數，成績好得有點變態。她要是回來了，全班的同學就只有被虐的份！」

兒子正在長個子，站在他面前，與自己只差半個頭了。端午覺得，兒子的思維方式很有些問題，心態也很不健康，正想和他好好聊聊，若若已經拎著書包，走進了自己的房間。在關上房門之前，他把腦袋又伸了出來，對父親囑咐道：

「七點之前，你別來打攪我！今天的作業巨多。」

「那你讓爸爸擁抱一下。」

兒子很不情願地與他抱了抱。

「好了，好了。你這個老男人，色情狂。」他笑著，用力地推開了他，「嘭」的一聲，把房門關上了。

端午呆呆地站在兒子房門前，琢磨著兒子剛才「天助我也」那句話，心裡無端地生出一點杞憂來：如果兒子這一代人到了自己的這個年齡，這個世界會變成什麼樣子？

他想給胡依薇打個電話。抓起聽筒，想了想，又放下了。

9

秀蓉：真有點不甘心。
端午：你說什麼不甘心？
秀蓉：我居然真的就到不了西藏！你不覺得奇怪嗎？
端午：什麼？
秀蓉：旺堆隨便說出的一句話，就像李春霞的預言一樣準。
端午：旺堆是誰？
秀蓉：蓮禺的一個活佛。就是送給若若鸚鵡的那個人。
端午：你總愛胡思亂想。沒關係，以後找時間，我陪你一起去。
秀蓉：但願吧。
端午：你的手機怎麼老打不通？
秀蓉：欠費停機了。

秀蓉：能不能聽我一句勸？
端午：你得先告訴我是什麼事。
秀蓉：戒菸。把菸戒了吧。就算是為孩子著想吧。
端午：我考慮考慮。
秀蓉：別考慮了。趕緊戒吧。你得答應我，保證活到孩子成家的那一天。
端午：這可說不好。
端午：再說了，若若要是不結婚呢？
秀蓉：真想好好親親他。摟著他親個夠。他的臉。他的小手。他跳得很急的心臟，像個小鼓。黑嘟嘟結實的小屁股。
端午：你到底是怎麼了？
端午：像是要跟整個世界告別似的。怎麼了？
秀蓉：你說得沒錯。就是告別。
秀蓉：昨天上午，我去了一趟植物園，在那裡待了兩個小時。
端午：哪兒的植物園？
秀蓉：我得去一下洗手間。你等我一下。

下午三點一刻。辦公室裡光線灰暗。天色陰陰的。本來，透過朝南的窗戶，他可以看到很遠的地方。看到那條瀝青色的運河。看到河汊轉彎處堆浮的白色垃圾和河面上的船隻。看到凸起的坡崗和一小塊、一小塊的田地。可現在，一座高樓的牆坯拔地而起，擋住了原先就很浮泛的陽光。一個戴著黃色安全帽的建築工人，正站在腳手架上朝河裡撒尿。

他的新搭檔，那個外號叫做「撲食佬」的傢伙，安靜得像個熟睡的嬰兒。他是個跛子，又有白癜風，這都不是什麼祕密。端午近來又從他身上發現了另一樁煩心事：他竟然還有狐臭。現在還是四月份，那股味道還不太明顯；可天一旦熱起來，你就是把他想像成一位汗腺過於發達的國際友人，恐怕也難以忍受。

端午已經知道了他的名字，叫「胡建倉」。假如他去做股票的話，大概賺不到什麼錢。不過，他對股票沒什麼興趣，寧願把空閒時間，鬼鬼祟祟地消磨在成人網站上。假如端午對他這僅有的嗜好視而不見，「撲食佬」也很少來打攪他。

馮延鶴剛才來過一個奇怪的電話。

他的心臟最近做了五個支架。單位的同事有一種惡毒的擔心，擔心老馮遲早要死在那個白虎星兒媳的枕頭上。

這次老馮打來電話，可不是找他下棋的。老馮問他，認不認識一個名叫白小嫻的人。白小嫻這個名字，很容易讓人聯想到花枝招展的少女。其實她已經是一個七十多歲的老人了。端午曾在一個會議上見到她一次。乾瘦乾瘦的老太太，不過保養得很好。她原來是主管文化工作的副市長。老馮打來電話的時候，這個老太太就在馮延鶴的辦公室裡。她提出來要見見端午，不知為何。端午覺得這件事，不管朝哪個方面想，都有點離譜。

他隨便找了個理由，回絕了。

好在他沒去。

秀蓉：昨天晚上又做了一個夢。

端午：該不會又是革命黨人吧？

秀蓉：我夢見自己被人追殺。在秋天的田野上奔跑。田裡的玉米都成熟了。下著雨。

端午：你被人追上了嗎？

秀蓉：那還用說！抓我的人，是一個糟老頭子。他從玉米地裡直起身來，下身光溜溜的，什麼都沒穿。他得意地讓我看了看他手裡的銬子，怪笑著問我，是不是處女。他說，他並不是公安，讓我不要害怕。他是專門收集處女膜的商人。他用祖傳的方法，把它從女孩身上取出，晾乾，然後把它製成笛膜。怎麼樣，好玩嗎？他說如果我聽從他的擺布，完事後就會立刻放了我。

端午：你樂得答應了他，對嗎？

秀蓉：呸！

秀蓉：我的一生，現在看來，就是這麼一個薄薄的膜。其中只有恥辱。

端午：你剛才的話還沒說完。

端午：你說你去了植物園。

秀蓉：對，我去了植物園，但沒進公園的大門。在天回山的山腳下，有一個農家小院，我在那兒坐了坐。吃了新挖的竹筍，喝了半杯啤酒。天霧濛濛的，什麼花草也看不到。但畢竟已經是春天了。

秀蓉：我承認，我的確做了一件傻事。真的很傻，如果讓我重新考慮，我一定不會這麼做。真有點不太甘心。不過，既然已經走到了這一步，我是不會回頭的。說到底，人還是太軟弱了。

端午：這麼說，你現在，在成都？

秀蓉：是，在成都。

端午：你在成都，對不對？

秀蓉：你很聰明。我隨手打上了天回山這個地名。

端午：哈哈，終於逮到你了。

秀蓉：本來是想去西藏的。拉薩。那曲。日喀則。或隨便什麼地方。

秀蓉：想找個沒人的地方死掉拉倒。

秀蓉：可飛機從祿口機場剛一起飛，我就發起燒來。察隅的旺堆喇嘛曾對我說，所有的事情在我身上都會發生兩次。我又發燒了。旺堆喇嘛那張黑黑的臉，一直在我眼前晃來晃去。空姐用餐巾布裹上冰塊放在我頭上降溫。隨後，她們把我弄到了頭等艙。我第一次坐頭等艙，可能也是最後一次。

秀蓉：到了成都之後，停機坪上的一輛一二〇救護車，將我送到機場附近的一家醫院裡。我在那只待了兩天，大夫說，我的發燒是肺炎引起的。但我的病卻不像肺炎那麼簡單，他們建議我換一家更大的醫院。隨後，就被轉到這裡來了。我住在五樓的特需病房裡。

端午：到底怎麼回事？

端午：你別嚇我！

端午：什麼病？

秀蓉：還用問嗎？

端午：什麼時候發現的？

秀蓉：我在離開鶴浦前，給你寫了一封信，當你收到它，就會什麼都明白了。別著急。

端午：可我一直沒收到你的信。

秀蓉：你會收到的。李春霞說，我活不過六個月。現在已經是第五個月了。心情也還好，這家醫院的條件還不錯。負責給我治療的大夫叫黃振勝，很有幽默感。他從不避諱跟我談論死。他說很多像我這樣的癌末病人最後都是死於肺炎。他給我用了最好的抗生素，還有一點嗎啡。四、五天後就退了燒。他說雖然手術的可能性已經不存在了，所幸肌體還能對藥物產生反應。也許情形還沒那麼壞。賈伯斯不也活得好好的嗎？

秀蓉：每隔一、兩天，黃振勝都會到病房來陪我聊上一小會兒。他還說，現代醫學已經徹底放棄了「治癒」這個概念，它所能做的不過是維持而已。實際上，維持也是放棄。生命維持得愈久，離治癒就愈遠。小黃說，他的工作實際上也是「維穩」。他厭惡自己的工作，倒不是怕髒。每天和那些癌末打交道，讓他覺得生命其實沒什麼尊嚴。他負責照料的一個老幹部，九十多歲了，在毫無意識反應的情況下，靠鼻飼居然也維持了三年。至少從醫學上說，他還活著。檢測儀器上各項生命體徵都相當地穩定。當然嘍，他花的是公家的錢。

端午：你就一個人嗎？誰在醫院照顧你？

秀蓉：有一個護工。她是湖南醴陵人，昨天就是她帶我去植物園的。這些天，她一直在勸我跟她回湖南老家。她有一個堂叔，據說會用念了咒的符水給人治病。好玩。

秀蓉：還有一個壞消息。

端午：你說。

秀蓉：我銀行卡上的錢已經快用完了。

端午：我現在就打電話訂機票。我馬上就趕過來。很快的。一眨眼就到了。

秀蓉：你不要來！

秀蓉：你再快，也沒有我快。

端午：你這話是什麼意思？

秀蓉：你知道是什麼意思。

端午：求求你，千萬不要這麼想。

端午：你別嚇唬我。

端午：你在嗎？

天已經完全黑下來了。大約在半個小時前，胡建倉已經離開資料室，下班回家了。臨走時，他順手替端午開了燈。白熾燈管「嗞嗞」地響著。窗外的建築工地上，早已人去樓空。一隻瘦骨嶙峋的大黑貓，在腳手架上憤怒地看著他，像個哲學家。不遠的地方，傳來了機帆船「突突」的馬達聲。

端午猶豫著，要不要給起士打個電話。

秀蓉：我還在。親愛的。

秀蓉：那天我們在天回山下的農家小院，一直待到太陽落山。黃昏的時候太陽才露臉。沒有一點丁風。植物園門口的小樹林裡，有很多老人在健身。每個人的臉上都寫著「驕傲」兩字。徐景陽的話是有道理的。他們都是從千軍萬馬中衝殺出來的倖存者。活著，就是他們的戰利品。

秀蓉：還記得我們曾經討論過的人的分類嗎？我說過，這個世界上只存在兩種人：死去的人，還有倖存者。我失敗了，並打算接受它。

秀蓉：你不要來！至少現在不要。我要一個人跨過最後的那道坎。知道我最討厭什麼人嗎？

端午：九點二十，有一班去成都的飛機。

端午：你接著說。

秀蓉：熟人。所有的熟人。還在大學讀書的時候，我就做夢能生活在陌生人中。我要穿一件隱身衣。直到有一天，我從圖書館回宿舍的途中，遇見了徐起士。那是一九八九年的夏末，他去大學生俱樂部參加海子紀念會。然後就遇到了你。在招隱寺。不說了。自從遇見你之後，我發現原先的那個隱身世界，已經回不去了。怎麼也回不去了。我甚至嘗試著改掉自己的名字，可還是沒有用。

秀蓉：我可以死在任何地方。但死在醫院裡，讓我最不能忍受。那簡直不算是死亡。連死亡都算不上。你明白我的意思嗎？

端午：晚上九點二十，有一班去成都的飛機。

秀蓉：不要來。我要下場了。謝幕了。居然還是在醫院裡。有點不甘心。

秀蓉：醫院是一個藉口。它才是我們這個世上最嚴酷的法律。它甚至高於憲法。它是為形形色色的掉隊者準備的，我們無法反抗。我們被送入醫院，在那裡履行最後的儀式或手續，同時把身體裡僅剩的一點活氣，一點點地熬乾淨。

秀蓉：就好像是我們自己的選擇。是我們主動追求的最終結果。

秀蓉：去年冬天，守仁被殺的那段日子，你還記得嗎？其實我已經死過一次了。履行了所有的手續，並知道了它的所有祕密。就像我當年參加律師資格考試，舞弊是預先安排的，我提前就知道了答案。

秀蓉：我曾經想把自己變成另一個人。陌生人。把隱身衣，換成刀槍不入的盔甲。一心要走到自己的對立面，去追趕別人的步調。除了生孩子之外，我所做的每一件事，都是自己厭惡的。好像只要閉上眼睛，就可以什麼都不想。漸漸地就上了癮。自以為融入了這個社會。每天提醒自己不要掉隊，一步都不落下。直到有一天，醫院的化驗單溫柔地通知你出局。所有的人都會掉隊。不是嗎？不過是時間早晚而已。

秀蓉：如果時間本身沒有價值的話，你活得再久，也是可以忽略不計的。

秀蓉：我已竭盡全力。但還是失敗了。我出了局，但沒想到這麼快。被碾壓得粉碎。注定了不會留下什麼痕跡。我也不想。

秀蓉：答應我一件事好嗎？

端午：你說。

端午：你說。

端午：你說吧，無論什麼事，我都答應。

端午：我馬上趕過來。告訴我你的具體地址。求求你。

端午：求求你。

秀蓉：關於我的事，先不要告訴我父親。每年的十二月底和六月初，分別給他寄一次錢，每次六千。不要少於這個數目。要不他會找到家裡來的，再有，

秀蓉：也不要告訴任何人。我不欠任何人的債。

秀蓉：在我們家樓下，有一片石榴樹樹林。你在樹底下挖個坑。你要晚上偷偷地去挖，千萬不要讓物業的保安看見。最好深一點，把我的骨灰，就埋在樹底下。

秀蓉：每天，每天，我都可以看見若若。看見他背著書包去上學。看見他平平安安地放學回家。看著他一天天長大。平平安安。

秀蓉：石榴花開的時候……

天黑了下來。

端午一刻不停地在網路上搜尋航班的資訊。

晚上九點二十分，川航有一班飛往成都的飛機。如果他現在就出發趕往祿口機場，時間還來得及。起士的手機依然關機。要命。他存著某種僥倖，打通了機場的電話。

值班票務員給他帶來了一個壞的消息。由於罕見的大霧，所有的航班都停飛了。「你來了也沒有用，機場附近的賓館擠滿了滯留的旅客。」要命。端午問她，航班什麼時候可以恢復，票務員回答說，這要看晚上的這場大雨，能不能下下來。真要命。

他給綠珠發了一條短信。他本來是想發給起士的，可卻手忙腳亂地發給了綠珠。也好。短信中只有短短的六個字。

有急事，請回電。

在他打計程車趕往家裡的途中，綠珠終於回了電話。

在社區的超市裡，他買了兩袋速凍水餃。十袋一包的辣白菜速食麵。一筒兒子最愛吃的薯片。一紙箱牛奶。但出了超市後，那筒薯片，就被證明是網球。他也懶得去調換。

他去了超市隔壁的菜場。在修皮鞋的攤位邊上，他配了兩把房門鑰匙：一把單元防盜鐵門的，一把房門的。

兒子正靠在單元門的牆邊背英文。書包擱在別人的自行車後座上。即便有人開門，問他要不要進去，他也總是搖頭。要是門前的感應燈滅了，他就使勁地跺一下腳。

A friendly waiter
told me some words of Italian
then he lend me a book
then he lend me a book
then he lend me……
I read few lines, but I don't understand any word

門前那片石榴樹靜默在濃霧中，端午不敢朝那邊看。

晚飯後，端午簡單地收拾了一下行李，把正在做作業的兒子叫到餐桌前，盡力裝出輕鬆的樣子。他平靜地告訴兒子，自己要出去幾天，問他能不能一個人在家。他把剛剛配好的兩把鑰匙裝在他的自行車鑰匙鏈上。

「要很久嗎？」兒子警覺地望著他。

「現在還說不好。也許兩、三天，也許要久一些。」

「出什麼事了嗎？」

「沒什麼事。」端午把手放在他的後脖頸子上，「其實你也不是一個人。從明天開始，會有一個姊姊過來陪你，每天晚上都來。」

「我認識她嗎？」

「你不認識。她人很好。」

「是你女朋友嗎？」

「胡說八道！」

「你是去開會嗎？」

「我去把媽媽接回來。」

「那你告訴她我當上代理班長的事了嗎？」

「當然。她已經知道了。」

「她怎麼說？」兒子的眼睛裡突然沁出了一縷清亮的光，「她一定哈哈地傻笑了吧？」

「她笑──」端午略微停頓了一下，試圖穩住自己發顫的嗓音。

「你現在就要走嗎？」

「對，待會兒就走。」

「今晚我得一個人睡覺，是不是？我有點害怕。」

「你可以開著燈睡。」

「那好吧。不過，你也要答應我一個條件。」

「什麼條件？」

「你先答應我。」

「我答應你。」

「別跟媽媽離婚。」

「好。不離婚。」

「那我要去做家庭作業了。」兒子長長地鬆了口氣，光著腳，回自己屋裡去了。

端午從廁所的櫃子裡拿出了一把黑傘，猶豫了一下，又換了一把花傘。他的眼淚即刻湧出了眼眶。

端午還是去了一次兒子的房間。在他的臉頰上親了一口。十點鐘，他出了門。鑰匙在鎖孔裡轉了兩圈。

10

小時候，端午特別喜歡霧。當時，他還住在梅城，西津渡附近的一條老街上。老街的後面就是大片的蘆葦灘，再後面，就是浩浩蕩蕩的長江了。江邊，鋼青色的石峰，聳立在茂密的山林之表。山上有一個無人居住的道觀。牆壁是紅色的。

春末或夏初，每當端午清晨醒來，他就會看見那飛絮般的雲霧，罩住了正在返青的蘆叢，使得道觀、石壁和蓊鬱的樹木模糊了剛勁的輪廓。若是在雨後，山石和長江的帆影之間，會浮出一縷縷絲綿般的雲靄。白白的，淡淡的，久久地流連不去。像棉花糖那般蓬鬆柔軟，像兔毛般潔白。

正在上中學的王元慶告訴他，那不是霧，也不是雲。它有一個很特別的名字，叫做「嵐」。他在上海讀大學的時候，正是「朦朧詩」大行其道的年月。在端午的筆下，「霧」總是和「嵐」一起組成雙音節詞：霧嵐。這是哥哥的饋贈。這個他所珍愛的詞，給那個喧鬨的時代賦予了濃烈的抒情和感傷的氛圍。

那時，文學社的社員們時常聚在電教大樓一個祕密的設備間，通過一台二十九寸的索尼監視器，欣賞被查禁的外國電影的錄影帶。亞倫·雷奈拍攝於一九五六年的那部名聞遐邇的短片，第一次將霧與罪惡連接在了一起。端午開始朦朦朧朧地與自己的青春期告別。霧或者霧嵐，在他的作品中一度絕跡。他不再喜歡朦朧詩那過於甜膩的格調。

如今，當霧這個意象再次出現在他的詩歌中時，完全變成了一種無意識的物理反應。只要他提起筆來，想去描寫一下周遭的風景，第一個想到的詞總是「霧」，就像患了強迫症一樣。與此同時，霧的組詞方式也已悄然改變。對於生活在鶴浦這個地區的人來說，「嵐」這個詞的意思，被禁錮在了字典裡，正如「安貧樂道」這個成語變成了一種可疑的傳說一樣。

霧，有了一個更合適的搭檔，一個更為親密無間的夥伴。它被叫做霾。霧霾。它成了不時滾動在氣象預報員舌尖上的專業辭彙。霧霾，是這個時代最為典型的風景之一。

在無風的日子裡，地面上蒸騰著水汽，裹挾著塵土、煤灰、二氧化碳、看不見的有毒顆粒、鉛分子，有時還有農民們焚燒麥秸稈產生的灰煙，織成一條厚厚的毯子。日復一日，罩在所有人頭上，也壓在他心裡。霧霾，在滋養著他詩情的同時，也在向他提出疑問。

他的疑惑，倒不是源於這種被稱作霧霾的東西如何有毒，而是所有的人對它安之若素。彷彿它不是近年來才出現的新生事物；彷彿它不是對自然的一種凌辱，而就是自然本身；彷彿它未曾與暗夜共生合謀，沆瀣一氣，未曾讓陽光衰老，讓時間停止；彷彿，它既非警告，亦非寓言。

現在，端午拉著行李，正在穿過燈火曖昧的街道，穿過這個城市引以為傲的俗豔的廣場。即便是在這樣的霧霾之中，健身的人還是隨處可見。他們「吭哧、吭哧」地跑步，偶爾像巫祝一般瘋狂地捶打自己的胸脯、腎區和胰膽。更多的人圍在剛剛落成的音樂噴泉邊上，等待著突然奏響的瓦格納的〈女武神之騎〉，等待一瀉沖天的高潮。

那灰灰的、毛茸茸的髒霧，在他的心裡一刻不停地繁殖著罪惡與羞恥，在昏黃的燈光下鋪向黑暗深處。而在他眼前，一條少見人跡的亂糟糟的街巷裡，濃霧正在醞釀一個不可告人的陰謀。

它所阻斷的，不僅僅是想像中正點起飛的航班與渴望抵達的目的地。它順便也隔開了生與死。

11

綠珠在英皇大酒店的大廳裡等他。這是鶴浦為數不多的五星級酒店之一，離端午居住的那個街區不遠。綠珠穿著一件半新舊的黑色外套，白色的棉質襯衣。大概是龍孜的日照較為強烈，她比以前更黑了一些。不過，人看上去，卻沉穩了許多。

她默默地從端午手中接過拉桿箱，帶他去了商務中心邊上的一家茶室，找了個位子坐了下來。窗外是下沉式的庭院，對面就是賓館的別墅區，亮著燈。端午把鑰匙交給她，並讓她記下了自己家的樓號和房間號碼。

一段時間不見，兩個人都有點生分。

「我可不會做飯呀。」綠珠打開一個紅色的夾子，將鑰匙別在銅扣上。「帶他到外面去吃飯行嗎？他叫什麼名字？」

「若若。你隨便對付一下就行了。他還算能夠將就。」端午黑著臉低聲道。

他又囑咐了一些別的事：早上六點一刻之前，必須叫醒若若。六點四十五分之前，必須離開家門。如果早自習遲到的話，他將會被罰站。麵包在冰箱裡，牛奶是剛買的，得給他煮一個雞蛋。還有，得看著他把雞蛋吃完。否則，他會趁人不備，將它偷偷地塞進衣兜，拿到外面去扔掉。

「你現在就要走嗎？」

「就算是去了機場，恐怕也得挨到明天早晨。」端午狠狠地吸了幾口菸，又道，「明知道去了也沒用，只是讓自己心裡好受一點。」

「我給常州的機場也打了電話。同樣是大霧，航班取消。上海的浦東機場，飛機倒是能正常起降，不過你現在趕過去恐怕也來不及了。」綠珠給他倒了一杯冰啤酒。「隨便你。你現在走也可以。我替你叫了一輛車去機場。師傅姓楊，車就在門外的停車場等著。機場那邊，現在一定也亂得很。」

端午沒作聲。茶室裡只有他們兩個人。六角形的吧檯裡，一個脖子上紮著領結的侍者，正在把檯面上的一排酒杯擦乾。頂燈柔和的光線投射在木格子酒架上，照亮了侍者那白皙的手。吧檯的其他地方，都浸沒在灰暗之中。

綠珠說，她姨媽還在泰州。兩個月來，小顧一直在琢磨著，把江邊的那座房子賣掉。由於是凶宅，在交易所掛出後，一直無人問津。綠珠這幾天還回去看了一下，到處都是塵土。花園也早荒掉了。

「天氣預報說，後半夜有雨，鬼知道會不會下！」綠珠偷偷地打了個呵欠，看了一下手腕上的表。

「我本來也是今天下午飛昆明。如果不是這場大霧的話，這一次我們就見不上了。」

「不會耽誤你什麼事吧？」

「你說什麼事？」

「雲南那邊，你的工作。」

「放心吧。家裡的事，你就別管了。我會盡可能地照顧好他。雖說我不喜歡孩子。一直等你回來為止。在龍孜的那份工作，現在已經有點讓我厭煩了。」

「怎麼一回事？」

「一時半會兒也說不清。再說吧。」綠珠看上去又有點抑鬱。「你去了成都，又不知道你妻子在哪家醫院，怎麼辦？總不能一家醫院一家醫院地去找吧？」

「她說離植物園不遠。我現在也顧不了那許多，只是想早一點趕到成都。」端午喝乾了杯中的啤酒，用手背碰了碰嘴唇。「我反而有點擔心，擔心知道她在哪兒。」

「不明白。」綠珠皺著眉頭望著他。

「一旦我知道她住在哪兒，這說明她多半已經不在人世了。」

綠珠還是一臉疑惑的表情。她沒有再去追問這件事。侍者拿著一個托盤過來，彎下腰，輕聲地問綠珠還要點什麼，他就要下班了。綠珠讓他給茶壺續上水，又要了兩瓶冰啤酒，一個堅果拼盤。很快，吧檯上的燈滅了。一個身穿制服的矮胖保安，手執一根警棍，在空蕩蕩的大廳裡來回逡巡。

「如果你想安靜一段時間，可以來龍孜住一段。就當散散心。」

「你不是說已經有點厭煩了嗎？」

「我說的是那個專案。挺沒勁的。不過那兒的風景倒是沒得說。第一期工程還沒有竣工，我們現在只能暫時住在山上，一個看林人的小院裡。坐在門口就可以望得見梅裡雪山。就是中日聯合登山隊被雪崩埋掉的那座神山。海拔倒是有點高，剛去的時候老是倒不上氣來，過個兩、三天就好了。除了山風呼呼地從山頂上吹過，你聽不到一丁點聲音。真正的遠離塵囂。也不知道那對孿生兄弟，是怎麼找到這個地方的。山下的村莊裡住著彝族人，也有漢人。破破爛爛的印章房。山下還有一條小溪，當地的居民叫它翡翠河。時常可以看到野鹿和麅子到溪邊來喝水。天藍得像染料，星星像金箔一樣。

「當地人說，七、八月份去最好。山野裡、溪邊上、草甸子上的花，都開了。漫山遍野，到處都是。遠遠看過去，像是給山包和草坡鋪上了一層紅毯子。如果你偶爾看見一大片白色的花，多半是土豆……」

見綠珠說起來就沒完，端午只得打斷她：

「具體說來，你們搞的是一個什麼樣的計畫？」

「說穿了，就是給那些半山腰上的十幾戶人家，那些獵戶，很少的一點錢，打發他們走人，然後把整個山都占下來，自己在山上重新蓋房子。有五十年的使用權。」

「什麼樣的房子？是別墅嗎？」

「沒那麼簡單。第一期規畫主要是生活區。那房子修得像碉堡似的，一半在地下，一半在地上，怪裡怪氣的，一點也不好看，也有點像窯洞。可兄弟倆都說那是後現代建築。這麼設計，主要是為了不破壞山林的原始狀態。盡可能不砍樹。朝南的一面採光。兄弟倆對環保的要求很苛刻。第二期規畫是一座現代化的博物館，建築完全在地面上，用來展覽兄弟倆收藏多年的藝術品。大多是一些漢畫的拓本，還有一些銅鏡、石雕、古器什麼的。另外，他們還想在山上建一座全日制的小學。這次去上海，就是為了開論證會。」

「那些山上的獵戶願意搬走嗎？」

「我們不和他們直接發生關係。」

綠珠的口中第一次出現了「我們」這個詞，緊接著又出現了第二次：

「我們只和當地政府談判。嗨，說句不好聽的話，那些農民，和動物沒什麼區別。既木訥又深不可測，既狡詐又可憐。你根本弄不清他們的木魚腦袋裡成天想什麼。和鶴浦的拆遷戶一樣，他們一聽說要拆遷，就開始沒日沒夜地在山上種茶樹；在房前屋後種果樹；搭建廂房，擴大庭院；無非是在計算林地損失和房屋面積時，向政府和出資方多訛點錢。

「到了談判的那一天，兩名精幹的獵戶代表，一會兒說這個多少錢，那個多少錢；一會兒說牛圈多少面積，馬棚多少面積；剛商定的賠償數額，一眨眼的工夫就反悔。從早晨一直折騰到天黑，把兄弟倆都搞暈了。

「最後，兄弟倆一合計，給那兩個獵戶布置了一道簡單的算術題。讓他們別一根椽子、一顆釘子地算帳了，乾脆出個價。就是說，十幾戶人家，在一個月內搬到山下，總共要多少錢。那兩個代表你看我，我看你，用當地的土話嘰哩咕嚕地商量了好半天。最後他們猶猶豫豫地說出了一個數目。他們壯起天大的膽子，紅著臉，咬著牙，最後說出的那個數額，讓兄弟倆目瞪口呆。因為，那個數額，竟然還不到孿生兄弟原本打算賠給他們的四分之一。你說可笑不可笑？」

「你打算在那兒一直待下去嗎？」

「聽你的口氣，好像不希望我在那兒待下去似的！」

「我倒也沒這個意思，不過隨便問問。」

「我也不知道。」綠珠偷偷地瞥了他一眼，「怎麼說呢，我當初是奔著香格里拉去的。有一種世外桃源的感覺。可龍孜這個地方，離迪慶還是挺遠的，荒僻得很。當地人也管這個地方叫『香格里拉』。你走到哪裡，哪裡就是『香格里拉』。你去過迪慶嗎？」

「沒有。」端午依舊陰沉著臉，有點生硬地回答道。過了一會兒，他又解釋說，他不喜歡那個帶有殖民色彩，可人人趨之若鶩的地名。香巴拉，或者香格里拉。還有那個希爾頓。那本三流小說《消失的地平線》。香格里拉原本就不存在。它只是被杜撰出來的一個乏味的傳說而已。

「正因為它不存在，所以才叫烏托邦啊。」

「別跟我提烏托邦這個詞。很煩。」端午冷冷地道。

綠珠說，她最感到煩心的，是她弄不清兄弟倆的底細。她不知道他們的錢是從哪裡來的，為何要在這麼一個窮鄉僻壤買上這麼大一塊山地。他們一會兒說要建立迴圈生態示範區，生產沒有污染的瓜果、蔬菜和菸葉，一會兒又搬出梁漱溟和晏陽初來，說是要搞什麼鄉村建設，在物欲橫流的末世，建造一個「詩意棲居」的孤島。他們信奉斯多噶派的禁欲主義，卻時不時喝得酩酊大醉，半夜發酒瘋。

他們也很少在那裡住。

在綠珠抵達龍孜後的三個月中，兄弟倆已經去過一次杜拜，兩次尼泊爾。如果說他們實施這個烏托邦計畫的最終目的只是巧立名目，為了替自己建造一個息影終老的私人居所，那麼，綠珠和這個團隊的另外七、八個人，立刻就有了管家或雜役的嫌疑。

這是綠珠最不能接受的。

兄弟倆表情刻板，行為乖張，眉宇間時常含著憂愁，可彼此之間倒是十分親暱。平常話很少，偶爾陰陰地笑一下，能把人嚇個半死。他們時常宣布「禁語」。他們在的時候，一個星期中，總有一、兩天是禁語的。他們自己不說話，也不讓別人說話。綠珠她們只能靠打啞謎的方式與兄弟倆交流。據說這是他們「領悟寂靜和死亡」行為藝術的一部分。

綠珠抱怨說，她有時甚至有些暗暗懷疑，這兩個人到底是不是孿生兄弟。會不會是假扮成兄弟的同性戀？因為團隊裡的人私下裡議論，都說他們長得一點都不像。

綠珠一直在滔滔不絕。可是，當端午問她，是如何認識這兩個「妖人」的時候，綠珠卻三緘其口：「這是我的祕密。至少現在還不能告訴你。憂鬱的人，總是能夠互相吸引的。」

端午只是靜靜地聽著，不再隨便發表什麼意見和評論。無論是兄弟倆，還是龍孜，在他看來，都沒有什麼新鮮的東西。所有的地方，都在被複製成同一個地方。當然，所有的人也都在變成同一個人。新人。儘管他對龍孜的這個項目瞭解得還不是很多，可他總覺得，它不過是另一個變了味的花家舍而已。

但他沒有把這個看法告訴綠珠。

兩點剛過，等待已久的一場大雨終於來了。

突然颳起的大風吹翻了桌布。終於下雨了。

重重疊疊的悶雷，猶如交響樂隊中密集的低音鼓。終於下雨了。

雷聲餘音未消，窗外的庭院裡早已是如潑如瀉。終於下雨了。

在等待大雨過去的靜謐之中，綠珠沒怎麼說話。彷彿遠在龍孜的兄弟倆，向她下達了封口令。不過，端午喜歡她這種靜默的樣子。喜歡與她兩個人靜靜地坐著，不說話。

一個小時過去了，雨還沒停，端午只得決定在雨中上路。

綠珠說，待會兒等雨停了，就去給若若做早飯。她囑咐他，到了成都之後，給她發個短信。她沒有送他到門口，一個人獨自上了樓。

在通往機場的高速公路上，端午從漆黑一片的雨幕中再次看到了二十年前的自己。差不多也是在同樣的時刻，他躡手躡腳地離開了招隱寺池塘邊的那個小院，趕往東郊的火車站。當時，秀蓉正在高燒中昏睡。在離車站不遠處的廣場附近，他讓拉客的三輪車停了下來。馬路邊有一個賣餛飩的攤位。他在那兒吃了一碗小餛飩，用的還是秀蓉的錢。他的腦子裡一刻不停地盤算著這樣一個問題：要不要回去？

在清晨的涼風中，他感覺到自己的臉頰有點發燙。車站古老的鐘樓沐浴在一片暗紅色的晨曦之中。天空彤雲密布，曙河欲曉。

由於旅客的積壓，端午乘坐的那個航班直到早上八點才獲准起飛。登機後，他一直在昏昏欲睡。飛機抵達成都雙流機場的時間，是上午十點零二分。

他在排隊等候計程車時，手機上一下出現了好幾條短信。

歡迎您來到成都！中國移動成都分公司祝您一切順利！

若若已去上學，諸事安好。勿念。隨時聯絡。珠。

關注民生，共創和諧。河畔生態人文景觀，凸顯價值窪地。南郊水墨庭院震撼面世！獨棟僅售兩百萬，新貴首選。送超大山地庭院果林，露台車位。

速來成都普濟醫院或致電黃振勝醫師。

12

家玉是在這天凌晨離開的。院方所推測死亡的時間，是在三點到五點之間。

護工小夏夜裡起來上廁所。她坐在馬桶上，無意間發現，衛生間上方吊頂的鋁扣板，掉下來兩根，露出了裡面的鐵柱水管。她沒覺得這事有什麼蹊蹺。回到鋼絲折疊床上，繼續睡覺。

黑暗中，她聽見家玉重重地嘆了一口氣。小夏就問她想不想喝水？是不是很難受？要不要叫大夫？家玉只回答了一個字：

悶。

當小夏再度從床上醒過來，特需病房已經擠滿了大夫和護士。她看見衛生間鐵管上懸著絲帶，地面上有一攤黃黃的尿跡。已經太晚了。

由於長途奔波的疲憊和缺乏睡眠，端午顯得格外的平靜。倦怠。麻木。輕若無物的平靜。他的淚腺分泌不出任何東西。他在心裡反覆盤算著這樣一件事：如果醫生的推測是準確的話，家玉踮著腳，站在浴缸的邊沿，試圖把輕若無物的絲巾繞上鐵管的時候，正是在他趕往機場的途中。

他來到妻子生前住過的那個病房。由於床位緊缺，那裡已經住進了一個乾瘦的老頭。他是郵電局的離休幹部。目光已是相當的微弱和膽怯，可仍在床上和護士、家人大發脾氣。強行注射的鎮靜藥，顯然也沒能讓他安靜下來。罵人的話從他那衰敗的聲道中發出來，帶著嘶嘶的痰音，聽上去反而像溫柔的耳語。原來，他不喜歡這個房間號。五一四的諧音，就是「我要死」。他堅決要求更換房間。一輩子爛熟於心的唯物主義，拿他的恐懼沒有辦法。住院部的一位主任趕到了現場。他想出了一個「人性化」的處理辦法，當即命人更換門上的鐵牌，把五一四換成了五五五。老頭這才心滿意足地進入了夢鄉。

小夏仍然留在那個房間，不過是換了一個伺候的物件罷了。見到端午，她只是默默地流淚，讓端午既驚訝又感動。端午給了她五百塊錢，她怎麼也不肯收。

黃振勝大夫上午有兩檯手術。直到下午三點，他們才在住院部對面的一家「上島咖啡」見了面。黃大夫是一個直率的年輕人，說話有點囉嗦。他向端午表示，病人在他們醫院自縊身亡，院方和他本人都是有責任的。這一點，他很清楚。他告訴端午，既然他當初決定收治這樣一位沒有親屬陪伴，且戶籍又不在本市的危重病人，就沒想到過逃避什麼責任。如果遇到蠻不講理的家屬，和院方大吵大鬧，甚至於為此提起訴訟，也並非沒有理由。

但他希望端午不要這樣做。

「如果我們當初拒絕收留她的話，她很可能在一個月前就已告別人世了。你恐怕也知道，作為一個醫療機構，院方首先考慮的第一個問題，並不是救人，而是法律上的免責。這是公開的祕密。全世界都是如此。如果在美國，你即便想做一個小小的闌尾炎手術，醫患之間的協議，可能會長達五十多頁。也就是說，我們當時完全有理由拒絕她，讓一二〇急救車帶著四十度高燒的病人，去下一家醫院碰運氣。」

黃振勝勸端午換個角度，站在病人的立場上來思考這個問題。所謂的換個角度，即便黃大夫不說，端午也能想像出來：

病人身上的癌細胞已經轉移。至少有兩個不同的類型，三到四個不同的部位。她留在這個世界上的日子，按最為樂觀的估計，也不過半年。拋開代價高昂且難以承受的醫療費不說，作為大夫，他當然知道，這最後的半年，對病人來說到底意味著什麼。尤其是家玉這樣一個希望保留自己最後一點做人的尊嚴的病患……

「也許作為大夫，我不該說這樣的話。眼下的這個事情，顯然讓家屬難以接受，但作為病人來講的話呢，卻並不是一個很壞的結果。」

端午一臉麻木地聽他說完，中間沒有插一句嘴。似乎黃大夫正在談論的，是一個與自己毫無關係的陌生人。最後，端午感謝黃大夫在最近一個月中，對妻子給予的救治和照顧。至於說追究院方的責任，他從未有過這樣的念頭。何況，他也從來不認為院方在處理這件事的過程中存在任何過錯。

聽他這麼說，年輕人一激動，就把臉湊了上來，壓低了聲音，用十分歐化的句子提醒他，在聽到自己下面的一段話時，不要感到吃驚：

「我也許在三天前，就已察覺到她自殺的跡象。當時，她已經開始向我詢問，倘若在網上購買氰化鉀一類的藥物，是否可靠。我所能做的，只是盡可能地說服她，打消這個念頭。不過我還是暗示她，到了最後的時刻，我可能會在醫生的職業道德許可的範圍內，給她加大嗎啡的劑量。今天凌晨，我在家中被特需病房的電話驚醒了。我當然知道發生了什麼事。」

在和他告別時，黃大夫告訴端午，他已經囑咐院方，在為她開具死亡證明時，忽略掉「非正常死亡」這樣一個事實。這樣，端午在辦理異地火化的相關手續時，也許會省掉一些不必要的麻煩。

對此，端午沒有表示異議。他還向黃大夫透露了這樣一個令人悲哀的事實：他和家玉實際上已經離婚。從法律的意義上來說，他其實也無權處理她的遺體。

黃大夫笑了一下，道：「這個不礙事。火葬場的人，是不會提出來查驗你們的結婚證書的。」

家玉在醫院留下的物品包括：一台筆記本電腦，一個仿蛇皮的GUCCI包，一枚成色不太好的和田玉手鐲，一個蘋果iPod。還有兩本書。這是她臨走前，從自己的書架上隨手取下，準備帶在路上看的。一本是《海子詩選》，另一本則是索甲仁波切寫的《西藏生死書》。

端午沒能找到她留給自己的那封信。

她的遺體在第二天傍晚火化。那時的殯儀館已經沒什麼人了。工作人員正把一個個用過的花籃往垃圾車上扔。

在空蕩蕩的骨灰領取處，在已經有點變了味的濃郁的百合的香氣中，他忽然想起唐代詩人江為的兩句詩：

黃泉無旅店。

今夜宿誰家？

端午回到鶴浦的家中時，綠珠正在洗澡。她從衛生間裡跳出來，光著腳替他開了門，並囑咐他數到十，再推門進屋。

端午就在門外抽了一枝菸。

當他推門進去的時候，衛生間裡已經傳來了吹風機的聲音。

綠珠告訴他，從早上起來，她就在替若若整理房間。出了一身臭汗，頭髮都漚了。她希望若若在接下來幾天中，看到漂亮的房間，心情會好一些。

「你的書架，我昨天也幫你整理了一遍。」綠珠攏了攏濕漉漉的頭髮，看上去有些疲倦。「昨天晚上，我在你家看了一宿的書。不好意思，也看了一些不該看的東西。」

端午不知道她所指的不該看的東西，是不是自己的日記，也沒有心思去問。她身上那件白色的浴衣是家玉平常穿的，也許她不知道；也許她知道，卻並不忌諱。

那個棗紅色的骨灰盒，就擱在客廳的茶几上。綠珠蹲在茶几邊上，對著它端詳了半天，用手摸了摸，然後轉過身來，對端午吐了吐舌頭：「我能不能打開看看？」

不過，她終於還是沒敢看，只是隨手在上面蓋了一塊蠟染布。

「我簡直有點愛上你兒子了！」綠珠說。

昨天晚上，她帶他去餐館吃飯。在等候上菜的那段空隙，若若還趴在桌前做數學題。她問他為什麼這麼用功，小傢伙就吸了吸鼻涕，對她說，每次考出好成績，媽媽都會像瘋子一樣地狂笑；就算是當著同學的面，她都會毫不猶豫地將他攬入懷中，在他的臉上親個沒完。

「簡直就是蹂躪。」若若笑道。

他剛當上代理班長。他很在乎這件事。他對綠珠解釋說，代理班長，實際上就是班長。「媽媽明天就回來了。她知道我當上了班長，還不知道高興成什麼樣子呢！」

他的眼神裡充滿了驕傲。

那時，綠珠已經從端午打來的電話中，知道家玉不在了。聽若若這麼說，綠珠趕緊起身，裝出上廁所的樣子，找了個沒人的角落，大哭了一場。

「你打算怎麼跟孩子說這件事？」

「我還沒想好。」端午重重地嘆了口氣，忽然仰起臉來問她，「或者先不跟他說……不行，他早晚會知道的。等會兒他放了學，一進門，就會問。第一句話，就會問。」

兩個人把接下來要發生的場景模擬了好幾遍。

綠珠一直在流淚。

不到四點，綠珠就早早地離開了。她說，她實在不忍心看到若若放學回家時那興沖沖的樣子。

可是，他們預先準備好的台詞，一句也沒用上。兒子放學回家後的實際情形，完全出乎端午的預料。

「我回來啦！」若若仍像往常那樣跟端午打招呼。他在門邊脫鞋，把書包隨手扔在地上。也許感覺到了端午嚴峻的表情有點不同往常，他又轉過身來，飛快地看了他父親一眼。他的目光甚至掠過了茶几上的骨灰盒，但又迅速地彈了回去。那是一種目光先於心靈的直覺。他似乎本能地意識到，那是一個不祥之物。

他進了廁所。他待在廁所裡的時間要比平常長得多。

隨後，赤著腳，咚咚咚地走到餐桌邊喝水。

「老屁媽呢？」他故意不去看那骨灰盒，故作輕鬆地問了一句。

「有一個不好的消息，要告訴你……」

「我知道是什麼。你別說了。」兒子立刻嚴厲地制止住他。「好吧，我要去做作業了。今天的作業巨多！要背〈滕王閣序〉。還有兩張啟東的數學卷子，一篇作文。」

他居然快步離開了餐桌，回到自己的房間裡去了。

端午的頭皮有點發脹。他坐在餐桌前，對兒子怪異的舉動，一時不知如何是好。不一會兒的工夫，兒子眼淚汪汪地從屋裡奔了出來，賭氣似的大聲地向父親宣布道：

「假如你們一定要離婚的話，我還是會選擇跟媽媽一起過。」

端午從餐桌邊站起身來，朝他走過去。將他的頭用力按在自己的胸前，貪婪地吮吸著他頭髮的汗騷味，輕輕地對他說，他剛才所說的那個「壞消息」，比離婚還要糟。

還要糟上一百倍。一千倍。

兒子推開了他，目光再次掠過他的臉，掠過沙發邊的落地燈，最後，落在茶几上的那個骨灰盒上，終於不動了。

端午知道，自己無須再說任何多餘的話。

因為若若目光最終停留的地方，就是全部答案。

確鑿無疑。

無可更改。

直到凌晨一點半，若若才迷迷糊糊地在小床上睡著。一陣陣襲來的睏倦，讓端午睜不開眼睛。可端午仍然不能上床睡覺。

得知了消息的母親和小魏，正在連夜趕往鶴浦的途中。

稍後，他從自己的郵箱中，看到了家玉發給他的那封Email。

它寫於一個半月前。唐寧灣的家中。那是她準備出發去西藏的前夜。端午在閱讀這封電子郵件時，時間上的小小混亂，給他帶來這樣一種錯覺：就像時鐘可以撥回，就像家玉還活著——就在這個世界的某個角落，以她充滿哀怨的口吻，跟他說話。

13

去年元旦的前一天，在南郊的宴春園，我們請小秋他們吃飯。守仁也來作陪。席間，不知為什麼，守仁向小史問了一個奇怪的問題。他問她，是否曾在夢中見過下雪的情景。小史認真地想了想，說沒有。守仁又挨個地詢問了在場的每一個人，都說沒有。輪到我的時候，我只能說實話。因為我不僅時常夢見下雪，蓋了三床被子，都覺得冷，而且在夢中，雪下起來就沒完。我不知道他為什麼要問這個問題。可我隱約感覺到，夢見下雪，也許並不是什麼好事。

十二月中旬的時候，我在第一人民醫院做了第二次胸部的穿刺。一直沒敢去詢問結果。可醫院還是給我打來了電話。我問他們，是好結果，還是壞結果。對方遲疑了一下，說，他也不清楚。只是囑咐我盡快去醫院。我知道有點不太好。

那天晚上，當守仁端起酒杯，站起來，要跟我一個人喝一杯，並開玩笑地說，我和他同病相憐的時候，我的心裡其實充滿了感激。也多少有了點安慰。可沒想到，他竟然死得比我還要早。

元旦後上班的第一天，我在律師事務所一直熬到下午三點。最後還是決定去醫院撞撞運氣。其實，我也知道，答案幾乎是鐵板一塊了。接待我的，是一個姓吳的老大夫。是個主任，看上去慈眉善目的。她問我家屬怎麼沒有來。我的心就不由得往下一沉。為了早一點知道結果，我就騙她說，父母早已不在，而且沒有成家。大夫又問我多大年紀，在哪兒上班，隨後猶豫了一下，將CT的光片，一共四張，依次貼在隔斷的玻璃上。她耐心地告訴我，肺部的那些浸潤性的斑影，在醫學上可能意味著什麼。她說的是可能，但又不無憂慮地告訴我，她擔心肺部的病灶並不是原發的。我就壯著膽子問她，這麼說，是不是就意味著細胞已經轉移。吳主任再次強調了「可能」這個詞。她的結論是：有點麻煩。她囑咐我盡快辦理入院手續。愈快愈好。

我已經記不清自己是如何從醫生的辦公室走到電梯口的。我只知道，電梯上上下下，在六樓停了七、八次，我都忘了上去。儘管在去醫院的路上，我已經做好了接受最壞結果的準備，可當時心裡還是很害怕。害怕極了。最後，電梯再次停了下來，從裡邊走出一個人來。是春霞。

她懷裡抱著一大摞病歷，一見到我，似乎也被嚇了一跳。很快，她定了定神，冷冷地笑了一下，用地道的北方話對我說：

「呦，龐大律師，怎麼了這是？怎麼有空親自來敝院指導工作？」

春霞站在電梯口，足足看了我半分鐘，然後輕輕推了推我，笑道：「你到底是怎麼了？傻啦？」又過了好一陣子。她問我，願不願意去二樓她的辦公室坐坐。我答應了她，甚至心中還生出了些許暖意。我對人的邪惡總是估計過低，由此犯下了一生中可能是最嚴重的過失。她讓我稍等她一下。她要去辦點事，一會兒就回來。

我真的在樓梯口等了她十分鐘。隨後，我跟她下到二樓，走進了護士站旁邊的一個值班室。

她讓我把大夫的診斷書給她看。很快，她就仰天大笑起來：「呦，恭喜你呀，你這是中了大獎了呀！」

她問我是哪個大夫給瞧的病。我告訴了她。純粹是一種不假思索的條件反射。她立刻就給吳主任打了電話，嘴角一直掛著笑。等到她放下電話，就裝模作樣地問我是什麼時候發現胸部不適的，肋間的疼痛感，一般持續多長時間。那是一種什麼樣的感覺？我當時已經明確地察覺到她說話時語調中所隱藏的喜悅與快意，認識到自己作為一個獵物任人擺布的事實，可我還是對她最終的悲憫抱有希望。

另外，我也本能地意識到，既然在接下來的一個時間段中，我還得在她的勢力範圍內接受治療，必須盡一切可能馬上與她和解。所以，我還是認真地回答了她的所有問題。畢竟，第一人民醫院是鶴浦最好的醫院，也是我的合同醫院。我怎麼都無法逃過她的掌握。

軟弱和幻想，當然也有恐懼，讓我亂了方寸。春霞把一包打開的話梅遞給我，問我要不要吃，我正有點遲疑，她的臉突然又變得猙獰起來。

她說，真是蒼天有眼！

她說，她的預言從來都絲毫不爽！

她說，一報還一報。不是不報，時候未到！

她還說了別的。可我這會兒已經記不清了。她見我呆呆地坐在那裡，不說話，就把椅子拉近了一些，笑著對我道：「不管你的病有多嚴重，你都無須擔憂。」

「為什麼？」她的話又讓我感到了一絲希望。我像個傻瓜一樣地問她。

「你多牛啊！有的是辦法！有的是路子！對不對？上帝也怕你！找你的刑警姘頭去啊，實在不行了，你還可以讓黑社會老大出面，直接解決問題嘛！」

即便在這個時候，我仍然把她的冷嘲熱諷，理解為房產糾紛的一種自然反應。我當即決定，忘掉這個世界上還有羞恥二字，忘掉她所有令人髮指的卑劣，腆著臉，向她道歉。把在房產糾紛中所有的過錯，都全部承擔下來，並乞求她的諒解。

「這話你就不用說了。那是不可能的！」春霞鼻子裡吭吭了兩聲，道，「魯迅先生寫過一篇文章，叫〈風箏〉，我們上學時都讀過，對不對？無所謂原諒。你算是個什麼東西？你不配！不過，你儘管可以放心，雖說我永遠不會原諒你，你在入院治療的過程中，我仍然會以一個醫生神聖的道德，給你提供悉心的護理。我也很樂意親自為你服務。假如有一天，我不得不遺憾地闔上你的眼簾，請你一定要相信我，我會盡可能讓自己溫柔一些。」

正好有人敲門進來，病人的家屬送來了兩箱水果。還有茶葉。春霞笑嘻嘻地讓他們把禮品擱在桌上，同時暗示我可以走了。

我就像是被人扒得一絲不掛一樣，離開了她的值班室。

臨走之前，我問了她最後一個問題：

我還有多長時間。

我想這個問題，一定是春霞很樂意回答的。

「你這種情況，快的話，兩、三個月吧。拖得長一點，也不會超過六個月。」春霞道，「這是吳主任剛才在電話中說的。按醫院的規定，我不該告訴你，可誰叫咱倆是老朋友呢？就算給你開個後門吧。接下來，你可以扳著指頭過日子了。」

從醫院出來，我看見太陽已在落山。一個淡黃色的火球，掛在高壓電線的上端，像是我正在潰爛的胰臟。一個穿著皮夾克的黑車司機，手裡托著一只保溫杯，朝我走了過來。我說，我有車。他就走開了。

可我到了車上，怎麼也打不著火。不是平常那樣打著了會歇火，而是鑰匙插進去，根本沒反應。我機械地重複著同一個動作。把鑰匙拔出來，再插進去，順時針轉動，它還是沒反應。

過了好長時間，那個穿皮夾克的小伙子，再次朝我走了過來。他在敲我的車窗玻璃。我想把窗玻璃退下來，由於失去了動力，它紋絲不動。我只得打開了車門。

小伙子笑著問我，出了什麼狀況。我說汽車發動不了。小伙子猶豫了一下，就把手裡的保溫杯放在地上，將整個身體壓在我身上，轉動了幾下鑰匙。然後他問我，剛才停車拔鑰匙的時候，有沒有聽見「嘭」的一聲？我說，我腦子裡很亂，什麼都記不起來了。他有些吃驚地看著我，推斷說，可能是汽車的電瓶爆了。為了證明自己的判斷，他蹲下身子，在我的腳邊尋找打開汽車引擎蓋的連動桿的拉環。

他的嘴和鼻子都擠在我大腿上。就算他是故意的，我也只得由他去。引擎蓋打開之後，果然跟他說的一模一樣。我看見原先包在電瓶上的塑膠套都被炸成了碎片。一股刺鼻的硫酸味。我問他該怎麼辦。他就轉動著手裡的保溫杯，再次用奇怪的眼神直勾勾地看了我好半天，對我說，得更換一個新的電瓶。可以找人來救援，也可以給4S店打電話。

他問我需不需要送我回家，我明知道他的笑容不懷好意，可腦子木木的，糊裡糊塗地上了他的車。

起先還好。當汽車進入車流稀少的環城公路的時候，就開始下雪了。他的話愈來愈不著邊際。可我一點不怕他。他膽大妄為地將右手搭在了我的腿上。我依舊坐在那兒，一動不動。那隻手先是哆哆嗦嗦，遲疑不決，見我沒反應，馬上就變本加厲。我倒是希望他的膽子更大一些。至少在那一刻，唯有那隻手，可以幫我忘掉春霞那張臉，忘掉這個世界上所有的邪惡、算計、傾軋和背叛，忘掉像山一樣壓下來的恐懼。我覺得自己的身體某些方面還算正常，還足以對他的冒犯做出反應，心裡竟然鬆快了一些。至少，在那一刻，對於一個素不相識的年輕人來說，我那已被宣布無用的身體，居然還能派上用場。假如他要把我帶到他的住處，我也不會有任何的反抗。可是這個小伙子的要求其實很簡單。他把車開到天文台附近的一個松樹林裡，蠻橫地把我的手放在了他的腿間。那兒離招隱寺不遠。環城公路上空無一人。當年我就是在那兒遇見燕升的。旺堆說得沒錯。所有的事，都會發生兩次。

三、五分鐘就結束了。

他可能剛過二十歲。

他把我送到社區的門口，目光就變得躲躲閃閃的，不敢看我。下車的時候，他忽然問我，能不能把車鑰匙給他，他會負責把我那輛車的電瓶換好，然後再給我送回來。我想都沒想，就把車鑰匙交到了他手上，並且告訴了他家裡的門牌號碼。

「你不擔心我把你的車開跑了啊？」他趴在打開的車門上，歪著腦袋對我喊了一句。

「隨你便。」我頭也不回地走了。

接下來的事情，你都知道了。

我原本打算等孩子熟睡之後，再把去醫院的事原原本本地告訴你。可沒想到，我們打了一架。你把我按在地上，騎在我身上，向我的臉上吐痰。我在衛生間的洗臉池邊對著鏡子，擦去痰跡，與此同時，腦子裡就閃現出一個念頭來。我想起了你曾經跟我說過的一句話。你說，自打我們結婚的那天起，你就一直夢想著跟我離婚。我知道你不是隨便說的。對，我開始有了一個念頭。在那一瞬間，它突然變得清晰了。它照亮了我前面烏雲密布的道路，並讓我感到如釋重負。

後來，守仁的死，終於使它變得異常清晰，堅不可摧。

明天一早，我就要離開鶴浦了。趁著我現在頭腦清楚，還有力氣，給你寫下這封信，我不會告訴你我去哪兒。我是在憂愁中死去的，不值得在這個世界上留下什麼痕跡。好在我最終抵達的那個地方，你是知道的。

順便說一句，春節過後，我不記得是初九還是初十，春霞一連給我發來了好幾條短信。她說，她很後悔那天在醫院裡對我說那樣的話。整個春節，她都是在悔恨交加之中度過的。沒有得到一分鐘的平靜。她解釋說，那天之所以會如此惡劣地對待我，主要原因，是對我們請來黑社會的人幫忙而耿耿於懷。她說她這輩子，沒對任何人低過頭。

她的道歉沒有什麼誠意。因為她說了半天，僅僅是因為擔心我做了鬼以後，也許不會放過她。這個人，在給我道歉的時候，也還是邪惡的。那些短信僅僅表明，她無力承受作惡的後果。她同樣虛弱。她說她一連幾天都做著同樣的夢，夢見一個披頭散髮的女鬼叫她姊姊。

不管她是出於什麼動機，我都假裝相信她的誠意。為了讓她安心，我立刻就給她回了信，並且毫無保留地原諒了她。

不過，她的道歉，已經不足以讓我改變現在的決定了。

孩子就交給你了。我曾經很可笑地希望他出人頭地。現在已經不這麼想了。平平安安的，就好。你也一樣。平平安安。

現在，我已經不後悔當初跟你相識。如果你仍然希望我在臨別之前，跟你說上最後一句話，我會選擇說：

我愛你。一直。

假如你還能相信它的話。

14

通常，有許多跡象可以讓人清楚地感覺到春天的消逝。杏子單衫，麗人脫襖；梨院多風，梧桐成蔭。或者，一場突如其來的暴風雨，使刺目的繁華，一旦落盡。可是此刻，即便地處四季分明的江南腹地，歲時的變化也已變得呆鈍而曖昧。幾乎就在一夜之間，天氣已變得燠熱難耐了。從蒙古國颳來的黃沙，一度完全遮蔽了天空。端午站在臥室的窗前，眺望著節日的伯先公園，就如觀看一張年代久遠的發黃相片。

在母親的極力勸阻下，端午沒能按照家玉的臨終囑託，把她的遺骨，葬在門口的石榴樹下。母親說，即便不考慮鄰居們的感受，將屍骨埋在自己家門口，也是一件很晦氣的事。他們在城東的一個空曠的山谷裡，為她挑了一塊墓地。價格高得離譜。

讓人破產的法子有很多，其中連根拔起的最新發明，是無法拒絕的墓地。

落葬那天，起士、小秋和小史他們都來了。幾天不見，起士已經有了新的煩惱。他在為應該選擇進市人大還是政協，委決不下。小秋倒還是老樣子。他已經找到了新的「合作夥伴」，並註冊了一家屬於自己的公司。

早已宣布懷孕的小史，腹部依然平坦如砥。這當然不正常。她舉止木訥、神情黯淡，一個人躲得遠遠的。或許是因為她在竇莊的飯館經營得不太成功，或許是因為別的什麼煩心事。她稱她的丈夫為「狗日的」。

小顧也特意從老家泰州趕了來。讓她感到寬慰的是，在那片荒涼的山谷裡，守仁總算是有了一個伴。

他們也順便去祭奠了守仁。

「五一」期間，端午再次前往南山哥哥的住處，勸說他搬回到唐寧灣，和母親她們一塊住。在哥哥手上建造的這個精神病防治中心，很快就要拆遷了。哥哥仍在給他郵寄那些自創或抄來的警句格言。最近的一則讓端午過目難忘：

如果糞便很值錢，窮人一定沒屁眼。

哥哥還像以前一樣自負。他誇張地將自己視為這個世界上唯一的正常人。細細一想，倒也沒什麼大錯。當天下午，他們就替他辦理了出院手續。周主任笑呵呵地答應，會隨時來家中探望他的病況。

那時，母親已經有了一個異想天開的念頭：說服保母小魏嫁給元慶。用的還是老辦法。講故事。她的故事既雄辯，又富於哲理的光輝。如滔滔江河，奔湧不息，又如西風驟起，飛沙走石。老實巴交的小魏很快就被她搞暈了。她根本無法抵禦母親那些故事的魔力，到最後，只能由她擺布。

這件事，也多少強化了端午的某種直覺：這個世界上，已無任何真理可言。所謂的真理，不過就是一種依時而變的說法而已。

不管怎麼說，他很快就改了口，親熱地稱保母小魏為「嫂子」。

他戒了菸。

他終於讀完了歐陽修的那本《新五代史》。這是一本衰世之書，義正而詞嚴。錢穆說它「論贊不苟作」。趙甌北在《廿二史箚記》中推許說：「歐公寓春秋書法于紀傳之中，雖《史記》亦不及。」陳寅恪則甚至說，歐陽修幾乎是用一本書的力量，使時代的風尚重返淳正。

這些都是史家之言。

端午在閱讀這本書的過程中，有兩個地方讓他時常感到觸目驚心。書中提到人物的死亡，大多用「以憂卒」三個字一筆帶過。雖然只是三個字，卻不免讓人對那個亂世中的芸芸眾生的命運，生出無窮的遐想。再有，每當作者要為那個時代發點議論，總是以「嗚呼」二字開始。「嗚呼」一出，什麼話都說完了。或者，他什麼話都還沒說，先要醞釀一下情緒，為那個時代長嘆一聲。

嗚呼！

端午已經開始寫小說。因為家玉是在成都的普濟醫院去世的，他就讓小說中的故事發生在一個名叫普濟的江南小村裡。

兩天前，綠珠從雲南的龍孜給他發來了一封短信。她在信中問她，如果布法或白居榭厭倦了莊園的隱居生活，希望重返巴黎，去當一名抄寫員，是否可行？

端午當然明白其中的弦外之音。

她已經聯繫了沈家巷一家街道辦的幼稚園。他們歡迎她去那兒當一名老師。綠珠告訴他，幾年來的漂泊和寄居生活，讓她感到羞愧和疲憊。她希望在鶴浦定居下來，過一種踏實而樸素的生活。她還強調說，在當今時代，只有簡單、樸素的心靈才是符合道德的。

對此，端午沒有理由提出反對。

若若已經開始變聲。他時常還會從夢中驚醒。每逢週末或節假日，他從不忘記去唐寧灣看望奶奶。元慶的病情時好時壞，他總是用同一種魔術逗若若笑。若若為了不讓他的「精神病伯伯」感到難堪，每次都會笑。

在父子倆不多的交談中，如果不得不提及他的母親，若若還是願意稱她為「老屁媽」。

在整理家玉的遺物時，端午從妻子那本船舶工程學院的畢業紀念冊中，發現了自己寫於二十年前的幾行詩，題為〈祭台上的月亮〉。

它寫在「招隱寺公園管理處」的紅欄信箋上。紙質發脆，字跡漫漶。時隔多年，星移物換之中，陌生的詩句，就像是命運故意留下的謎面，誘使他重返招隱寺的夜晚，在記憶的深處，再次打量當年的自己。

他把這首詩的題目換成了〈睡蓮〉，並將它續寫至六十行，發表在《現代漢詩》的秋季號上。

附錄：睡蓮

十月中旬，在鶴浦
夜晚過去了一半
廣場的颶風，颳向青萍之末的祭台
在花萼閉闔的最深處
當浮雲織出骯髒的褻衣
唯有月光在場

它照亮過終南山巔的積雪
也曾照亮德布西的〈貝加莫斯卡〉
前世的夢中，我無限接近這星辰
今夜依舊遙不可及

何不在原地畫一個圈，用松枝和木槿
給自己造一個囚籠？
風霜雪的刑期，雖說沒有盡頭
下雨時，偶爾

也會感到自在
大半個冬夜讀《春秋》
夏天就去不必抵達的西藏

我大聲地朝你呼喊
在夢的對岸，睡蓮
你聽不見
離開或居留
趕的是同一趟可疑的早班車
盲目的蝙蝠，上上下下
說服我穿越空無一人的月台

祭台上的睡眠起了破浪
我棲息在刀鋒之上，等待卷刃
有什麼東西從心底裡一閃而過
而漣漪依舊鋒利
令這片上了釉的月光陡然寒徹

假如注定了不再相遇
就讓紫色的睡蓮
封存在你波光瀲灩的夢中
就當莫內還未降生
席芬尼的庭院還為海水所覆蓋
記憶中倒背如流的周敦頤
本無愛蓮一說
就算在半夜裡醒來，杯中鱗紋斑駁的蛇影
也不會讓我驚心

唉，假如我們還要重逢
我希望在一面鏡子裡
看著自己一天天衰老
煙霞褪盡的歲月，亮出時間的底牌
白蟻蛀空了蓮心
喧囂和厭倦，一浪高過一浪
我注視著鏡中的自己
就像敗局已定的將軍檢閱他潰散的部隊

幸好，除了空曠的荒原
你也總是在場

每一個月圓之夜，我任意撥出一組號碼
都能聽見招隱寺的一聲鶴唳
我說，親愛的，你在嗎？
在或者不在，
都像月光一樣確鑿無疑

這就足夠了。彷彿
這天地仍如史前一般清新
事物尚未命名，橫暴尚未染指
化石般的寂靜
開放在祕密的水塘
呼吸的重量
與這個世界相等，不多也不少

國家圖書館出版品預行編目資料

春盡江南 / 格非著.-- 初版. -- 台北市 : 麥田出版 : 家庭傳媒城邦分公司發行, 2012.11
面； 公分. -- (麥田文學 ; 261)

ISBN 978-986-173-828-4(平裝)

857.7 101020612

麥田文學 261

春盡江南

作　　者　格非
選書主編　王德威
責任編輯　莊文松　洪禎璐

副總編輯　林秀梅
編輯總監　劉麗真
總 經 理　陳逸瑛
發 行 人　凃玉雲

出　　版　麥田出版
城邦文化事業股份有限公司
104台北市中山區民生東路二段141號5樓
電話：（886）2-2500-7696　傳真：（886）2-2500-1966、2500-1967
麥田部落格：http://blog.pixnet.net/ryefield

發　　行　英屬蓋曼群島商家庭傳媒股份有限公司城邦分公司
104台北市中山區民生東路二段141號11樓
書虫客服服務專線：(886)2-2500-7718；2500-7719
24小時傳真服務：(886)2-2500-1990；2500-1991
服務時間：週一至週五09:30-12:00；13:30-17:00
郵撥帳號：19863813　戶名：書虫股份有限公司
讀者服務信箱E-mail：service@readingclub.com.tw
歡迎光臨城邦讀書花園　網址：www.cite.com.tw

香港發行所　城邦（香港）出版集團有限公司
香港灣仔駱克道193號東超商業中心1樓
電話：(852)2508-6231　傳真：(852)2578-9337
E-mail：hkcite@biznetvigator.com

馬新發行所　馬新發行所 城邦(馬新)出版集團【Cite(M)Sdn. Bhd】
41, Jalan Radin Anum, Bandar Baru Sri Petaling,
57000 Kuala Lumpur, Malaysia.
電話：(603)9057-8800　傳真：(603)9057-6622
E-mail:cite@cite.com.my

封面設計　蔡南昇
印　　刷　前進彩藝有限公司

初版一刷　2012年11月1日

定價／380元
ISBN：978-986-173-828-4